novum 🐸 pocket

Joachim Musholt

Ein bisschen Freiheit vielleicht?

novum pocket

Bibliografische Information
der Deutschen Nationalbibliothek:

Die Deutsche Nationalbibliothek
verzeichnet diese Publikation in der
Deutschen Nationalbibliografie.
Detaillierte bibliografische Daten
sind im Internet über
http://www.d-nb.de abrufbar.

Alle Rechte der Verbreitung, auch
durch Film, Funk und Fernsehen, fotomechanische Wiedergabe, Tonträger, elektronische
Datenträger und auszugsweisen
Nachdruck, sind vorbehalten.

© 2014 novum publishing gmbh

ISBN 978-3-99010-689-1
Umschlagfoto: Ioana Halunga
Umschlaggestaltung, Layout &
Satz: novum publishing gmbh

www.novumpocket.com

Inhalt

Bewusstwerdung 7
Stoppelschnitt 30
Stoppelschnitt 36
Füchse, die taugen nicht 46
Nimm die Äpfel an, du Lump 57
Scheidewege 72
Neue Freunde, neue Wege 89
Herzrhythmusstörungen 129
Das alte Schlachtross 160
Die Zecke 166
Eine Liebeserklärung 182
Der Sandmann ist da 186
Mitten in Europa 189
Ich koch mir ne Kartoffelsuppe 217
Andere Zeiten, andere Sitten 223
Der kann sich nicht benehmen! 231
Jasminrevolution 239
Tunesien 257
Habib Bourguiba 274
Ein bisschen Freiheit vielleicht!? 293
Tunis 302
Ein Jahr nach der Revolution 324

Bewusstwerdung

Das kleine Herz pochte wild.

Er war dem Töpfchen entwachsen und hatte sich ein Herz gefasst. Er versuchte, ohne die Hilfe der Mutter auf die Schüssel zu steigen. Die Mutter war nicht da und er wollte beweisen, dass er sein Geschäft auch alleine erledigen konnte. Er konnte. Dann verlor er jedoch sein Gleichgewicht und rutschte mit seinem kleinen Popo vom Schüsselrand in die Scheiße und saß im Becken fest. Er kam nicht mehr hoch.

Das war der Beginn seines bewusst wahrgenommenen Lebens.

Er saß sehr lange fest. Er weinte. Nicht, dass es von unten langsam kalt wurde, nicht die Situation an sich machte ihn wütend. Nein, es war seine Hilflosigkeit gegenüber einer Situation, die er durch seine Unachtsamkeit und übereilte Aktivität selbst verursacht hatte. Das Ergebnis seiner Tätigkeit brachte ihm nun vermutlich nicht die Anerkennung der Mutter, sondern im Gegenteil – er bedurfte ihrer Hilfe. Sie würde ihn auslachen oder sein Tun missbilligen. Als sie ihn befreite, bemitleidete und tröstete sie ihn. Er war erleichtert aber nicht zufrieden. Mitleid ist gut aber befriedigt nicht.

Er war ein aktives Kind, wollte immer etwas tun. Er half der Mutter oft beim Abtrocknen des Geschirrs und Fegen der Küche. Später fühlte er sich verantwortlich für die nachgeborenen Kinder. Er folgte seinem inneren Drang etwas tun zu müssen. Er wollte sich jedoch nicht nur nützlich machen, vielmehr befriedigte es ihn Neues zu erfahren und auszuprobieren. Er war neugierig und stolz etwas vollbracht zu haben. Das regte ihn an und gab ihm Mut und Kraft, denn im Grunde war er ängstlich, scheu, immer der Meinung nicht den Wert der Kinder zu besitzen, die er draußen herumtollen sah. Er war viel im Haus und traute sich selten in die Gesellschaft anderer Kinder. Die Kinder draußen tobten und rauften, rannten und balgten. Er war scheu und zurückhaltend und dachte über Dinge nach, warum sie so waren und nicht anders. Er mied den körperlichen Kontakt und das Kräftemessen mit den Spielkameraden. Die meisten Kinder draußen fragten nicht, warum sie was machten, sie taten es einfach. Für sie waren die Dinge so, wie sie waren. Er wollte auch so sein. Er fand das toll. Aber er war nicht so, das machte ihn traurig. Wenn er etwas tat, sich mit etwas beschäftigte und seine Neugier befriedigen konnte, war er nicht mehr traurig. Dann verlor er die Angst.

Er schaute der Mutter beim Waschen zu, wie sie die Wäsche auf dem Waschbrett rieb, auswrang und dann zum Trocknen aufhängte. Der ganze Keller hing bei schlechtem Wetter voll mit Wäsche. Er spielte unter den gestrafften Leinen. Wenn sie bügelte oder die Wäsche faltete, sang sie Lieder. Viele Lieder sang er mit. „Steig in das Traumboot der Liebe, fahre mit mir nach Hawaii" oder „Coco, Coco, Cocola, Mädchen sind zum Küssen da". Sie sang auch das Lied von Zarah Leander, von der Kaserne und der Laterne vor dem großen Tor. Er verstand den Sinn des Liedes nicht, aber die Melodie war so schön traurig, genauso wie die Melodie des Liedes, das die Mutter gerne sang, von den zwei Königskindern, die zueinander nicht finden konnten, weil das Wasser so tief war. Die Königstochter stellte ein Licht auf, damit der Königssohn zu ihr herüberschwämme, aber die böse Nixe oder Nonne löschte die Kerze und der Jüngling ertrank so tief. Das war so traurig, dass er sich das gar nicht vorstellen wollte. Es beschäftigte ihn die Frage, warum der Jüngling nicht bei Tage geschwommen war und ob es keine andere Möglichkeit gegeben hätte sich zu treffen, trockenen Fußes. Das hätte doch möglich sein müssen. Aber er liebte das Lied, die Mutter musste es immer wieder singen, genauso wie das Lied von der Jungfrau Liese, die auf der grünen Wiese mit niemandem tanzen wollte. Alle Freier unterschiedlicher Berufsarten lehnte sie ab, weil sie auf einen König wartete, der jedoch nicht kam. Letztendlich nahm sie mit einem Schweinehirten vorlieb, um überhaupt tanzen zu können. Seiner Meinung nach hätte sie im Laufe der Zeit mit einem der Bewerber tanzen und nicht auf ein Treffen mit einem König warten sollen, das statistisch gesehen sicherlich selten zustande kam. Sie hätte eine Auswahl unter den Bewerbern treffen müssen.

Wenn die Mutter keine Zeit für ihn hatte, beschäftigte er sich mit seinen Spielsachen. Bauklötze, Legosteine, Metallschienen mit vielen Löchern, die man durch Schrauben und Muttern zusammenfügen konnte, Knetgummi, Eicheln, Kastanien, Streichhölzer, Lehm, Moos, Pappe, Papier und ein Klebstoff namens „Uhu", das waren seine Spiel- und zugleich auch Werkzeuge, mit denen er sich die Welt zusammenbastelte und baute und darin versank. Sehr gern spielte er mit dem Kaufladen, den er zu Weihnachten geschenkt bekommen hatte. Er kaufte Waren, ließ sie mit kleinen Fahrzeugen anliefern, berechnete die Preise, verkaufte sie weiter und schlüpfte in die unterschiedlichen Rollen der handelnden Personen. Er spielte auch gern mit der Eisenbahn. Zu besonderen

Anlässen bekam er neue Schienen oder Waggons geschenkt. Damit erweiterte er kontinuierlich das Netz und die Transportmöglichkeiten, welche er in seiner gebastelten und selbst kreierten Landschaft installierte.

So erschloss er sich die Welt und fuhr in ihr hinaus. Diese Fahrt wurde nur manchmal gestoppt durch seine jüngere Schwester, die die Schienen heimlich etwas auseinanderzog, sodass sein Zug verunglückte oder er sich beim Zusammenfügen der Schienen schmerzhaft elektrisierte. Anfangs bemerkte er nicht, dass seine Schwester diese Übeltaten vollbrachte, denn er kam gar nicht auf den Gedanken, dass jemand so etwas Gemeines mit Absicht tun könnte.

Wenn er unartig war, drohte die Mutter mit dem Vater: „Warte mal, bis Papa nach Hause kommt." Den Vater fürchtete er sehr, denn sein Vater konnte sehr jähzornig sein. Er fürchtete seine oft unvorhergesehenen und unberechenbaren Zornausbrüche. Allein bei dem Gedanken daran verkrampfte sein Herz. Geschlagen hat ihn der Vater jedoch nur einmal. Meistens wurde er wütend über Geldangelegenheiten. Einmal schickte die Mutter ihn einkaufen, was er schon sehr früh verantwortungsvoll tat, ausgestattet mit dem nötigen Geld und mit einem Zettel auf dem geschrieben stand, was er zu besorgen hatte, denn er konnte ja noch nicht lesen. Waren, Restgeld und Kassenbon brachte er zurück und legte alles auf den Tisch. Die Mutter räumte die Sachen in den Schrank und der Vater wollte das Restgeld kontrollieren. Aber es war verschwunden. Es handelte sich um eine Mark und wenige Zehnpfennigstücke. Das war viel Geld und der Vater schalt ihn und wurde bös und wild. Er behauptete, dass er es entweder verloren habe oder, was noch viel schlimmer sei, er habe es gestohlen. Er wusste jedoch, dass er es mit Sicherheit auf den Tisch gelegt hatte, und bestritt vehement seine Schuld. Aber es war ja nicht da. Wie konnte das sein? Zauberei gab es nicht! Oder doch? Oder sollte sein Vater das Geld genommen haben und ihn beschuldigen? Er verzweifelte und konnte den Druck und die Situation nicht länger ertragen. Eine ohnmächtige Angst überfiel, umklammerte ihn und wollte ihn erdrücken. Von diesem Druck konnte er sich nicht befreien, er konnte auch nicht fliehen. Es gab keinen Ausweg. Da entdeckte die Mutter das Geld unter der Tischdecke. Die Plastiktischdecke hatte ein Loch. Es musste wohl durch dieses Loch unter die Tischdecke gerutscht sein. Sein Vater entschuldigte sich nicht bei ihm.

Die lähmende Angst der Ohnmacht nistete sich ein in sein Herz. Manchmal überfiel sie ihn nachts im Traum. Etwas vereinnahmte, erdrückte ihn, machte ihm schreckliche Angst. Etwas Unsichtbares, nicht Greifbares, Unfassbares umspannte ihn, und dieses nicht Erkennbare, Unsichtbare und doch reale Etwas schreckte ihn so sehr, dass er aus seinem Schlaf erwachte. Die Angst war so groß, dass er zu dem Ehebett der Eltern schlich, obwohl er den Zorn des Vaters fürchtete. Meistens nahmen die Eltern ihn verständnisvoll auf und die Angst wurde etwas weniger. Wenn er eingeschlafen war, brachten die Eltern ihn in sein Bett zurück.

Kurze Zeit nach der Begebenheit mit dem Geld unter der Tischdecke verlor er beim Spielen mit dem Nachbarskind Bernhard Walter in einem Heuhaufen eine Mark, die er zu Hause nach dem Einkauf abzugeben gehabt hätte. Sie musste ihm aus der Hosentasche gefallen sein. Ihm wurde vor Angst schwindelig und ganz schlecht. Den ganzen Nachmittag bis zum frühen Abend suchte er verzweifelt mit Bernhard das silberne Markstück. Er traute sich nicht nach Hause und musste es doch. Es dunkelte schon. Da entdeckte er die Mark. Wie konnte ihm ein solches Glück widerfahren. Er war sehr verwundert und dankbar.

Selten schlug die Mutter ihn. Wenn sie schlug, hasste er sie, obwohl er sie doch liebte, für ihre Fürsorge, die Lieder, die sie ihm sang und die Aktivitäten, die sie ihm erlaubte und zu denen sie ihn animierte. Einmal zwang sie ihn, seine Hose herunterzuziehen und sich über die Badewanne zu legen. Er weigerte sich und wusste nicht warum. Doch sie erklärte „du weißt schon warum" und verpasste ihm mehrere fürchterliche Schläge mit dem Teppichklopfer auf seinen kleinen Arsch. „Damit du lernst, zu Frau Walter nicht solche bösen Dinge zu sagen. Ich verstehe mich gut mit ihr und sie hat sich über dich beschwert." Er konnte sich nicht erinnern zu Frau Walter böse Dinge gesagt zu haben. Er hatte wohl zu Bernhard im Streit gesagt: „Du bist genauso blöd wie deine Mutter". Aber das hatte er nicht zu Frau Walter gesagt. Das musste Bernhard der Mutter gepetzt haben. Warum hatte Bernhard die Sache nicht mit ihm ausgemacht? Warum petzte er und brach die Freundschaft? Warum schlug die Mutter ihn, ohne dass er ihr die Angelegenheit erklären und sich verteidigen konnte? Hatte sie nicht selbst noch vor kurzer Zeit gesagt, Frau Walter sei auch „nicht die Hellste?" Er hatte das nur anders ausgedrückt, im Streit mir Bernhard.

Die Mutter besprach doch sonst viele Dinge mit ihm, die andere Eltern im Dorf mit ihren Kindern nicht erörterten und über die man nicht sprach. Zum Beispiel, dass man seinen kleinen „Pillemann" immer schön sauber halten und die Vorhaut dabei zurückziehen müsse, damit sie nicht anwächst, denn das sei schmerzhaft und müsse operiert werden, damit der kleine „Pillemann" werden kann wie beim Vater. Er konnte sich das gar nicht vorstellen, dass er einmal so groß würde wie Vater und sein „Pillemann" auch. Wozu auch? Aber die Mutter sagte so etwas zu ihm und erläuterte ihm vieles. Warum ließ sie ihn nicht erklären, dass er zu Bernhard im Streit doch nur gesagt hatte, seine Mutter sei genauso blöd wie er, weil sie gesagt hatte, Frau Walter sei auch nicht die Hellste? Er hatte doch die Wahrheit gesprochen und Bernhard hatte gepetzt. Bernhard Walter war nicht mehr sein Freund, jedenfalls spielte er nicht mehr oft mit ihm und seiner Mutter schenkte er fortan weniger Vertrauen. Wenn er sich ihr nicht erklären konnte und ohne Anhörung bestraft wurde, wem konnte er sich dann erklären? Er wurde noch scheuer und zurückhaltender gegenüber den Menschen und überdachte und prüfte noch sorgfältiger ihre Aussagen.

Manchmal spielte er mit den Kindern des Vermieters. Die beiden Mädchen waren umgänglich, nett und ihr Verhalten nicht grob geschnitzt wie bei den vielen Jungen in ihrem Alter. Viele Mädchen – es gab natürlich auch falsche, zickige, dumme – waren einfühlsamer und tiefgründiger als die gleichaltrigen Jungen. Sie redeten anders, spielten anders und waren nicht so brutal, jedenfalls körperlich nicht, wenn auch gemeiner und hinterhältiger, sofern sie so veranlagt waren.

Er beurteilte die Mädchen damals nicht nach körperlichen Attributen oder geschlechtlichen Merkmalen, dazu hatte er noch nicht die Kriterien entwickelt, sondern danach, wie sie ihn behandelten und ob er gut mit ihnen klarkam.

Aus den Katalogen seiner Mutter schnitt er mit der Schere Mädchen und Frauen heraus und klebte sie in Hefte. Dabei sortierte er sie nach ihren Gesichtszügen und den Farben ihrer Haare und Kleider. Das waren seine Anhaltspunkte.

Die Vermieter-Mädchen spielten mit ihm harmlose Doktorspiele und Hochzeit oder Verkleiden. Nie zogen sie sich komplett aus, das schickte sich nicht und war verboten. Er kann sich nicht erinnern, in seinen frühen Jahren Verbotenes getan zu haben, dafür war die Erziehung zu streng und der Respekt vor den Eltern und Erwachsenen zu groß. Der Vater der Mädchen war, wie er gehört hatte, gebürtig aus der Ukraine und das „Haus der Vereine" im Dorf, das er als Kastellan eine Zeit lang verwaltete, nannte man im Volksmund daher „Haus der Ukraine".

Er fragte seine Eltern, wo das Land Ukraine liege und wie groß es sei. Die Eltern konnten es ihm nicht sagen. Sie sagten nur: „Sehr weit im Osten, sehr weit". Was hatte den Vermieter hierher verschlagen? Warum lebte er so fern von Zuhause? Wie sah es im fernen Osten wohl aus? Die Ukraine, der Osten, hatten sein Interesse geweckt. Überhaupt interessierte ihn die Fremde, die Ferne, das Unbekannte, das er aus Märchen kannte, die die Mutter ihm vorlas. Königstöchter, Feen, Hexen, Zwerge und Kobolde, Einhörner, Bären und Drachen faszinierten ihn und regten seine Fantasie an. Er kannte alle Geschichten der Gebrüder Grimm. Er verschlang die Wörter der Mutter – wie gern hätte er schon gelesen – und legte all seine Fantasien in die wenigen Bilder, mit denen die Bücher illustriert waren. Hänsel und Gretel war zum Beispiel eine Geschichte, die ihn sehr beschäftigte.

Er begriff nicht, warum Eltern ihre Kinder aus Mangel an Nahrung allein im Wald aussetzten. Das konnten Eltern doch nicht tun! Unter keinen Umständen! Er verstand auch nicht, warum die Kinder so dumm sein konnten, sich von der Hexe und dem Knusperhäuschen blenden und gefangen nehmen zu lassen. Die Täuschung der Hexe hätten sie erkennen müssen. Waren Menschen wirklich so grausam, Kinder auszusetzen und sie so in die Irre zu führen?

Mit dem Verhalten des Gretchens war er ganz und gar nicht einverstanden. Sie schubste die Hexe in den Ofen und verbrannte sie, um Hänsel zu befreien. Hätte sie die Hexe nicht anders überlisten können? Hätte sie Hänsel nicht anders befreien können? Musste sie die Hexe verbrennen? Obwohl die Hexe Hänsel braten und verspeisen wollte, sah er in ihr doch ein menschliches Wesen. Auch wenn zu attestieren und verurteilen war, dass die Hexe widerwärtige Absichten hatte und diese auch in die Tat umgesetzt hätte, wenn Gretel sie nicht daran gehindert hätte, so durfte man doch das, was man bei der Hexe als verabscheuungswürdig ansah, nicht selbst planen und durchführen. Er wusste aus den Märchen, dass die Bösen bestraft wurden und die Guten belohnt, das fand er richtig. Aber grausame Strafen fand er nicht gerechtfertigt. Quälen und Töten fand er nicht richtig. Er hatte Mitleid mit Opfern und Tätern. Er dachte viel über die Motive der Menschen nach und die Konsequenzen ihres Handelns und die Strafen, ob sie gerechtfertigt waren oder falsch und unangemessen.

Auch dachte er über die Geschichte vom „schwarzen Mohr" aus dem „Struwwelpeter" nach, den die Mutter ihm oft vorlas und den er daher auswendig aufsagen konnte.

Den schwarzen Mohr sollten die Kinder nicht necken und ärgern. Der Nikolas sagte zu den Kindern: „Was kann denn dieser Mohr dafür, dass er nicht weiß ist, so wie ihr?" Und er steckte den Wilhelm und den Friedrich zur Strafe ins Tintenfass. Er interpretierte das ganze Geschehen so: Schwarz zu sein war nicht so gut wie weiß zu sein. Man musste also dankbar sein, weiß zu sein, aber man durfte Menschen, wenn sie schwarz waren, nicht ärgern. Die konnten ja nicht dafür.

Der Nikolas steckte die bösen Buben zur Strafe ins Tintenfass. Schwarz zu sein wie der Mohr konnte nichts Schönes sein. Aber „Negerküsse", die er so gerne aß, waren schön und schmeckten herrlich.

In der Kirche stand ein aus Holz geschnitzter Neger. Wenn man in diese Holzfigur zehn Pfennig warf, nickte der Neger langsam und bedächtig, warf man jedoch eine Mark hinein, dann nickte der Neger sehr heftig und dankbar. Das Geld diente zur Bekehrung der „Negerkinder", die arme „Heidenkinder" waren. Die Neger-Heidenkinder waren nicht mit weißen bekehrten Menschen zu vergleichen. Nur wenn sie bekehrt und getauft waren, waren sie etwas gleichwertiger. Sie waren zumindest nicht mehr arm, obwohl sie immer noch arm waren im weltlichen Sinn, denn nun hatten sie ja Gott und waren darum reich.

Kinder, die nicht Christen und getauft waren, kamen nicht in den Himmel, so lehrte es die katholische Kirche. Was geschah mit den Kindern, die vor der Taufe schon starben? Kamen die auch nicht in den Himmel?

Kamen sie ins Fegefeuer? Wenn sie noch nichts Böses getan hatten, konnten sie ja wohl nicht in die Hölle kommen.

Die, die Böses getan hatten und dem richtigen Glauben anhingen und das Böse bereuten, die kamen über das Fegefeuer in den Himmel. Aber was passierte mit denen, die nicht bekehrt waren, wenn die das Böse, was sie getan hatten, bereuten? Warum kamen die nicht in den Himmel? Warum kamen gute Heidenkinder oder ungetaufte Kinder nicht in den Himmel? Das war nicht gerecht. Das war auch nicht logisch. Waren die Geschichten und Märchen seiner Eltern nicht logisch? Waren Erwachsene nicht logisch? Konnten sie nicht richtig denken oder erzählten sie absichtlich etwas Falsches? War nicht von den heiligen drei Königen aus dem Morgenland ein König schwarz gewesen? Ein schwarzer König war heilig? Obwohl er aus dem Morgenland kam und noch ein Heide war? Das Christkind war ja erst gerade geboren. Die heiligen drei Könige waren heilig und der schwarze König ebenfalls, aber die armen Heidenkinder nicht? Unlogisch, die Erwachsenen und ihre Geschichten waren unlogisch oder erzählten falsche Dinge.

Er fand es schön in der Adventszeit mit dem Vater die Krippe aufzubauen, mit den Figuren Jesus, Maria und Josef, den Hirten und den Schafen – auch mit dem Schaf, das nur drei Beinchen hatte – dem Esel, dem Ochsen, den heiligen drei Königen und dem Kamel. Der Vater nahm ihn mit in den Wald, wo sie Moos und Efeu zur Ausschmückung der Krippe suchten. Die Krippe war ein alter Baumstrunk. Der Vater schlug heimlich eine Tanne im Wald. Sie wurde in der Stube mit goldenen und silbernen Kugeln behängt und mit Lametta geschmückt. Auf den Baumwipfel setzte der Vater eine silberne Spitze und auf den Zweigen befestigte er Vögel und Kerzenhalter mit Kerzen und auch ein Engel durfte nicht fehlen. Die Kerzen brannten. Weihnachten war so schön: der Baum duftete, das Essen dampfte und die Wunderkerzen sprühten hell. Die Oma kam mit ihrem jüngsten Sohn, seinem Onkel und Freund, der noch bei ihr zuhause lebte. Alles war festlich und freundlich und es gab Geschenke. Dann war sein ängstliches Herz ruhig und friedlich.

Vor Weihnachten kam der Nikolaus. Das war auch schön! Er legte mehrere Abende vorher immer Schwarzbrot auf die Fensterbank, damit das Pferd des Nikolauses etwas zu fressen hatte, denn es war sehr hungrig vom vielen Reisen. Als Dankeschön fand er dann kleine Geschenke vom Nikolaus auf dem Fensterbrett, Bonbons, Nüsse oder Ähnliches. Das war eine Freude. Diese Freude wollte er gerne weitergeben und auch den Eltern eine Freude machen. Wenn der Nikolaus gut zu ihm war, warum sollte er nicht auch gut zu seinen Eltern sein? Vielleicht stritten sie dann weniger. Er wollte den Eltern vortäuschen, dass der Nikolaus auch ihnen kleine Gaben zur Belohnung gebracht hatte. So sagte er ihnen, er habe für sie Schwarzbrot aufs Fensterbrett gelegt und der Nikolaus habe aus Dankbarkeit für ihre gute Tat ein paar Bonbons für sie zurückgelassen. Die Eltern glaubten ihm jedoch nicht und lachten. Er wurde böse. Er lüge doch nicht, der Nikolaus sei da gewesen. Sie sähen doch den Beweis. Da erklärten sie ihm, dass es den Nikolaus nicht gäbe. Er wollte es nicht glauben. Nachdem sie mehrfach versicherten, es gäbe ihn nicht, die Eltern spielten den Kindern diese Dinge nur vor, um sie zu erfreuen, da wurde er sehr traurig. Er war so fasziniert gewesen, als er den Nikolaus zum ersten Mal gesehen hatte im Vereinshaus. Er war hoch zu Ross durchs Dorf geritten, weihevoll die Menschen grüßend. Und im Saal, begleitet von einem Engel und dem

Knecht Ruprecht, vor dem er große Angst hatte, hatte er die Sünden der Kinder verlesen, aber dann zum guten Schluss betont, dass die guten Taten der Kinder doch überwögen und sie deshalb alle mit einer Tüte Leckereien belohnt würden. Und diesen Nikolaus gab es gar nicht? Er wollte den Eltern eine Freude machen. Hätten sie ihm denn nicht vorspielen können, seine Täuschung nicht zu erkennen? Hätten sie ihn nicht in dem Glauben lassen können, dass es den Nikolaus gab?

Dann hätte er noch längere Jahre Freude gehabt. Wie stand er nun da? Die anderen Kinder glaubten doch noch an den Nikolaus, auch seine Geschwister. Er durfte nichts verraten, denn sie sollten sich weiter freuen.

Aber wenn es den Nikolaus nicht gab und diese Tatsache den Kindern vorgegaukelt wurde, vielleicht gab es ja auch andere Dinge nicht. Was konnte man dann den Erwachsenen noch glauben? Wann schwindelten sie, wann logen sie und wann sagten sie die Wahrheit? Durfte man lügen? Durfte man schwindeln, um anderen eine Freude zu machen? Er hatte ja auch versucht die Eltern anzuschwindeln, um ihnen eine Freude zu machen. Und wann musste man die Wahrheit verschweigen, um andere nicht zu verletzen? Er hatte ja Bernhard Walter auch lange Zeit nicht gesagt, dass er seine Mutter für blöd hält, um ihn nicht zu verletzen, bis ihm die Wahrheit im Zorn herausrutschte. Diese Dinge beschäftigten ihn. Wenn es den Nikolaus nicht gab, existierte dann das Christkind? Das Christkind musste es doch geben, das konnte doch nicht gelogen sein. Das Christkind war doch der liebe Gott. Den musste es doch geben.

Wie verhielt es sich mit dem Osterhasen? Der legte seine Eier draußen im Garten oder versteckte sie im Haus. Wieso konnte der Eier legen? Versteckte der überhaupt seine von ihm produzierten Eier? Auf alle Fälle versteckte er Eier, die er mit der Mutter vorher bemalt hatte. In dem Buch, das die Mutter ihm vom Osterhasen vorgelesen hatte, hatte der Hase seine Eier selbst angemalt. Die Mutter hatte gesagt, man müsse den Hasen helfen, deshalb malten sie für ihn Eier an und halfen ihm bei der Produktion. Der Osterhase habe so viel zu tun. Er könne nicht nur seine eigenen Eier verstecken, dann würden viele Kinder leer ausgehen. Stimmte das? Wenn es keinen Nikolaus gab, so wollte er auch nicht mehr an den Osterhasen glauben. Aber er glaubte natürlich an das Christkind, das ja Gott war und heranwuchs und dann starb durch Menschenhand, aber am dritten Tag, zu Ostern, die Menschen zu erlösen auferstand. Oder stimmte das auch nicht? Warum starben die Menschen und lebten nicht weiter, aber Jesus, der Mensch geworden war, starb und lebte weiter. Wollten die Menschen, die das erzählten und Bücher darüber schrieben, den anderen Menschen eine Freude machen?

Freude bereitete ihm auf alle Fälle das Osterfeuer. Mit fünf Jahren durfte er zum ersten Mal bis Mitternacht dabei sein. Hinter dem Krankenhaus und der Leichenhalle wurde es entzündet und die Erwachsenen sangen schöne Lieder: „Das Grab ist leer, der Held erwacht, der Heiland ist erstanden." So lange war er noch nie aufgeblieben, nur einmal, als der Onkel mütterlicherseits heiratete und die Halbschwester seiner Mutter, Tante Hilde, mit der er sich gut verstand – sie war nur drei Jahre älter – bei seiner Mutter durchsetzte, dass auch er so lange aufbleiben durfte wie sie.

Tante Hilde durfte vieles und machte vieles, was er sich nicht traute. Das liebte er an ihr. Sie tat viel für ihn und setzte sich immer für seine Belange ein. Hilde durfte bei ihrer Mutter, seiner Stiefoma Trinchen, fast alles. Hildes Mutter erlaubte ihr Dinge, die sie seiner Mutter, der Stieftochter, nie erlaubt hatte. Die Stiefmutter hatte seine Mutter seelisch gequält und immer unterdrückt. Hilde wurde verwöhnt. Es ging zu wie bei der Geschichte „Aschenputtel".

Ihn behandelte Großmutter Trinchen nicht schlecht, dafür sorgte Tante Hilde, wenn er bei Oma Trinchen und Opa Heinz zu Gast in der Provinzhauptstadt war. Er war dort gern, so wie bei seiner Oma väterlicherseits, im Heimatdorf. Bei den Omas fühlte er sich frei. Bei Oma Trinchen und Opa Heinz war Tante Hilde, die sich intensiv und mit Liebe um ihn kümmerte, bei der Oma des Vaters war es sein sieben Jahre älterer Onkel Josef, der mit gleicher Fürsorge für ihn da war.

Die Geschwister von Onkel Josef waren nicht so lieb und teilweise ungezogen. Besondere Tante Käthe. Er erlitt einen fast tödlichen Schock, als Tante Käthe einmal mit einem Messer auf seine Oma losging und er nicht wusste, ob sie es ernst meinte oder nicht. Tante Käthe war jähzornig wie sein Vater, ihr älterer Bruder.

Die Röcke seiner drei Tanten waren ziemlich kurz. Sie arbeiteten alle in der Fabrik, bis sie später heirateten. Wenn sie keine Frühschicht hatten, dann warteten sie in ihren kurzen Röcken immer auf den schwulen Postboten, der so witzige Sprüche machte. Nicht lange nach dem Vorfall mit seiner Oma zog Tante Käthe nach Bayern und nahm sich eine Stelle als Serviererin. Man munkelte, dass Tante Käthe sehr die Männer mochte. Ihn mochte sie nicht so gerne.

Omas Mädchen schminkten sich viel und präsentierten sich keck im Dorf. Er fand das nicht störend und wusste nicht, ob das falsch oder richtig war. Er mochte eigentlich die Tanten, nur Tante Käthe fürchtete er, weil sie so jähzornig war. Dagegen liebte er Tante Hilde, weil sie sein krankes und schwaches Herz stärkte. Sie gab ihm das Gefühl, ein gleichberechtigtes Wesen zu sein. Sie setzte seine Rechte durch. Wenn sie zu Besuch bei ihm zuhause war, erlaubte seine Mutter ihm viel mehr und auch sein Vater war umgänglicher und reduzierte seine Zornausbrüche, denn er mochte Tante Hilde auch, wie er zu beobachten glaubte.

Wenn er bei ihr in der Provinzhauptstadt zu Besuch war, schlief er immer in ihrem Zimmer und sie erzählten sich etwas und kitzelten sich gegenseitig, bevor sie einschliefen. Er hörte ihren Atem und sah die Scheinwerfer der Autos durch die Gardinen im Zimmer herumhuschen und hörte die Räder der Autos über das Kopfsteinpflaster summen. Dann war er glücklich und sein Herz gesund. Er liebte es, in Oma Trinchens und Opa Heinzs Hinterhofgarten zu spielen. Mit sehnsüchtigen Augen verfolgte er die Züge auf dem Bahndamm, die vorbeirauschten. Wie gern hätte er darin gesessen. Er war noch nie mit der Eisenbahn gefahren. Dafür fuhr er mit Hilde und Oma Trinchen in der Straßenbahn und war sehr stolz, denn eine Straßenbahn gab es in seinem Dorf nicht. Bei Oma und Opa gab es auch schon einen Fernseher, den es zu Hause noch nicht gab und Tante Hilde erlaubte ihm viele Dinge zu sehen, z.B. Charlie Chaplin, den er witzig und komisch, aber auch traurig fand, und die kleinen Strolche. Daheim hörte er nur das Sandmännchen im Radio und musste dann ins Bett. Bei Tante Hilde durfte er viel länger aufbleiben. Es nervte ihn zwar, wenn er mit Opa Heinz schon Rechenaufgaben lösen musste oder Oma Trinchen über seinen Vater herzog, denn das macht man nicht, auch wenn es teilweise richtig war, was sie sagte, aber er war sein Vater und er liebte ihn doch, wenn auch nur wenig. Aber er sah darüber hinweg, weil sie sonst, wenn auch nur auf Hildes Veranlassung, gut zu ihm war. Es gab auch gutes Essen, das schmeckte ihm. Das, was er nicht mochte, aß er immer zuerst und das Gute sparte er sich bis zum Schluss auf, und weil er den Spinat immer zuerst aß, meinte die Oma, dass er ihm besonders gut schmeckte, und gab ihm noch einen Schlag. Und er aß ihn, obwohl er ihn nicht mochte, weil sie es ja gut mit ihm meinte. Eines Nachts, als er neben Tante Hilde in seinem Bettchen schlief, hatte er einen Wachtraum. Er erlebte alles, als sei es real, doch er schlief. Er sah die Züge auf dem Bahndamm. Er sah sie, doch gleichzeitig fuhr er mit den Zügen weit, weit, immer weiter. Die Lokomotive stampfte rhythmisch, die Kolben schlugen im Takt. Er fühlte sich so wohl wie im Paradies und machte sich in die Hose. Er pinkelte und pinkelte, es strullte nur so aus ihm heraus und drang durch die Hose und durch das Bettlaken in die Matratze, alles war durchnässt. Als er wach wurde, war es kalt und feucht. Er schämte sich und hatte große Angst vor der Reaktion der Großeltern. Tante Hilde bereitete die Großeltern schonend auf das Unglück vor und Opa Heinz kommentierte den Vorgang: „Da sind wohl die Schweine, die auf den Zug verladen worden sind, ausgebrochen und haben die Sauerei verursacht". Da war er sehr erleichtert.

Fahrrad fahren lernte er schnell. Zuerst probierte er den Roller, dann das Dreirad und mit fünf Jahren gelang es ihm, das Fahrrad seiner Mutter zu beherrschen. Er wurde beweglich und begleitete den Vater oft bei seinen

Entdeckungsreisen in Wald und Flur. Neben Eicheln und Kastanien, die er mit Streichhölzern zu Figuren verband, sammelten sie Bucheckern, Himbeeren, Brombeeren, Heidelbeeren, Pilze. Einmal begleitete er den Vater beim Fischen an die alte „Welle". Die kleinen Fische taten ihm leid, wenn sie so an der Angel zappelten. Vater holte auch Vogeleier aus den Nestern, pickte ein Loch darein und sog sie aus. Das mochte er nicht und fand das auch nicht schön, denn die Vögel sollten doch die Eier ausbrüten und kleine junge Vögel bekommen.

Er musste sich sehr überwinden das Gelbe vom Hühnerei, das die Mutter in die Suppe oder in das Malzbier geschlagen hatte, zu verzehren. Das sei gesund, sagte sie, und diene seiner Kräftigung.

Im Mai flogen die Maikäfer. Müller und Schornsteinfeger surrten. Er mochte sie sehr, doch fürchtete er sich vor dem Krabbeln und brummenden Fliegen der Käfer, wie er sich vor allem Getier fürchtete, was flog, wenn es ihm zu nahe kam.

Besondere Angst machten ihm die Kanarienvögel von Tante Hilde. Sie ließ sie bei allen möglichen Gelegenheiten frei fliegen. Er versteckte sich dann unter dem Tisch, denn sie hatten die Angewohnheit, sich auf seinen Kopf zu setzen. Es sah sie lieber im Käfig, obwohl er eigentlich nicht mochte, wenn Tiere eingesperrt waren. Er konnte es ganz und gar nicht leiden, wenn Vater die Maikäfer in Zigarrenschachteln steckte. Sie hatten zwar Luftlöcher und wurden reichlich mit Buchenblättern versorgt, aber er spürte ihre Trauer und Verzweiflung, wenn sie müde durch das Blattgewirr krochen. Sie hatten doch nur so wenig Lebenszeit. Bei der erstbesten Gelegenheit ließ er sie frei. Er beobachtete in gebührendem Abstand, wie sie sich langsam aufpumpten und in die Lüfte entschwirrten.

Im Mai baute die Mutter mit den Kindern neben ihren Bettchen immer den Marienaltar auf. Sie sammelten Blumen, mit denen der Altar geschmückt wurde, Pfingstblumen, Marienblümchen und Butterblumen. Jeden Abend vor dem Schlafen gehen wurde gebetet. Das Rosenkranzbeten fand er langweilig. Er konnte sich nicht vorstellen, dass diese Litanei der Mutter Gottes gefiel. Er konnte dabei keine Andacht entwickeln.

Mit Andacht sammelte er jedoch Pilze, schnitt sie sorgfältig ab oder drehte sie aus dem Boden. Je nach Jahreszeit, Champignons, Steinpilze oder Butterpilze. Am meisten Freude bereitete ihm, wenn die Schwester der Mutter, die Floristin und Tante Hilde mit ihm Champignons auf den Wiesen sammelten. Sie sammelten sie körbeweise. Sie schmeckten so herrlich in der Pfanne mit Zwiebeln gebraten. Der Vater wusste die Stelle, wo die Stein- und Butterpilze am besten gediehen, unter Eichen und Buchen, an feuchten Grabenrändern im dichten Laub. Die Pilzausflüge haften tief in seinem Gedächtnis wie auch die Ausflüge mit seinen Eltern zu den gelben Sandkuhlen, tief im Wald. Vater und Mutter breiteten im dichten Wald auf einer versteckten Lichtung eine Decke aus, wo sie sich niederließen. Ihn setzten sie in den entfernten Sandkuhlen in Rufweite zum Spielen ab. Er wusste und ahnte nicht was sie dort taten, er durfte nicht stören. Er sollte rufen, wenn er etwas bedürfte oder ihm nach Gesellschaft verlangte. Ab und zu drangen fröhliche und manchmal seltsame Laute in sein Ohr, wenn er im Spiel tief versunken war. Er mochte es allein zu sein und zu spielen.

Oft spielte er vor dem Haus in einem Busch auf dem Gelände eines stillgelegten Gehöftes. Der Bauer hatte dort in den Stallungen seine alten, schrottreifen Geräte abgestellt. Die alten Scheunen und Lagerräume waren unheimlich. Es war ein verwunschener Ort. Dort, wo jetzt ein unromantischer Kindergarten ist, mit betreuendem Personal, war seine geheime Welt, in Rufweite der Mietwohnung. Seine Fantasie wurde nicht von Erzieherinnen angeregt. Er besuchte keinen Kindergarten. Seine Fantasien wurden erregt durch die Mysterien des ihn umgebenen Ortes und der Gegenstände, die verschmolzen mit den Geschichten und Fantasien und den Figuren und Märchen, die er selbst erfand. Er spielte eigene Geschichten nach, wühlte im Sand nach Käfern und Insekten, im feuchten Laub der Eichen, die mächtig sein Fantasiereich umgaben. Sie waren Fabelwesen für ihn. Sie besaßen unbekannte Kräfte und Fertigkeiten. Am meisten beeindruckte ihn aber die Spinne, die giftig graue Fäden zog unter dem Fensterglas einer zerbrochenen Scheibe, auf Beute wartend.

Es war schrecklich anzusehen, wenn sich ein Opfer in den Fäden verfing, zappelte, sich verzweifelt versuchte loszureißen, sich dabei aber immer weiter verstrickte. Oft befreite er das Opfer, wenn es noch nicht zu spät war und nahm in Kauf, dabei Teile des Netzes zu zerstören. Wenn er jedoch zu spät kam, wenn ohnehin nichts zu machen war, ließ er der Spinne ihre Beute. Denn auch sie hatte ein Recht zu leben.

Manchmal kam seine Urgroßoma mütterlicherseits aus Wien zu Besuch. Das waren Höhepunkte seiner Vorschulzeit. Oma Wien war die freundlichste Person, die er in seinen Kindertagen kennenlernte. Sie war warmherzig und gutmütig. Sie erzählte von Wien, vom fremden Land Polen, von ihrer Vertreibung aus Schlesien und ihren Erlebnissen auf der Flucht. Er wollte immer mehr Geschichten hören, obwohl er vieles nicht verstand. Manchmal ärgerte er die Urgroßmutter, denn gutmütige Menschen ärgert man gern, weil sie es sich gefallen lassen und sich nicht wehren. Dann drohte sie ihm nicht wiederzukommen. Dann hörte er sofort auf ungezogen zu sein, denn dass die Uroma nicht wiederkäme und keine Geschichten mehr erzählte, das konnte und durfte nicht sein. Und wenn die Oma sagte, bald würde sie so alt sein und schwach, dass sie nicht mehr kommen könne und irgendwann, nicht in weiter Ferne müsse sie auch sterben, dann wurde er ganz traurig. Er wollte es nicht wahrhaben und konnte sich das gar nicht vorstellen, aber das war ja noch weit weg, denn die Zeit vergeht in Kindesjahren langsamer als im Alter. Die Urgroßmutter sagte immer: „Die Zeit vergeht so g'schwindt".

Sie wanderten beim Geschichtenerzählen immer den Weg, der von den alten Scheunen beim Busch vor dem Haus zur Bahnhofstraße führte. Von ihrem Spaziergang brachten sie Kamillenblüten mit, die die Mutter trocknete und aus denen sie Tee braute. Den mochte er aber nicht. Wenn die Urgroßoma von Wien erzählte, erfüllte sich sein Herz mit Sehnsucht, einer Sehnsucht, die nicht zu beschreiben ist. Er fürchtete sich vor ihrer Abreise und der Leere, die ihn umgeben würde, wie er sich fürchtete vor dem Tag der Abreise von Tante Hilde, wenn sie zu Besuch war. Wenn er groß sein würde, würde er die Urgroßoma in Wien besuchen und in der Provinzhauptstadt, wo Tante Hilde war, wünschte er später zu leben und zu arbeiten, davon träumte er, ja das wäre schön. Dort waren große Häuser, Straßenbahnen und Eisenbahnen, die in die weite Welt führen, er brauchte keine Angst mehr vor dem Vater zu haben oder vor anderen Kindern oder den Lehrern in der Schule, in die er bald gehen musste. Die Eltern hatten sie ihm schon gezeigt und er fürchtete sich vor der Schule. Die Lehrer sollten gut sein, aber er glaubte das nicht, denn es waren ja Erwachsene. Aber er wollte doch zur Schule, denn er musste ja lernen, um groß zu werden und nur wenn er fleißig war und groß, konnte er seine Träume verwirklichen und er brauchte keine Angst mehr zu haben und keiner konnte ihm sagen, was er zu tun hatte und was er nicht zu tun hatte, denn er wollte immer nur das tun, was er richtig fand und nicht das, was er falsch fand. Er wollte nicht auf die Erwachsenen hören, die vieles nicht verstanden und die nicht logisch waren oder schwindelten oder sogar logen.

Nicht alle Erwachsenen waren schlecht und viele respektierte er, wie seine Eltern, manche hatte er richtig gern, wie die Oma im Dorf oder Oma Wien und Onkel Josef und Tante Hilde liebte er sogar, aber die war ja auch noch nicht erwachsen. Andere Kinder liebte er eigentlich nicht, aber mit einigen konnte man schon spielen, z.B. Hinkeln, Verstecken, Knickern oder Ballspiele, aber meistens spielte er allein nebenan im Busch oder im Keller des Hauses und dachte über die Welt nach und wie er sie verändern wollte.

Im Keller saß er und formte und drehte aus kleinen Papierschnipseln, die er tausendfach produzierte, kleine Papierkelche, säckeweise formte er Papierkelche.

Draußen auf dem Weg vom Busch zur Bahnhofsstraße sammelte er Steinchen und besserte damit den

Weg aus, Steinchen für Steinchen, Stück für Stück. Dann lief er zur Straße, die das Wohngebiet vom Dorf trennte und die umgebaut und vergrößert wurde, und sah den Baggern zu, wie sie den Lehm schaufelten, ihn zutage brachten, gelb-blauen Lehm schichteten sie zu Bergen am Straßenrand auf. Er formte damit kleine Lehmröllchen und Lehmkügelchen. Es war so viel mehr Lehm da, viel mehr, als er an vielfarbigem Knetgummi besaß, mit dem er sonst hantierte.

Viele Lehmkügelchen formte er, eine neue Welt wollte er schaffen.

Viele Steinchen sammelte er, alle Wege wollte er ebnen.

Viele Papierkelche wollte er falten und formen, so viel Leben wollte er trinken.

Stoppelschnitt
Pünktchen drauf

Beim Einschulungsgespräch, zu dem er mit der Mutter erschien, fragte man ihn, was er denn mal werden wolle. Er überlegte. Er konnte diese Frage nicht beantworten. Er wusste es nicht. Irgendwas, wo er sich nicht unterordnen musste, was eine Aufgabe war, die Spaß machte, wo er etwas gestalten, bewegen oder beeinflussen konnte. Pastor? Lehrer? War das überhaupt möglich? Wie wurde man das? Er hatte keine Zweifel, diese Ziele zu erreichen, die dazu nötigen Fähigkeiten würde er sich aneignen. Aber was würde er antworten, wenn die Fragenden jetzt von ihm wissen wollten, warum er das werden wollte? Er konnte das, was er dachte und fühlte, noch nicht in Worte kleiden und begründen, warum er diese Berufswünsche hatte.

Er entschied sich für Polizeihauptwachmeister, denn diesen Berufswunsch konnte er erklären. Sein Onkel war Polizist in der Grenzstadt. Er war dort in den Ferien gewesen. Er wusste, was sein Onkel tat. Ein Polizist regelt den Verkehr und jagt Verbrecher. Er beschützt die Leute und sorgt für Sicherheit. Das war positiv. Und wenn ein Polizist solch positive Aufgaben erfüllt, mussten die Tätigkeiten eines Polizeihauptwachmeisters noch positiver sein. Und vielleicht war ja ein Polizeihauptwachmeister nicht so steif und förmlich wie ein Polizist. Sein Onkel war steif und förmlich, aber seine Frau und er waren immer nett zu ihm gewesen und so freundlich wollte er auch als Polizeihauptwachmeister sein. Onkel und Tante hatten tolle Bücher gehabt, in denen er je nach Gattung und Erkennungsmerkmalen unterschiedliche Tierbilder hatte einkleben dürfen. Er hatte dort auch wunderschöne Malbücher ausgemalt und eigene Bilder entworfen, indem er ein großes, weißes, kariertes Blatt Papier mit vielen Kreuzen versah, die er an unterschiedlichen Stellen des Blattes platzierte und diese mit Linien verband. Die Kästchen, die durch diese Linien gestreift oder berührt wurden, malte er schwarz an. Daraus ergaben sich wunderbare Muster, die sich für ihn zu Bildern formten und in denen er sich an langen Regentagen vertiefte.

Die Leute, die ihn musterten bei der Einschulung, lachten herzlich über seinen Berufswunsch und er war froh, scheinbar die richtige Antwort gegeben zu haben.

Sie sagten seiner Mutter, dass er trotz seiner jungen Jahre schultauglich sei. Er sei gesund und aufgeweckt, und wenn er auch erst im Juni sechs Jahre alt würde, wolle man ihn doch schon zu Ostern in der katholischen Volksschule willkommen heißen.

So wurde er am 21. April 1960 eingeschult. Die Schule stellte für ihn eine große Herausforderung dar. Er musste sich arrangieren mit der neuen Welt, mit den Zwängen, der Unterdrückung, den Unzumutbarkeiten. Er fürchtete die neuen Klassenkameraden, die Jungen mehr als die Mädchen, die im Allgemeinen friedfertiger waren. Aber die Schule eröffnete ihm neue Horizonte. Durch das Erlernen der Schrift und des Lesens konnte er endlich Bücher studieren und in neue Welten eintauchen.

Der erste Tag war durchaus erfreulich. Bewaffnet mit Tafel, Griffel und Schwamm, die er in seinem Schulranzen verstaut hatte, betrat er mutig die Schule.

Am ersten Tag durfte die Mutter ihn begleiten. Auf der Bank lagen grüne Osternester mit Zuckergusseiern.

Das war eine freundliche Geste von den Lehrern, obwohl er Zuckerguss nicht mochte und die Eier nicht aß. Sollte es doch nette Lehrer geben?

Die Lehrerin, die den Kindern als Klassenlehrerin vorgestellt wurde, war nett und einfühlsam und hatte eine Brille wie er.

Die Schulzeit änderte seinen Status zu Hause. Er konnte nicht mehr so viel im Haushalt helfen, er hatte nicht mehr die Zeit. Manchmal dauerte die Schule den ganzen Vormittag und nachmittags waren die Schulaufgaben zu erledigen. Sorgsam war die Tafel mit den ersten Buchstaben zu beschreiben. Kolonnen von Buchstaben, reihenweise, damit sie sich einprägten und Zahlen, damit er später damit rechnen lernte.

Das „i" war einfach, Strich rauf, Strich runter, Pünktchen drauf. Schwieriger war schon das „f", damit fing das Wort „fegen" an, was die Lehrerin pantomimisch vorexerzierte. Einfach war auch die „1", halber Strich rauf, ganzer Strich runter, wohingegen die „5" ihm schon größere Anstrengungen abverlangte. Schwer zu begreifen war die Bedeutung des scharfen „ß", wann es und warum es zu gebrauchen war. War das „s" weich, wie beim Lied: „Summ, summ, summ, Bienchen summ herum", dann war klar, da war das weiche „s" zu verwenden, aber wie verhielt es sich beim Wörtchen „das", welches in verschiedenen Bedeutungen scharf gesprochen, manchmal weich mit „s" und manchmal scharf mit „ß" geschrieben wurde?

Viel Zeit verwendeten die Schüler auf die Anweisung der Lehrer die „Schönschrift" zu üben und „die alte deutsche Schrift". Die alte deutsche Schrift kannte er von seiner Oma im Dorf. Sie verwendete sie Zeit ihres Lebens und schrieb immer weiter in „ihrer" Schrift, auch als die reformierte „deutsche Schrift" obligatorisch wurde.

Das Erlernen der Schrift und dadurch die ungeahnte Wissenserweiterung durch das erst zögerliche, aber dann immer mehr fließende und verstehende Lesen war das Positive an der Schule. Schrecklich waren für ihn jedoch andere Begleiterscheinungen des Schulbesuchs, wie zum Beispiel die regelmäßigen Schulvisiten des Zahnarztes, die schmerzhafte Folgen nach sich ziehen konnten oder die amtsärztlichen Impfungen, die in den Oberarm verabreicht wurden, der dann tagelang geschwollen blieb und deren Merkmale noch heute sichtbar sind. Noch erbärmlicher waren die Injektionen in den seitlichen Oberschenkel, die man mittels eines mit spitzen Nadeln versehenen Stempels kräftig in das Fleisch schlug.

Trotz der Schulaufgaben kümmerte er sich weiter um seine Geschwister, auch das freie Spiel kam nicht zu kurz, das er jedoch mehr und mehr durch Lesen ersetzte. Er las gern und viel, damit er mehr erfuhr und sein Wissen sich vermehrte. Die Mutter betraute ihn jetzt mit verantwortungsvolleren Aufgaben. Sie schickte ihn nicht mehr nur zum Kaufladen oder zum Bäcker, sondern auch zum Schuster die Schuhe flicken zu lassen oder zum Milchmann die Milch zu holen. Auch durfte er jetzt allein den Weg durchs Dorf zu seiner Oma gehen. Die Welt, die sich bisher auf die engere Umgebung in der Nachbarschaft begrenzt hatte, erweiterte sich und er erfuhr und ihm widerfuhren Dinge, die über die bisherige eingeschränkte Wahrnehmung hinausgingen.

Es war noch kein bewusstes Wahrnehmen im ersten Schuljahr, noch kein verarbeitendes Antizipieren von schulischen und außerschulischen Ereignissen, eher ein gelegentliches Aufschnappen und eine bruchstückhafte Informationsaufnahme über Verlautbarungen von Mitschülern, Lehrern oder Erwachsenen. Einige Informationen erhielt er auch aus dem Radio, aber erst das Fernsehen, das seine Verbreitung langsam in die Arbeiterhaushalte fand, sollte seinen Horizont ungemein erweitern.

So hörte er etwas von einem gewissen „Eichmann", der im Ausland verhaftet worden war, von dem er weder zu sagen wusste, wer das war, noch was er verbrochen hatte. Es musste aber wohl ein besonderer Mann sein, weil er mit „Hitler" zu tun hatte, der auch ein besonderer Mann gewesen sein musste, weil die Erwachsenen so geheimnisvoll taten. Einige Zeitgenossen drückten ihr Bedauern über die Festnahme Eichmanns aus. Er hörte auch etwas von Adenauer, der Bundeskanzler und ein wichtiger Mann sei, weil er Deutschland regiere. Was ein Bundeskanzler war, davon hatte er eine vage Vorstellung, das war so etwas Ähnliches wie ein König oder Kaiser. Seine Oma hatte den Kaiser noch erlebt. Aber da nach dem ersten großen Krieg der Kaiser abgesetzt worden war, weil er den Krieg verloren hatte und geflohen war und weil der „Hitler", der ein großer Führer war und das Reich geleitet und Autobahnen gebaut hatte, den zweiten großen Krieg verloren hat und jetzt tot war, wurde die Bundesrepublik Deutschland von einem Kanzler regiert.

Was ein „Reich" war, wusste er aus Märchen, aber was war eine „Republik" oder ein „Bundesstaat"? War das auch ein „Reich"? War die Sowjetunion eine Republik oder ein Reich? Jedenfalls wohnten dort die Russen. Er hörte davon, dass die Russen Kommunisten seien und das seien ganz böse Menschen. Der „Führer" der Russen hieß

Chruschtschow und der habe mit einem Schuh bei einer wichtigen Konferenz auf den Tisch gehauen. Das sei doch kein Benehmen, sagten die Leute, doch sein Vater fand das witzig. Das andere Reich, von dem er hörte, waren die USA, die Vereinigten Staaten. Das sei ein gutes Land und werde jetzt von Kennedy geleitet. Es gab noch andere Länder und Reiche, aber die hatten nicht so viel zu sagen.

Ganz weit weg lag das Reich China, das hatte ganz viele Millionen und Abermillionen Einwohner. In China lebten auch Kommunisten und daher sei das Land gefährlich, sagte man. Die Chinesen hätten noch nicht so viele Waffen um einen Krieg zu führen, aber viele Menschen, die uns eines Tages überrennen würden. Die Menschen seien gelb und man sprach daher auch von der „gelben Gefahr" und er hatte große Angst davor, wenngleich er sich die Menschen nicht ganz gelb vorstellte, denn die Indianer, die Rothäute genannt wurden, waren ja auch nicht ganz rot, sondern eher braun.

Und da war noch was, was wohl sehr bedeutend war, 1960. Tante Hilde erzählte ihm davon und die musste es ja wissen. Es gab eine neue Musikgruppe, eine Band, die spielte „Rockmusik". Was eine Rockband war, wusste er nicht, aber sie nannte das so. Seine Tante war ganz verrückt danach und diese Gruppe war in Deutschland, in Hamburg aufgetreten und man nannte sie die „Beatles", weil sie alle lange Haare hatten. Das war außergewöhnlich und die Erwachsenen schimpften über diese langmähnigen Burschen. Er konnte sich überhaupt nicht vorstellen, warum so viele junge Menschen, besonders die Mädchen, so verrückt nach diesen „Beatles" waren, denn die Haare, die waren doch nicht normal, denn hier im Dorf, da trugen alle einen „Stoppelschnitt".

Stoppelschnitt

Er hatte kurze Haare, alle Jungs in der Schule hatten kurze Haare, den sogenannten „Pisspott"- oder „Stoppelschnitt". Der Name rührte daher, weil er so aussah, als wenn die Eltern ihren Sprösslingen einen Topf auf den Kopf setzten, an diesem Topf dann mit der Schere vorbeischnibbelten, um den Jungs gleichmäßig einen kurzen Haarschnitt zu verpassen. Daher entsprang der Name „Stoppelschnitt", vergleichbar mit den Stoppeln auf den abgeernteten Getreidefeldern. Dieser Schnitt musste möglichst lange vorhalten, damit Geld gespart wurde, das in Arbeiterfamilien wenig vorhanden war.

Auch er bekam den Stoppelschnitt, zuerst von der Mutter, später vom Friseur. Anfangs fürchtete er sich sehr vor dem Friseur, aber nachdem er wahrnahm, dass die Geräte, die der Friseur benutzte, nicht zu vergleichen waren mit den Folterwerkzeugen bei der Impfung, beruhigte er sich schnell. Später schnitt Onkel Josef ihm die Haare, der eine Lehre im Friseurhandwerk absolvierte und sich durch die privaten Schnitte nach Feierabend das Taschengeld aufbesserte.

Josef war sehr beschäftigt, denn viele Familien mussten mit ihrem Geld sorgsam umgehen. Josef freute sich besonders toten Menschen, die eingesargt wurden, die Haare zu schneiden und die Nägel zu stutzen – die wuchsen noch lange nach unter der Erde – weil es dafür eine extra Bezahlung gab, denn der Tod macht traurig und großzügig.

Seine erste Klassenlehrerin war Fräulein Bänke. Sie mochte ihn. Das erleichterte ihm sein Schuldasein. Er fühlte sich beschützt durch sie vor seinen Mitschülern und allen möglichen Unbillen des Schullebens. Fräulein Bänke hatte eine Brille, das machte sie sympathisch. Es half ihm, sein Schicksal eines Brillenträgers leichter zu ertragen, denn die Gläser seiner Brille waren dick und schwer und das grobe Gestell lastete auf seiner Nase. Die finanzielle Lage seiner Familie erlaubte nur eine Kassenbrille, bei der man nicht zuzahlen musste.

Er war sehr kurzsichtig und die Augen hinter den dicken Gläsern wirkten klein. Er schämte sich für seine „Schweinsaugen" und einige Schüler nannten ihn eine „Brillenschlange". Sein Augenleiden war von seiner Mutter beim Spazierengehen bemerkt worden, weil er immer über die Bordsteinkanten stolperte, wenn er sie begleitete. Seine Mutter fuhr mit ihm zum Augenarzt in die Nachbarstadt, in der auch Fräulein Bänke wohnte. Beim Augenarzt waren viele Leute und sie mussten eine Nummer ziehen. Sie hatten noch Zeit, bevor sie an der Reihe waren, und waren spazieren gegangen, um nicht so lange im Wartezimmer zu sitzen. Bei diesem Spaziergang sahen sie Fräulein Bänke. Er war sehr glücklich darüber gewesen, als sie ihn bemerkte und ihn freundlich grüßte. Sie hatte ihn erkannt, er war nicht irgendwer, sie hatte von ihm Notiz genommen, er war ihr wichtig. Sie störte seine Brille nicht und auch nicht seine vorstehenden Zähne. Er trug keine Spange und auch später nicht. Die Eltern mussten sparen.

Er litt sehr unter der Brille und seinen Zähnen und hatte daher Minderwertigkeitskomplexe. Aber er war besser dran als manches Mädchen, das eine Brille tragen musste.

Denn ein Mädchen mit einer Brille, das ging gar nicht, hörte er doch öfters von den Klassengenossen den Spruch: „Mein letzter Wille, ein Mädchen mit Brille". Gott sei Dank war er ein Junge.

Er schämte sich auch oft wegen der Kleidung. Es war die Zeit der „Knickerbocker", der Dreiviertellederhosen, die er nicht mochte, besonders im Winter, wenn er darunter Strumpfhosen tragen musste. Ungemein hasste er die Hosenträger mit dem Schnappverschluss, die sich hinten und vorne in der Kleidung verfingen, mit denen man sich verfranzte beim Hose runter- und raufziehen, wenn über den Hosenträgern noch Hemd und Pullover getragen wurden. Wenn er zur Toilette ging, mussten diese Schnappverschlüsse gelöst werden, bevor man die Hose runterzog und „Pipi" machte, denn der „Pipimann" passte wohl durch die Unterhose, wenn sie einen Schlitz hatte, aber nicht durch die Strumpfhose und auch nicht durch die Lederhose, wenn sie einen Latz hatte.

Wenn er Pipi musste, nahm das die ganze Butterbrotpause zwischen den Schulstunden in Anspruch. Einmal verhedderten sich die Hosenträger beim Hose hochziehen so mit den übrigen Kleidungsstücken, dass er nicht rechtzeitig zum Unterricht erschien. Das war sehr schlimm, denn er war zur Pünktlichkeit erzogen worden und er hatte große Angst, denn es herrschte Zucht und Ordnung bei den i-Dötzchen in der Erstklasse, die man so nannte, weil das „i" der erste zu erlernende Buchstabe in der Schule war. Zu Beginn der Schulstunden und nach der Pause mussten sie sich immer in Reihe und Glied aufstellen und in Zweierreihen in die Klasse gehen. Bei dieser Aufstellung fehlte er nun und auch beim Unterrichtsbeginn. Er wurde immer nervöser und konfuser.

Er kriegte die verflixte Hose nicht hoch, aber er musste doch zum Unterricht. Es war so verzweifelnd wie vor einigen Wochen, als er vor der Haustür stand und auf seine Mutter wartete. Er musste zur Schule und durfte sie nicht säumen. Aber auch das Haus durfte er nicht verlassen, bevor sie zurück war. Er weinte bitterlich, bis eine Nachbarin sich seiner erbarmte und nach der Mutter forschte und ihn tröstete.

In seiner Verzweiflung lief, nein stolperte er von der Toilette mit herunterhängender Hose in die Klasse. Die Angst den Unterricht zu versäumen war größer als die Scham seines erbärmlichen Anblicks durch die Klassenkameraden. Fräulein Bänke schimpfte nicht, zog ihm die Hosen hoch, tröstete ihn, beruhigte ihn und ermahnte die Klasse: „Das kann jedem passieren, darüber lacht man nicht." Er liebte Fräulein Bänke.

In der Schule wurde viel gebastelt, insbesondere in der Adventszeit. Ein herausragendes Ereignis war der Nikolausumzug durchs Dorf. Er glaubte zwar nicht mehr an den Nikolaus, aber es war natürlich ein besonderes Ereignis. Die Schüler aller Klassen versammelten sich auf dem Schulhof mit ihren selbst gebastelten Laternen aus schwarzer Pappe und dem durchsichtigen Buntpapier.

Die Klassen stellten sich nach der Anordnung der Lehrer und der Feuerwehr ordnungsgemäß auf und unter der Begleitung der Fackelträger, der Musikkapelle und des Spielmannszuges, den sogenannten „Knüppeljungs", ging es zum Bahnhof.

Abwechselnd spielten die Musikzüge die Nikolauslieder, die alle kannten und alle mitsangen. Der Nikolaus stieg aus dem Zug und hoch zu Ross, in Begleitung des Knechts Ruprecht und des Engels, ging es weiter zum Vereinshaus. In späteren Jahren nutzte man die Kirche, weil der Platz im Vereinshaus nicht mehr ausreichte. Die Kerzen brannten hinter dem Buntpapier und leuchteten so schön in ihren unterschiedlichen Farben. Alles war so festlich und die Kinder freuten sich auf die Tüten, die sie bald bekommen würden, worin Äpfel und Nüsse und Apfelsinen und Plätzchen sein würden. Welch ein Ereignis, als der erste Schüler mit einer selbst gebastelten Laterne erschien, in der ein elektrisches Lämpchen installiert war, welches durch eine Batterie betrieben wurde. Er begriff nicht und konnte nicht fassen, wie das Wunderwerk funktionierte. Er war fasziniert und zugleich betrübt, weil das Lämpchen wenig festlich war. Kerzen waren romantisch. Er mochte diese Glühbirnen nicht und so trägt sein Tannenbaum zu Hause zur Weihnachtszeit noch heute Kerzen anstatt der lieblosen Lichterketten.

Obwohl Fräulein Bänke die Schrecken des schulischen Daseins milderte und sich für ihn neue Horizonte auftaten, fühlte er sich nicht glücklich. Er beteiligte sich wenig am Unterricht, war ängstlich und hatte Schwierigkeiten die erlernten Buchstaben zu einem guten Schriftbild zusammen zufügen. In seinem Zeugnisheft wurden ihm für das erste Schulhalbjahr nur befriedigende Leistungen bescheinigt.

Im zweiten Schulhalbjahr gab es die ersten differenzierten Fächer. Seine Leistungen in „Rechnen" und „Lesen" waren befriedigend und sein „Schreiben" wurde nur mit „ausreichend" bewertet, doch immerhin brachte er in den Fächern „Führung" und „häuslicher Fleiß" gute Leistungen zutage.

Im zweiten Schuljahr kam er besser zurecht. Neu waren die Fächer „Zeichnen" und „Leibesübungen", für die er jedoch keine Begabung mitbrachte. Er zeichnete gern, aber er war kein großer Künstler, ihm fehlten die Perspektive und das räumliche Denken. Die Leibesübungen hasste er. Bocksprünge mochte er nicht, beim Abrollen auf der Matte stellte er sich ungeschickt an, Seilziehen und ähnliche Übungen fand er albern. Für das Werfen waren seine Arme zu schwach, im Hochsprung war er mittelmäßig, das Ballspielen war ihm zu rau und die Brille störte, nur das Laufen machte ihm Spaß, da war er oft der Schnellste. Er schwamm gerne. Es gab kein Schwimmbad in seinem Dorf, aber im benachbarten Freibad machte er sehr schnell sein „Seepferdchen" und weitere Auszeichnungen erhielt er im Laufe der Zeit.

Die Mutter fuhr mit den Kindern im Sommer oft zur Badeanstalt, wenngleich der Vater diese unnötigen Ausgaben scheute und wegen kleinerer Geldausgaben schimpfte, auch wenn es nur zehn Pfennige waren. Einmal gingen sie mit der Mutter Pommes frites essen, bevor sie mit dem Fahrrad wieder nach Hause fuhren. Das war toll. Es war die erste Pommes in seinem Leben. Es gab eine Kinderpommes „ohne alles". Es war ihm unendlich peinlich, als die Mutter aus ihrer Einkaufstasche die mitgebrachte Mayonnaise und den Ketchup hervorholte, um mit diesen Zutaten die Pommes anzureichern, da dieser Vorgang durch den Pommesbudenbesitzer getadelt wurde, der seinen geschäftlichen Erfolg geschmälert sah.

Sein liebstes Fach war die biblische Geschichte. Er liebte alle Geschichten aus der Bibel und besonders die beeindruckenden, farbigen Zeichnungen dazu, die sehr der Tradition orthodoxer Ikonenmalerei entsprachen. Er versetzte sich lebhaft in die Geschehnisse und konnte sich gar nicht satt lesen an den Berichten aus alter Vorzeit.

Am meisten interessierte ihn die Geschichte mit Abraham und Isaak. Abraham wurde durch Gott auf die Probe gestellt und sollte seinen Sohn Isaak durch eigene Hand opfern, zum Wohlgefallen des Herrn. Das konnte er nicht verstehen. Er wollte nicht begreifen, dass Gott, den er als liebenden Gott sehen und verstehen wollte, so etwas verlangen konnte. Er verstand nicht, dass Abraham sich nicht mit seiner Frau beriet, die sich wahrscheinlich dem Willen Gottes nicht gebeugt hätte, denn Frauen opfern ihre Kinder ungern, wie er annahm. Er hatte Angst vor diesem Gott.

Im Spätsommer 1961 begann der Mauerbau. Alle sprachen darüber in der Schule nach den Ferien. Walter Ulbricht hatte behauptet „niemand will eine Mauer errichten", und errichtete sie doch. Walter Ulbricht musste ein schlimmer Mensch sein.

Amerikanische und sowjetische Panzer standen sich gegenüber, so hörte er von den Eltern und die Rede von einem erneuten Krieg ging um. 1962 wurde Eichmann hingerichtet, was von den Erwachsenen teilweise mit Missbilligung zur Kenntnis genommen wurde.

Lebhaft wurde in seiner Klasse die Kubakrise diskutiert. Kennedy forderte den Abzug aller Raketen durch die Russen von der Insel Kuba. Er drohte mit Krieg und die Eltern hatten große Angst vor dem Krieg. Seine Oma im Dorf hatte beide großen Weltkriege erlebt und sie als grausam und fürchterlich beschrieben.

Er war froh, als Chruschtschow einlenkte. Er interessierte sich für die politischen Geschehnisse und freute sich, dass seine Begierde mehr zu erfahren durch die Anschaffung eines Fernsehers endlich befriedigt wurde. Es gab nur ein Programm, aber war es nicht ein Wunder?

Bilder kamen wie durch Zauberei ins Wohnzimmer über den Bildschirm. Und diese Bilder untermalten in wunderbarer Weise das gesprochene, informative Wort, für das er sich schon immer im Radio interessiert hatte. Vor der Anschaffung eines Fernsehers hatte er sich damit begnügen müssen, dass die Oma ihn sonntags mit zur Kneipe nahm, wo es schon ein Gerät gab. Dort sah er „Fury, das schwarze Pferd" oder „Lassie", den treuen Collie und sein Kinderherz war sehr bewegt über diese Tiere, die durch ihren Einsatz zu Freunden der Menschen wurden.

Er glaubte an die Beseeltheit von Tieren und Pflanzen. Er sah die Tiere als aktiv handelnde Wesen mit mehr als nur instinktiven Reflexen. Die Erwachsenen und die meisten seiner Schulkameraden sprachen davon und auch in der Bibel stand zu lesen, dass die Tiere dem Menschen untergeordnet seien. Er sah wohl deren bedingte Untertänigkeit aufgrund ihrer geringeren geistigen Kapazitäten. Auch wurden nicht wenige Tiere vom Menschen verspeist. Aber hatte nicht auch der Mensch eingeschränkte Kapazitäten? Das, was der Mensch besaß, nannte man Verstand und bei Tieren Instinkt. Er aber dachte: Worte sind nur Begriffe. Es kommt immer darauf an, wer diese Begriffe prägt und definiert und welchen Standpunkt man einnimmt und wer der Stärkere ist. Er wusste, für die Menschen war Gott der Stärkere und ihr Wissen begrenzt. Verhielt es sich nicht auch so zwischen Mensch und Tier?

Die Kinder waren den Erwachsenen unterlegen. Sie mussten sich den Erwachsenen, dem Priester, dem Arzt, dem Lehrer, den Eltern unterwerfen, es waren Autoritätspersonen. Widerspruch gegen Menschen war denkbar. Eines Tages, wenn er groß war, würde er ihnen widersprechen. Widerspruch gegen Gott gab es nicht. Mit Gott musste man übereinstimmen. Gott war die höchste Autorität, aus der alles Leben entsprang. Deshalb konnte man sich ihm nicht widersetzen. Aber er fürchtete den Gott Abrahams. Er wollte Gott lieben von ganzem Herzen und von ganzer Seele. Konnte man aber einen gewaltigen, fürchterlich strafenden und fordernden Gott lieben und ihm folgen?

Sein Gott sollte barmherzig sein. Barmherzig sollte die Welt sein. Gott war die Welt. Gott trug die Welt in sich und die Welt trug Gott in sich. Eine Welt, in der Gott wohnte, das sollte Gott sein. Und wenn es so war, dann war alles in der Welt Gott, jedes Tier, jede Pflanze und jeder Stein. Er war ein Teil von Gott.

Die Menschen fehlten und zweifelten an Gott, das belegten Beispiele aus der Bibel. Aber wenn sie fehlten, dann fehlten sie gegen sich selbst, denn sie waren Teil dieser Welt und Teil von Gott. Deshalb konnten sie Gott nicht täuschen. Täuschten sie Gott, so täuschen sie sich selbst.

Erwachsene konnte man täuschen. Das wusste er aus eigener Erfahrung. Aufgrund seiner Komplexe sehnte er sich nach Aufmerksamkeit und so täuschte er in der Schule manchmal Krankheiten vor, die er nicht hatte, die aber das Mitgefühl seiner Mitschüler erregen sollten. Einmal täuschte er Knieschmerzen vor. Fräulein Bänke informierte die Mutter, die mit ihm sofort zur Ärztin ging. Diese stellte einen Meniskusschaden fest. Ein anderes Mal täuschte er Bauchschmerzen vor und die Doktorin diagnostizierte Blinddarm. Er hatte die Ärztin getäuscht, oder wollte sie nur verdienen? Sein Tun hatte aber keine Folgen, weil er sich den Operationen verweigert und die vorgetäuschten Schmerzen urplötzlich nachließen. Als er in der Schule nicht neben einem Schüler sitzen wollte, weil der ihm nicht behagte, täuschte er schlechtes Hören vor. Er wurde von der hinteren Bank nach vorn gesetzt. Er bemerkte: Die Erwachsenen ließen sich täuschen und täuschten selbst. Sie stellten, wie die Ärztin, Prognosen, die nicht zutrafen. Das Wissen der Erwachsenen war beschränkt und ihre Entscheidungen relativ. Sie konnten richtig oder falsch sein oder bedingt richtig oder falsch, wenn sie auf falschen Voraussetzungen beruhten, das waren seine neuen Erfahrungen. Es war also notwendig scheinbaren Autoritäten zu widersprechen. Der Ehemann der Ärztin war ebenfalls Mediziner. Er war von den Eltern gerufen worden, weil sein Bruder krank war. Der Arzt forderte seinen Vater auf, einen Löffel zu holen, damit er dem Erkrankten seine Medizin verabreichen könne. Der Vater gab diesen Befehl an ihn, seinen Sohn, weiter: „Hal es ne Loepel, Junge!" Da sagt der Arzt zum Vater: „Ich hatte das zu ihnen gesagt, nicht zu ihrem Sohn". Der Vater holte den Löffel.

Das war für ihn ein Schlüsselerlebnis. Der allmächtige Vater beugte sich dem Arzt. Widerspruch durfte sein, musste sein, war angemessen und konnte sogar erfolgreich sein.

Füchse, die taugen nicht

Zum Ende des zweiten Schuljahres wurde Fräulein Bänke verabschiedet. Er weinte heimlich bitterlich, denn offen weinen wollte er nicht, weil „Jungen" nicht weinen, nur die Mädchen. Fräulein Bänke wurde versetzt oder heiratete, dass weiß er nicht mehr.

Alle Schüler fragten sie, ob sie nicht bleiben könne, und baten sie flehentlich, aber ihr Abgang war unwiderruflich. Es schmerzte ihn sehr und in späteren Jahren erfuhr er, dass es seinen Mitschülern ebenso ergangen war, dass sie auch den Tränen nahe gewesen waren und da wusste er, dass viele Menschen ihre Gefühle vor anderen verstecken. Das gute Fräulein Bänke ging. Wer würde kommen? Was würde geschehen? Von vielen Lehrern hörte man schreckliche Dinge, dass sie schlugen und jähzornig waren und ungerecht. Die Prügelstrafe war noch etabliert und viele Lehrer nutzten sie als Erziehungsinstrument. Nichts fürchtete er so sehr wie Prügel, nichts war für ihn erniedrigender und menschenverachtender. Prügel waren für ihn gleichzusetzen mit Seelenqualen. Natürlich mussten Kinder bestraft werden, wenn sie falsch handelten und es gab sehr viele Schüler, die frech und ungezogen waren, aber nichts konnte Prügel rechtfertigen. Die Erwachsenen waren oftmals ungerecht und wussten nicht, was in den Kindern vorging, wie er am eigenen Leibe durch seine Mutter erfahren hatte, als sie ihn mit dem Teppichklopfer züchtigte.

War der neue Klassenlehrer gerecht? Schlug er die Kinder? Würde er bei dem neuen Klassenlehrer gut lernen, würde er seine Leistungen halten können?

Nach dem zweiten Schuljahr hatte er in allen Fächern auf dem Zeugnis ein „gut" bekommen, nur das „Schreiben" und die „Beteiligung am Unterricht" waren „befriedigend" gewesen. Der Sportunterricht war zu seinem Glück ausgefallen. An diesen guten Noten wollte er anknüpfen und setzte Hoffnung auf das neue Schuljahr und wartete mit Spannung auf die neuen schulischen und außerschulischen Ereignisse.

Das Medium Fernsehen bot ihm spannende Informationen und er verfolgte Nachrichten und Geschehnisse mit erweitertem Interesse, sofern er sie verstehen konnte. Kanzler Adenauer und Präsident Charles de Gaulle, der mit der großen Nase aus dem Nachbarland, Chef der Franzosen, die früher unsere „Erzfeinde" waren, wie viele Erwachsene sagten, verstärkten die deutsch-französische Zusammenarbeit.

Der Papst wurde von Rolf Hochhuth kritisiert. Das ganze Dorf erregte sich darüber, weil man den Papst nicht kritisieren durfte, der ja der Stellvertreter Gottes war und unfehlbar.

Im Fernsehen gab es jetzt zwei Programme, das ZDF „ging an den Start" und es gab einen neuen Papst, Papst Johannes XXIII. war gestorben, was viele bedauerten und Papst Paul VI wurde neuer Papst, was viele begrüßten, wurde er doch als Reformpapst angesehen. Sein guter Ruf wurde jedoch schon bald in Mitleidenschaft gezogen. Auch wenn Papst Paul VI nicht die Kirche spaltete, so schwächte er sie doch durch sein Verbot der Pille, das kaum einer befolgte.

Das Jahr bekam einen neuen Feiertag. Der 17. Juni wurde zum Tag der Deutschen Einheit ernannt und der Präsident der Vereinigten Staaten sprach den berühmten Satz „Ich bin ein Berliner". Kanzler Adenauer wurde durch Kanzler Erhard abgelöst. Sein Vater lobte den dicken Zigarrenraucher als sachverständigen Wirtschaftsfachmann.

Viele Dinge nahm er jetzt lebhaft in sich auf. Sprechen konnte er mit seinen Schulkameraden darüber nur wenig, weil viele sich dafür nicht interessierten. Alle begeisterten sich jedoch für den Postraub in England, der war bei den Klassenkameraden Gesprächsthema Nummer eins. Viele verfolgten dazu mit Spannung die Nachrichten. Die Taten der Posträuber riefen bei ihm Bewunderung hervor, wenngleich sie doch Verbrechen waren. Er hoffte inständig, man möge die Posträuber nicht fassen und wenn, dann nicht alle, vor allem nicht die Anführer, die alles so gut und minutiös geplant hatten.

Er bewunderte ihre Organisation, die Kühnheit und ihren Mut. Er liebte solche Figuren und Persönlichkeiten. Sie waren für ihn Helden, wie „Old Shatterhand" oder „Winnetou" in den Karl-May-Romanen, die er angefangen hatte zu lesen und deren Verfilmung jetzt in den Kinos anlief. Die Posträuber standen im krassen Gegensatz zu den bedrohlichen Gestalten und Kriminellen, die er eines Tages in der Nähe des Dorfes erblickte.

Er sah Menschen mit blauen Kitteln, die Gräben reinigten und freischaufelten von Unrat und Dreck, damit das Wasser wieder ungehindert floss, von den Feld- und Wegrändern in den Fluss. Es war ein Gefangenenarbeitskommando. Es wurde bewacht von zwei Aufsehern mit Gewehren. Die Gefangenen, was immer sie auch ausgefressen hatten, mussten böse Menschen sein, da sie so abgerichtet und bestraft wurden. Er fürchtete sie, auch wenn er Mitleid mit ihnen hatte.

Das dritte Schuljahr war für ihn ein entscheidendes Jahr. Sein Bruder starb an Krebs. Als Folge dessen schickte seine Mutter ihn in die Kindererholung, derer er gar nicht bedurfte und aus der er geschädigt zurückkam, da die katholische Erholungskur statt Liebe und Güte unmenschliche Härte und Disziplin mit sich brachte.

Trotz 26 Fehltagen durch diese „Erholkur" kam er gut im Unterricht mit, was nicht zuletzt an Lehrer Brewe lag, dem neuen Klassenlehrer. Nicht alle liebten Lehrer Brewe, der strenger war als Fräulein Bänke, aber seine Strenge war gerecht und er forderte die Schüler, was ihm zugutekam. Lehrer Brewe förderte das Singen und Musizieren. Das bereitete ihm Freude. Er sang im Schulchor mit. Er hatte eine gute Stimme und er lernte schnell die Noten. Er nahm nun eifriger am Schulunterricht teil und besuchte fleißig den Blockflötenunterricht, der außerschulisch angeboten wurde.

Er lernte viele Lieder, die er später mit seinen Kindern sang und die ihm noch heute im Gedächtnis sind. Der Blockflötenunterricht und das Streben der Gruppen war auf die Hochzeit des Jahres ausgerichtet. Das war die Advents- und die Weihnachtszeit. Die Kinder lernten mit der Blockflöte einzeln oder in der Gruppe vorzutragen. Auch übten sie Gedichte zu rezitieren oder eine Weihnachtsgeschichte darzustellen. Sie bastelten die nötigen Stafetten und schmückten den Raum und die Tische. Dann kam der große Abend, an dem das Erlernte und Studierte vorgetragen und der Kritik und Freude der Eltern und Zuhörer ausgesetzt wurde.

Die Erwachsenen waren zufrieden und applaudierten ihren Zöglingen mit Stolz. Die Feierlichkeit der Veranstaltung und Anerkennung durch das Publikum berührten ihn sehr. Er war voller Friede, Freude und Harmonie und sein Herz fand die Erfüllung, der es so nötig bedurfte.

Die Ankunftszeit, der Advent und die Freude auf das Weihnachtsfest, das war die schönste Zeit des Jahres, weil es in der Familie freundlich zuging, die Schulkameraden verträglich waren. Bald würde es Geschenke und Leckereien geben. Am besten schmeckte ihm die exotische Paranuss mit der dicken Schale.

Die Winterzeit brachte oftmals Schnee und Eisblumen an die Fenster. Er las die Geschichten von den Schneekönigen, baute Schneemänner, warf Schneebälle und schlitterte auf geeigneten Flächen, Wiesen und Gräben oder auf dem Dorffluss, der damals noch zufror. Einmal musste die Feuerwehr das Eis brechen, dessen Schollen sich vor dem Wehr aufgestaut hatten.

In diesem Jahr wuchs sein Selbstvertrauen. Er spielte mehr mit anderen Kindern, zum Beispiel mit Robert, wenn er bei der Oma war. Zuerst hatte er Angst gehabt vor Robert, der in Omas Nachbarhaus wohnte. Robert war aggressiv und frech zu anderen Kindern. Er hatte keine Spielkameraden. Robert stotterte. Er hatte eine Stiefmutter, die ihn drangsalierte und oft schlug und einsperrte, wenn er nicht willig war. Oma sagte, wenn er mit ihm spiele, so würde sich schnell zeigen, dass Robert gar nicht böse sei, nur ängstlich und einsam. Er stottere deshalb, weil er geprügelt werde wie ein Hund. Er erwarb sich die Freundschaft von Robert und beide hatten keine Angst voreinander. Robert zeigte ihm die Umgebung. Bisher hatten ihn seine Erkundungen nur in Onkel Franzs Garten geführt, nun aber streiften sie bis zum Bauernhof, dort wo jetzt erbarmungswürdig ein Supermarkt steht und mit seinen gemauerten Wänden die Sicht nimmt auf den Feldweg zum Bauernhof, die Wiesen, die Äcker und Stutenkötterswald, zu dem ein schmaler Pfad führte.

In diesem neuen Schuljahr erweiterte sich sein Blickfeld, ging über sein Dorf hinaus. Er war zwar schon früher in der Stadt gewesen, in der Fräulein Bänke wohnte, in der Provinzstadt bei Tante Hilde und Oma Trinchen, aber er war noch nie in der Fremde gewesen. In diesem Jahr fuhren sie ins Ruhrgebiet, ins „Bergske".

Der Kaufladen, in dem seine Mutter arbeitete, sollte zu einem Imbiss umgebaut werden. Die Inhaber und das zukünftige Personal brauchten Anregungen. Deshalb wurde eine Erkundungstour dahin unternommen, wo es schon Imbisse und entsprechende Angebote wie Pommes, Bratwurst oder Currywurst gab. Zum ersten Mal fuhr er über die Provinzgrenzen hinaus. Er fieberte vor Spannung, als sie die Grenze der Region überquerten. Sie kamen spätabends, müde und erschöpft zurück und er benötigte eine Entschuldigung für die Schule, in die er erst verspätet zum Unterricht erschien. Er hatte das Ruhrgebiet gesehen, viele Straßen, zum ersten Mal im Leben eine Autobahn. Einige Menschen hatten ganz anders ausgesehen. Das war ein großes Abenteuer gewesen.

Es war auch das Jahr seiner Kommunion, das große Ereignis im Leben eines kleinen Christenmenschen, die Teilhabe, das Kommunizieren in Gemeinschaft mit Gott.

Ihm wurde ein neues weißes Nylonhemd verpasst, das jetzt in Mode kam. Er fühlte sich elend, es juckte auf seiner Haut, die sehr empfindlich ist. Er kratzte sich unaufhörlich und wurde wund an Armen und Hals. Auch die Fliege, die man ihm an den Hals gesetzt hatte, die ihn zuschnürte, verleidete ihm das Fest. Er hasste diese Zwänge und Einengungen. Er würde später keine Krawatten und Fliegen tragen. Er war froh, als er nach der Zeremonie, die ihn wenig beglückte, die Fliege ablegen durfte. Er vertrug Nylon, Perlon, Chemie nicht auf seiner Haut, auch nicht die silberne Uhr, die er zur Feier des Tages geschenkt bekam. Er erfreute sich ihrer nicht. Er wollte keine Uhren tragen. Nach der Messe trabte er mit den Gästen nach Hause, unter denen auch Tante Hilde war, mit der er kindisch alberte. Er wurde streng getadelt ob seiner Ausgelassenheit, wo doch sein Bruder gerade an Krebs gestorben sei. Er war ganz verstört, denn man hatte ihm doch gesagt, sein Bruder sei im Himmel. Er wusste, sein Bruder ist bei Gott und dort ist es schön. Hatte er nicht gerade zum ersten Mal kommuniziert und war jetzt sehr eng mit Gott verbunden und seinem Bruder? Wieso durfte er sich nicht freuen und albern sein? Warum sollte er denn jetzt traurig sein? War es im Himmel gar nicht schön? Darauf wusste seine Mutter keine Antwort.

Im neuen Schuljahr gab es neben dem Fach biblische Geschichte jetzt das Fach Katechismus. Da ging es um Glaubenssätze und viele Dinge, die man auswendig lernen musste, die er nicht verstand und die der Pfarrer, der den Unterricht gab, nicht erklären wollte. Das war kein schönes Fach. Pfarrer Wöllering war dick und furchterregend in seiner schwarzen, befleckten Tracht. Der Pfarrer war zwar laut in der Kirche und schrie von der Kanzel auf die Kirchgänger ein, aber im Unterricht war er recht friedlich. Er schlug seine Schüler nie und tat auch sonst nichts, was verderblich war. Ihm waren die Schüler eher gleichgültig, er wollte seine Ruhe und ordnete im Unterricht das Lesen, das Aufschreiben und das Auswendiglernen der Glaubenssätze an. Er selbst saß meistens am Pult, las Zeitung und aß Käsebrote und beobachtete die Schüler bei ihrer Arbeit durch ein Loch in der Zeitung, das er zur Observation tückisch dort angebracht hatte.

An dem Katechismusunterricht konnten die beiden Schüler Georg Iller und Franz Hauser nicht teilnehmen. Georg und Franz waren Außenseiter, denn sie waren evangelisch. Sie hatten eine andere Religion und die war nicht gleichberechtigt anzusehen. Die Evangelischen hatten keinen Papst und kommunizierten nicht in gleicher Weise wie die Katholiken. Evangelisch zu sein hieß, einer falschen und daher minderwertigen Religion anzugehören.

Er spürte deutlich die Diskriminierung der beiden Mitschüler, sie waren isoliert.

Lehrer und Eltern vermittelten den Eindruck, dass diese Schüler anders seien und sie waren ja auch anders. Nicht nur, dass sie evangelisch waren – sie mussten während des Religionsunterrichts die Klasse verlassen und andere Unterrichtsstunden in anderen Klassen aufsuchen – sie lebten auch anders und sahen anders aus. War das nicht der Beweis? Georg hatte rote Haare und wohnte außerhalb des Dorfes hinter dem Bahndamm. Von einigen Erwachsenen hatte er gehört „Fösse, de doeget nich", „Füchse, die taugen nicht". Georg hatte rote Haare und war ein Fuchs. Man musste vorsichtig sein! Franz war schmuddelig und dick und wohnte weiter draußen in einem gammeligen Kötterhaus. War er nicht „nen Togetrokkenen", ein Zugezogener, ein Flüchtling, der da draußen mit den Eltern in dieser alten Kaschemme sein Dasein fristete, ein erbärmliches Dasein, zwischen Hühnern und Enten die, wie Mitschüler berichteten, in den Wohnräumlichkeiten herumspazierten.

Ja, Georg und Franz waren anders, wie die Juden früher, die es nicht mehr gab im Dorf oder die Ausländer, die es noch nicht gab im Gemeindewesen. Die Erwachsenen sagten den Kindern, sie sollten Georg und Franz nicht ärgern und als Menschen akzeptieren, sie könnten ja nichts dafür, dass sie einer anderen Religion angehörten. Sie waren Sonderlinge, so wie der Junge, der seinen Vater nicht kannte, der mit seiner Mutter in der Nähe der Kirche wohnte, der Mutter, die ihr Kind von jemandem bekommen hatte, der sie nicht heiraten wollte, der Junge, der also unehelich geboren war. Es war eine schlimme Sache, unverheiratet und ohne Mann mit einem Kind zu leben, das war mit der christlichen Lehre nicht vereinbar. Die Mutter hatte schwer gesündigt und die Frucht ihrer Sünde war der Junge. Der Junge konnte nichts dafür und musste toleriert werden in der Dorfgemeinschaft, aber er wurde despektierlich behandelt.

Andersartige Menschen und Kinder waren zu tolerieren, man durfte sich allerdings nicht gemein machen mit ihnen. Katholische und evangelische Menschen sollten nicht heiraten und evangelische Menschen durften nicht in katholischen Einrichtungen arbeiten, auch wenn es keine anderen Einrichtungen im Dorf und in der Region gab. Vielleicht dachten einige Menschen darüber anders, aber sie schwiegen lieber, warum den Mund aufmachen, sich Ärger einhandeln. Wenn man aus der Fremde in sein Dorf zog, was selten der Fall war, so schwieg man besser, ordnete sich ein und passte sich an, verschwieg seine wahren Gedanken, manchmal auch seine Herkunft und familiäre Verhältnisse, wenn sie nicht einhergingen mit dem allgemeinen Gedankengut des dörflichen Lebens.

Auch Fräulein Dotter schwieg, die zum Ende des dritten Schuljahres an der katholischen Volksschule als Lehrerin in Erscheinung trat. Sie war mit ihrer Schwester in den Ort gezogen, wohl, weil sie hier eine Anstellung an der Schule bekommen hatte. Wenn man Fräulein Dotters Schwester so richtig besah, so stellte man fest, dass sie sehr jung war, dass sie hätte auch Fräulein Dotters Tochter sein können. Aber das durfte niemand sagen. Denn hätte es sich bei der Schwester von Fräulein Dotter um deren uneheliche Tochter gehandelt, hätte sie niemals an der katholischen Volksschule unterrichten dürfen. Da schwieg man lieber, wie bei Homosexuellen, von denen man wusste oder zu wissen glaubte, dass sie schwul waren. Darüber sprach man nicht, es war ein Schutz für die Betroffenen, und die Betroffenen schwiegen, weil sie nicht zu Schaden und zu Schande kommen wollten. So arrangierte man sich.

Fräulein Dotter nieste immer herzhaft und mehrmals in jeder Unterrichtsstunde. Sie tat furchtbar aufgeregt und streng, aber sie war eher ein gutmütiger Charakter und züchtigte die Kinder nur selten körperlich.

Er hatte Glück mit seinen Lehrern, sie waren nicht die Gewalttäter, die in anderen Klassen ihr Unwesen trieben.

Lernschwache, andersartige Kinder, oft Bauernkinder, die noch „platt" im Dialekt sprachen, hatten keinen leichten Stand bei den Lehrern. Sie wurden geschlagen, mussten den Stock manchmal selbst mit in den Unterricht bringen, mit dem sie drangsaliert wurden. Ein Schüler musste regelmäßig die Brille abnehmen, bevor er geohrfeigt wurde. Fräulein Dotter züchtigte einige Male Schüler, indem sie mit dem Stock über deren Finger schlug. Die Schüler mussten die Hand ausstrecken, aber sie schlug nie hart zu und meistens zogen die Schüler ihre Hände weg und sie beließ es dabei. Er wurde auf dieser Art und Weise nie behelligt.

Eine spezielle Lehrerin war Fräulein Schrunz. Sie war falsch und hatte einen Dutt. Er mochte sie nicht. Einmal hatte er eine Rechenaufgabe übersehen. Fräulein Schrunz entdeckte in seinem Heft das fehlende „Rechenpäckchen". Er verteidigte sich. Sie glaubte ihm seine Beteuerungen nicht und unterstellte ihm die Unwahrheit zu sprechen. Sie funkelte ihn mit ihren Augen böse an: „Du bist ein schlechter Schüler, nicht so wie dein Vater. Freu dich, dass du der Sohn deines Vaters bist, sonst würde ich dich jetzt bestrafen. Dein Vater hat immer alle Aufgaben gelöst. Dein Vater hatte wunderschöne braune Augen und immer gute Noten. Wenn er bei mir Handarbeiten gehabt hätte, hätte er sicherlich eine Eins bekommen. Wenn dein Vater mich mit seinen braunen Augen ansah, konnte ich ihm nicht widerstehen, sag das deinem Vater und bessere dich!"

Er schämte sich und erfuhr von seinem Vater, dass zu Zeiten des Nationalsozialismus Fräulein Schrunz, der Rektor der Schule und so manch andere Lehrpersonen Anhänger der Nazis gewesen waren. In der Nazizeit wurden diejenigen Kinder von Fräulein Schrunz bestraft, die vor dem Unterricht zur Kirche gingen, was für katholische Schüler selbstverständlich war. Nach dem Krieg wurden die Schüler von ihr bestraft, weil sie nicht zur Kirche gingen. Fräulein Schrunz war Spezialistin im Stock-über-die-Finger-schlagen. Ihm blieb die Prozedur erspart, wohl in Hinblick ihrer Liebe zu seinem Vater.

Nimm die Äpfel an, du Lump

Im vierten Schuljahr bekam er einen neuen Klassenlehrer, Lehrer Manteufel. Lehrer Manteufel fürchtete er, obwohl er keine schlechten Noten erhielt von ihm. Manteufel war streng und ein wenig verschlagen. Jedenfalls war nicht immer durchschaubar, ob seine Handlungsweise gerecht und berechtigt war. Er stand in dem Ruf zu schlagen. Ihn schlug er nicht, aber er drohte damit und er erinnert sich der Begebenheit, wo Lehrer Manteufel ihn aus nichtigen und für ihn nicht nachvollziehbaren Gründen vor die Tür beorderte, wo er warten sollte, um eine Tracht Prügel zu erhalten. Manteufel verabreichte ihm die Prügel nicht, drohte aber, ihn beim nächsten Mal zum Rektor zu schicken, der als strenger Zuchtmeister bekannt war. Er wusste nie, ob Manteufel drohte, um die Schüler einzuschüchtern oder ob er sich einen Spaß mit ihnen machte. Er mochte diese Undurchsichtigkeiten nicht und hielt Distanz zu Manteufel. Er hielt auch Abstand zu Fräulein Sehler, Manteufels späterer Frau, die manchmal Vertretungsunterricht machte. Ihm missfiel ihre Augensprache, woran er die Menschen am ehesten erkannte, aber auch die Person im Ganzen war ihm nicht sonderlich sympathisch. Er konnte das nicht begründen und es war nur so ein Gefühl. Dieses feine Gespür für menschliche Charaktere begleitete ihn sein ganzes Leben und betrog ihn selten. Er mochte Fräulein Sehler nicht und so war er auch nicht überrascht, dass ausgerechnet Fräulein Sehler diejenige Person war, die ihn als einzige Lehrerin je geschlagen hat. Es war zwar nur eine einzige

Backpfeife, aber die vergaß er nie und verzieh ihr sie nie, weil sie ungerecht war und unbegründet. Sie wollte sich durch Ohrfeigen, die sie einigen Schülern wahllos gab, Respekt und Ruhe verschaffen in der Klasse. Sie konnte den Lärm und die Unruhe in der Klasse nicht orten und daher ihre Strafe nicht zielgerichtet anwenden. Er hasste wahllose Einzel- und Gruppenbestrafungen, die auch bei anderen Lehrern üblich waren. Für die unschuldig Betroffenen waren sie ein Hinweis auf die Unfähigkeit der Strafenden sich Autorität zu verschaffen.

1964 traten die USA in den Vietnamkrieg ein. Die daraus folgenden Ereignisse sollten ihn in den weiteren Lebensjahren stark beeinflussen. Chruschtschow wurde abgesetzt, was einige Erwachsene bedauerten, fürchteten sie doch eine Verschlechterung der Lage durch die ihm nachfolgenden Apperatschiks des sowjetischen Staats- und Parteiapparates. Auf Chruschtschow folgte Kossygin als Regierungschef und Parteichef wurde Breschnew. Die Rentner durften nach dem Mauerbau zum ersten Mal aus der DDR ausreisen und er hörte von den Protestbewegungen der schwarzen Bevölkerung in den USA und dass ein gewisser Martin Luther King den Friedensnobelpreis erhielt. Es musste wohl in diesem Jahr gewesen sein, dass sein politisches Interesse und Bewusstsein vollends erwachte, wenngleich es noch nicht gänzlich entwickelt war. Er verfolgte regelmäßig die Tagesschau und weitere Informationssendungen und wurde ein eifriger Zuschauer politischer Diskussionsrunden im Fernsehen.

In seiner Schule wurde das Fach Heimatkunde eingeführt. Er erfuhr etwas über die Nachbarorte, Nachbarflüsse und Dinge, die man wissen oder auch nicht wissen musste.

Er konnte geografisch zuordnen, was er bisher nicht zuordnen konnte und bekam eine Idee von Raum und Entfernungen.

Es war das Jahr, in dem er seinen ersten Aufsatz schrieb. Die Lehrkörper verlangten von den Schülern über ihre Erlebnisse in den Ferien zu berichten. Unter dem Titel „Mein schönstes Ferienerlebnis" hatten sie Erzählungen zu schreiben und sich bereits während der Ferien Gedanken über ihren Aufsatz zu machen, damit die Ferienzeit nicht unnütz vertan würde. Das vergällte ihm die Freizeit. Er wollte nicht an die Schule denken und so fragte er, ob er denn auch etwas anderes schreiben dürfe, etwas, was er nicht in den Ferien erlebt habe, zumal er nichts Besonderes in den Ferien erlebe. Der Lehrer stimmte zu. Zwar erlebe jeder etwas Berichtenswertes in den Ferien, doch stehe es ihm frei auch etwas anderes zu beschreiben als „sein schönstes Ferienerlebnis".

Und so beschrieb er ein Erlebnis der besonderen Art, die jährliche Versteigerung der Obstbäume an der Bauernstraße, dem Wirtschaftsweg, der hinter der Siedlung seiner Oma begann, durch die Bauernschaft verlief und weiter an die Grenze zum Nachbarort führte. Es gab Äpfel, Birnen und Pflaumen alt hergebrachter Sorten zu versteigern, die so schmeckten, wie sie heute nicht mehr schmecken. Und an der alten Burg, die so unheimlich war mit ihren verfallenden Gemäuern, wurden an der Gräfte alte Wallnussbäume versteigert, die prächtigen Ertrag brachten. Oft gelang es dem Vater diese Bäume zu ersteigern und sie brachten säckeweise Nüsse nach Hause. Von der Burg aus sollte unterirdisch ein geheimer Gang zu einem Haus im Dorf führen. Verfolgte man die Geschichte dieses Hauses, so lebten dort die Geschlechter und deren Urahnen, die den Namen seines Dorfes prägten. Zuletzt soll auf der Burg ein Freimaurer gehaust haben, der unter mysteriösen Umständen zu Tode kam oder in den Freitod ging. Er war sehr traurig, dass diese Burg später abgerissen wurde und einem architektonisch grässlich anzusehenden Bauernhof weichen musste, der dort aus Umsiedlungsgründen in die Landschaft gepflanzt wurde.

Er verstand nicht, dass alles Alte, Geheimnisvolle, Kostbare, seine Kindheit prägende Gebäude, Straßen, Gelände, Bäche, Landschaften geändert oder unwiederbringlich beseitigt wurden. Jedes Mal verstarb etwas in seinem Inneren und in der Seele seines Ortes und seiner Umgebung. Er glaubt fest an eine für viele Menschen nicht erkennbare Seele in den sie umgebenden Dingen. Wenn diese Dinge sich veränderten oder beseitigt werden, verändern sich auch die Menschen. Er spürte das und erfasste es mit seinen Sinnen. Wenn er die Erwachsenen darauf ansprach, dann sagten sie, das sei der Lauf der Dinge und die Dinge gingen voran und entwickelten sich. Aber mussten sich die Dinge so entwickeln? Es waren doch die Menschen, die die Dinge beeinflussten und sie konnten doch anders handeln und die Dinge anders entwickeln. Waren sie blind für die Folgen ihres Tuns?

Die Bäume wurden mit einem Mindestgebot von 50 Pfennigen versteigert. Eine Amtsperson, der Ausrufer, der in früherer Zeit die Neuigkeiten im Dorf mit einer Glocke bekannt gegeben hatte, ging voran. Er war der Versteigerer. Manchmal mussten bis zu zwei DM geboten werden, bevor man den Zuschlag bekam. Diejenigen, die die Bäume ersteigerten, hatten das Recht deren Früchte zu ernten. Die Erträge waren meist riesig, die ganze Familie musste helfen beim Ernten und Sammeln. Er half gerne.

Das Fallobst musste schnell verzehrt oder eingemacht werden. Unbeschädigte Äpfel und Birnen lagerte man im kühlen Keller, aber auch in den Schlafstuben. Er freute sich auf die herrlichen Bratäpfel, die die Mutter zu Weihnachten im Ofen garte und beim Anrichten manchmal mit Vanillesoße, Rosinen oder Eis ergänzte und verfeinerte. Die Mutter achtete sorgsam darauf, dass die Krosen des Apfels mit ihren Spelzen beseitigt wurden, denn die mochte er nicht. Wenn die Mutter die Äpfel zu Mus verarbeitete, so aß er es nicht, wenn sich darin noch Spelzen befanden. Auch liebte er nicht die Haut glatter Äpfel, wie ihn alles Glitschige und „Künstliche" abstieß. Er wollte es weder essen, berühren noch tragen. Deshalb hasste er die Spelzen in den Apfelgehäusen wie er dünne, durchsichtige Nylonstrümpfe hasste, die die Frauen trugen. Er verabscheute den glitschigen, sich künstlich anfühlenden Schlafanzug, den seine Tante trug. Sie durfte nur in sein Bett kommen, wenn sie keinen „glitschigen Schlafanzug" anhatte.

Sein Vater kletterte in die Bäume und gab ihm und der Mutter die Früchte an.

„Wehe" wenn sie das Obst fallen ließen, dann schimpfte er schrecklich, denn es sollte ja gelagert werden, Fallobst hatten sie genug. Damit viel geschafft wurde, mussten seine Mutter und er die Früchte schnell aber druckfrei in Säcke, Eimer oder Wannen legen, verstauen und griffbereit die weiteren Anreichungen des Vaters entgegennehmen. Nicht immer war er schnell genug. Und so schrie der Vater einmal: „Nimm die Äpfel an, du Lump!" In seinem Schulaufsatz schrieb er diesen Ausruf nieder. Er wollte sein Erlebnis authentisch schildern, weil er dachte, dass Authentizität einen guten Aufsatz ausmacht und belebt.

Wie war er aber enttäuscht, als der Lehrer ihn vor der Klasse schalt und sagte: „Das hast du dir doch ausgedacht. Das sagt doch ein Vater nicht zu seinen Kindern. Ändere bitte deinen Aufsatz." Er erwiderte nichts. Er hatte doch die Wahrheit geschrieben. Er schwieg, denn er wollte seinen Vater nicht bloßstellen und seine Familie, denn wenn ein Vater „so etwas" nicht sagte, dann war es unangemessen zu protestieren, denn damit wäre ja für alle Mitschüler klar, dass er einen Vater hatte, der etwas sagt, was Väter nicht sagen. Er aber wollte einen Vater, der so war wie andere Väter, obwohl er ahnte, dass auch andere Väter nicht so waren, wie sie sein sollten.

Der Lehrer zweifelte die Realität der Geschehnisse und deren Wiedergabe in seinem Aufsatz an. Er fragte sich, was Lehrer wissen, was die Erwachsenen wissen von der Realität, mit der sie nicht befasst sind, was wissen sie von seiner Realität?

Nachmittags nach der Schule, wenn die Mutter nicht zu Hause war, passte Reinhard Schimanski manchmal auf ihn auf und half ihm bei den Schulaufgaben. Reinhard Schimanski war einige Jahre älter als er. Er kannte die Familie, weil er Jahre zuvor im Dorf in enger Nachbarschaft zu Schimanskis Familie gelebt hatte.

Die Schimanskis hatten es nicht leicht im Dorf, sie waren Zugezogene, Flüchtlinge aus dem ehemaligen Ostpreußen, aus Königsberg. Die Schulkameraden hänselten Reinhard deswegen. Aber Schimanski war stark und fielen die Kränkungen allzu stark aus, konnte er kräftig austeilen, obwohl er im Allgemeinen sehr gutmütig war. Er liebte Schimanski wegen dieser Stärke, die ihn schützte, aber gleichzeitig fürchtete er sie, denn wer garantierte ihm, dass sich Schimanskis Aggressionen nicht einmal gegen ihn richten würden, denn ein geprügelter Hund beißt auch die Hand, die ihn nicht geschlagen hat. Und so geschah es. Weil Schimanski wieder einmal geärgert wurde, baute er seinen Frust an ihm ab. Schimanski steckte ihm mehrere behaarte Kerne der roten Hagebutte in den Nacken. Die Schüler kannten diese Kerne als „Juckpulver" und nutzten sie dementsprechend. Es juckte ihn erheblich und Schimanski verrieb das Juckpulver kräftig auf seinem Rücken. Er konnte sich nicht richtig kratzen, denn seine Hände reichten nicht an alle Stellen seines Rückens. Seine Rückseite war rotfleckig gereizt, als die Mutter sie inspizierte. Sie drängte ihn, obwohl ihn Schimanski unter Androhung von Gewalt zum Schweigen verpflichtet hatte, zu sagen, wer ihn gepeinigt hatte und er spuckte den Namen des Täters aus, auch wenn er sich vor den Folgen fürchtete. Seine Mutter beschwerte sich bei Frau Schimanski über das flegelhafte Verhalten ihres Sohnes.

Schimanski erhielt von seiner Mutter eine jämmerliche Tracht Prügel mit dem Lederriemen. Er hatte schreckliche Angst, Schimanski würde sich an ihm rächen und er hatte ein schlechtes Gewissen. Durch seinen Verrat war Schimanski verprügelt worden. Schimanski hatte ein schlechtes Gewissen, weil er seinen Schutzbefohlenen mit dem Juckpulver gequält hatte. So gingen sich beide fortan aus dem Weg.

Seine Komplexe und Schüchternheit und die Ängste vor seinen Mitschülern, mit denen er in unausweichlicher und erzwungener Interaktion durch den Schulalltag stand, wichen langsam einen sich formenden und steigenden Selbstbewusstsein. Feste Freundschaften zu seinen Mitschülern entwickelten sich aber noch nicht.

Einerseits bewunderte er die Mitschüler, weil sie freier und selbstbewusster waren, und suchte den Kontakt. Er wollte so sein wie sie. Doch andererseits mied er enge Kontakte aus Angst vor seelischen Verletzungen. Er meinte zu spüren, die Mitschüler verstünden ihn und seine Gedankengänge nicht. Auch fürchtete er ihre Stärke, ihre Überlegenheit. Sie waren irgendwie einnehmender und kräftiger, das sah man schon im Sportunterricht. In schulischen Leistungen konnte er sich durchaus mit ihnen messen, er stellte darüber aber keinen Vergleich an. Es wunderte ihn allerdings, dass nicht wenige Schulkameraden regelmäßig geprügelt oder gezüchtigt wurden und er ungeschoren davon kam. Lag es an seiner Zurückhaltung?

Zu den Mädchen hatte er überhaupt keine Kontakte, sie waren für ihn ein Neutrum. Er fühlte sich zu ihnen nicht hingezogen wie scheinbar einige seiner Klassenkameraden, die hier und da schwärmend von einigen Mädchen sprachen oder bereits heimlich Blicke und Zettelchen austauschten. Es machte ihn nicht neidisch oder eifersüchtig. Er wunderte sich über ihr Tun und fand es befremdlich.

Seine große Zurückhaltung gegenüber seinen Schulkameraden war geprägt durch ein schreckliches Ereignis, welches er lange nicht verarbeitete und das ihn traumatisierte. Dieses Ereignis hatte mit Thomas Hillmuth zu tun.

In der Nähe der Volksschule gab es eine Bäckerei. Es sprach sich schnell herum, dass die Reste der Backvorgänge, die „Schnibbel", also die schmackhaften Kanten und Ränder, die von den Kuchenblechen abgeschnitten wurden, nach Schulschluss von den Lehrlingen und Bäckergesellen an hungrige Mäuler verteilt wurden. Und hungrig nach Süßem waren die Schüler der Volksschule, gab es doch selten Kuchen und Backwerk zu Hause. So rannte er nach Schulschluss wie seine Mitschüler zum Bäcker, um einige „Schnibbel" zu ergattern. Man musste schnell sein, denn die Kuchenreste waren endlich und die Schüler viele. Er gehörte anfangs nicht zu den „Schnibbeljägern", er wollte kein „Bettler" sein, das war ihm fremd. Als er jedoch sah, wie freizügig die Reste der Backerzeugnisse vergeben wurden, fasste er sich ein Herz. Stolz stellte er sich mit seinen erbeuteten „Schnibbeln" unter den gemauerten Bogen, der die eine mit der anderen Backstube verband, und wollte die Kuchenreste verzehren. Plötzlich stand Thomas Hillmuth vor ihm und fixierte ihn: „Gib mir die Schnibbel". Er forderte sie von ihm mit dunkeldrohenden Augen ein. Er rückte seine „Schnibbel" nicht heraus, doch schlotterte er vor Angst. Er fürchtete sich vor Thomas, der dies spürte und ausnutzte. Weil er sich wiedersetzte, demütigte Thomas ihn, wie jemand, der erlittene Schmach gern an Schwächere weitergibt, denn Thomas wurde oft geschlagen und grausam verprügelt zu Hause, ob seiner Missetaten, wie viele Kinder geschlagen wurden, wenn auch nicht so jämmerlich. Das Schlagen war in einigen Familien gängiges Erziehungsmittel.

Thomas bedrohte ihn und kam immer näher. Er konnte seinen Atem riechen.

Er wehrte sich nicht, er hatte nie gelernt sich zu wehren, körperliche Gewaltanwendung war ihm fremd. Auch war er zu schwach. Er stand da wie gelähmt, aber hielt seine „Schnibbel" fest in den Händen. Da öffnete Thomas seinen Hosenschlitz, holte sein „Pissmänneken" heraus und pinkelte ihn an. Dann ließ er von ihm ab. Diese Tat war erniedrigend, keine Prügel und keine seelischen Qualen hätten schlimmer sein können. Er konnte die Schmach und die Nässe vor seiner Mutter nicht verbergen, obwohl er sich schämte und lieber geschwiegen hätte. Er weinte jämmerlich. Die Mutter, wutentbrannt, rannte zu Frau Hillmuth und stellte sie zur Rede. Sie ließ sich von ihr versichern, dass der Unhold für seine Tat bestraft würde. Die Missetat wurde gesühnt, doch konnte die Strafe die Demütigung, die er erlitten hatte, nicht wieder gut machen. Diese Begebenheit verstärkte seine Skepsis gegenüber seinen Mitmenschen.

Wenn etwas Positives aus seiner andauernden Menschenskepsis abzuleiten war, ist dies die erworbene Fähigkeit, durch intensive Beobachtung der Menschen deren intrinsische Absichten zu erahnen. Er erkannte schnell den Charakter seiner Mitmenschen. Er war ihnen gegenüber sehr vorsichtig, wenn er negative Charakterzüge wahrnahm, dagegen konnte er sehr positiv und offen sein, wenn er gegenteilige Tendenzen bei seinen Mitmenschen entdeckte.

Er entwickelte eine Feinfühligkeit und Sensibilität, die fast unheimlich war, weil er Stimmungen und Ereignisse voraussah. Diese Vorahnungen verwandelten sich allerdings für ihn zum Nachteil, wenn das Vorausgesehene nicht Realität wurde und seine Sensibilität als Sturheit und Egozentrik charakterisiert wurde.

Er sah die Menschen wie andere sie nicht sahen, weil er mit ihren Augen sah und sich in sie versetzte, als sei er selbst Teil dieser Menschen.

Er mied die „starken" Menschen und wendete sich eher den „Schwachen" zu, nicht als ob er Mitleid mit ihnen hätte oder so sein wollte wie sie, eher in dem Sinn sie stärken zu wollen, weil er sich wünschte, auch für ihn solle jemand da sein, der ihn stärkte. Er wollte kämpfen und mutig sein für andere, wie er es liebte, wenn andere für Menschen kämpften und mutig waren. Er liebte die Geschichten von Robin Hood, Sigurd oder Tibor, deren Taten in Comicheften abgebildet waren, die auf der Kirmes für fünf Pfennig erworben werden konnten. Er verschlang die Inhalte mit Andacht. Er wollte wie die Helden sein, die nach dem Guten trachteten und sich für die Menschheit einsetzten. Er wollte stark und mutig werden. Ihn faszinierte die Geschichte vom hässlichen Entlein, die er wieder und wieder las, als er mit einer Gehirnerschütterung im Bett lag in den Sommerferien, während andere Kinder draußen ihre Sommertage verbrachten und er ihre Spielfreude durch das verdunkelte Schlafzimmerfenster vernahm. Er hatte mit seinen Eltern zu Mittag gegessen und es war ein schöner Tag, weil die Eltern friedlich waren. Es war der erste Ferientag und es sollte zum Nachtisch Kirschen geben, die Speckkirschen, die er so gern aß. Er sollte ein Einmachglas dieser Kirschen aus dem Keller holen. Er fühlte sich gut und mutig und wollte den Weg aus dem ersten in den zweiten Stock über das Treppengeländer herunterrutschen. Er hatte von seinen Klassenkameraden gehört, dass viele diese Mutprobe vollzogen hatten und es ganz einfach sei. Er wollte auch mutig sein und er fühlte sich so gut und stark an diesem Tag. Doch er verlor den Halt, stürzte hinab, dann verließ ihn das Bewusstsein. Da lag er nun im Bett, gescheitert, und las die Geschichte vom „hässlichen Entlein". Es war ein Bilderbuch mit farbenfrohen und gleichzeitig schwermütigen Zeichnungen. Er sah und las die Qualen des Entleins, seine Gefahren, unter denen es sein Leben meistern musste, die Mühen, den rechten Weg zu finden. Alle verachteten das Entlein, weil es doch so hässlich war. Aber es entkam dem Fuchs und allen Gefahren und zum Schluss war es schön und kräftig und geliebt und konnte nun auch sich selbst lieben. Auf einmal identifizierte sich das Entlein mit seiner Umwelt und akzeptierte sie, war vollwertiges Mitglied. Die Umwelt war gefährlich gewesen, die Umwelt hatte es abgelehnt, aber das hässliche Entlein hatte gekämpft, war vorsichtig gewesen, hatte seine Reserven, die größer waren, als es gedacht hatte, richtig eingesetzt. Er liebte die Farbe der Sonne am Ende des Buches. Der Sonnenuntergang war der sonnige Anfang des neuen Lebens des nunmehr gar nicht mehr hässlichen Entleins. Er wollte wie das hässliche Entlein kämpfen.

Bisher kannte er Geschichten nur aus Erzählungen der Mutter, aus Märchenbüchern, dem Lesebuch aus der Schule, aus Heften und Romanen. Nun erfuhr er Geschichten aus dem Fernseher, die er als Realität ansah, er differenzierte noch nicht zwischen produzierter Wirklichkeit und tatsächlichen Geschehen. Aber eine Theateraufführung, eine von Schauspielern, von menschlichen Darstellern gespielte Geschichte hatte er noch nie gesehen und nun sollte es in seinem Dorf, eine Theateraufführung geben. Alle Schüler waren begeistert. Das Schauspiel sollte in den Räumlichkeiten der in der Nähe der Schule liegenden Gastwirtschaft seines Klassenkameraden stattfinden. Alle wollten der Aufführung beiwohnen, handelte sie doch von Menschenfressern, die er sich schrecklich vorstellte. Das mussten widerwärtige Wesen sein. Wie konnten Menschen Menschen fressen? Er verstand schon nicht, wenn Menschen Menschen töteten in Kriegen, das war schrecklich. Auch die Riesen in Märchen waren schrecklich. Hexen, Stiefmütter, Gewehre, Panzer und Atombomben konnten schrecklich sein, aber Menschenfresser waren die Steigerung alles Schrecklichen. Er wollte das Schauspiel sehen, obwohl er sich fürchtete. Er sparte sich die zwei Mark Eintrittsgeld zusammen, das war die Summe Taschengeld, die eigentlich für einen Monat reichen musste. Vor dem ersehnten Auftritt, am Tag des mit Spannung erwarteten Spektakels, zerbrach seine Brille. Sie brach mitten entzwei und so unglücklich, dass auch der Brillenrand, der die Gläser umfasste, zerbrochen war. Er versuchte die Brille zu flicken, mit Klebstoff und Pflaster. Die geflickte Brille sah lächerlich aus auf seiner Nase. Er schämte sich sehr, aber er wollte das Theaterstück sehen. Der Saal barst vor Kindern und Spannung, alle waren aufgeregt, die Temperatur stieg. Es war wahnsinnig heiß. Er schwitzte und der Schweiß rann ihm von der Stirn. Das Gestell auf seiner Nase, das Konglomerat aus Horn, Glas, Klebstoff und Pflaster weichte auf und brach in sich zusammen, gerade als die Vorstellung begann und alle Kinder vor Angst schrien angesichts der Menschenfresser, die die Bühne betraten.

Er versuchte mit einem Auge, mit dem heilen Glas, das Geschehen zu verfolgen und hielt die Restbrille verzweifelt vor sein rechtes Auge, um wenigstens etwas zu erkennen. Aber seine Minusdoktrinen waren zu hoch und das Brillenglas beschlug andauernd, sodass er die Gestalten nur schemenhaft verfolgen und die Handlung nur teilweise erschließen konnte. Er war verzweifelt und unglücklich.

Geprägt durch dieses Erlebnis kam er auf die Idee, selbst Theater zu spielen, etwas zu entwerfen, zu gestalten, was die Menschen begeisterte, befriedigte und mit diesem Tun seine Komplexe und sein Unglück zu bekämpfen. Es waren keine großen Schauspiele, die er entwarf, es waren Theaterstücke mit Kasperlfiguren. Er gestaltete das Bühnenbild. Er schrieb die Texte, er war der Regisseur. Die Mutter hatte ihm die erforderlichen Figuren gekauft, die sie fortlaufend ergänzte. Zuerst spielte er für seine Geschwister und die Vermieter- und Nachbarkinder, später wagte er sich an öffentliche Auftritte.

Er schrieb Stücke für die Figuren, die ihm zur Verfügung standen und die Reden, die er ihnen zudachte. Da war das Krokodil, mit dem er Angst und Schrecken verbreitete, das aber dumm war und besiegt wurde. Da war der Schorsch, ein Tölpel und nur wenig von ihm eingesetzt. Da war der lustige Kasper, der sorgte für gute Stimmung und löste die Probleme der zwischenmenschlichen Beziehungen als Vermittler. Aber er war nur der Vermittler, schlau, aber nicht mächtig. Das Leben bestimmten andere Figuren. Das Leben war nicht nur eine Spaßgemeinschaft. Manchmal identifizierte er sich mit dem Kasper, aber er wollte nicht nur ein lustiger Clown sein. Clownerie konnte nur Mittel zum Zweck sein. Da war der Polizist, der für Ordnung sorgte. Er war aber zu streng. Zwar liebte er die Gerechtigkeit, aber eine zu strenge Ordnung war nicht immer gerecht. Man musste die Gesetze den Situationen anpassen. Ein Polizist konnte das nicht. Die Hexe fürchtete er, aber nicht so wie den Teufel, der war gefährlicher, aber gleichzeitig auch lächerlich, weil er keine Macht besaß, wenn man ein guter Mensch war.

Der König repräsentierte die Macht, die er jedoch nicht ausführen konnte, weil er entweder alt, senil, dumm oder zu gutmütig war. Er war nur manchmal weise und traf oft falsche Entscheidungen. Der König meinte, gerecht zu handeln, aber gerecht war nicht immer richtig, denn das Richtige kann aus einer anderen Perspektive betrachtet das Falsche sein. Seine Lieblingsfiguren waren Prinz und Prinzessin. Der Prinz war jung, mutig und wurde geliebt, aber unerfahren. Der Prinz musste die Prinzessin finden und erobern. Die Prinzessin war schön, gut und lieb. Sie war weise und sie wusste auf ihre Art den Prinzen zu dirigieren. Schönheit und Anmut, Liebreiz und Klugheit, so stellte er sich seine Prinzessin vor. Er schrieb ihr ein Stück. Der Kasperl zeigte ihr den Weg zu einer seltenen Blume. Sie musste sie pflücken im Schatten der Nacht. Mithilfe dieser Blume konnte sie alles erreichen. Durch die Macht dieser Blume konnte der Prinz sie finden, durch die Kraft der Blume konnte sie den Prinzen bezaubern, sich und ihm Kraft verleihen, gemeinsam mit ihm das ihr vom Vater vererbte Königreich regieren.

„In dieser Blume steckt die Kraft, mit der man jeden Zauber schafft".

Er versetzte sich in die Rollen des Prinzen und der Prinzessin. Er wollte durch den Zauber der Blume seine Schwächen überwinden und seine Eigenschaften in Stärke verwandeln. Er wollte es schaffen. Er musste die Blume finden und die Prinzessin, die ihn verzauberte.

Scheidewege
Veränderung

Nachdem die Mutter das vierte Kind geboren hatte, beschlossen die Eltern ein Haus zu bauen. Eigentlich beschloss es die Mutter, denn der Vater war nicht beschlussfähig. Er war weder entscheidungsfreudig noch besaß er die Fähigkeit weitsichtiger Vorausschau und Planung. Sein Maurerlohn war gering, er hatte immer Sorge, das Geld reiche nicht. Er hatte Angst vor der Zukunft und nicht kalkulierbaren finanziellen Belastungen. Die Mutter schalt ihn, beredete ihn, überzeugte ihn und setzte sich durch. Sie warf ihm vor, ihr weiter die engen Lebensverhältnisse, mit vier Kindern, zur Miete, auf 80 qm^2 zumuten zu wollen.

Sie beredete ihn zur aktiven Teilhabe, indem er als Maurer Eigenleistung erbringe und so kostengünstiges Bauen ermögliche. Er solle Unterstützung von seinen Kollegen einfordern, denen er umgekehrt in ähnlichen Fällen ebenso behilflich sein könne und auch sie selbst sei kräftig genug Handlangerdienste zu verrichten. Sie überzeugte ihn mit der Zusage der Kirchengemeinde, ein günstiges Erbbaugrundstück zur Verfügung zu stellen und dem Versprechen günstiger Kredite durch Banken, die durch staatliche Programme kinderreichen Familien gewährt wurden.

Und sie setzte sich durch, indem sie mit Pfarrer Wöllering, dem örtlichen Landtagsabgeordneten und der Bank die entscheidenden Gespräche führte und Zusagen und Unterstützung erhielt. Pfarrer Wöllering war ein sozialer Mann und sorgte dafür, dass ein neues Baugebiet auf kirchlichem Grund vor den Toren des Dorfes entstand, direkt hinter dem Sitz seiner Pfarrei.

Schnell schossen die ersten Bauten in die Höhe. Kinderreiche Familien mit bescheidenen, aber gesicherten Verhältnissen wurden bevorzugt behandelt. Sie konnten ein Grundstück auf Erbpacht verlangen. Der familiäre Beschluss zum Bau eines Eigenheimes war gefasst und auch der Tod seines Bruders konnte daran nichts ändern. Das neue Baugelände wurde inspiziert.

Es war ein für seine Knabenaugen herrliches, freies Feld, umgrenzt von einer mächtigen Wallhecke. Sie erinnerte ihn an das Märchen von Dornröschen. Wie erschrak er, als der Vater ihm erläuterte, dass die Wallhecke beseitigt werden müsse, da sie störend sei für den weiteren Verlauf des Bauvorhabens. Er akzeptierte und verstand, dass die Fläche zur Baustraße hin frei sein und dieser Teil der Hecke gerodet werden musste, aber der andere Teil der Hecke konnte doch stehen bleiben und später den Garten und das Anwesen umsäumen. Seine Argumente fanden kein Gehör. Die Hecke müsse beseitigt werden. Sie bedeute Arbeit, weil sie gepflegt und beschnitten werden müsse, entsprechend den Ordnungsvorstellungen der Menschen in der Nachbarschaft. Alle Nachbarn rodeten die Hecken, beseitigten Bäume, beseitigten den Wildwuchs und planierten das Gelände. Es sollte ein sauberes Gesamtbild entstehen.

Er verstand seinen Vater und die Nachbarn nicht und war wütend auf die Mutter, die ihn nicht unterstützte. Sahen sie die Vögel nicht, die dort nisteten, die herrlichen Heckenrosen, sahen sie nicht, wie das Gelände seinen Charakter verlor, wie ein Mensch seinen Charakter verliert, der in einen engen Anzug gezwängt wird mit einer Fliege an dem Kragen, die ihm den Hals zuschnürt?

Sahen sie nicht, dass die Hecke ein Teil der Natur war, die Mensch und Tier das Leben bereicherte? Doch der Frevel geschah, er konnte ihn nicht verhindern, er war nicht mächtig genug und mit jeder Wurzel, die man zog, mit jedem Heckenstrunk, der aus der Erde gerissen wurde, zerrte man ein Stück Leben aus der Muttererde, die das künftige Haus tragen sollte.

Sein Herz blutete, wie es blutete, als sie die Bäume im Dorf an der Hauptstraße fällten, die prächtigen, mächtigen Alleebäume an der Straße, die durch den Ort führte. Als er fragte, warum die Menschen, die dafür Verantwortung trugen, das machten, bekam er die Antwort, es geschehe aus Verkehrssicherheitsgründen. Die Straße müsse verbreitert werden für die Autos, die jetzt immer mehr würden und Platz bräuchten. Blieben die Bäume stehen, stünden sie nach der Verbreiterung der Straße zu dicht in dem Verkehrsraum und bedeuteten eine Unfallgefahr für die Autofahrer. Er erwiderte, dass die Autofahrer sich so verhalten müssten und so vorsichtig fahren sollten, dass sie nicht verunglückten. Das Gegenargument war, dass auch vernünftige Autofahrer verunglücken könnten, wenn sie zum Beispiel Kindern, Fußgängern oder Radfahrern ausweichen müssten und somit gegen einen Baum prallten. Nein, die Bäume müssten schon weg, das sei vernünftig und dem Fortschritt geschuldet.

Er konnte diese Gedanken nicht nachvollziehen. Mit diesen Argumenten und dem Fortschrittsgedanken räumte man Autofahrern einen höheren Stellenwert gegenüber Kindern, Fußgängern und Fahrradfahrern ein. Die Bäume mussten sterben, weil die Autos wichtiger waren als die Menschen, die sich an ihnen erfreuten.

Viele Jahre später wurde die Straße wieder verengt und Bäume gepflanzt. Die Bäume und die verengte Straße sollten die Geschwindigkeit der Autofahrer bremsen, damit Kinder, Erwachsene, Senioren, Fußgänger und Radfahrer als gleichberechtigte Verkehrsteilnehmer respektiert würden und angemessen am Verkehrsgeschehen teilnehmen könnten. Wie kurzsichtig und -fristig die Menschen dachten und planten!

An vielen Straßen wurden Bäume gepflanzt. Doch dann wurden sie wieder gefällt mit unterschiedlichen Begründungen: Die Wurzeln der Bäume stellen ein Gefahrenpotenzial dar, weil sie die Gehwege beschädigen. Eine Stolpergefahr. Die Früchte und fallende Blätter verursachen Abfälle, deren dauernde Beseitigung Arbeit bedeutet, die man vermeiden könnte. Laub und Baumabfälle passen nicht in ein sauberes und ordentliches Wohnumfeld, in eine adrette Nachbarschaft mit ebenmäßigen Gehsteigen, Anlagen und Rasen.

Warum beseitigten Menschen Wallhecken, fällten Bäume, produzierten zu viele Autos, die anderen Menschen ihren Spielraum nahmen? Für ihn waren Bäume nicht unordentlich.

Natürlich waren viele Dinge ein wirklicher Fortschritt. Er liebte sein Fahrrad, auch wenn es gebraucht war, und er würde das neue Haus lieben, welches sie bauten und er würde wahrscheinlich auch später ein Auto fahren, wenn er groß war. Aber konnten nicht viele Dinge gleichberechtigt in Einklang mit der Natur bestehen?

Die Argumente, die die Erwachsenen vorbrachten, mit denen sie den Vorrang der einen Sache vor der anderen

Sache rechtfertigten und als Fortschritt priesen, waren für ihn nicht stichhaltig. Ein Fortschritt zulasten der natürlichen Lebensgrundlagen und der Verlust Identität stiftender Lebenszusammenhänge war für ihn kein Fortschritt, das war ein Rückschritt.

Am Wochenende und in den Ferien musste er oft auf dem Bau helfen. Für ihn hatte der Vers aus dem Schullesebuch „Ferien, Ferien, schöne Zeit – Robert Resi, reisen weit" keine Bedeutung. Sein Weg von der Mietwohnung zur Baustelle im neuen Wohngebiet war keine weite Reise. Er war fleißig und manchmal sehr erschöpft. Aber trotz Erschöpfung und Müdigkeit half er meistens gern. Für ihn war der Hausbau etwas Neues, eine spannende Veränderung.

Nachdem die Hecke gerodet war, kam der Bagger und baggerte ein großes Loch. Zuerst wurde die Muttererde abgetragen und aufgeschichtet, danach die Mischerde und dann der Lehm. Die Muttererde war kostbarer Humus, schwangerer Nährstoff für den später anzulegenden Garten. Als das Loch fertig war, wurde die Fläche ausgewinkelt. Darauf sollte das Fundament aus Beton gegossen werden, die Bodenplatte des zukünftigen Hauses. Der Lehmboden wurde nivelliert und mit körniger, glitzernder, schwarzer Glasasche bedeckt, in die Rohre verlegt wurden, die der Entwässerung des Bauvorhabens dienten. Darüber breitete man Folie aus. Auf Abstandhaltern wurde die erste Schicht Eisenmatten gelegt.

Große Betonmischer fuhren Beton herbei, den handlangende Männer sachkundig verarbeiteten. In den flüssigen Beton wurde die zweite Lage der Eisenmatten gedrückt, danach weiterer Beton verarbeitet, geglättet und abgezogen.

Das Fundament musste stabil und sauber sein, es musste das ganze Haus tragen.

Nachdem die Platte abgehärtet war, konnte der Kellerbau beginnen. Schnell wurde der „erste Stein" verlegt und gebührend gefeiert mit Schnaps und Bier. Er musste sich mit Malzbier begnügen. Dann wurden die Kalksandsteinmauern hochgezogen.

Er hatte bisher noch nicht viel zum Geschehen beigetragen, war nur eifriger Beobachter. Als aber die Kellerräume gemauert wurden, half er der Mutter beim Beladen der Schubkarre mit Steinen. Immer wenn sie eine beladene Karre über die Holzbohlen in den Keller fuhr, belud er flink eine neue Schubkarre.

Die Speismaschine produzierte immer neuen Mörtel. Ihr Maul musste ständig gefüttert werden mit Zement, Kalk und Sand, damit der Vater mit dem Mörtel die weißen Steinwände hochziehen konnte. Kalk wurde im großen Kalkbecken „gelöscht". Er musste aufpassen, dass seine Augen nicht mit dem ätzenden Gebräu in Berührung kamen, denn das konnte böse Verbrennungen für seine ohnehin schwachen Augen bedeuten. Schnell wuchsen die Mauern, Stein wurde auf Stein gelegt, eine Lage kam auf die andere. Gerüste wurden errichtet, um den Keller zu vollenden. Stein und Mörtel mussten nun auf die Gerüste befördert werden, kein leichtes Unterfangen, da der Speis von der Schubkarre in die Kübel geschaufelt werden musste. Nachdem die Wände errichtet waren, wurde für die erste Decke eingeschalt. Die Schalung wurde auf Stützen angebracht und musste sehr solide sein, um die Decke für den weiteren Aufbau des Hauses zu tragen. Nachdem der Beton getrocknet war, wurden die Ecken aufgesetzt und die Mauern des ersten Stocks hochgezogen. Die Familie und manche freiwilligen Helfer arbeiteten im Akkord. Bald konnte die zweite Decke gegossen werden. Dann wurde es schwierig. Große Höhen mussten überwunden werden. Hilfreich waren nun ein Förderband und ein Aufzug – ein Kran war noch nicht gebräuchlich – damit die Steine leichter transportiert werden konnten und der Speis nicht im Speisvogel auf der Schulter in die Höhe balanciert werden musste. Er war beeindruckt von den technischen Neuerungen. Er bediente die Hebel des Aufzugs sehr vorsichtig und betrat nur ungern die Ladefläche, wenn er manchmal mitfuhr und in den zweiten Stock gehievt wurde.

Die Räumlichkeiten nahmen Formen an. Endlich war der Rohbau fertig. Es fehlten die dritte Decke, der Aufbau und das Dach. Anschließend musste das Haus verblendet werden. Einfache Gerüste reichten nun nicht. Gerüstbäume waren von Nöten, die allseitig ums Haus errichtet und verkettet wurden. Sie sollten die Bohlen und Gerüstbretter tragen, die den Vater und die Männer trugen, die die Verblendungsarbeiten ausführten. Nach dem Richtfest und den Verblendarbeiten fehlten nur noch die Fenster und Dachziegel und der Bau war fertig. Die Mutter suchte nach den passenden Tapeten und Möbeln. Bald konnte der Umzug beginnen.

Seine Hilfstätigkeiten zur Unterstützung des Baufortschrittes hatten seine schulischen Leistungen nicht beeinträchtigt. Sie waren durchschnittlich gut. Die außerschulischen Aktivitäten nahmen an Bedeutung zu. Der Blockflötenunterricht und die musischen Erziehungsstunden absolvierte er gern. Dagegen raubten ihm die Messdienerstunden, die Christenlehre und die heilige

Beichte viel Freizeit und Freiheit. Die heilige Beichte war ihm unangenehm, weil er nicht wusste, was er beichten sollte und er der Meinung war, dass seine Zwiegespräche mit Gott keine Angelegenheit für den Pfarrer waren. Er unterwarf sich nur ungern dem Zwang der heiligen Kirche.

Unangenehm und zwanghaft empfand er auch das jährliche von den Erwachsenen zur Freude und Erbauung der Kinder organisierte Kinderschützenfest. Vereine des Ortes, die Musikkapelle und die Schule planten das jährliche Fest, das die Kinder schon früh an die Tradition der Erwachsenen heranführen sollte. Er hasste das Marschieren, die Gewehre und das Vogelschießen der Erwachsenen. Er liebte die Musik, die Parade, das Fest, aber der Rest erinnerte ihn an Krieg und an Befehl und Gehorsam ohne Widerspruch. Befehle und eine nicht zu widersprechende Ordnung, die keinen Sinn machte, widerstrebten ihm. Handlungen, die in irgendeiner Weise mit Krieg, Zerstörung oder Gewalt zu tun hatten oder symbolisierten, wollte er nicht folgen. Das Kinderschützenfest war nur ein Spiel, aber es symbolisierte im Spiel verwerfliches männliches Tun von Erwachsenen, in deren leuchtenden Augen er oft sah und bemerkte, dass sie nicht nur ein Spiel imitierten, sondern mit Ernst kommandierten und im Stechschritt freudig paradierten. Diese Menschen würden im Ernstfall gehorsam in den Krieg ziehen, töten oder getötet werden.

Deshalb liebte er weder die Schützenfesthüte noch die Schwerter, die die Kinder statt der Gewehre bastelten und mit sich führten. Nicht dass er gern ein Ritter, Cowboy oder Indianer gewesen wäre, der eine Jungfrau befreit oder sonst eine Heldentat für eine gerechte Sache vollbracht hätte wie Old Shatterhand und Winnetou in den

Karl-May-Romanen, die er beim Lesen geradezu verschlang, aber etwas zu lesen oder zu spielen war etwas anderes als die realitätsgetreue Imitation von Gewalt, die tatsächlich stattfinden konnte. Spielzeuge, die mit Krieg zu tun hatten, lehnte er ab. Einen Revolver mit Platzpatronen oder Pfeil und Bogen zur Ausstattung romanhafter Gestalten und Handlungen akzeptierte er. Aber niemals richtete er diese Gegenstände gegen Mensch und Tier mit der gedanklichen Möglichkeit schmerzhafter oder tödlicher Effekte und Ergebnisse.

Er unterwarf sich dem jährlichen Ritual des Kinderschützenfestes und wollte glauben, dass die Erwachsenen den Kindern eine Freude bereiten wollten, fühlte jedoch sehr genau, auch wenn es vielen Erwachsenen nicht bewusst war oder es nicht ihre Absicht war, dass sie die Kinder mit diesem Fest an eine Erwachsenenwelt heranführten, an eine Realität, die er innerlich ablehnte.

Unwillig fügte er sich den Wettkämpfen, die die Kinder zu spielen hatten, weil er Kämpfe und körperliches Kräftemessen scheute. Büchsen werfen, Schnitzeljagd, Sackhüpfen und gleichartige Spiele akzeptierte er leidlich, wenngleich er wegen seiner schwachen Arme und seiner Brille gehandicapt war, er verabscheute jedoch das Seilziehen, es ergab für ihn keinen Sinn, und den Kletterbaum empfand er als Beleidigung, nicht nur weil er immer wieder am glatten Stamm abrutschte, sondern weil er das Haschen nach den Würstchen und anderen Gegenständen, die auf Distanz an einem Kranz an der Spitze des Kletterbaumes hingen, demütigend fand. Es kam ihm vor, als wenn man einem Hund ein Stück Wurst vor die Nase hält. Immer wenn er zuschnappen will, wird das Beutestück zurück und hochgezogen, damit der Hund noch höher springt. Er hatte nichts gegen spielerische, geistige oder sportliche Wettstreite, er liebte das Quiz, Denksportaufgaben, Brettspiele, Rätsellösen und Zwiegespräche. Wettkämpfe hingegen wie Ring- oder Boxkämpfe, die zu körperlichen Auseinandersetzungen und Verletzungen führen, mied er. Vor vor Schweiß triefenden Jungen ekelte er sich.

Er hatte von seiner Urgroßmutter aus Wien einst den Spruch gehört: „Was du nicht willst, was man dir tut, das füg auch keinem Anderen zu". Diesen Spruch befolgte er und andere sollten ihn auch beherzigen. Er wollte nicht bekämpft werden und er wollte auch keinen anderen Menschen bekämpfen, es sei denn, sie mussten bekämpft werden, weil sie Böses taten. Böses Tun musste man bekämpfen, aber möglichst ohne Gewalt, eher mit List und Schlauheit. Der plattdeutsche Spruch „Jan Bange is mi lever, as Jan Dod", also sinnbildlich es sei besser wegzurennen als nachher tot zu sein, gefiel ihm daher gut.

Der Umzug ins neue Haus brachte große Veränderungen. Er musste sich an ein neues Umfeld gewöhnen. Als Nesthocker hatte er in der alten Umgebung nicht viele Spielkameraden gehabt, hier in dem neuen Umfeld fehlten sie ihm gänzlich. Freunde hatte er keine. Im neuen Haus bewohnte er ein Zimmer in der zweiten Etage mit seiner Schwester, später wechselte er ins Nebenzimmer zum Bruder, weil die Schwester ein Zimmer für sich allein beanspruchte. Er konnte kein eigenes Zimmer für sich haben, dafür reichte der Platz nicht. Das war schade, aber daran war er gewöhnt. Beide Zimmer waren mit einem Balkon verbunden. Auf der anderen Seite der zweiten Etage befanden sich das Schlafzimmer der Eltern und ein Badezimmer mit WC. Im Erdgeschoss gab es eine Koch- und eine Wohnküche, ein zweites WC, einen Flur und ein geräumiges Wohnzimmer. Das Wohnzimmer empfand er als großen Luxus. Er hatte so viel mehr Platz und Freiraum als in der alten Mietwohnung. Tagsüber spielte sich der häusliche Verkehr in der Wohnküche ab, er konnte sich ins Wohnzimmer zurückziehen, seine Schulaufgaben machen oder sonstigen Beschäftigungen nachgehen.

Er spielte gern im Keller. Es gab viel Platz im Keller, mit dem Waschraum, dem Einmachkeller und dem Kohlenkeller, der später zum Fahrradraum wurde. Unter der Kellertreppe befand sich eine Kartoffelkiste, in der Kartoffeln lagen, die er immer entkeimen musste. Der Keller war geheimnisvoll wie der Dachboden, den er jedoch wenig betrat, weil die Eltern es verboten hatten.

Hinter dem Haus war eine Terrasse und an sie grenzte weitläufig ein Garten, in dem herrliche Dinge wuchsen wie Erbsen, Bohnen, Salat und Spinat, Kartoffeln und „Moos", Grünkohl, der beim ersten Frost geerntet wurde und herrlich schmeckte, wenn er als Eintopf mit Speck und Wurst angerichtet war. Mutter pflanzte Apfelbäume, einen Kirschbaum und Himbeersträucher und andere Gewächse, deren Früchte er mit Genuss verzehrte. Unter der Terrasse befand sich ein schmaler Kriechkeller. Zu ihm führte an der Hausseite, wo die Turnstange war, die die Mutter zum Teppichklopfen benutzte, ein Eingang, den man nur gebückt betreten konnte. In diesem beengten Unterbau waren die Kaninchenställe, die er regelmäßig ausmisten musste. Im Wechsel mit dem Vater sammelte er das Kaninchengrün. Die Kaninchen wurden gemästet, geschlachtet und verzehrt. Deshalb hielt er sich nicht lange bei den Kaninchen auf, damit er sich nicht so sehr an sie gewöhnte.

Wenn er auch keine Freunde und Spielkameraden hatte, so hatte sich die Situation für ihn doch ungemein verbessert. Er hatte mehr Platz in seinem Zimmer als vorher, konnte sich in das Wohnzimmer zurückziehen, bei der Turnstange spielen, wo anfangs auch ein Sandkasten für die Geschwister platziert war, oder im Keller geheimnisvollen Tätigkeiten nachgehen.

Oft hielt er sich im Wohnzimmer auf, studierte die wenigen Bücher, die er hatte und besonders das Lexikon, das die Mutter von einem Vertreter erworben hatte. Nach Meinung des Vaters hatte die Mutter sich dieses Lexikon aufschwatzen lassen und es war überflüssig. Er studierte es jedoch von A bis Z, jede Abhandlung, jedes Wort. Neue Welten taten sich auf. Er lernte den Affenbrotbaum kennen, den Bumerang und das Land Chile, den Himalaja, dorische Säulen, das Elektron, den Tiber und die Zitadelle. Sein Wissensdrang war groß. Auch waren darin Landkarten abgebildet und er wollte über jeden Ort, den er auf diesen Karten entdeckte, eine Geschichte schreiben und später wollte er diese Orte besuchen. Und so schrieb er über die erste an Deutschland grenzende, niederländische Nordseeinsel eine Geschichte: „Die Bande von Rottum".

Nach geraumer Zeit bemerkte er, dass einige seiner Klassenkameraden aus der Volksschule in der Nachbarschaft oder in der Nähe des Wohngebietes wohnten, engere Kontakte sollten sich jedoch erst später ergeben.

Das Wohngebiet war durch eine Straße zum Ortskern abgegrenzt. Wenn man von seinem Haus zur Schule oder zur Kirche ging oder Einkäufe erledigte, also zum

Ortskern wollte, kam man an der alten Pastorei vorbei, in der Pfarrer Wöllering mit seiner Schwester hauste, die seine Haushälterin war. Für ihn war die Pastorei eine seltsame und geheimnisvolle Behausung, weil die Pastorei unter alten Eichen und Buchenbäumen sehr versteckt lag. Er war noch nie dort drinnen gewesen. Er hörte von denen, die schon dort gewesen waren, dass Wöllering, der ein altes „Gogomobil" fuhr, dass man seitlich besteigen musste und nur ihm Platz bot, dort mit einem Papagei und einem Affen lebte. Solche Tiere hatte er noch nie gesehen. Seine Schwester sollte seltsam schrullig sein. Man erzählte, dass sie die Strümpfe, die sie an ihren dicken Beinen trug, mit Gummiringen, die er von Einmachgläsern kannte, befestigte. Er konnte sich davon überzeugen, als die dicke Haushälterin mit ihren dicken Beinen eines Tages bei ihm zu Hause im Waschkeller auftauchte und ihm und seiner Mutter, die gerade die Wäsche wusch, einen gehörigen Schrecken einjagte, als sie schrie: „Un Junge, de kümp in Pittermann, de hävt klaut" – „Dein Junge kommt ins Gefängnis, der hat geklaut". Tatsächlich, sie hatte Gummiringe an den Beinen. Er war fasziniert und angewidert. Der angebliche Diebstahl stellte sich als Mundraub heraus. Sein Bruder hatte einen Apfel, der vom Baum gefallen war, aus dem Garten der Pastorei stibitzt, indem er über den Zaun geklettert war und das mochte die alte Wöllering gar nicht leiden.

Neben der Pastorei endete die Straße des Wohngebiets mit einem Fußweg. Der Fußweg war zum Ortskern mit Eisenstangen, ähnlich einer Turnstange, abgegrenzt, die nur Fahrradfahrer und Fußgänger durchließ, keine Autos. Dort musste er durch und auch wieder zurück, wenn er von der Schule oder vom Einkaufen oder sonstigen Beschäftigungen kam.

Und da stand eines Tages Stefan Ising. Er erkannte ihn sofort. Stefan war sein Mitschüler. Er wohnt ein paar Häuser weiter. Stefan Ising war fast ein Jahr älter, ein dunkler Typ mit dunklen Augen. Stefan sah ihn frech und herausfordernd an. Stefan versperrte ihm den Weg und er dachte: „Der lässt mich nicht vorbei, es gibt Ärger". Er wollte keine körperliche Auseinandersetzung und fürchtete sich. Wie erleichtert war er, als Stefan ihn nach anfänglichem Zögern und Hinhalten vorbeiließ. Wenige Tage später besuchte ihn Stefan zu Hause. Er war sehr erstaunt. Er wusste nicht, ob Stefan aus eigener Veranlassung gekommen war oder ihn die Mutter dazu animiert hatte. Stefan fragte ihn, ob er mit ihm und seinen Kameraden spielen wolle. Sie spielten Häuptling und Indianer. Seine Mutter war froh über dieses Angebot und sprach ihm gut zu, er könne doch nicht immer in der Stube hocken und Stefan sagte, wenn er mit ihm spiele, dürfe er sogar Häuptling sein. Diese Aussage überzeugte ihn. Die Kinder teilten sich in zwei feindliche, rivalisierende Stämme auf und jeder Stamm musste versuchen, den gegnerischen Häuptling festzunehmen. Die Indianer mussten versuchen, ihren Häuptling zu verteidigen. Seine Indianer waren die Schwächeren. Er wurde gefangen genommen. Was er nicht wusste, was Stefan ihm verschwiegen hatte: der gefangen genommene Häuptling kam an den Marterpfahl und wurde gefoltert. Als sie ihn an den Marterpfahl binden wollten, riss er sich los und lief nach Hause. So schnell würde er sich von Stefan nicht wieder zum Spielen überreden lassen. Doch er hatte sich getäuscht. Einige Tage später war er wieder da. Seine Mutter hatte ihn eingeladen. Stefan sollte ihm das Schachspielen beibringen und das hörte sich interessant an. Er wollte Stefan verzeihen, wenn er ihm das Schachspielen beibrachte. Stefan versprach es, aber unter der Bedingung, dass er mit ihm regelmäßig zum Schachtraining ginge. Seine Ängstlichkeit und nicht zu berechnende Unwägbarkeiten ließen ihn lange zögern. Doch nachdem Stefan ihm das Schachbrett, die Figuren und die ersten Züge erklärt hatte, sagte er zu. Es war so interessant. Schon nach wenigen Wochen Training nahm er an einem Vergleichskampf in den Niederlanden teil. Sein erster Sieg wurde in der örtlichen Presse erwähnt. Da war er sehr stolz. Er wollte weiter zur Schachgruppe gehen und wurde Mitglied im Schachverein. Andere Aktivitäten schlossen sich an. Auf Veranlassung der Mutter erhielten er und weitere Jungen durch einen alten pensionierten Kapellmeister des örtlichen Musikvereins Musikunterricht. Später wurden sie Mitglied der Musikkapelle und das Fußballspielen mit Stefan und seinen Freunden auf naheliegenden Grundstücken und Plätzen führte eines Tages zur Mitgliedschaft im örtlichen Sportverein. In der Nachbarschaft spielten sie in freien Stunden Völkerball und Schnitzeljagd, ließen den „Issklot" kreisen oder ärgerten die Nachbarn, indem sie als „Klingelmänneken" Bewohner an die Tür lockten, um ihre abendliche Ruhe zu stören.

Vieles, was er bisher nicht getan hatte, lernte er langsam zu tun, fand Freunde und Freude an manchen Dingen ohne seine geistigen Tätigkeiten zu vernachlässigen.

Er veränderte sich, öffnete sich, wenngleich er immer noch ängstlich, zurückhaltend und vorsichtig war.

Das vierte Schuljahr neigte sich dem Ende zu. Aufgrund seiner Leistungen vermerkte Lehrer Manteufel auf seinem Zeugnis im März 1964 „steigt", was bedeuten sollte, dass sich positive Tendenzen zeigten, nachdem er nun die Grundschulklassen erfolgreich durchlaufen hätte, eine höhere Schule besuchen könne.

Stefan Ising wollte zum Gymnasium, andere Schüler zur Realschule. Die meisten Schüler verblieben auf der Volksschule, um den Hauptschulabschluss zu erlangen. Sein Vater war der Meinung, er solle auch weiter die Volksschule besuchen, um einen handwerklichen „ordentlichen" Beruf zu erlernen. Die Mutter meinte, er solle zwar einen „ordentlichen" Beruf erlernen, sah seine persönliche Entwicklung allerdings eher nicht im handwerklichen Bereich, sondern im sozialpädagogischen oder verwaltungsmäßigen Tun. Die Realschule sei für ihn die geeignete Schule. Mit einem Realschulabschluss könne er möglicherweise auch in einem kaufmännischen Beruf oder im Bankgeschäft tätig werden. Allerdings war sie der Meinung, er sei für die Realschule noch ein wenig zu jung und physisch zu schwach. Zudem habe ihn der Tod seines Bruders psychisch geschwächt. Er sei zu sensibel, introvertiert, zu schüchtern. Ein weiteres Jahr auf der Volksschule täte ihm gut. Er müsse sich erst noch psychisch und physisch entwickeln. „Du bist zwar körperlich schon groß, aber deine inneren Organe kommen noch nicht mit."

Er wollte unbedingt aufs Gymnasium. Auch fühlte er sich physisch und psychisch dazu in der Lage. Die Mutter versuchte ihm klarzumachen, dass das Gymnasium für ihn nicht in Betracht käme, nur die Realschule. Das Gymnasium könne sich die Familie nicht erlauben. Es wären ja nicht nur die Bücher und Schulmaterialien zu finanzieren, darüber hinaus seien die hohen Fahrtkosten zum 20 Kilometer entfernten Gymnasium aufzubringen, was für die Familie nicht bezahlbar sei. Lehrmittelfreiheit und Fahrtkostenerstattung gab es noch nicht. Zur Realschule in der Nachbarstadt betrüge die Entfernung nur sechs Kilometer, die könne er mit dem Fahrrad erledigen.

Er war ganz und gar nicht einverstanden mit der Entscheidung der Mutter, war aber froh, dass sie sich gegen seinen Vater durchsetzte und ihn wenigstens zur Realschule gehen lassen wollte. Er bedauerte sehr, dass er nicht zum Gymnasium durfte, nicht nur weil Stefan dorthin ging, mit dem er sich angefreundet hatte, sondern weil man dort, wie er von ihm hörte, solchen Unterricht wie Literaturkunde, Sozialkunde, Sprachen, Geschichte und Politik gab und viele andere Fächer mehr, die ihn interessierten. Man konnte Abitur machen und später studieren. Er wollte mit Stefan jetzt zu dieser höheren Schule gehen. Er wollte kein ganzes Jahr verlieren.

Er konnte sich nicht durchsetzen. Die Mutter sah nicht das Leid, welches sie ihm zufügte. Ihre Entscheidung war eine falsche Entscheidung, es war keine gute Lösung für ihn. Aber er hatte sich unterzuordnen. Er hatte noch keine Macht.

Sein Herz blutete, seine Seele schmerzte. Er war sehr traurig. Aber er hatte sich zu fügen und er fügte sich.

Neue Freunde, neue Wege

Bedingt durch den Umzug ins neue Haus und die neue Umgebung fand er neue Bekannte. Es war Stefan, der ihn in die Nachbarschaft und in das neue Umfeld eingeführt hatte. Durch die Mitgliedschaft im Schachverein, durch den Musikunterricht und das Spielen mit Stefans Kameraden ergaben sich vielfältige Kontakte, von denen einige zu späteren Freundschaften führen sollten.

Er lernte neue Dinge kennen, Ängste abzubauen, neue Wege zu gehen.

Nie zuvor war er auf einen Baum geklettert, hatte er Fußball und Kopfball gespielt – denn seine Besorgnisse und seine Brille hatten ihn daran gehindert Meisterschaften mit Kameraden auszutragen – nie Fahrradfußball ausprobiert und sich bei dem Versuch sogleich eine „Acht" in den Vorderreifen eingehandelt. Doch nun versuchte und tat er alle diese Dinge, bekämpfte seine Unsicherheit und zeigte vorzeigbare Ergebnisse und Achtungserfolge bei den Spielkameraden. Er war nicht der Beste, aber er konnte mithalten. Beim Gummi-Twist, Verstecken, Fangen und Völkerball spielen oder bei der Schnitzeljagd stellte er sich recht geschickt an und auch die Rollschuhe beherrschte er fast perfekt, bis er zu übermütig wurde und stürzte. Er hatte sich an ein Fahrrad eines Freundes gehängt. Der war mit überhöhter Geschwindigkeit über einen Stein gefahren. Er verlor dabei das Gleichgewicht. Durch die Dynamik des Sturzes schleifte er mehrere Meter über den Asphalt und riss sich die Haut auf und den rechten Oberschenkel blutig, da er nur kurze

Hosen trug. Sein Oberschenkel war mit Teer und Blut gespickt. Es schmerzte höllisch. Der Heilungsprozess dauerte lang. Die schnelle Fahrt, der Sturz und seine verbissene Schmerzbekämpfung brachten ihm Achtung bei den Spielgefährten.

Im Winter schlinderten sie um die Wette auf dem festgefrorenen Eis des Flusses oder auf den naheliegenden, überfrorenen Feuchtwiesen. Sie rodelten waghalsig, indem sie Anlauf nahmen, sich auf den Schlitten warfen und ihn möglichst weit und wetteifernd über die verkarsteten und glatten Schneestraßen gleiten ließen. Mit besonderem Übermut trachteten sie das verglaste Licht der Straßenlaternen mit ihren harten Schneebällen zu treffen. Noch heute riecht er den Schnee, und wenn er in Osteuropa auf Reisen ist und die Schneemänner sieht, die die Kinder gebaut haben und er den Geruch von Braunkohle, Kokskohle und Brikett in der Nase spürt, dann steht ihm sein Knabenalter vor Augen und er fühlt sich wohl.

Die Straße, der Fluss, die Wiesen, der Wald, die Baugruben und Erdhügel waren ihre Spielplätze, ihre Wettstreitgelände, ihre Erkundungsfelder.

Sie tauschten Glanzbilder, Quartettkarten mit Schiffen und Autos und natürlich Fußballbilder, die man ins Album kleben konnte und Pelé war ihr Superstar.

Wer hatte die schönsten Murmeln und aussagekräftigsten Glanzbilder und vermehrte seinen Besitz durch clevere Tauschaktionen?

Er erwarb zwei Glanzbilder, auf denen wagemutige Reiter abgebildet waren. Auf dem einen zähmte ein Reiter sein Pferd, auf dem anderen Bild wurde ein Reiter aus dem Sattel geworfen. Er klebte die Bilder in sein Poesiealbum und dichtete: „Der Reiter muss zähmen das Pferd, die Mutter zähmt uns, das ist mehr wert" und „Hoppla, man stolpert und fällt, so geht es oft im Leben, wenn man sich nicht aufrecht hält".

In diesen Gedanken, die er in sein Poesiealbum schrieb, paarten sich seine Wertvorstellungen, die beherrscht waren von den Vorgaben der Eltern, den Moralvorstellungen der katholischen Kirche und den Disziplinierungseffekten schulischer Erziehungsversuche. Dazu mischten sich Adaptionen aus den Abenteuergeschichten Karl Mays und Enid Blytons, die sein Knabenwesen mit ihren Old Shatterhand- und Winnetou- sowie Fünf-Freunde-Romanen begeisterten.

Mehr als durch diese Infiltrationen waren seine Überzeugungen, sein Tun und Handeln jedoch beeinflusst durch eigenes intensives Nachdenken und erfahrene, erlebte und geerbte Umstände. Angst, Vorsicht, Nachdenklichkeit, Sensibilität und Empathie prägten ihn. Tapferkeit, Mut, Ausdauer und Disziplin waren für ihn keine leeren Worthülsen, es beherrschte ihn der Wille, eine bessere Welt gestalten zu wollen. Die ihm bisher sichtbar gewordene Welt, das hatte er schon begriffen, zeigte große Defizite. Reichtum und Macht waren unterschiedlich verteilt. Die Menschen waren recht verschieden und manchen fehlte es an Charakter. Viele Menschen waren ungerecht, einige böse und manchmal sogar kriminell.

Neue Eindrücke bemächtigten sich seiner Sinne. Geschmäcker und Gerüche änderten sich, wurden neu vermittelt durch eine sich wandelnde Welt, eine sich etablierende Werbung im Fernsehen und durch Anpreisungen und Empfehlungen in den Geschäftsauslagen. Neue Koch- und Essgewohnheiten, Brausepulver und Suppe aus der Dose waren die Innovationen, über deren Herstellung und Konsum er bisher keine Vorstellung gehabt hatte.

„Pittjes auf Regina", gesalzene Erdnüsse, die er auf roter Limonade schwimmen ließ, bevor er sie verzehrte, waren Köstlichkeiten, die er mit den Knaben im Dorf erfinderisch kreierte. Manchmal konnten sie sich erlauben ein Waffeleis zu kaufen und Drops und Schokolade, die sie allerdings nur in kleinen Mengen verzehrten, weil sie so kostbar waren wegen des geringen Taschengeldes, welches sie von den Eltern bekamen. Wenn Freunde zum Spielen kamen, hatte die Mutter Marmelade und Zuckerbrot angeboten, jetzt frittierte sie öfter auch Pommes oder schmierte den Jungen Butterbrote, die sie mit Tomaten und Zwiebeln belegte und mit Pfeffer und Salz bestreute und manchmal gab es sogar selbst gemachtes Eis.

Während die jüngeren Schulkinder hinter dem alten, inkontinenten „Schulten Pippi" herliefen, von dem keiner wusste, warum er so hieß, obwohl der Name „Pippi" auf den Ursprung der Namensgebung schließen ließ und der immer Bonbons verteilte an die Kinder, auch wenn sie ihn ärgerten und schmähten, lief er lieber zum alten Nathues, dem Händler aus dem Nachbarort, der freitags mit seinem Wagen durch die Nachbarschaft fuhr, und seine Waren anpries und kaufte im Auftrag seiner Mutter grüne Heringe und Salzheringe. Die grünen Heringe wurden sofort gebraten, aber die Salzheringe legte die Mutter ein mit Zwiebeln, Lorbeerblättern und anderen Gewürzen und er konnte es gar nicht erwarten, sie nach einigen Tagen zu verzehren. Am meisten mundete ihm der Rogen der weiblichen Fische. Er ließ sich die kleinen Eier auf der Zunge zergehen.

Zu seinen Eltern hatte er ein zwiespältiges Verhältnis. Seine Mutter war großzügig, warmherzig, aber nicht immer gerecht, obwohl sie behauptete die Gerechtigkeit zu lieben. Sie sagte immer: „Ich lüge nie" und „Lügen haben kurze Beine". Warum hatten Lügen kurze Beine? Das ergab keinen Sinn.

Menschen, die nicht lügen, gab es nicht. Eine Notlüge macht jeder und sie ist erlaubt, denn mit der Wahrheit beleidigt man oft die Menschen. Jeder Mensch log irgendwann aus Anstand, Not oder Verzweiflung. Sonst durfte man natürlich nicht lügen. Sein Vater war nicht großzügig und warmherzig. Aber er behauptete nicht gerecht zu sein wie die Mutter. Er war unbarmherzig und egoistisch, aber er hatte Intelligenz, die er sorgsam versteckte, denn seine Vorsicht und Ängstlichkeit hielten ihn ab sie zu zeigen vor seinen Mitmenschen und deren Unzulänglichkeiten.

Seine Mutter umsorgte ihn, es fehlte nicht an gutem Essen, Spielsachen oder Weihnachtsgeschenken, wenn „das Christkind klingelte". Sie hatte Ideen zu seiner Freizeitgestaltung und animierte und unterstütze ihn in der Entwicklung seiner ihm gegebenen Möglichkeiten und Ressourcen. Sie erlaubte ihm viel, wenn es um die Bereicherung seines Wissens und die Erweiterung seiner geistigen Fähigkeiten ging.

Sie nahm mit Freude wahr, wenn sie ihm das Fernsehen erlaubte, dass er nicht nur James Bond oder Hitchcock guckte, sondern sich auch für wissenschaftliche und politische Bildung interessierte. Aber das alles änderte nichts an der Tatsache, dass er sich von der Mutter, die er doch liebte, oft nicht verstanden fühlte und sich ihr nicht anvertrauen konnte. Er war misstrauisch, weil ihr

Spruch „ich lüge nie" gelogen war und sie ihm nicht immer die Wahrheit sagte, wenn sie etwas nicht erklären konnte oder ihn vor Wahrheiten schützen wollte. Er mochte es nicht, wenn die Mutter ungerecht war. Er liebte es nicht, wenn sie den Vater schlecht behandelte, obwohl der sehr oft recht grob gegenüber der Mutter war. Er konnte es nicht erklären, aber er war viel kritischer gegenüber seiner Mutter, die seinen Überzeugungen nahestand und die er gern hatte, als gegenüber dem Vater, der ihm gegenüber wenig Liebe und Nähe zeigte.

Die Mutter konnte sehr eifersüchtig sein und dann tat der Vater ihm leid. Er war dann so hilflos und wehrte sich nicht, obwohl er doch stärker war. Er fand es gemein, als die Mutter verbot, dass die Oma, Vaters Mutter und Onkel Josef, Vaters Bruder, mit dem er so oft und so gern gespielt hatte, eines Tages nicht mehr den Heiligabend mit ihnen gemeinsam verbringen durften, weil sie eifersüchtig war auf die Oma. Sie wollte verhindern, dass durch die Anwesenheit der Oma am Fest der Liebe ihre Mutterliebe, die sie der Familie doch ohne ärgerliche Konkurrenz widmen wollte, nur zum Teil zur Geltung kam.

Aus Eifersucht versetzte sie dem Vater eines Tages einen Klaps vor den Mund. Er fand es ungerecht und beschämend, als sie den Vater auf den Mund schlug, der sich in seinen Augen korrekt verhalten hatte. Er hatte mit dem Vater die Kirche besucht und die Mutter war aus irgendeinem Grund zu Hause geblieben und richtete das Essen. Nach dem Kirchgang sprach der Vater mit einer Frau, die er nicht kannte und die, wie er später erfuhr, die Wirtin der Bahnhofskneipe war, in der der Vater oft verkehrte, sich amüsierte, trank und Karten spielte. Der Vater erzählte der Frau, dass sie ein Haus gebaut hatten und dass ihm das neue Haus gut gefalle. Er fand es angenehm und freute sich, dass der Vater sich freute und stolz war auf das neue Haus, weil der Vater sich in der Vergangenheit doch immer so ängstlich gezeigt hatte und die Mutter ihn zum Hausbau gezwungen hatte. Der Vater bat ihn auf dem Heimweg eindringlich zum Stillschweigen darüber, dass er mit der Frau gesprochen habe, denn die Mutter hatte es nicht gern, wenn der Vater mit anderen Frauen sprach. Er war so froh über den freudigen Vater und erzählte beim Mittagessen doch, dass der Vater den Hausbau gelobt hatte, auch wenn er nichts sagte von der Frau.

Die Mutter wollte wissen, mit wem der Vater gesprochen habe. Er gab die gewünschte Auskunft nicht und das machte die Sache verdächtig. Sie zwang den Vater die Person zu benennen, mit der er freudig kommuniziert habe, und schlug ihn, nach seinem Geständnis, die Suppenkelle vor die Zähne, dass der Vater vor Schmerz aufschrie. Der Vater tat ihm leid. Er hatte ein schlechtes Gewissen. Eigentlich waren die Aussagen des Vaters doch ein verstecktes Lob an die Mutter gewesen. Warum spürte sie das nicht? Warum hatte sie den Vater gedemütigt?

Auch eine andere Begebenheit blieb ihm lange im Gedächtnis. Sie hatte mit einer Lüge der Mutter und einen erzwungenen Zahnarztbesuch zu tun. Dieser Vorgang verursachte bei ihm eine Psychose, ein traumatisches Erlebnis, das Zahnarztbesuche in den folgenden Jahren zur Tortur werden ließ, gleichzusetzen mit Foltermethoden des Mittelalters. Erst seit jüngster Zeit mildert eine junge Zahnarzthelferin seine Psychose durch weibliche Fürsorge und einfühlsame Intuition.

Er hat seit seiner Kindheit vorstehende Zähne und das ist das Ergebnis einer Schiefstellung seines Kiefers. Diese

Schiefstellung verursachte, dass die hinteren Backenzähne zu eng stehen und zwei Wurzeln in seinen Gaumen gewachsen waren.

Die Wurzeln mussten beseitigt werden, im Hinblick auf die sich entwickelnden Weisheitszähne. Diese Tatsache war anlässlich einer Untersuchung zutage getreten, ihm aber verschwiegen worden. Die Mutter kündigte ihm nun einen neuen Untersuchungstermin beim Zahnarzt an. Der Zahnarzt wolle sich seine Zähne noch einmal anschauen. Er könne sich darauf verlassen, dass der Zahnarzt nur nachschaue und sonst nicht aktiv werde.

Er verließ sich auf die Worte der Mutter. Er vertraute ihr. Sie wusste ja, wie sehr er sich vor dem Zahnarzt fürchtete und er hatte ihr mehrfach das Versprechen und die Zusicherung abgerungen, ihm werde nichts Schmerzhaftes wiederfahren.

Der Arzt untersuchte Zähne, Rachen und Gaumen und er dachte schon, er hätte die Angelegenheit überstanden, als ihn eine Zahnarzthelferin und die Mutter plötzlich in die Zange nahmen und ihn an seinen Armen, Kopf und Beinen festhielten, sodass er sich nicht rühren konnte. Sein Mund wurde mit Brachialgewalt vom Zahnarzt geöffnet und der Arzt verpasste ihm fünf Spritzen in den Gaumen, die ihn nicht wie Betäubungsspritzen, sondern wie Giftspritzen vorkamen und seinem empfindsamen Gaumen unsägliche Schmerzen zufügten. Das Ziehen der Wurzeln wollte anfangs nicht gelingen und geschah dann mit einer solchen Gewaltanwendung und unter so großen Schmerzen, weil die Betäubung nicht vollständig war, dass er fast ohnmächtig wurde. Das Blut floss reichlich.

Er konnte tagelang nicht richtig essen.

Das Spielzeug, die Bücher und andere gute Sachen, die die Mutter ihm kaufte, konnten seine Wut und Enttäuschung nicht schmälern über ihren Verrat. Die damaligen Geräusche, Chloroformgerüche und die Folterwerkzeuge prägten sich so unerbittlich in sein Gedächtnis ein, dass er über 40 Jahre brauchte, sich durch günstige Umstände davon zu befreien.

Sein Vater arbeitete viel, spielte Karten am Wochenende, trank und kümmerte sich wenig um die Kinder. Manchmal nahm der Vater ihn mit auf seine Expeditionen und Ausflüge in die Natur und Umgebung des Dorfes und von Zeit zu Zeit hatte er für den Vater Dinge zu verrichten.

Er half zwar gern der Mutter und pflegte die Anlagen vor und neben dem Haus, samstags, wenn alle Nachbarn Unkraut rupften und Laub fegten, damit kein Kraut und kein Blättchen die Kritik der Mitbürger erregte, kehrte die Gossen und fegte den Schmutz von den Platten der Gehsteige, aber für den Vater arbeitete er nicht gern.

Die gemeinsamen Tätigkeiten erfreuten ihn nicht, weil er es dem Vater nie recht machte. Trotzdem war er stolz für den Vater zu wirken, obwohl der Vater ihn nie lobte, eher beschimpfte.

Er hat den Vater in guter Erinnerung, obwohl er abweisend zu ihm war, vielleicht deshalb, weil man die wenige Liebe und Zuwendung eines Menschen aufmerksamer wahrnimmt als die Zuwendung eines Menschen, von dem man es gewohnt ist, dass Liebe einem reichlich zufließt. Vielleicht war es auch deshalb, weil er spürte, dass sein Vater sich so verhielt, weil er sein wahres Inneres nicht zeigen konnte, ein Gefangener seiner Selbst war.

Vaters Wesen war eingeschlossen in einem Käfig, der ihm vererbt wurde, der sich nicht öffnen ließ. Er nahm seine Umwelt wahr, kommunizierte mit ihr, indem er seine Arme, Beine und den Kopf aus dem Käfig streckte, aber sprengen konnte er die Gitter nicht. Daher zeigte sein Wesen zeitweilig kalte und grausame Züge, obwohl er doch liebevoll sein wollte.

Er fand es schön, wenn der Vater angeheitert und beschwipst mit der Mutter und den Kindern über die Kirmes ging. Dann erhielt er zusätzliches Taschengeld.

Er liebte es, für ein paar Pfennige die bebilderten Abenteuerheftchen zu kaufen oder am „Rumskadi" das Glücksrad zu drehen, welches ein alter Kirmeskerl jedes Jahr aufs Neue zur Freude der Kinder aufstellte und schrie: „Schakalade, Schießkawehr". Gespannt wartete er, auf welchem Feld das Gummi stehen blieb, welches über die metallenen Noppen strich, die die Glückszahlen begrenzte.

Wie glücklich war er, wenn die Eltern sich vertrugen und der Vater Lose kaufte, obwohl die Mutter schimpfte, dass dafür wohl Geld da sei, wo es doch sonst an allen Ecken und Enden fehlte und sie putzen müsse und Pommes verkaufen, damit sie über die Runden kämen. Aber das war kein richtiger Streit.

Wie stolz war er, als der Vater das Hauptlos zog und ihm den riesengroßen Stofftiger schenkte, der einen Ehrenplatz einnahm im Wohnzimmer auf der neuen Couch, neben dem neuen Schrank mit den kostbaren verglasten Scheiben.

Einmal ließ der Vater einen Drachen mit ihm steigen auf abgeernteten Stoppelfeldern und spielte sogar Fußball mit ihm und einigen Verwandten, die gekommen waren anlässlich der Einweihung des neuen Hauses auf dem nahegelegenen Bolzplatz, wo heute die Hauptschule steht.

Die Hauseinweihung, die obligatorisch war im katholischen Dorf, nahm ein niederländischer Pater vor, der bekannt dafür war, dass er sie mit Andacht, Umsicht und Wirkung tätigte, wenn ihm, der Fülle seines Körpers gemäß, reichlich Schnittchen geboten wurden, die mit Lachs und anderen Köstlichkeiten zu belegen waren und ihm zum Essen noch einige Schnäpse kredenzt wurden, damit göttlicher Eifer ihn bemächtigte und sein Werk gelang.

Und so griffen die Eltern tief in die Taschen und er aß in seinem Leben zum ersten Mal Lachs, denn der Pfarrer hatte einige Schnittchen übrig gelassen.

Wenn der Vater mit ihm in die Natur fuhr, machte er ihn mit vielen Dingen vertraut.

Der Vater wusste wohl, dass die Pflanzen, die er suchte, pflückte oder ausgrub, selten waren und einige davon unter Naturschutz standen und somit besser in der Natur verblieben wären. Aber er schmückte sein Haus und Garten mit Schlüsselblumen, Primeln, Binsen, Weidenkätzchen und so manch anderem Gewächs, weil er sich erfreute an den Dingen der Natur und die Familie an dieser Freude teilhaben lassen wollte.

Sein Vater tat gerne Dinge, die verboten waren. Er schmuggelte gern. Er begleitete seinen Vater nur ungern auf diesen Schmuggeltouren, die in die benachbarten Niederlande führten. Der Vater erwarb oder eignete sich dort Sachen an, die er über die Grenze beförderte, auf eine Art und Weise, die nicht immer in Einklang mit dem Gesetz stand. Er frönte dieser Leidenschaft nicht aus krimineller Energie, eher sah er seine Tätigkeit als legalen Mundraub an von Dingen, die anderen entbehrlich, der Familie aber von Nutzen waren. Er wollte niemandem

Schaden zufügen, doch die Mutter schalt ihn des Öfteren mit Recht und wies ihn in die Schranken, damit der Ruf der Familie gewahrt blieb.

Auf seinen Erkundungs- und Schmuggelfahrten mit dem Fahrrad führte er immer eine Rolle Toilettenpapier mit sich im Mantel, und als die Grenzer bei einer Kontrolle ihn einmal misstrauisch fragten, wofür diese Rolle Klopapier denn diene, antwortete er ihnen: „für hinterlistige Zwecke".

Der Vater brachte ihm das Kartenspiel bei, das er unbedingt erlernen wollte. Er saß stundenlang hinter den erwachsenen Männern am Küchentisch, um den Sinn ihrer Handlungen und den Wert und Einsatz der Karten zu begreifen.

Er war fasziniert von ihren Ausdrücken, Rufen und Ansagen, wenn sie lautstark „Re" und „Kontra" brüllten oder Begriffe wie „Olle", „Dulle" oder „Blaue" durch den Raum schwirrten, wenn sie reizten oder ein Solo verkündeten und er lernte schnell die Bedeutung und Wertigkeit der Farben „Karo", „Herz", „Pik" und „Kreuz" einzuschätzen. Es dauerte jedoch einige Zeit, bis er begriff, was beim „Skat" und „Doppelkopf" die Begriffe „Revolution" oder „Fuchs am Pinn" zu bedeuten hatten.

Sein Vater war ein begnadeter Kartenspieler und mischte die Karten so geschickt, dass er die passenden „Blätter" erhielt. Meist waren nur geringe Einsätze im Spiel, doch hatte er eine diebische Freude an diesen kleinen Gewinnen, seinem trickreichen Können und der Beschränktheit einiger Mitspieler, die seine Tricks nicht durchschauten. Manchmal erschreckte ihn die Lautstärke der Männer und besonders das wohl berufsbedingte lauthalse Gebaren des Mannes, der bis vor wenigen Jahren in seinem Dorf amtlich als Ausrufer tätig gewesen war und nun im Herbst die Obstbäume versteigerte.

Das neue Haus brachte Arbeit mit sich. Dem Vater oblagen die Gartenarbeit und die Beseitigung von Abfällen. Regelmäßig musste die Güllegrube ausgeschöpft werden, bevor das Haus an die öffentliche Kanalisation angeschlossen wurde. Der Vater zog zu diesen Tätigkeiten gerne ihn, seinen ältesten Sohn, heran, auch wenn er ihn für diese Tätigkeiten als nicht tauglich ansah. Er schalt ihn oft und kommandierte ihn herum. Er half daher nicht gern, wollte sich aber nützlich zeigen.

Wenn der Garten umgegraben wurde, wurde zuerst eine Furche ausgehoben. Seine Aufgabe war es jetzt mit der Schüppe in Schaufelbreite die dünne, oberste Unkrautschicht abzutragen und sie in die vom Vater ausgehobene Furche zu befördern. Anschließend musste er mit der „Greepe", der Forke, den Mist in die Furche befördern, den der Vater zuvor mit der Schiebkarre vom Misthaufen geholt und zu kleinen Haufen auf dem Grundstück verteilt hatte. Im Mist wanden und ringelten sich „Pillewürmer", viele rosige, kleine, aber auch fahle, dicke Regenwürmer. Sie wanderten mit dem Mist in die Furche und der Vater bedeckte sie mit schwarzer Muttererde.

Die Güllegrube lag seitlich neben der Vorderfront des Hauses in den Anlagen zur Straße hin. Sie zu entleeren war eine ekelhafte Angelegenheit. Er war angewidert von den in der Grube schwimmenden Hinterlassenschaften seiner Familie. Er bewunderte die stoische Ruhe, mit der der Vater die Jauche mit einer großen, langstieligen Schöpfkelle in das Jauchefass des Bauers schöpfte, der die Exkremente als Dung auf seine Äcker fuhr. Der Vater war kaltschnäuzig in der Verrichtung unangenehmer

Tätigkeiten und er wusste nicht recht, woher er die Ruhe nahm und ob ihn die Tätigkeiten befriedigten. Gern übernahm der Vater das Schlachten von Tieren für Nachbarn und Verwandte, die ihn darum baten, denn er erhielt dafür nützliche und essbare Schlachtabfälle, die der Familie zum Verzehr zugutekamen. Er betäubte die Hühner, Kaninchen oder andere Kleintiere durch einen Schlag mit dem Hammer vor den Kopf oder indem er sie an die Wand schlug und ihnen die Kehle durchschnitt oder köpfte „ohne mit der Wimper zu zucken". Er rupfte das Geflügel oder zog Kaninchen oder Hasen „das Fell über die Ohren", nachdem sie einen Tag darin gehangen hatten, und weidete sie aus.

Ihn fröstelte ob der Kaltblütigkeit seines Tuns, wohl wissend, dass diese Tätigkeit notwendig war, und er war froh, wenn er nicht helfen musste. Wild und Geflügel aß er jedoch gern, nur Suppenhühner mied er wegen ihrer schrumpeligen Pelle und dem weißen Gebein, den weißen, gebleichten Knochen, von denen das Suppenfleisch abgefallen war beim Kochen. Die Knochen erinnerten ihn an das Märchen von Hänsel und Gretel, in dem Hänsel der blinden Hexe zur Täuschung einen Hühnerknochen anstelle seines Fingers hingehalten hatte, um zu beweisen, dass er noch nicht fett genug war.

Er war im Zwiespalt. Er verachtete den Vater, wenn er kalt und feindselig war, doch gleichzeitig flößte der Vater ihm Respekt ein, da er sich um das Wohlergehen der Familie kümmerte, auch wenn es ohne Enthusiasmus geschah und er selten familiäre, sorgende Vatergefühle durchblicken ließ.

Eines Tages wies der Vater Stefan Ising zurecht. Er wusste nicht, ob er dafür dankbar sein sollte oder ob er wegen der Grobheit dieses väterlichen Einsatzes böse auf ihn sein sollte. Sein Vater hatte vermeintlich beobachtet, dass Stefan Ising ihn, seinen Sohn, ärgerte und überheblich tat. Der Vater glaubte dies an Stefans fortwährendem süffisanten Grinsen zu erkennen. In einem plötzlichen Wutausbruch wies der Vater Stefan in einer Art und Weise in die Schranken, dass er um seine Freundschaft mit ihm fürchtete, ob des Schreckens, der Stefan durch die Attacke seines Vaters in die Glieder fuhr. Der Vater schrie Stefan Ising an: „Wenn du noch eemoal so dämlich grinst, dann hauk ik di nen Mosstrunk foer den Dassel" – „Wenn du noch einmal so dämlich grinst, dann hau ich dir eine Grünkohlwurzel vor den Kopf".

Er freute sich über den Einsatz seines Vaters gegenüber Stefan, doch die Angst vor dem Vater und seinen unkontrollierten Ausbrüchen war stärker als das freudvolle Sohngefühl. Er fürchtete sich vor der Unwägbarkeit seines Tuns, welches jedoch, was er damals nicht wusste, das Ergebnis seiner Nervenkrankheit war.

In den Sommerferien kam Tante Hilde. In diesen ersten Ferien im neuen Haus blieb sie für längere Zeit. Nachts schlief sie in seinem Bett. Er alberte viel mit Tante Hilde.

Sie tollten herum und er sprang mit ihr die Treppe rauf und runter. Der Vater, der in der Mittagszeit nach dem Essen auf dem Sofa ruhte, um weitere Kraft zu sammeln für die strapazierende Arbeit auf dem Bau, fühlte sich gestört.

Plötzlich, wie aus heiterem Himmel, explodierte er und zitierte ihn lautstark zu sich. An Widerspruch war nicht zu denken. Unheil ahnend und widerstrebend näherte er sich dem wutentbrannten Vater. Die Zögerlichkeit seiner

Annäherung machte den Vater noch zorniger. Er schlug ihn mit dem Zollstock auf den nackten Oberschenkel, der sofort blaurote Striemen zeigte. Es durchfuhr ihn ein rasender Schmerz. Als weitere Strafe, dass er es nie wieder wage die Mittagsruhe des Vaters zu stören, schickten ihn die Eltern am Abend früh zu Bett, obwohl Tante Hilde doch da war, mit der er noch so gerne gespielt hätte.

Es half kein Bitten und Betteln. Auch Tante Hilde konnte den Vater nicht umstimmen. Er verurteilte seine Eltern und besonders den Vater und lag weinend und trübsinnig in seinem Bett, bis Tante Hilde erschien und ihn tröstete. Wie war sie in sein Schlafzimmer gekommen? Die Tür war verschlossen. Sie war über die Turnstange auf den Balkon geklettert und durch die offene Balkontür gehuscht.

Tante Hilde ließ sich keine Vorschriften machen und fand immer einen Weg sich zu widersetzen und Hindernisse zu überwinden. Das imponierte ihm sehr. Nie hätte er solches Tun gewagt. Er war sehr froh über Tante Hilde. Am nächsten Tag intervenierte Tante Hilde bei den Eltern in seiner Angelegenheit. Sie wirkte auf den Vater ein, der sich daraufhin für den Hieb mit dem Zollstock bei ihm entschuldigte. Ihm seien die Nerven durchgebrannt. Er wolle ihn künftig nicht mehr schlagen, aber seine Mittagsruhe müsste beachtet werden. Die Entschuldigung des Vaters nötigte ihm Respekt ab. Es blieb jedoch die Angst vor seiner Unberechenbarkeit. Er war nicht zu durchschauen. Er wollte aber Dinge und Menschen berechnen und durchschauen. Er war jetzt in einem Alter, in dem er Meinungen, Taten und Geschehnisse in seiner Umgebung, seinem Dorf, in seiner Umwelt und im Fernsehen kritisch betrachtete und intensiv nachdachte, eigene Gedanken entwickelte und Fragen stellte und die Sinnhaftigkeit menschlicher oder gottgegebener Vorgaben anzweifelte. Aus seinen Zweifeln würde bald Widerspruch erwachsen. Noch war es nicht so weit.

Das fünfte Schuljahr, die Jahre 1964 und 1965, brachte für ihn viele Veränderungen.

Er nahm wahr, dass sich im gesellschaftlichen Umfeld, in der Schule, im Dorf etwas wandelte. Er wusste nicht, warum und wodurch. Sicherlich hatte das Fernsehen, das die Haushalte der einfachen Leute eroberte, großen Einfluss auf die Veränderungen der Menschen. Die neuen Informationsmöglichkeiten erweiterten den Horizont der Bürger. Die Lebensverhältnisse besserten sich. Es ging wirtschaftlich bergauf. Die Leute wurden fröhlich. Der Vater hatte Geld zum Lottospielen, zum ersten Mal wurde die Ziehung der Lottozahlen im Fernsehen übertragen. Das 629,- Mark Gesetz wurde verabschiedet, das steuerbegünstigte Sparen für Arbeitnehmer.

Er schaute mit seinen Eltern die Bambiverleihung im Fernsehen, bei der Heinz Rühmann, den der Vater so liebte und Liselotte Pulver, die er verehrte, mit ihrer Rolle in „Im Wirtshaus zum Spessart" Auszeichnungen erhielten. Es begann der Prozess gegen die Auschwitz-Mörder. Deutschland nahm diplomatische Beziehungen zu Israel auf. Königin Elisabeth von England besuchte Deutschland in Berlin und Chruschtschow starb. Die Amerikaner verstärkten ihre Bombardements in Vietnam und setzten Napalm ein.

Die ersten Studenten demonstrierten. Die Proteste wurden öffentlich wahrgenommen. Der sowjetische Kosmonaut Alexej Leonow schwebte als erster Mensch 20 Minuten frei im Weltall.

Unfassbar, die Welt veränderte sich und so auch seine Welt.

Einstige Schulkameraden gingen zu höheren Schulen und Stefan Ising zum Gymnasium. Er musste sich umorientieren. Es war nicht schön. Einige Kameraden entwickelten sich schulisch weiter. Er nicht. Zwar machte er im Alltag neue Lebenserfahrungen und die sind immer nützlich, aber in der Schule fielen seine Leistungen ab. Da seine Klasse geschrumpft war, gab es oft gemeinsamen Unterricht mit der nächsthöheren Klasse.

Fächer wie Geschichte und Gemeinschaftskunde, Raumlehre, Naturkunde, Naturlehre und Werkarbeit ergänzten den Stundenplan und erweiterten den Horizont der Schüler, soweit das die Unfähigkeit mancher Lehrer und die Unruhe in der Klasse überhaupt zuließen. Die Qualität des Unterrichts litt. Er merkte schnell, dass ihn die naturwissenschaftlichen Fächer wenig interessierten und er kein Verhältnis zur Physik und technischen Dingen entwickelte. Er dachte eher über den Sinn und Bedeutung von Geschehnissen nach und über die Menschen, die die Dinge beeinflussten oder nicht beeinflussten. Er schrieb gern und zeichnete Comics, er dachte über religiöse und philosophische Fragen nach, ohne zu wissen, was Philosophie ist. Er beobachtete die Dinge und daran knüpften sich seine Fragen.

Schulbegleitenden Aktivitäten und außerschulische Erlebnisse brachten neue Erkenntnisse. Er beobachtete seine Klassenkameraden argwöhnisch und checkte ihr Verhalten auf Freundschaftstauglichkeit ab. Dabei entdeckte er bei einigen Kameraden ganz sympathische Züge. Er bildete sich sogar langsam eine gute Meinung über einige Mitschüler und das hatte seine Bewandtnis.

Einige Schulkameraden fanden Lob für seine Fertigkeiten, obwohl er immer geglaubt hatte, er besitze keine, weil der Sohn des Kohlehändlers an ihm Talente entdeckt hatte, denen er sich selbst gar nicht bewusst gewesen war.

Tante Hilde liebte Fix und Foxy-Hefte, Donald Duck-Comics, den Kater Felix und andere Gestalten und Geschichten. Sie sammelte alle Hefte und Sammelbände und gab sie ihm zu lesen. Später, als sich ihr Interesse anderen Dingen zuwandte, schenkte sie ihm die gesammelten Kostbarkeiten.

Er las mit Inbrunst alle Comicgeschichten. Er dachte über die Geschichten, die Gestalten nach. Er fand die Storys toll. Sie eröffneten ihm neue Welten. Bilder und Sprechblasen regten seine Fantasie an.

Er zeichnete die Figuren mit Pauschpapier nach und ließ sie, indem er sie zu neuen Interaktionen und Bildern zusammensetzte, neu auferstehen. Mit den entsprechenden Texten schuf er neue Sequenzen und Storys. Er funktionierte seine Schulhefte um und produzierte daraus Comichefte, die er in seiner Schultasche mit sich herumschleppte. Er fand nichts Besonderes an seinen Werken, er trug sie eher mit sich wie einen Schatz, den man hütet. Paul, der Sohn des Kohlenhändlers, bekam eines Tages diese Hefte auf irgendeine Art und Weise zu Gesicht. Er lobte sie und animierte ihn, sie anderen Klassenkameraden zu zeigen. Er zierte sich und offenbarte sie nur mit Scham und Zögerlichkeit. Die Klassenkameraden waren begeistert und er war stolz vor Glück. Sie fanden die Figuren und Geschichten witzig und schlossen daraus, dass auch er witzig sein müsse, da er doch solch spaßige Einfälle zu Papier brachte. In der Folge wurden Äußerungen und Bemerkungen von ihm, die er im Unterricht oder in den Klassenpausen von sich gab, mehr Aufmerksamkeit zuteil und er merkte, dass er mit Witz und Humor Anerkennung erlangen konnte.

Manchmal ertappte er sich dabei, den Klassenclown zu spielen, damit er Aufmerksamkeit erhielt. Er fand sein Verhalten legitim, denn mit welchen Dingen sollte er sonst punkten? Mit seiner Brille, seinen Zähnen? Seinen innersten, geheimen Gedanken? Da wollte er lieber ein wenig Quatsch machen und mit Lustigkeit die Schüler erheitern und sich Zuwendung erheischen. Sein Selbstbewusstsein wuchs und steigerte sich noch durch einen Theaterauftritt.

Es fand im Vereinshaus vor großem Publikum statt. In ihrer Freizeit probten die involvierten Kameraden und er zuerst ihre Rollen mit einer pensionierten Lehrerin aus der Nachbarschaft in ihrer privaten Wohnung. Er durfte den Oberzwerg einstudieren. Dann fanden die praktischen Proben auf der Bühne statt. Alles klappte hervorragend. Gespannt wartete er bei der Uraufführung hinter dem Vorhang. Die Plätze waren bis auf den letzten Platz gefüllt und erwartungsvolle Kinder- und Erwachsengesichter starrten auf die Bühne. Die Klingel ertönte. Der Vorhang ging auf. Das Gemurmel und Geraune der Zuschauer verstummte. Als sein Auftritt kam, rannte er stolz und mit Übereifer auf die Bühne um seine Rolle vorzutragen und rutschte aus. Er schlitterte über den Bühnenboden. Gequält stand er auf und begann, stammelnd seinen Text aufzusagen.

Das Publikum interpretierte seinen Fehltritt als geplante, humoristische Einlage. Sie erschien ihnen einstudiert und dem Geschehen zugehörig. Er war witzig gewesen. Die Zuschauer klatschten und johlten. Das gab ihm Sicherheit und er agierte ohne Fehler weiter. Die Situation war gerettet und er stellte mit Erstaunen fest, dass man aus Schaden Gewinn ziehen konnte, wenn etwas Negatives positiv gewendet wurde.

Die Mitmenschen hatten über seine zufällige Komik gelacht. Sie hatten geglaubt, sie sei seiner Fantasie entsprungen.

Nein, das war sie nicht. Seine Komik wohnte ihm inne und war wesentlich. Sie war einfach da. Er konnte daran arbeiten, sie für seine Zwecke nutzen. Er konnte mit diesem, ihm gegebenen Schatz Dinge ausdrücken, die er sonst nicht ausdrücken konnte. Die Menschen verstanden seine Gefühle und Gedanken nicht. Würde es je jemanden geben, dem er sich mitteilen konnte und der ihn verstehen würde? Aber mit Witz und Humor konnte er die Menschen erreichen und sich Anerkennung einhandeln.

Einige Mitschüler fanden ihn nett, das spürte er jetzt und auch er fand Gefallen an einigen Schulkameraden. Er hatte nun Kontakt zu Paul, zu Peter, der immer rot anlief, wenn er angesprochen wurde, Franz, dem immer die Zunge aus dem Mund hing, Heinz mit den großen Augen und Johannes mit den roten Haaren. Doch freundschaftliche Bande schloss er nur mit Oswald und Dieter.

Alle Schüler hatten ihre Eigenarten und Besonderheiten. Johannes mit den roten Haaren und markantem Schädel machte auf sich aufmerksam, weil er um Beachtung bei seinen Mitschülern zu erregen, immer wie ein Stier Anlauf nehmend mit großer Geschwindigkeit mit dem Kopf vor die Wand lief. Scheinbar verursachte es ihm keine Kopfschmerzen und machte ihm nichts aus. Er war ein Phänomen.

In der fünften Klasse wurden viele Schüler rebellisch. Das lag an ihrem fortgeschrittenen Alter, das sie erkennen ließ, mit welchen „Pfeifen" von Lehrern sie es zu tun hatten. Ihr Widerstand zeigte sich an ihrer Albernheit, Ungezogenheit und ihrem Widerspruch gegenüber Lehrern, denen es an fachlicher und menschlicher Autorität mangelte.

Diese oft gruppendynamisch ablaufenden Aktivitäten wirkten sich für sensible Lehrer böse aus. Einige einfallsreiche Schüler brachten dafür prädestinierte Lehrer zur Verzweiflung.

Die älteren Schüler aus den höheren Klassen übten beim gemeinsamen Unterricht Einfluss auf die jüngeren Schüler aus und waren ihnen oft Vorbild. Sie zeigten ihnen ihr Widerstandspotenzial und wie man etwaige Strafen erträglich gestaltete.

Renitente und in ihren Schulleistungen schwache oder sozial benachteiligte Klassenkameraden wurden beständig und oftmals ohne sichtbaren Grund von bestimmten Lehrern bestraft. Vielen Leidensgenossen war bewusst, dass sie bestraft werden würden, da sie die Hausaufgaben nicht gemacht hatten, andere wussten, dass sie geschlagen würden, weil sie kein Ansehen beim Lehrer hatten oder als dumm oder faul angesehen wurden. Aber es gab auch Schüler, die unverhofft gezüchtigt wurden, ohne irgendeinen einsehbaren oder nachvollziehbaren Anlass.

Manche hatten Angst und stotterten, andere verweigerten sich dem Unterricht, weil sie ohnehin wussten, dass sie Opfer der Lehreraggressionen sein würden. Es gab aber auch welche, und denen wurde von den Mitschülern Respekt gezollt, die ihrem Schicksal oft gut vorbereitet und präpariert in hochmütige Verachtung der Lehrperson respektlos entgegentraten.

Der ältere Bruder von Johannes, Markus, und einige seiner Kumpanen „schossen" bereits in die Höhe und waren kräftig gebaut. Sie verweigerten sich, zeigten sich bockig, machten aus Trotz und Verzweiflung ihre Hausaufgaben nicht und störten den Unterricht durch allerlei Firlefanz und mit unbotmäßiger Lautstärke. Sie wussten, dass sie bestraft würden. Entweder würden sie geohrfeigt, in die Ecke gestellt, an den Haaren gezogen oder es würde ihnen über die Finger geschlagen. Die Spezialität von Lehrer Wirtz war den Schülern am Hinterkopf die Haare zu zwirbeln und sie daran aus der Bank hochzuziehen mit der Bemerkung „Sieh mal, wie der Kerle wächst".

Die beliebteste Methode war jedoch das Prügeln auf den Hosenboden. Dagegen hatten Markus und seine Kameraden vorgesorgt, sie zogen dicke Lederhosen an und steckten sich Bücher hinter den Hosenboden. Die Schläge mussten sie in gebückter Stellung entgegennehmen, indem sie ihren Kopf zwischen die Beine des Lehrers zu stecken hatten. Der schlug wild drauf los, bis ein Stock zerbrach, und wunderte sich, dass die angeblich Gepeinigten Grimassen schnitten, statt Schmerz zu zeigen.

Er hielt sich aus all dem Geschehen raus, machte seine Hausaufgaben und war nicht weiter auffällig. Er vermied es, die Lehrer zu reizen oder ihnen Gelegenheit zu geben ihn zu schlagen und das gelang ihm bis auf eine Ausnahme redlich.

Er bewunderte einige seiner Schulkameraden ob ihrer Frechheiten und ihrem Mut. Er hatte aber auch Mitleid mit einem Lehrer, der nie schlug und gutmütig war, aber dem es völlig an Autorität fehlte. Diese Hilflosigkeit wurde von einigen Schülern brutal ausgenutzt. Sie rächten sich bei diesem Lehrer für die Ungerechtigkeit, die sie von anderen Lehrern empfangen hatten, denn der Machtlose und Unterdrückte sucht und erkennt schnell die Schwächen seiner Mitmenschen und nutzt diese zur Unterdrückung seiner Artgenossen, um das ihm zugefügte Leid zu kompensieren.

Schüler und Klassenverbände können oft grausam sein und überschreiten die Grenzen, die ihnen zwanghaft aufgezeigt werden, wenn sie die Konsequenzen ihres Handelns nicht zu fürchten brauchen.

Bei Lehrer Husemann wussten alle: „Der wehrt sich nicht, der eignet sich als Frust- und Lustobjekt". An ihm konnte man all den Ärger abreagieren, der sich bei den Schülern angestaut hatte.

Er beteiligte sich nicht an dem „Mobbing" von Husemann, aber er ließ es geschehen. Was hätte er auch dagegen tun sollen? Er tat ihm leid. Husemann hatte ein blaues und ein braunes Auge und setzte sich durch diese ihm angeborenen „Anormalität" dem Spott der Klasse aus. Lehrer Husemann hatte Komplexe und sah in der Unterschiedlichkeit seiner Augen einen Defekt und fühlte sich minderwertig.

Er wollte Husemann nicht ärgern, eigentlich wollte er ihm helfen, den Grund seiner unterschiedlichen Augen vor der Klasse zu erklären. Er zeigte auf und fragte: „Herr Husemann, warum gibt es Menschen mit blauen und braunen Augen?" Vielleicht gab es eine Erklärung dafür. Aber Herr Husemann gab keine Antwort. Er lief rot an vor Scham. Er verbot sich das Thema. Die Klasse lachte. Sie fanden seine Frage witzig und alle freuten sich, dass er Husemann in Verlegenheit gebracht hatte.

Er hatte sich auf Kosten von Husemann profiliert. Er schämte sich. Husemann war als Lehrer fehl am Platz. Er hätte einen anderen Beruf wählen müssen. Husemann hatte nicht nur Komplexe, er war einfältig.

Heinz mit den großen Augen hatte das erkannt. Er deponierte eines Morgens vor Schulbeginn einen Haufen Hundekot im Klassenraum. Husemann war empört und befahl einem Schüler ein Kehrblech zu holen und die Scheiße zu entfernen, was auch geschah.

Am nächsten Morgen deponierte Heinz einen dem natürlichen Hundekot täuschend ähnlichen Plastikhundescheißhaufen in die Klasse. Husemanns Ärger wuchs. Er ordnete erneut an, den Hundehaufen zu entfernen. Er wunderte sich nicht schlecht, als Heinz den Hundehaufen nahm und ihn in die Tasche steckte.

Am nächsten Morgen lag wieder ein Haufen Scheiße da. Husemann schritt zur Tat und ergriff die angebliche Kunstversion und sah sich argwöhnisch getäuscht. Er stand mit kotverschmierter Hand in der Klasse und die grölte. Husemann hatte jegliche Autorität verloren.

Wilhelm störte permanent den Unterricht bei Husemann, weil er oft selbst Lustobjekt seiner Mitschüler war, die ihn wegen seiner „Segelohren" und oft merkwürdigen Bemerkungen neckten.

Eine seiner Bemerkung blieb unvergessen: „Dat wat use Gertrud is, de haef nen Kavalier" was so viel hieß, wie „Meine Schwester Gertrud hat einen Freund, der ihr den Hof macht". Auf die Frage: „Wat is dann ne Kavalier?" war die Antwort: „Wat ganz moderns". Wilhelm wusste nicht, was ein Kavalier war und nahm deshalb an, dass es etwas Neuartiges, unbekanntes Modernes sein musste.

Die Schüler zogen Wilhelm auf und verlachten ihn für diese Antwort. Sie klärten ihn auf. Ein Kavalier war natürlich ein Verehrer, der sich um eine Frau bewarb, mit ihr „gehen" wollte, in der Absicht sich nach angemessener Zeit mit ihr zu verloben und sie zu heiraten und Dinge zu tun, die zur damaligen Zeit vor der Ehe als unkeusch und unanständig angesehen wurden.

Husemann blieb nicht lange Lehrer an der Volksschule. Bis heute ist nicht klar, ob er versetzt wurde oder ob er von sich aus das Handtuch geworfen und den Dienst quittiert hatte.

Ab dem 5. Schuljahr hatten sie eine „Behinderte" in der Klasse. Eva war sitzen geblieben. Ganz im Gegensatz zu den Boshaftigkeiten, die die Klasse gegenüber Husemann zeigte, waren seine Klassenkameraden gegenüber Eva nicht gehässig. Sie war nicht schwerbehindert und konnte teilweise dem Unterricht folgen. Die Lehrer und die Eltern hatten den Schülern eingebläut – Evas Vater war eigens dazu zum Schulunterricht erschienen oder eingeladen worden – dass sie gegenüber Eva und gegenüber allen Behinderten Rücksicht zu nehmen hätten. Das gelte auch für erwachsene Behinderte oder Beschränkte, die sich im Dorf zeigten.

Man solle sie in Ruhe lassen und sie nicht ärgern. Die Behinderung sei von Gott gegeben und daher zu akzeptieren, die Behinderten könnten nichts für ihr Schicksal.

Man solle froh sein, dass man nicht sei wie sie und ihr Schicksal teilte. Man müsse sie bemitleiden aber ihnen ihre Minderwertigkeit nicht spüren lassen. Der christliche Glaube gebiete es sie zu achten, auch wenn sie nicht vollwertige Mitglieder der Dorfgemeinschaft seien. Am besten lasse man sie ganz in Ruhe.

Behinderte hörten zur Gemeinschaft, aber sie wurden als nicht vollwertig angesehen. Von Inklusion keine Spur. Eva wurde nicht gehänselt, man ließ sie in Ruhe. Sie war Mitglied der Klasse und war sie auch nicht integriert, so sorgte doch der tägliche Umgang mit ihr und die Anwesenheit der Lehrer für Respekt bei ihren Mitschülern.

Die dicke Bertha, die im kirchlichen Krankenhaus untergebracht war und sich manchmal im Dorf zeigte, war geistig zurückgeblieben. Die Schüler ärgerten sie trotz Verbots. Sie neckten und hänselten sie in gebührendem Abstand und freuten sich, wenn Bertha ihnen wütend mit den Händen fuchtelnd drohte, wohl wissend, dass Bertha wegen der Leibesfülle und Unbeweglichkeit ihnen nichts anhaben konnte.

Da war Krankenhaus-Peter schneller. An ihm ergötzten sich einige Schüler auf andere Art und Weise. Sie riefen ihm ständig irgendetwas zu und animierten ihn zu antworten und lachten sich „schimmelig" über seine heisere, hohe Fistelstimme. Peter war in der Nazizeit kastriert worden und konnte froh sein, mit dem Leben davongekommen zu sein. Als Kastrat konnte er dem gesunden, deutschen Volkskörper nicht schaden und durfte weiter leben, im Gegensatz zu Schwerbehinderten, die von den Faschisten umgebracht worden waren.

Auch Keti ging nicht zur Schule, dafür war ihre Behinderung zu groß. Sie stammte aus einer angesehenen Familie, daher übten die Schüler ihr gegenüber Zurückhaltung, weil Mitglieder angesehener Familien immer mit großem Respekt im Dorf behandelt wurden. Keti war schwer körperlich und geistig behindert. Sie war sehr zerbrechlich. Sie war so anders und doch irgendwie menschlich, trotz ihrer roten Haare und ungelenken Glieder. Man beobachtete sie neugierig. Weil die Schüler wussten, dass Keti immer die gleiche Antwort gab, konnten sie es nicht lassen und auch er wollte diese Antwort provozieren: „Keti, wie geht die Kaffeemühle?" „Keti, Keti, Kapau". Keti war nicht verärgert. Sie war glücklich, wenn jemand mit ihr sprach und sie antworten konnte.

Stefan Ising machte sich irgendwann rar. Das Gymnasium und seine neuen Freunde nahmen ihn jetzt in Anspruch. Er fühlte sich vernachlässigt von seinem alten Kameraden und war auf der Suche nach neuen Bekanntschaften. Das war das erste Mal, dass er selbst aktiv wurde. Er suchte neue Freundschaften oder Spielgefährten.

Vorher hatte er den Mut dazu nicht gehabt, nun zeigte sich ein neues Selbstbewusstsein. So schloss er Freundschaft mit Oswald Penning. Oswald war freundlich und von sanftem Wesen. Ein kräftiger, mutiger Junge, aber nicht dreist oder eingebildet. Sie machten oft gemeinsame Streifzüge in Wald und Flur, suchten und sammelten vermeintlich wertvolle Gegenstände auf gepflügten Äckern, am Wegesrand, auf wilden Müllkippen und im Wald. Meist waren es wertlose Ton- oder Porzellanscherben und keine geschichtsträchtigen Sachen, die sie fanden. Die Gegenstände versuchten sie durch die Verbindung eines Klebstoffes den er durch Experimente zu entwickeln und erfinden trachtete, zu neuem Leben zu erwecken. Sie streiften den Dorffluss entlang, beobachteten „Stichlinge" und andere Wassertierchen. Manche Flusstierchen fingen sie und er deponierte sie in einem Eimer, um sie zu Hause weiter zu beobachten. Nach geraumer

Zeit starben sie jedoch, sie brauchten frisches Flusswasser. Als er dies erkannte, beließ er die Tiere im Fluss. Er wollte nicht töten.

Oswald und er spielten grundsätzlich draußen, niemals drinnen. Das Stöbern in der Natur war Oswalds und seine liebste Beschäftigung. Manchmal saßen sie auch auf dem Dachboden des „Schöppkens" von Oswalds Eltern und erzählten und unterhielten sich über Dinge, über die sich Jungen so unterhalten. Thematisiert wurden auch das jeweilige Familienleben und alltägliche Gewohnheiten. So kamen sie auf den samstäglichen Badetag zu sprechen.

Oswald fragte, ob er denn eine Badehose trage beim wöchentlichen Bad. Er wunderte sich. Wie konnte er eine Badehose tragen? Er musste sich doch reinigen. Zwar durfte man sich nicht mit seinem Pillemann in der Öffentlichkeit zeigen, deshalb trugen die Menschen in Badeanstalten auch Badesachen, und man durfte auch nicht an seinem Geschlechtsteil spielen, das war unkeusch und man musste beichten und man sollte auch beim Schlafengehen die Hände über die Bettdecke halten, wie die Mutter sagte, aber beim Waschen musste man doch den Pillemann sauber machen und auch den Popo reinigen. Oswald war entsetzt und meinte: „Was seid ihr für Schweine". Er lachte Oswald aus und war zugleich bestürzt über seine Aussage. Denn ein Schwein war er nicht. Er achtete auf Keuschheit und hatte keine unzüchtigen Gedanken.

Weil er auf der Volksschule bleiben musste, hatte er als Entschädigung und nach langem Betteln einen Hund geschenkt bekommen. Einen kleinen, schlauen, spitzbübischen Mischling mit klugen, listigen Augen. Der

Hund war anhänglich, gut erzogen und horchte auf sein Wort. Oswald und er gingen oft mit ihm spazieren. Einmal begleitete sie der Hund beim Einkauf, den er für seine Mutter zu erledigen hatte. Beim Verlassen der Bäckerei bemerkte Oswald, dass der Hund einen 50-DM-Schein zwischen den Zähnen hatte. Vorsichtig und mit guter Zurede entwendete er dem Hund seine Beute. Ein kleines Vermögen. Sie entschieden sich, das Geld zu teilen. Eigentlich hätten sie es in der Bäckerei abgeben müssen, dann hätten sie aber nur einen kleinen Finderlohn bekommen. Sie interpretierten ihr Handeln in einer ihr Gewissen entlastenden Art. Weil sie das Geld nicht geklaut hatten, was ein Diebstahl gewesen wäre und nach den zehn Geboten eine schwere Sünde war, sondern den Schein gefunden hatten, entschieden sie, das Geld zu behalten, denn das war nur eine lässliche Sünde. 25 DM für Oswald, weil er bemerkt hatte, dass der Hund den Schein in der Schnauze hatte und 25 DM für ihn, weil ihm der Hund gehörte. Er nahm das Geld und sagte Oswald zu, ihm am nächsten Tag die Hälfte zu geben, wenn er es bei den Eltern gewechselt habe. Wie war er aber entsetzt, als die Eltern es nicht teilen wollten. Er hatte vielleicht erwartet, dass sie ihm gesagt hätten, er müsse es zurückgeben, aber er hatte nicht damit gerechnet, dass seine Eltern es für sich behalten wollten. Der Hund gehöre der Familie, nicht Oswalds Familie. Der Hund habe das Geld gefunden, also gehöre das Geld dem, dem der Hund gehöre.

Er wehrte sich und weinte und sagte, das sei gemein. Er habe Oswald die Hälfte der Summe versprochen. Doch die Eltern ließen sich nicht erweichen.

Er konnte Oswald am nächsten Tag nicht in die Augen schauen, als er ihm die Nachricht überbrachte. „Ich kann nichts dafür, die Eltern verbieten mir dir das Geld zu geben!" Dagegen sei er machtlos. Oswald ließ sich nicht beschwichtigen und lief enttäuscht, beleidigt und voll Groll nach Haus. Er hat nie wieder mit Oswald gespielt. Die Eltern von Oswald verboten Oswald den Umgang mit ihm. Die Gier seiner Eltern und die Unbeugsamkeit Oswalds Eltern hatte die Freundschaft zerstört. Er war böse auf seine Eltern, aber auch auf Oswald, der doch erkennen musste, dass er schuldlos war. Sie konnten doch heimlich zusammen spielen. Doch das wagte oder wollte Oswald nicht.

Er verachtete seinen Vater, der die meiste Geldgier gezeigt hatte und die Mutter auf seine Seite gezogen hatte. Sie hatte sich ihm gebeugt. Diese Verachtung steigerte sich zum Hass, als der Vater seinen Hund tötete. Eines Tages erklärten ihm die Eltern, der Hund sei verschwunden. Er sei weggelaufen. Er wartete verzweifelt auf die Rückkehr. Weit konnte er nicht sein. Er lief nie weg. Aber er kam nicht. Sie Eltern meinten, vielleicht habe der Hund sich verlaufen. Hoffentlich war er nicht überfahren worden. Er suchte überall. Er lief die Straßen ab und fragte Bekannte und Nachbarn. Der Hund blieb verschwunden. Es kamen ihm Zweifel. Ein schrecklicher Verdacht. Er wollte es nicht wahrhaben. Er konnte es nicht glauben und doch fragte er die Mutter: „Hat Papa den Hund getötet?" und sie beichtete ihm: „Ja, er hat den Hund getötet". Er schloss sich ins Wohnzimmer ein und weinte bitterlich. Wenn er irgendetwas in seinem Leben bisher geliebt hatte, war es der Hund gewesen. Er war so lieb, so unschuldig, so treu gewesen. Wie konnte der Vater das Tier töten? Wie konnte sein Vater so böse sein? Die Mutter bat ihn die Tür zu öffnen. Er gehorchte nicht. Sie sprach durch die Tür. Der Hund hätte nicht ins Haus gepasst, habe den Vater nervös gemacht, das ständige Winseln, das Bellen. Der Vater brauche Ruhe. Die Anschaffung des Hundes sei ein Fehler gewesen. Für ihn zählten diese Argumente nicht. Es waren keine Gründe einen Hund zu töten. Die Eltern kauften ihm daraufhin wertvolle Briefmarken für seine Sammlung. Sie wussten, er liebte Marken aus fremden Ländern, die so bunt waren und so fern, aus Mexiko, China und Afrika. Die Eltern wollten ihn mit diesen Briefmarken besänftigen. Er warf ihnen den Karton mit den Briefmarken an den Kopf. Glaubten sie mit Briefmarken, Geld oder anderen Dingen könne man Freundschaft kaufen oder die Tötung seines tierischen Freundes wieder gut machen? Nein, mit Geld konnte man keine Freundschaften kaufen, mit Geld konnte man Freundschaft zerstören! Die Freundschaft mit Oswald hatten sie mit Geld zerstört und den Hund hatten sie aus niedrigen Beweggründen getötet und glaubten nun mit dem Geld, welches sie für die Briefmarken ausgaben, seine Freundschaft erkaufen zu können. Er schrie sie an und weinte, bis die Mutter ihm einen neuen Hund versprach. Aber er wollte keinen neuen Hund. Ein anderer Hund konnte seinen Hund nicht ersetzen. Nach langem Bitten zeigte sie ihm, wo sie den Hund verscharrt hatten. Im Stutenkötterswald war er begraben. Er errichtete ein Kreuz aus Holz.

Später wünschte er sich eine Katze, weil Tante Hilde Katzen liebte. Aber auch diese Katze war eines Tages verschwunden. Auch diese Katze hatte der Vater getötet. Sie hatte angeblich die Milch getrunken, die der Milchmann früh morgens zu den Nachbarn brachte. Er glaubte dieser Begründung nicht.

Konnte die Katze Milchkannen öffnen? Und wenn die Milchkannen offen waren, hätten die Nachbarn sie nicht schließen können, wenn man sie darum gebeten hätte? Er wollte kein Tier mehr haben. Für ihn waren Tiere Lebewesen mit Gefühlen und Verstand. Für die Eltern waren sie Nutzgegenstände, die man beseitigten und töten konnte, wenn man ihrer überdrüssig war. Er beweinte die Katze und ihr Tod tat ihm leid und er beweinte den Vater, der Tiere nicht liebte. Konnte er denn Menschen lieben? Er war einsam.

Deshalb suchte er den Kontakt zu Dieter Döing. Dieter Döing war der Sohn eines Arbeitskollegen seines Vaters. Er ging in die gleiche Klasse und wohnte in der Nähe. Er bot Dieter die Freundschaft an. Dieter akzeptierte sein Ansinnen und fortan spielten sie zusammen. Mit Dieter zog er nicht in die freie Natur, wie es Oswald geliebt hatte. Dieter war eher der häusliche Typ. Sie spielten viel im Keller. Sie verkleideten sich und waren „Karnuffell" in Anlehnung an die Kartoffel, die im Keller gelagert waren. Die Karnuffel konnten in die unterschiedlichsten Rollen schlüpfen. Sie ließen ihrer Fantasie freien Lauf. Mit Dieter nahm er die Tradition des Kasperltheaterspielens wieder auf. Aber er schrieb seine Stücke nicht für Dieter oder führte sie für Dieter auf. Nein, nun wollte er ein größeres Publikum und er hatte eine Idee. Vielleicht war es die erste Geschäftsidee, mit der er Geld verdiente, nicht fiktiv wie das Kaufmannspielen im alten Haus, nein, er wollte neue Wege gehen.

Der Vater spielte Lotto. Manchmal gewann er etwas. Auch auf der Kirmes konnte man, wenn man Lose kaufte, etwas gewinnen. Hatte er nicht eines Tages einen großen Tiger gewonnen, der nun im Wohnzimmer auf dem Sofa lag?

Die Leute waren auf Gewinn aus. Sie spielten Lotto oder kauften Lose.

Mit einer Lotterie konnte man Geld verdienen, von dem man einen Teil wieder ausschüttete für den Gewinn, der die Leute animierte Lose zu kaufen. Man brauchte die Lose nur anzupreisen, wie auf der Kirmes und Gegenstände auszuloben, die als Gewinn lockten. Warum kauften die Menschen Lose? Wegen der Spannung, des Anreizes, eines Glücksgefühls, in Erwartung eines möglichen Gewinnes, eines interessanten Umfeldes und Ambientes, wie es zum Beispiel die Kirmes bot. Seine Idee war die öffentliche Aufführung seiner Kasperltheaterstücke. Die Leute würden ihm zuhören und sich interessieren, wenn er vor der Vorstellung Lose verkaufte und nach der Vorstellung eine Lotterie veranstaltete. So hatte er Publikum und gleichzeitig Gewinn. Mit dem verdienten Geld konnte er sich neue Kasperlfiguren und Gegenstände für weitere Verlosungen leisten und vielleicht blieb noch etwas übrig zum privaten Verbrauch. Dieter und er sammelten alle entbehrlichen Gegenstände ihrer Familien für die erste Vorstellung, fertigten Lose, gestalteten den Bühnenaufbau und packten alles auf einen Bollerwagen und zogen los. Der Zuspruch war enorm. Die Lose für fünf Pfennig waren schnell verkauft. Aber sie machten zwei Fehler. Sie verkauften die Lose zu billig und sie achteten nicht darauf, die Lose so zu verkaufen und ihre Aktion so zu organisieren, dass der Hauptgewinn, der Tiger, den er schweren Herzens geopfert hatte, für seinen ersten Auftritt, erst zum Schluss gewonnen wurde, um die Spannung zu steigern. Sie mussten lernen. Aber ein Anfang war gemacht.

Es war gar nicht so einfach, selbst etwas zu organisieren, ohne die Hilfe von Erwachsenen. Sie hatten das nicht gelernt. Die einzige Gelegenheit, bei der sie als Kinder etwas in eigener Regie etwas organisiert hatten, war das Fest der „Pingsterbrut", der Pfingstbraut, gewesen.

Zu Pfingsten durften die Kinder ihr eigenes Fest organisieren. Man wählte einen Pfingstmann und eine Pfingstbraut aus der Schar der Nachbarskinder, zog sie festlich wie Brautleute an und zog mit ihnen von Haus zu Haus. Während des Absingens des Liedes „Streu mal Krut, streu mal Krut, Lisbeth Gehling is de Brut, Kieck es an, kieck es an, Walter Thomes is den Mann", warfen die Kinder Blumen, die sie vorher gesammelt hatten, in den Hauseingang. Die Nachbarn gaben Geld und Eier. Mit dem Geld und den Eiern gestalteten die Kinder in Selbstorganisation ihr Fest, die Erwachsenen durften keinen Einfluss nehmen. Es gab Kuchen und Brause. Sie organisierten Spiele und Wettkämpfe. Die Erwachsenen waren abends als Zaungäste zugelassen. Sie durften sich nicht einmischen. Abseits tranken die Männer ihr Bier und die Frauen ihren Kaffee und sahen dem Treiben der Kinder zu.

Er war gern kreativ, wollte etwas gestalten, neue Erfahrungen sammeln, etwas organisieren, verantwortlich sein. So war er immer sehr erfreut, wenn er zu Tante Hilde in die Ferien fuhr. Mit ihr war immer etwas los. Diesmal machte sie ihm die Offerte, mit ihr im Zoo aktiv zu werden. Sie hatte dort angefragt, ob sie als Helfer bei der Tierpflege tätig sein durften, und hatte eine Zusage bekommen. Er konnte sich das gar nicht vorstellen, dass sie mit vierzehn und er mit zehn Jahren bereits für Tiere im Zoo verantwortlich sein sollten.

Tante Hilde durfte tatsächlich einige Tiere füttern und das Gehege ausmisten. Er war etwas enttäuscht, denn seine Beschäftigung erstreckte sich darauf den Schildkröten ihren Panzer zu schrubben. Aber er war trotzdem froh, helfen zu dürfen, die herrlichen Riesenschildkröten zu pflegen und die anderen Tiere im Zoo zu sehen, zu beobachten und zu erfahren, woher sie kamen und welche Eigenschaften sie hatten. Er liebte das Zusammensein mit Tante Hilde. Sie war stark, mutig und frech, so wie er gern sein wollte. Ihr stand die Welt offen. Er liebte kecke Menschen.

Tante Hilde wurde in späteren Jahren immer frecher und egoistischer, der Charakter ihrer Mutter setzte sich immer mehr durch. Er liebte egoistische Menschen nicht. Aber in seinen Knabenjahren war Hilde ihm eine große Stütze und er bewunderte sie sehr. Er war gern mit ihr zusammen, auch wenn er dafür die Gegenwart seiner Großeltern in Kauf nehmen musste. Besonders befremdlich und langweilig fand er es, wenn die Großeltern ihn zum Schrebergarten mitnahmen und er bei der Gartenarbeit mithelfen musste. Auch die Spaziergänge mit den Großeltern fand er nicht erquicklich. Einmal kamen sie an dem Gefängnis vorbei. Er sah den Stacheldraht und die vergitterten Fenster. Er erinnerte sich an die mit Maschinengewehren bewachten Gefangenen, die in der Nähe seines Dorfes die Gräben gereinigt hatten. Sie führten im Vergleich zu den Verbrechern, die hier hinter Stacheldraht und Gitter ihr Leben fristeten, ein vergleichsweise erträgliches Dasein.

Er wollte und würde nie hinter Gittern der Freiheit beraubt sein wollen. Dazu würde er keinen Anlass bieten. Gefangen und eingesperrt zu sein, das war das Schlimmste, was er sich vorstellen konnte. Er liebte die Freiheit. In Gefangenschaft war man kein Mensch. Gefangene waren

Menschen, ganz gleich, was sie getan hatten und sie taten ihm leid, obwohl es Verbrecher waren und sie Schuld auf sich geladen hatten. Wie schrecklich musste es sein, wenn Verbrecher, deren Vergehen gering war oder Menschen, die unschuldig verurteilt worden waren, weil andere Menschen vielleicht glaubten, dass sie Übeltäter seien, eingesperrt wurden. Hatte er nicht gehört, dass bei Hitler oder den Kommunisten Menschen im Gefängnis gesessen hatten, nur weil sie anderer Meinung waren, und hatte er nicht gehört von Prozessen, wo es umstritten gewesen war, ob ein Täter schuldig war oder nicht?

In den Herbstferien, den Kartoffelferien, wollte er mit einigen Schulkameraden „Erappel garran", Kartoffeln lesen, sammeln oder zusammensuchen, wie immer man es auch nannte. Die älteren Schüler, die das schon gemacht hatten, erzählten ihm, wie es dabei zuging. Sie berichteten von der Arbeit, dem Geld, dass man verdienen konnte, der Romantik des Abends am rauchenden Feuer zu sitzen, wenn das Kartoffellaub verbrannt wurde und die Kartoffeln im Feuer garten, wie es mundete, wenn man die Kartoffeln aß aus angeschmorter Schale, wie man aufpassen musste, dass man sich nicht den Mund verbrannte, wenn man sie noch heiß verzehrte. Auch berichteten sie über die Freude, wenn man bei der Arbeit auf den Feldern in der Nähe der Höfe der Töchter der Bauern ansichtig wurde. Er arbeitete mit seinen Kameraden auf dem Feld eines „Poahlbörgers", eines sogenannten Pfahlbürgers, eines dorfstämmigen Alteingesessenen, deren Kennzeichen es in früheren Zeiten gewesen war, dass sie Land hatten und im Dorf wohnten und daher Bürgerrechte besaßen. Der Poahlbörger, bei dem sie arbeiteten, war Gastwirt und Hotelier und seine Tochter, eine Klassenkameradin, hatte die Arbeit vermittelt. Als es dunkelte und die Arbeit endete, wurde das Wetter schlecht, das Kartoffelschmoren fiel aus. Das war eine Enttäuschung. Keine Romantik für die harte Arbeit.

Ihr Lohn beschränkte sich auf zwei DM für einen ganzen Tag. Er war sehr enttäuscht, ihm schmerzten die Glieder, er war völlig verdreckt und den Kartoffelpfannekuchen, den sie zur Entschädigung in der Gaststätte vorgesetzt bekamen, hätte er auch zu Hause essen können. Er ging den nächsten Tag nicht wieder zur Arbeit. Ob es den Schulkameraden, die auf anderen Höfen „gegarrat" hatten, erfreulicher ergangen war? Waren sie besser entlohnt worden? Waren sie schöner Bauerntöchtern ansichtig geworden? Eigentlich interessierte ihn das nicht. Mädchen waren für ihn noch keine begehrenswerten Objekte.

Er hatte keine Gefühle, wenn er Mädchen sah. Er sah wohl, dass das eine oder andere Mädchen angenehme Gesichtszüge hatte oder sympathisch war. Aber auf Geschlechtsmerkmale achtete er nicht. Mädchen waren für ihn weder platonisch zu liebende Wesen noch Objekte sexueller Begierde. Sie interessierten ihn nicht. Er machte sich wenig Gedanken über Mädchen als geschlechtliche Wesen und er war nicht aufgeklärt. So war er sehr verwundert, als Tante Hilde ihm eines Abends eröffnete: „Aber da vorne nicht". Sie kitzelten sich immer gegenseitig, bevor sie einschliefen. Wieso durfte er Tante Hilde nicht überall kitzeln, wie er es gewohnt war. Sie versuchte ihm zu erklären, dass das, was sich da wölbte und heranreifte auf der Vorderseite ihres Körpers, Ansätze von Brüsten seien und dass man diese nicht kitzeln dürfe. Er konnte sich nicht erklären, warum man dieses nicht tun durfte. Sie hatten sich doch sonst immer überall gekitzelt.

Es war die Zeit der Petticoats. Er achtete nicht auf Petticoats, nicht auf die Kürze der Röcke oder die Kleidung der Frauen. Er verstand nicht, warum einige ältere Schulkameraden darüber sprachen und über Eigenheiten und Eigenschaften von Mädchen flüsterten, die langsam aber merklich Frauen wurden.

Er wusste wohl, dass dort wo die Jungen einen Pillemann hatten, die Frauen ein Loch und eine Scheide hatten. Er wusste auch, dass die Frauen Kinder gebaren und nicht der Klapperstorch die Kinder brachte, wie er es lange geglaubt hatte, aber wie genau es dazu kam, davon hatte er keine Vorstellung. Seine Mutter hatte irgendwann gesagt, dass sein Pillemann später groß würde, wie der seines Vaters, dessen Glied er mal gesehen hatte und erschrocken war über die Größe, als er zufällig ins Badezimmer gelaufen war, wo der Vater in der Wanne lag. Die Mutter hatte noch irgendwas gesagt, dass der Mann das Glied dann in die Frau steckte und so die Kinder entstünden. Aber er hatte gar nicht richtig zugehört. Er wollte sich das nicht vorstellen, schon gar nicht bei seinen Eltern und er wollte auch nicht darüber nachdenken, in welches Loch der Mann sein Glied steckt, denn es war beides sehr unschön.

Dieter Döing erzählte ihm eines Tages, dass es in seiner Klasse ein Mädchen gäbe, die es zuließ, dass Jungs heimlich zu ihr kämen und irgendwelche Dinge in ihr Loch stecken durften. Er glaubte das nicht. Als Stefan Ising ihn einmal fragte, ob er da vorn, „du weißt schon was ich meine", schon mal Gefühle gehabt habe, so ganz komische Gefühle, „dass es einem ganz heiß wird und komisch, dass es fast weh tut, aber nicht richtig weh tut, sondern eigentlich schön ist und gut tut", sich steigere und dann plötzlich vorbei sei, so verneinte er das. Er hatte solche Gefühle noch nie gehabt und sie sprachen die nächste Zeit nicht mehr darüber.

Eines Tages stand Freddi Spleckmann in der Haustür. Freddi Spleckmann ging zur Realschule, zu der er bald gehen sollte. Er kannte Freddi aus der Nachbarschaft, wo er früher gewohnt hatte. Er hatte weder in der Vorschulzeit noch in der Schule Kontakt mit ihm gehabt. Freddi Spleckmann bot ihm seine Freundschaft an.

Er ginge doch bald auch zur Realschule, da könnten sie sich doch bereits jetzt anfreunden. Sie könnten zusammen mit dem Fahrrad zur Schule fahren, er könne ihn mit der Realschule bekannt machen, sie könnten in Zukunft zusammen zur Schule und zum Schwimmbad fahren, zusammen lernen, spielen.

Wie war das möglich? Wie war das möglich, dass Freddi ihm seine Freundschaft anbot, wo sie doch bisher kaum Kontakt hatten, er jetzt ganz woanders wohnte und Freddi doch bereits zur Realschule ging. Er konnte es nicht begreifen. Es war unfassbar und daher bedenklich. Hatte die Mutter Freddi animiert Kontakt zu ihm aufzunehmen? Er warf seine Bedenken über Bord. Er wollte Mut haben und Vertrauen fassen zu Freddi Spleckmann. Denn er würde bald zur Realschule gehen. Er musste neue Freunde finden. Hier bot ihm jemand seine Freundschaft an. Er musste ja sagen, das Freundschaftsangebot annehmen. Er musste neue Wege gehen und mit Freddi konnte er die ersten Schritte wagen, ein bisschen mehr Freiheit erlangen. Er war neugierig, ängstlich und doch erwartungsvoll gespannt auf die Zukunft.

Herzrhythmusstörungen

Die Belastungen im Jahre 2007 waren zu groß gewesen. Viel zu viel Arbeit, zu viele Projekte, keine Freizeit, zu viele Begegnungen und Gegebenheiten, bei denen er Alkohol getrunken hatte.

In der Verwaltung gab es Probleme. Aufgaben wurden nicht zur Zufriedenheit erledigt. Er war gezwungen viele Verwaltungsangelegenheiten selbst zu regeln. So konnte es nicht weitergehen. Entscheidungen mussten getroffen werden. Soziale und menschliche Überlegungen hatten ihn abgehalten, die nötigen Beschlüsse des Vorstandes einzuholen. Aber dann handelte er. Die Geschehnisse lasten schwer auf seiner Brust. Es geht um das Schicksal von Menschen. Aber es geht auch um sein Schicksal, um sein Leben. Wem ist damit gedient, wenn er so weitermacht? Wenn er zusammenbricht, wie soll es mit seiner Familie, seiner Arbeit, seinen Ideen weitergehen? Wer soll sein Haus, sein Netzwerk koordinieren, das doch erst das Gesamtbild und die Idee ausmacht? Wer soll die internationale Arbeit, wer den Verein weiterführen, den er 2005 gründete, mit seinen Mitgliedsorganisationen aus so vielen unterschiedlichen Ländern? Was soll werden, wenn er den Belastungen nicht mehr standhält? Er will seine Arbeit weiterführen und leben, aber ohne ungesunden Stress und Druck auf dem Herzen.

Seine Verwaltung braucht neues Personal und sein internationaler Verein, den er ehrenamtlich leitet, zulasten der Familie, seiner Freizeit und seiner Gesundheit, braucht Strukturen und Hauptamtlichkeit. Die Verwaltungsleitung des Bürgerhauses wird neu besetzt, das hat der Vorstand beschlossen. Er muss nun für eine bessere Organisation und Profession in seinem internationalen Verein sorgen. 2007 hat er aufgehört zu rauchen und er wird nicht wieder damit anfangen, sonst stirbt er.

Immer wieder hatte er seine Nikotinzufuhr gestoppt, doch immer wieder war er rückfällig geworden. Er wird seine Adern, sein Blut, seinen Körper nicht erneut vergiften. Es war eine konsequente Entscheidung gewesen. Keine Ausflüchte mehr.

Er will jetzt in allen Dingen konsequenter sein: Strukturen versus Unordnung, Kompetenz versus Inkompetenz, Frischluft versus Qualmen, Besonnenheit versus Hektik, positive Energie versus negativen Stress, Entspannung versus Druck.

Er will rhythmischer leben.

Sein Herz schlägt unregelmäßig. Tatsächlich, er hat Herzrhythmusstörungen. Der Arzt hatte ihn beruhigt. Er hatte dem Arzt gesagt, er fühle sich nicht wohl, sei schlapp, atemlos, wenn er Treppen steige, nervös, erregt über viele Dinge, über die man nicht erregt sein müsse, er stehe unter negativem Stress. Der Arzt sagte: „Das hast du jedes Jahr, das gibt sich, du bist gesund." Das war im Prinzip richtig. Äußere Anzeichen einer Krankheit gab es nicht. Krankheitsdiagnose negativ. Und doch fehlte ihm etwas. Er hätte auf seinen Körper hören sollen. Der Körper weiß, was ihm fehlt. Man muss die Hinweise des Körpers zu deuten wissen.

Er hatte nie Probleme mit dem Herzen gehabt. Er war Dauerbelastungen gewachsen. Familie, Politik, Studium,

Arbeit, Probleme, Anfeindungen, nichts hatte ihm etwas anhaben können.

Zwar hat er geraucht, mit Unterbrechung, mal mehr, mal weniger und manchmal trank er zu viel, aber nie um Probleme zu bekämpfen, immer aus Geselligkeit, er ernährte sich gesund, war nicht fettleibig, hatte in der Jugend und auch später viel körperlich gearbeitet. Doch in den letzten zehn Jahren war es weniger geworden mit der körperlichen Betätigung, die Dinge hatten sich geändert. Er hatte nur noch wenig Zeit zum Schwimmen und Wandern. Keine körperliche Ertüchtigung mehr. Zwar stieg er im Sommer, im Urlaub, noch auf die Berge und das Herz ermüdete nicht, aber das war kein genügender Ausgleich für den Raubbau an seinen Kräften.

Irgendetwas stimmte nicht. Der Arzt sagte: „Deine augenblickliche Nervosität ist vorübergehende Natur, vielleicht nimmst du ein Beruhigungsmittel auf pflanzlicher Basis."

Er wollte kein Beruhigungsmittel. Pillen waren nicht seine Sache. Pillen schlucken hatte er stets abgelehnt. Man muss das Leben so leben, dass man im Einklang mit seinem Körper steht. Mit 30 Jahren, auf der Höhe seiner Belastungen, beruflich engagiert, das dritte Kind war da, er baute ein Haus, stand kurz vor seinem Diplom, politisch aktiv, hatte ein Arzt aus der Nachbargemeinde ihm Betablocker verschrieben – er hatte sie weggeworfen. Die Entscheidung war richtig gewesen. Sein Herz und sein Körper hatten es ohne diese Tabletten geschafft, waren im Einklang mit seinem Leben geblieben. Aber jetzt, im 54. Lebensjahr, spürte er Angst, Schwäche und Nervosität. Der Arzt untersuchte ihn. Er konnte nichts finden. Alle Blutwerte waren in Ordnung, ausgezeichnet sogar.

Cholesterin, Leberwerte, alles, was man aus einer Blutuntersuchung lesen konnte, entsprach besten Werten. Und doch stimmte mit ihm etwas nicht.

Schon im Mai 2008 hätte er Alarmzeichen besser deuten müssen. Er verbrachte eine Woche Urlaub mit seiner Frau. Er sollte entspannt sein, doch er war nervös. Sie hatten eine Rundreise unternommen und waren über die Pfalz, den Bodensee, das österreichische Vorarlberg und das große Walsertal in die Nähe von Ulm gereist. Dort nahmen sie an der Hochzeit des Sohnes seines angetrauten Onkels teil. Die Familie war wohl betucht. Die Feierlichkeiten fanden in einem angemieteten Schloss statt. Verwandte, Arbeitskollegen und Freunde waren geladen. Eine Hochzeit im großen Stil, dem Status gerecht. Alles war gut organisiert. Speisen und Worte wohl gewählt. Die Eltern der Braut gaben ihr Bestes. Man trank Sekt und Wein. Die Stimmung war gedämpft.

Spät am Abend, nach dem offiziellen Teil, nach einigem Wodka, den er heimlich aus seinem Reisegepäck in den Festraum geschmuggelt hatte, denn solche Art Getränk war den feinen Gastgebern verpönt, setzte Heiterkeit ein. Die Band, gute Musiker, bisher mit verhaltenen Klängen, änderte ihr Programm und lud zum rockigen Tanz. Er tanzte, wie er es gewohnt war, mit Energie und Lust, doch blieb ihm plötzlich die Luft weg. Buchstäblich. Er rannte nach draußen. Der Himmel war klar. Der Schlosspark herrlich. Doch er fühlte sich schlecht und elend, als wenn ihm jemand die Brust zuschnürte. Es dauerte lange, bis er sich erholte. Er feierte weiter und dachte nicht darüber nach.

Sein 54. Geburtstag im Juni fiel in die Woche und er war zum ersten Mal froh, als die Gäste früh nach Hause gingen. Zum ersten Mal in seinem Leben regte er sich nicht auf, dass die Geburtstage in den letzten Jahren langweiliger und die Freunde immer zurückhaltender wurden. Diesmal war er froh über ihr Maß. Er war erschöpft.

Den ganzen Herbst spürte er Druck auf seinem Herzen, er war müde, gereizt und nervös. Seine Frau sagte: „Das ist ganz normal, das ist das Alter. Das geht anderen Leuten auch so. Warum sollte es dir besser gehen? Du bleibst nicht ewig jung."

Das wusste er wohl. Er blieb nicht ewig jung, aber er war noch nicht alt und er wusste, was ihn jung hielt. Das war das Leben. Er wollte nicht müde, erschöpft und gereizt sein. Er wandte sich erneut an seinen Arzt.

Es ergaben sich keine neuen Erkenntnisse.

Im Dezember verbrachte er einige Tage in Zypern. Er organisierte ein Treffen in Nikosia im Rahmen eines größeren zweijährigen Europaprojektes.

Er freute sich auf dieses Treffen. Er würde mit seinem polnischen Freund Geburtstag feiern und er würde Didem aus Istanbul wiedersehen. Didem hatte 20 Jahre mit ihren sozial-demokratisch gesinnten Eltern in Wuppertal gelebt und in Deutschland studiert. Sie war nach Istanbul zurückgekehrt, hatte ein zweites Studium begonnen und will in Istanbul Arbeit finden, denn die Türkei ist ein aufstrebendes Land, Istanbul eine pulsierende Stadt und Deutschland befand sich in einer Depression. Viele Menschen aus islamischen Ländern sind nicht optimal integriert in die deutsche Gesellschaft. Gut gebildete, integrationsfähige Türken gehen zurück in ihre Heimat nach Istanbul, weil sie dort Chancen sehen, während viele integrationsunwillige, sozial schwächere Türken bleiben, weil sie sich eingerichtet haben und den Sozialstaat und die Sozialhilfe nutzen. So findet ein unfreiwilliger Sozialtransfer statt, weil die Deutschen die Notwendigkeit und die Chancen, die in der Zuwanderung liegen, nicht sehen und Sozialschmarotzer nicht wirkungsvoll bekämpfen. Deutschland lässt gut ausgebildete und integrationswillige Menschen ziehen, statt ihnen gleichwertigen Chancen zu bieten und sich heimisch fühlen zu lassen. Deutschland könnte die Heimat dieser Menschen sein und Freiheit zugleich, Freiheit, an der es Türkinnen in ihren Familien oft mangelt.

Die Türkinnen, die er kannte und kennt, kämpfen und kämpften gegen einengende Vorschriften ihrer Kultur und soziale Zwänge in ihren Familien. Er unterstützte, soweit er es vermochte, ihren Befreiungskampf. Er liebt ihr Aufbegehren, aber auch den Respekt, den sie trotz aller Bedrängnis ihrer Kultur und ihren Familien zollen. Er kennt ihre Traditionen, ihre Religion. Er kann sich hineinversetzen in das Leben der Türkinnen, ihrem Drang nach Freiheit und Kampf gegen Unterdrückung, wie er ihn gespürt hatte in seiner Kindheit im dörflich, katholisch, politisch festgelegten Milieu.

Er bewundert Didem, ihren Elan, zwei Kulturen zugehörig. Er freute sich, als er sie wiedersah. Sie war Leben. Sie gab ihm Herzenskraft. Er freute sich, dass sie gekommen war, obwohl ihre Einreise kompliziert war. Sie musste über Nikosia einfliegen und durfte in dem geteilten Land nicht über die türkisch-griechische Grenze einreisen, was für sie einfacher gewesen wäre. Die griechischen Vorschriften verboten es. Nikosia ist nach dem Mauerfall in Berlin die einzig geteilte Stadt in Europa und eine

Grenze trennt die Griechen von den Türken auf Zypern. Die Schuldfragen sind schwer zu klären bei Konflikten. Lösungen müssen gefunden werden ohne Anklage von Schuld. Die Griechen tun sich schwer mit Lösungen. Er verfolgte den Streit, den Didem mit dem griechischen Professor für Informatik beim gemeinsamen Abendessen führte, und bewunderte die Energie, mit der sie ihre Rede führte. Der Professor versuchte Didems Diskussionsbeiträge mit dem Argument zu entkräftigen, sie sei noch zu jung und müsse noch viel lernen. Didem erregte sich darüber sehr. Er staunte über die Klarheit ihrer Argumentation und die Unbeugsamkeit ihres jugendlichen Willens, den sie den Griechen entgegensetzte.

Didem war die Sorte Mensch, von denen er zehrte, die seinem Leben Nahrung gaben.

Dennoch fühlte er sich schlecht. Er fühlte Beengtheit in seiner Brust. Er hatte ein rotes Gesicht vom Wein, den er doch nur mäßig getrunken hatte zum köstlichen Fischmenü. Schon beim nachmittägigen Spaziergang hatte er sich belastet gefühlt und Atemnot gespürt. Er, den die Erkundung und die Erfahrung von Neuem immer in Hochstimmung versetzt, war abgekämpft. Ihm war unwohl. Um zwölf ließen sie seinen polnischen Freund hochleben und tranken griechischen Cognac in riesigen Schwenkern. Der Cognac löste den Druck in seiner Brust. Er verscheuchte sein Unwohlsein vorübergehend.

Weihnachten verbrachte Katja einige Tage in seiner Familie. Sie ist ihm ans Herz gewachsen. Sie erfreut sein Gemüt mit Intelligenz, Frische, Weiblichkeit und natürlicher Jugend. Er hatte sie 2007 kennengelernt, sie verbrachte ein freiwilliges Jahr in Deutschland, leistete internationale

Arbeit in seiner Einrichtung und erfrischte sein Herz. Nun arbeitet sie als Au-pair in einer Familie und bereitete sich auf ein Studium vor.

Er hatte sich wirklich gefreut auf die Tage zusammen mit ihr in seiner Familie.

Aber die Weihnachtstage verliefen nicht so wie gewünscht. Er fühlte sich unwohl, schlecht und fad, obwohl das Fest doch ein Fest der Freude sein sollte. Nach der Bescherung wollte er mit seinen Kindern, dem Schwiegersohn und Katja Spiele spielen, Wein und Whisky trinken. Doch er vertrug den Alkohol nicht und ging früh ins Bett.

Am 5. Januar 2009 ging er zum Arzt und beschrieb erneut seine Symptome. Der Druck in seiner Brust sei größer geworden. Manchmal schwindele ihn. Oft habe er einen komischen Geschmack im Mund. Er mache sich deutlich Sorgen um sein Herz. Überdies habe er Schmerzen im Unterleib. Der Arzt untersuchte ihn. Er diagnostizierte einen Leistenbruch. Der Leistenbruch sei geringfügig, nicht gefährlich, müsse aber beobachtet und unter Umständen operativ behandelt werden.

Beruhigt flog er Anfang Januar nach Nigeria. Sein Unbill führte er auf den Leistenbruch zurück.

Das Projekt in Nigeria war spannend. Die Teilnehmer bestanden aus Deutschen, Polen, Nigerianern und Ghanesen. Er war froh über die Erfahrung „Afrika", dass er sich einbringen konnte auf dem Kontinent, mit seinem Projekt, wohl wissend, dass Afrika groß und sein Einsatz klein war und seine neuen Erfahrungen in Nigeria nur der Anfang erweiterter Kenntnisse sein konnten. Er freute sich, dass Anna dabei war, eine junge Bulgarin, die er aus vorherigen Projekten kannte und auf all die anderen, neuen Menschen, die er kennen lernen würde.

Es wurde spät, abends, wenn die Nigerianer mit ihren Trommeln zum Tanz animierten. Er wollte wie immer der Letzte sein, der zur Ruhe ging. Nicht schlafen. Doch wie glücklich war er, wenn das nächtliche Treiben zu Ende ging und er endlich die Schlafräume aufsuchen konnte. Er fühlte sich erschöpft und fertig. Er führte das auf die drückende Schwüle und auf die Malariatabletten zurück.

Queen, die 33-jährige Tochter eines nigerianischen Stammesfürsten, suchte den Kontakt zu ihm. Sie war ihm dankbar für die Teilnahme an dem Projekt und dankte es ihm mit ihrer Aufmerksamkeit.

Er wich ihr aus. Er, der gern Kontakt suchte und kommunizierte mit interessanten Menschen mit interkulturellem Hintergrund, mit Ausstrahlung, Unbekümmertheit und Intelligenz, hielt Abstand zu ihr. Er musste sein Herz schonen, er spürte es. Er ergötzte sich am Anblick ihres rhythmischen Tanzes, begleitet von afrikanischen Holzinstrumenten, aber er hielt sich zurück, folgte nicht ihrem Rhythmus, fiel nicht in ihren Tanz ein, um selbst nicht aus dem Takt zu geraten.

Am 30. Januar feierte er mit seiner Frau den Geburtstag seiner ältesten Tochter in Berlin. Er hatte sich darauf gefreut drei Tage mit seiner Frau zu verbringen, die so oft auf ihn verzichten musste, mit seiner Tochter zu plaudern, die in Berlin mit ihrem australischen Mann lebte und an ihrer Doktorarbeit schrieb, in Kreuzberg zu feiern, nach einem schönen Abendessen mit studentischen Gästen. Eine iranische Studentin erweckte seine Aufmerksamkeit. Ihre kritische Distanz zu Israel, der Unterdrückungspolitik der Israelis gegenüber den Palästinensern im Gazastreifen und der Westbank weckte sein Interesse. Aber einer Diskussion mit ihr wich er aus.

Sie war ihm zu anstrengend. Der Ehemann der Tochter und der anwesende Doktorvater seiner Tochter ermüdeten ihn und nur der ihm angebotene Whisky hielt ihn aufrecht. Zum ersten Mal war er nicht erbost, als seine Frau andeutete müde zu sein und ihn mit sich ins Hotel zog. Diesmal ging er willig mit.

Karneval wird jedes Jahr heftig gefeiert in der Bauernnachbarschaft am Freitagabend. Samstag ist Umzug im Dorf. Katja war gekommen. Sie wollte den Umzug sehen und danach den traditionellen Kneipenbummel mitmachen. Seine Frau war schnell erschöpft und trat nach dem Umzug den Heimweg an. Katja zog mit seiner Tochter und ihren Freundinnen durch die Kneipen. Irgendwie war er froh darüber, obwohl er gerne mit ihr zusammen gewesen wäre, aber er fühlte sich nicht gut und wollte sie nicht langweilen. Um seine Erschöpfung zu bekämpfen, trank er viele harte Sachen. Whisky sollte ihm einen „Kick" geben. Er traf viele Menschen. Eine alte Bekannte sah ihn und rief erschrocken: „Mensch, du siehst ja fertig aus". Der Schock saß tief. Er nahm ein Taxi und fuhr nach Hause. So früh hatte er noch nie seinen Kneipenbummel am Karnevalssamstag beendet.

Anfang März war er in Brüssel. Er organisierte eine dreitägige Konferenz. Sie fand in der Nordrhein-Westfälischen Landesvertretung statt. Er hatte viele internationale Teilnehmer eingeladen. Darunter Lena aus der Ukraine, die nach ihrem europäischen freiwilligen Jahr in Frankreich studieren will. Er nennt sie freundschaftlich „kleine Wasserratte", weil sie so gern schwimmt und eine lange Nase mit listigen Augen hat. Abends war Party. Er hatte sich gefreut auf die Gäste. Auf Lena, Didem und all die anderen. Er wollte tanzen, kommunizieren, trinken, mit der Wasserratte fröhlich sein. Doch er hielt die Power der jungen Leute nicht durch. Er ging schlafen. Am nächsten Tag kam es zum Streit im Vorstand seines internationalen Vereins. Der polnische Geschäftsführer war beleidigt. Der Streit eskalierte. Er spürte Schmerzen in seiner Brust. So konnte es nicht weitergehen. Er überlegte, ob er nicht alle ehrenamtlichen Funktionen niederlegen sollte. Solche Gedanken waren ihm bisher fremd gewesen. Vor dem Abendessen legte er sich hin. Er fühlte sich schlecht. Er rief seine Frau an und klagte ihr sein Leid. Er fühlte sich sterbenskrank, zentnerschwere Lasten auf seinem Herz. Aber er raffte sich auf, quälte sich durch das Buffet, ließ sich nichts anmerken und entschuldigte sein frühes Gehen mit der Pflicht, die morgige Abschlussveranstaltung vorbereiten zu müssen. Er wünschte sich, dass die Konferenz endete. Doch den letzten Tag musste er noch überstehen. Wichtige Personen waren geladen, EU-Politiker und Medienleute.

Damit die Veranstaltung ihre Wirkung in der Öffentlichkeit nicht verfehlte, hatte er einen Bus mit Freiwilligen, Auszubildenden, Mitarbeitern und Statisten aus Deutschland anfahren lassen. Katja war unter ihnen. Er kümmerte sich nicht um sie. Er hatte keine Kraft mehr. Er sehnte das Ende der Konferenz herbei und war unendlich erleichtert, als er den Teilnehmern adieu sagen konnte. Aber er kam nicht zur Ruhe. Er musste noch nach Hannover zu einer Sitzung des Vorstandes des Bundesverbandes der Bürger- und Ausbildungsmedien. Er hatte den Verband mit gegründet. Auf der Sitzung war er abwesend. Nur verschwommen, wie durch einen Schleier, nahm er das Geschehen wahr. Es musste etwas geschehen.

Am 9. März ging er wieder zum Arzt. Der Arzt stellte keine Auffälligkeiten fest. Er verordnete ihm Ruhe. Er brauche Ruhe. Jeder Mensch braucht Ruhe. Aber will er so leben? Ruhig? Keine Lust mehr auf Leben? Kein schneller Rhythmus? Kein schneller Takt? Keine Freude an jungen Menschen, an schönen Menschen, an intelligenten Menschen, die sein Herz erfreuen? Nur Ruhe, Ruhe, die nicht beruhigt, die einschläfert. Er will beides versuchen Ruhe und Anregung. Mit Enthusiasmus ruhig werden. Ist das möglich? Negative Energie bändigen und gleichzeitig positive Energie erlangen, die er braucht, wie das Blut den Sauerstoff. Ist es möglich Rhythmus und Takt zu zügeln, um den Takt und den Rhythmus der Ruhe zu gewinnen? Die Mutter wog ihn einst im Arm, an ihrer Brust, die zu saugen er ablehnte, an der er aber den Herzschlag wahrnahm, wie zuvor in ihrem Leib. Bum, bum schlug ihr Herz, laut, regelmäßig, aktiv, stark, wie die Trommel der Musikkapelle, die er so gern hörte als Kind, und die Trommeln der Schwarzen in Nigeria, der Beat der Drums aus den Lautsprechern der Disco, die er mit Katja besuchte. Bum bum bum! So soll sein Herz schlagen, sein Leben sein. Ist nicht alles Leben auf diesen Herzrhythmus ausgerichtet? Am 12. März ließ er sich einen Termin bei einem Facharzt geben. Er wollte am Leistenbruch operiert werden, obwohl es noch nicht nötig war. Aber die Pause, diese erzwungene Ruhe würde ihm gut tun. Der Operationstermin wurde für Ende April angesetzt. Es sollte nicht dazu kommen.

Am Wochenende danach hatte er eine Krise. Es ging nicht mehr. Er wandte sich erneut an seinen Arzt, der ihm endlich sagen sollte, das ihm etwas fehlte, weil ihm etwas fehlte, er spürte es genau. Aber der Arzt sagte, alle

Werte seien gut. Es war zum Verrücktwerden. Alle Werte waren in Ordnung, er war scheinbar gesund, kein Bluthochdruck, eher niedriger Blutdruck, darauf war er stolz, Blutwerte okay, Leberwerte, Urin, Stuhl, alles okay. Der Arzt verschrieb ihm ein Beruhigungsmittel auf pflanzlicher Basis. Er solle sich nicht dagegen wehren, solle es nehmen, ruhiger, sanfter werden. Sanftheit bringe neue Energie. Er benötigt Sanftmut und Energie in gleichem Maße. Frauen sind sanft und voller Energie. Deshalb liebt er die Frauen. Sie gebären Kinder, bringen Neues zur Welt. Männer sind nur Samenspender. Er braucht die Ruhe, die Leben und Kraft erzeugt, nicht die Ruhe, die fesselt und lähmt.

Am 30. März hatte seine Frau Geburtstag. Eigentlich ein schöner Tag. Es kamen Freunde, auch die Cousine seiner Frau, die er mag. Aber er war dankbar, als alle gingen. Am 31. März suchte er erneut den Arzt auf. Die Beruhigungspillen hatten keine Ruhe gebracht. Der Arzt verordnete ihm eine EKG-Untersuchung für den nächsten Tag. Am 1. April verkabelte ihn eine Arzthelferin. Die Werte wurden aufgezeichnet. Bei der Analyse der Daten runzelte der Arzt die Stirn. Sein Herz schlage unregelmäßig. Er habe Herzrhythmusstörungen. Nicht, dass das Herz manchmal aussetze, also regelmäßig unregelmäßig schlage, nein es schlage unregelmäßig unregelmäßig. Das sei das Beunruhigende. Das sei gefährlich.

Sein Leben war bisher regelmäßig unregelmäßig verlaufen. Deshalb war es im Takt, wie bei der Musik, die im Takt spielt, auch wenn der Takt wechselt. Der Arzt aber befindet: „Das Herz schlägt unregelmäßig unregelmäßig und zu schnell", als wenn man ein Auto bei einem

Hindernislauf mit Vollgas fährt. Jetzt ist es amtlich. Sein Rhythmus ist unregelmäßig. Unregelmäßig unregelmäßig. Es muss sofort und dringend etwas geschehen. Der Arzt verabreicht ihm Betablocker, Blutverdünner, Beruhigungsmittel, Herzberuhigungsmittel. Er muss sie nehmen. Verweigerung wird nicht akzeptiert. Er soll die Mittel nehmen, zweimal am Tag. Vielleicht reguliert sich sein Herzschlag wieder. Man wird sehen. Sonst droht ein Schlaganfall als mögliche Perspektive.

So will er nicht leben. Er will nicht regelmäßig Tabletten nehmen. Sein ganzes Leben hat er sich dagegen gesträubt. Er will und muss sein Leben ändern. Verantwortung abgeben, ruhiger werden.

Er wird vorübergehend die Tabletten schlucken, bis zum 9. April, da wird man sehen, ob die Therapie anschlägt, ob sein Herz wieder im Takt schlägt.

Am 8. Und 9. April erneut Blut- und EKG-Untersuchungen. Blut okay, Werte okay, Blutdruck okay. Herzschlag, Herzrhythmus unregelmäßig unregelmäßig. Überweisung. Am 14. April soll er in stationärer Behandlung im benachbarten Krankenhaus in ein künstliches Koma versetzt und mit Elektroschock behandelt werden. Er hat Angst. Er kennt diese Behandlung aus dem Fernsehen, wenn Menschen mit Herzstillstand durch Elektroschocks wiederbelebt werden. Der Arzt versucht ihn zu beruhigen. Es soll eine große Chance sein. Mit dieser Behandlung bestehe die berechtigte Hoffnung, das Herz in Takt zu bringen. Sollte er sich der Behandlung nicht unterziehen oder die Behandlung nicht anschlagen, sei er auf Dauer von Medikamenten abhängig. Diese Aussage macht ihm Sorgen. Ohne Behandlung wird das Herz dauerhaft überlastet und hat keine Chance sich zu erholen, eine Herzschwäche und schnelles Altern sind vorprogrammiert. Eine erfolgreiche Behandlung ist die bessere Alternative.

Die Ostertage verbringt er in der Familie. Katja ist ihr Gast. Es sind ruhige Tage, er muss sich schonen. Katja verspricht ihn im Krankenhaus zu besuchen. Am 14. April checkt er ein. Voruntersuchung. Die Krankenschwester ist die Frau eines alten Schulkameraden aus der Volksschulzeit. Sie ist immer noch hübsch. Die Fachärztin strahlt Ruhe aus. Er wird betäubt und verliert das Bewusstsein.

Sein Herz schlägt wieder regelmäßig, Gott sei Dank, aber er muss weiter die Medikamente nehmen. Er bleibt vier Tage unter Beobachtung. Er ist Kassenpatient aus Prinzip und will keine Vorzugs- und Chefarztbehandlung, hat aber durch Zuzahlung ein Einzelzimmer geordert. Er braucht seine Ruhe. Der Chefarzt besucht ihn trotzdem. Die Ultraschalluntersuchung hat ergeben, dass eine Herzkammer bereits geschädigt ist. Wird sie sich erholen? Katja besucht ihn. Sie bringt ihm Kaffee ans Bett. Er spürt, dass sie besorgt um ihn ist. Das ist ein gutes Gefühl. Sein Herz schlägt regelmäßig. Bum, bum!

Alles wird gut.

Das Belastungs-EKG vier Tage später zeigt gute Werte. Er wird entlassen. Seine Frau holt ihn abends ab. Sie sind eingeladen. Ein Nachbar feiert seinen 50. Geburtstag in großem Stil. Er meidet Alkohol. Wenige junge, lebendige Gesichter. Das Essen ist gut. Dorfmusikanten. Der Jubilar schaut seltsam entrückt.

Er ist Kleinunternehmer, florierendes Geschäft. Von der Pieke an alles aufgebaut, immer für alle da und für alles zuständig, immer an der ersten Front dabei, fleißiger

Malocher, kompetent, ein Chef zum Anfassen und für die Menschen da, hat sich für sie aufgerieben.

Ein paar Wochen später bekommt er einen Herzanfall. Ein Jahr später wird er sterben. Hat es sich gelohnt, das arbeitsreiche Leben, die Mühe, die Sorge um die Firma, fragt der Jubilar ihn beim vertraulichen Plausch. Er ahnte er den Tod?

Soweit will er es nicht kommen lassen. Doch am 23. April ist sein Herz wieder aus dem Takt, obwohl er die Medikamente regelmäßig genommen hat. Wie soll es weitergehen? Er muss weiter Stress abbauen, positive Energie gewinnen. Er darf sich nicht über seine Arbeit, sein Tun und Menschen ärgern, sondern muss sich am Leben erfreuen, über interessante Menschen und positive Erlebnisse einen neuen Rhythmus finden und sein Leben taktvoll gestalten. Daher geht er nicht zum Arzt. Der würde ihn sofort ins Krankenhaus schicken und ihn einer zweiten Elektroschockbehandlung unterziehen.

Er hat eine bessere Medizin für sich. Erst will er sich entspannen, sich positiven Einflüssen aussetzen und erst danach, wenn nötig, einer zweiten Behandlung unterwerfen. Er will nach Bulgarien und in die Türkei. Die Reisen hat er lange geplant. Es gibt dort nur ein paar Repräsentationspflichten für ihn, ansonsten hat er Zeit sich zu entspannen. Er will auf diese Reisen nicht verzichten. Sie werden ihm gut tun.

Anna wird ihm gut tun. Sie wird ihn begleiten nach Bulgarien und dolmetschen. Aber sie muss Rücksicht auf ihn nehmen. Keine Eskapaden.

Er wird in Dobritsch an der Management-Universität einige Vorträge halten, neue Projektverträge abschließen. Anschließend werden Annas Eltern sie abholen, mit ihnen zum Schwarzen Meer und von dort zu Annas Elternhaus nahe der türkischen Grenze fahren. Dann will er weiter mit dem Bus nach Istanbul und eine Projektgruppe besuchen. Istanbul wird ihm gut tun. Er wird Didem und Lena, die Wasserratte, wiedersehen, neue Menschen kennenlernen, Kultur schnuppern.

Am 28. April fliegt er mit Anna über Sofia nach Dobritsch. Die Tage dort organisiert er zu seinen Gunsten. Alles läuft erfolgreich, die Vorlesungen, die Projektabschlüsse, die Gespräche mit den Studenten, den Professoren, dem Rektor, aber er ermüdet schnell. Das Essen ist gut, der Wein schmackhaft, die hübschen Studentinnen, an deren Anblick er sich erfreut, erfrischend. Die Abende mit Anna verbringt er ruhig und nicht nach ihrem Willen. Sie will tanzen und ausgelassen sein. Er braucht Ruhe. Sie genießen den guten von der Universität gesponserten Wein. Alles geschieht in Ruhe. Er wird die Langsamkeit neu entdecken.

Drei Tage vergehen, Annas Eltern kommen. Er genießt die Fahrt. Er muss nicht aktiv sein. Annas Eltern zeigen ihm viel und erweitern sein Wissen über die bulgarische und russische Hotelmafia am Schwarzen Meer und den Schmuggel an der bulgarisch-türkischen Grenze. Spät in der Nacht kommen sie an. Annas Eltern sind gastfreundlich. An Essen und Getränke wird nicht gespart. Anna will in die Disco. Er bedauert sehr, dass er „nein" sagt, aber sein Herz ist nicht im Takt, nicht bereit für den Balkan-Mix, nach dem die Frauen hier tanzen und von dem Anna schwärmt. Ein Mix aus türkischen, bulgarischen und zigeunerischen Klängen.

Am 1. Mai startet er mit Anna und ihrem Vater eine Landpartie. In einem Landhaus keltert der Vater Wein, brennt Schnaps. Mit Zurückhaltung kostete er den Wein und verschiedene Schnäpse.

Am 2. Mai fährt er nach Istanbul. Er genießt die Landschaft. Didem hat ihm ein Einzelzimmer reserviert. Er schläft nicht mehr in Gruppenräumen. Er wird es nie wieder tun. Er braucht Ruhe. Alles ist gut organisiert von Didem. Er sieht sie alle wieder. Didem, Elif, Oezgür, die bald heiraten wird, Lena, die Wasserratte, Mary aus Deutschland, die so schön singt und Gitarre spielt, Jugendliche aus Litauen und Polen.

Er freut sich über die Gespräche, über die Spaziergänge durch die Straßen in Istanbul, über das Meer, den Bosporus, die blaue Moschee, die Hagia Sofia, die Abende in den winzigen Gassen beim Galataturm, die würzigen Speisen, den Raki, den Tanz. Aber er gestaltet alles nach seinem Rhythmus. Er muss nicht alles mitmachen, nicht alle jugendlichen Eskapaden. Er wählt aus und plant zu seinem Besten, trinkt vom Saft des herzstärkenden Granatapfels, schlemmt die schleimige Miesmuschel und den frischgefangenen, gebratenen Fisch, streift durch den Basar und längs dem Kai der Marmarasee.

Die Nächte sind lang in der Istiklal caddesi-Straße, aber nicht so lang, wie sie mal waren, der Alkohol fließt, aber er trinkt nicht mehr so viel und so harte Sachen, nur einmal verausgabt er sich beim Tanzen, mit der Ukrainerin Lena, die mit ihrem gewagten Outfit vorteilhaft ihre Figur zum Ausdruck bringt und Didem, die ihre Hüften wiegt, wie es den türkischen Frauen zu eigen ist. Er fühlt sich gut und er erholt sich gut, auch wenn sein Herz nicht regelmäßig schlägt.

Am 12. Mai verlässt er Istanbul. Mit schlechtem Gewissen sucht er einen Tag später seinen Herzspezialisten im Krankenhaus auf. Der stellt akute Herzrhythmusstörungen fest. Die Zeit der Ruhe hatte Linderung, doch keine Besserung gebracht. Zu schwer wiegt sein bisheriges Leben. Zur Entschleunigung reichen keine 14 Tage. Er beichtet dem Arzt, dass er die Störungen schon längere Zeit hat, aber erst die Reisen nach Bulgarien und in die Türkei unternehmen wollte, um sich zu beruhigen. Der Arzt schaut ihn erst ungläubig an. Dann schreit er: „Die bulgarische Mafia hätte Sie erschießen und in der Türkei hätte man Sie im Bosporus versenken sollen. Wie haben Sie eigentlich Ihren Doktortitel erworben?"

Der Doktor ist für seine Wutausbrüche und Ausfälle bekannt. Viele Patienten meiden ihn. Andere schätzen ihn, denn er spricht die Menschen unmittelbar an. Oft trifft er den Nerv. Einige vertragen das nicht. Er findet den Ausbruch erklärlich und antwortet: „Ihr cholerischer Ausbruch lässt darauf schließen, dass Ihre Frau es schwer mit Ihnen hat." „Meine Frau weiß damit umzugehen, sie hat sich daran gewöhnt. Ihr Herz möchte ich jedenfalls nicht haben, aber ich brauche ja auch nicht damit herumzulaufen!"

Die Voruntersuchung zur anschließenden Schocktherapie ergibt, dass sich der Zustand des Herzens trotz der fortdauernden Rhythmusstörungen gebessert hat. Die angegriffene Herzkammer hat sich merklich erholt. Also war seine Entscheidung richtig gewesen: Entschleunigung durch Lebensqualität und Genuss. Nur wer genießen kann und sich selbst liebt, kann auch andere lieben und für andere Menschen da sein. Er hatte sich zu wenig selbst geliebt. Wollte sich beweisen, aber was und für wen? Die Welt hat er nicht verändert. Sicher, er hat einiges bewegt, das will er auch weiter tun, aber zuerst muss er seinen Rhythmus verlangsamen und sich beschränken. Sein Herz schlägt unregelmäßig unregelmäßig. Er braucht eine neue Schocktherapie und wird weiter Medikamente nehmen. In nicht ferner Zukunft, wenn sein Herz sich wieder kräftigt, durch angenehmen Rhythmus und Eigenliebe, will er die Medikamente langsam absetzen. Er fürchtet ihre Nebenwirkungen. Der Mensch wird nicht geboren, um Pillen zu schlucken.

Vom 14. bis 18. Mai begibt er sich in Behandlung. Der Elektroschock ist erfolgreich. Er schluckt brav seine Pillen. Blutverdünner, Beruhigungsmittel, Betablocker und ein Herzrhythmus verlangsamendes Mittel. Sein Herz ist im Takt, doch muss er vorsichtig sein. Die Besuche seiner Frau und Katjas im Krankenhaus tun ihm gut. Sie geben ihm Kraft und Zuversicht.

Vom 21. bis 24. Mai geht er auf Kegeltour. Sie schlafen in einer Jugendherberge in Köln. Die Abende sind der Kultur gewidmet. Den Alkohol genießt er nur mäßig. Ihm fällt mit Schrecken auf, dass er seine Medikamente vergessen hat. Mit einem Freund und schnellem Wagen fahren sie die 200 Kilometer zurück und holen sie. Das Risiko ist ihm zu groß. Er braucht sie zur Stabilisierung. Er ist gewarnt.

Am 26. Mai lässt er sich die Zähne säubern. Er, der immer Angst vor dem Zahnarzt hatte, lässt seine Zähne säubern. Biggi, die Zahnarzthelferin, hat ihm die Angst genommen. Ganz ruhig und sorgsam arbeitet sie. Sie plaudern zwischendurch. Ein lieber Mensch reinigt seine Zähne und tut Gutes. Er genießt es. Er hat keine Angst.

Ihre Handlung ist ein Akt der Säuberung und Reinheit. Es sind nicht die großen Dinge, die entschleunigen.

Sein Herz schlägt ganz ruhig, wie auch beim Haarschnitt durch die Tochter seines verstorbenen Schulkameraden. Er kennt sie von Kindesbeinen an, weil sie im gleichen Haus zur Miete wohnten. Sie mag ihn und er mag sie. Sie hing sehr an ihren Vater. Beim Frisieren plaudern sie. Er genießt das. Ihre Handlung als Akt der Harmonie und der Pflege. Säuberung, Reinheit, Harmonie und Pflege, in diesen kleinen Dingen liegt eine beruhigende Kraft. In der Ruhe liegt die Kraft. Nicht Hektik, entspanntes Agieren soll in Zukunft sein Handeln bestimmen.

Am 29. Juni bestätigt der Arzt ihm eine deutliche Verbesserung seines Gesundheitszustandes. Sein Herz habe sich merklich erholt. Blutverdünner und Beruhigungsmittel werden abgesetzt. Betablocker und Herzrhythmus verlangsamende Mittel soll er morgens und abends weiter nehmen. Er wird sich jetzt weiter entschleunigen. Das bedeutet, dass er sich weniger Dinge zu Herzen nimmt, nicht denkt, er muss alles richten. Er wird weniger Verantwortung tragen. Seine Mitmenschen müssen mehr Verantwortung übernehmen für die Dinge, für die sie verantwortlich sind. Nur so gewinnt er die Zeit und Kraft für Menschen und Dinge, die es wert sind, sich für sie einzusetzen.

Katjas Mutter aus Belarus kommt ihre Tochter besuchen. Er lädt beide für drei Tage zu sich in seine Familie ein. Katja ist gut zu ihm und er ist gut zu ihr. Jetzt will er der Mutter Gutes tun, die noch nie im Ausland war, noch nie das Meer gesehen hat. Sie kommt aus ärmlichen Verhältnissen und leidet unter der Diktatur Präsident Lukaschenkos. Ein Mensch will frei sein. Sie fahren nach Amsterdam und zur Nordsee. Der Ausflug ist anstrengend, aber die gemeinsame Unternehmung kräftigt sein Herz und gibt ihm Rhythmus. Es macht bum bum. Katja ist kein Engel, aber es gibt nichts Schlechtes an ihr. In Amsterdam lässt er Mutter und Tochter für zwei Stunden allein. Er will sich mit Sofie treffen. Er lernte sie vor zwei Jahren in Georgien im Rahmen eines Kaukasusprojektes kennen. Sie ist Fakultätsbeste an der Kaukasus-Universität in Tbilisi und nimmt zur Belohnung an einem Austauschprogramm teil. Sie hat, wie sie ihm beim Treffen erzählt, vor einigen Wochen den zweiten Preis beim Schönheitswettbewerb ihrer Universität gewonnen. Er schaut sie an. Bum bum schlägt sein Herz im Takt. Der Direktor der Kaukasus-Universität hatte vor zwei Jahren ihm zu Ehren in Tblisi ein Essen gegeben. Sofie hatte neben ihm gesessen in einem roten Kleid. Er liebt rote Kleider. Er mag Menschen mit Ausstrahlung. Seine Frau hatte vor Jahren ein rotes Kostüm getragen. Er bat sie es öfter zu tragen. Sofie kräftigt sein Herz. Sie sprechen über zukünftige Pläne und verabreden ein Wiedersehen in Tbilisi. Zurück zu Katja. Entschleunigung. Bum bum.

Er reduziert seine Tabletten auf zwei Herzrhythmus verlangsamende Pillen und einen Betablocker am Tag.

Am 1. August befindet er sich in der Ukraine. Er ist mit seiner jüngsten Tochter, einem Freund der Tochter und Katja Teilnehmer einer orthodoxen katholischen Hochzeit. Sein polnischer Freund und seine ukrainische Freundin treten in eheliche Verbindung. Die ungewohnten, prunkvollen, orthodoxen Riten, die Atmosphäre der ukrainischen Feier, das festliche Essen, der ukrainische Pfefferwodka und das Ambiente der Festgemeinschaft, Katjas Lebhaftigkeit, Aussehen und Frische erfreuen sein Herz. Er tanzt mit Katja.

Als ihr Fuß umknickt tanzt sie mit ihm auf einem Bein.

Als die Hochzeitsgesellschaft aufbricht, sind sie die Letzten, die mit der Musik einen Abschluss-Wodka trinken und ukrainische Weisen singen. Er erfreut sich des Lebens. Lebensfreude ist Herzensfreude. Herzensfreude ist der Takt des Lebens, in dem das Herz gesundet. Eine Woche später hat er weiteren Grund sich zu freuen. Eine türkische Freundin heiratet ihren deutschen Freund. Er hatte die Freundin vor elf Jahren kennengelernt. Er erinnert sich genau. Es war an seinem 43. Geburtstag. Sie war 18 Jahre alt. Seitdem hat er viel mit ihr erlebt, viele Probleme mit ihr gelöst. Deshalb ist sie ihm verbunden. Sie war wunderschön und ist es noch. Als seine Frau ein Foto von ihr sah, sagte sie: „Deine Praktikantinnen werden ja immer schöner."

Ihre äußere Schönheit entspricht der Reinheit ihres Herzens.

Sie hatte ihren Freund in seinem Bürgerhaus kennengelernt und deshalb feiern sie die Hochzeit in seiner Einrichtung. Sie feiern nicht in der katholischen Kirche, nicht in der Moschee. Sie feiern die deutsch-türkische Hochzeit im Ritus beider Kirchen, mit einem katholischen Pfarrer und einem muslimischen Imam, zum ersten Mal in dieser Weise, in dieser Stadt, in seinem Haus.

Der katholische Priester sagt, diese Hochzeit der zwei Religionen in einem gemeinsamen Ritus sei für ihn eine Premiere und eine neue Erfahrung und der Mufti sagt, Allah erlaube die Verbindung zweier Menschen über Religionsgrenzen hinweg, da das Gebot Allahs die Liebe sei.

Ihren wichtigsten Tag im Leben wolledas Brautpaar in seinem Bürgerhaus feiern, wolle den großen Saal zur

Moschee und Kirche werden lassen. Das sei ein Symbol. Das Brautpaar habe sich hier kennengelernt, wie er von der Braut erfahren habe. Ihr Leben sei durch das Haus und ihn, seinem Leiter, wesentlich bestimmt worden. Und noch ein symbolträchtiges Faktum wolle er nicht verschweigen. Das Haus liege an einem Kanal, der Kanal führe zum Meer, sein Wasser ergieße sich ins Meer. Das Meer symbolisiere das Leben. Das Haus am Kanal sei für die Braut das Tor zum Leben gewesen. Der Chef des Hauses sei der Freund der Braut und Türöffner zum Leben gewesen.

Er wischt sich heimlich eine Träne aus den Augenwinkeln.

Er ist verlegen und beschämt und doch voller Freude über die Wärme und Liebe, die in diesen Worten liegt. Die Liebe ist das Tor zum Herzen. Er ist dankbar für diese Worte und sein Herz schlägt im Takt.

Er reduziert die Stärke des Betablockers um die Hälfte. Im rumänischen Timisoara erfreut er sich an der Tatkraft Ralucas, die Journalistik studierend mit Organisationstalent sein Projekt begleitet, genießt in der folgenden Woche im August und September seine Aufenthalte in Ghana, England und Polen und die neuen Freundschaften, die diesen Begegnungen entspringen.

Er reduziert die Herzrhythmus verlangsamenden Tabletten auf eine Tablette. Anlässlich einer Tagung besuchte er nach seiner Rückkehr mit Katja seine Tochter und ihren Mann in Berlin. Es ist ein schöner Abend. Sie trinken Weißwein. Und in dem türkischen Lokal in Neukölln, in dem sie nachher speisen, küsst er die türkischen männlichen Kellner voll Lebensfreude. Auf der Fahrt zum

Hotel animiert er den türkischen Taxifahrer zu wenden. Sie kreisen mit dem Taxi um Ehemann und Tochter, die sich auf dem Heimweg befinden. Lachend und selig trunken schwenkt er zum Abschied sein weißes Taschentuch.

Er ist gesund. Er nimmt keine Tabletten mehr. Er fühlt sich wohl. Am 26. September fährt er erneut nach Berlin. Er nimmt an einer Kommissionssitzung zur Erörterung von Kriterien für ein Zertifizierungsverfahren für Freiwilligeneinrichtungen teil. Er ist Experte. Abends will er sich wieder mit seiner Tochter treffen. Da sie keine Zeit hat, trifft er Marie.

Marie war ein halbes Jahr in Griechenland und praktizierte dort bei einer amerikanisch-griechischen Organisation, die für die NATO arbeitet. Er hatte ihr die Stelle durch Kontakte vermittelt. Als Studentin hatte sie zuvor in seiner Organisation gearbeitet. Sie war bei vielen Projekten dabei. Sie hatten viel Spaß gehabt. Nun studiert sie in Berlin, bald wird sie nach New York ziehen, um bei der UNO zu volontieren und danach ein Studiensemester in London verbringen.

Marie ist schön und schlau, ein bisschen egozentrisch, aber witzig und zu jedem Spaß bereit. Sie treffen sich in Kreuzberg, freuen sich über das Wiedersehen und essen zusammen in einem türkischen Spezialitätenlokal. Sie essen viel und trinken Raki. Später gehen sie in ein Lokal und trinken Bier. Sie schwelgen in Erinnerungen. „Weißt du noch", fragt Marie, „wie ich in Belarus meinen Reisepass verloren hatte?" Er wusste es noch. Sie hatte panische Angst, dass sie in Belarus bleiben musste, weil der Reisebus am nächsten Tag zurückfuhr. Er hatte für sie nachts den Botschafter aus dem Bett geklingelt. Dann fand sie ihren Pass. Er hatte den Mann umsonst geweckt. „Weißt du noch", fragte Marie, „wie du in Minsk in der Disco mit deinem Gipsbein getanzt hast?" Er weiß es noch. Sie war sauer gewesen, weil sie zuvor sein Gepäck geschleppt hatte, weil er es mit seinem Gipsbein angeblich nicht tragen konnte. „Plötzlich warst du fit. Ich hatte so'n Hals." Der Wodka hatte ihm ungeahnte Kräfte verliehen. Sie trinken darauf einen Jägermeister. Ein Typ gesellt sich zu ihnen. Sie wollen das nicht, er stört, lassen ihn aber gewähren. Er drängt ihnen ein Gespräch auf und quetscht sie aus. „Du bist sicher der Lehrer und sie deine Schülerin." Sie verneinen. „Dann hast du die Perle also aufgerissen", fragt er provozierend. „Sach mal, hast du'n Pin im Kopp?", antwortete Marie. „Seid doch ehrlich, ihr kennt euch doch noch nicht lange. Was habt ihr vor?" „Das geht dich einen feuchten Kehricht an, wir kennen uns schon lange. Wir sind Freunde und möchten uns hier entspannt bei einem Bierchen unterhalten", antwortete er. „Das glaub ich dir nicht. Hast du schon mal LSD genommen?" „Nee, kein Interesse." „Mit LSD kannst du alles machen. Da bist du völlig frei. Da kannst du sogar mit Männern oder einen Dreier, mit Mann und Frau. Hast du schon mal einen Schwanz gelutscht? Mit LSD bist du frei und ungehemmt." „Ich will aber keinen Schwanz lutschen, weder deinen, noch sonst einen. Selbst wenn ich LSD nähme, würde ich deinen Schwanz nicht lutschen. Lass mich in Ruhe." Er merkt, wie er langsam aggressiv wird. Der Kerl verdirbt ihnen ihren Abend. Sie trinken einen Jägermeister. Der Typ lässt nicht locker. Er beobachtet sie. „Lass dich nicht provozieren", sagt Marie, „Ignorier den Vogel. Lass uns lieber noch'n Jägermeister trinken." „Du hast was gegen mich, weil ich schwul bin."

„Ich habe nichts gegen Schwule, aber ich bin nicht schwul und ich hasse Menschen, die sich aufdrängen und Scheiße labern, egal ob sie schwul sind oder nicht." Er hasst den Typen. Weil er schwul ist, glaubt er sich Dinge erlauben zu können, die sich die anderen Tischnachbarn nicht erlauben. Sie trinken weiter und er merkt, dass er innerlich erregt ist und sein Herz vibriert. Er sollte Schluss machen und ins Bett gehen. Aber er will sich den schönen Abend mit Marie nicht durch den Kerl kaputt machen lassen.

Der Typ lässt sie nicht in Ruhe und labert weiter. „Was würdest du am liebsten wollen, wenn du schwul wärst und es mit einer Frau treibst. Wie würdest du sie nehmen?" „Ich bin nicht schwul und will mir darüber deshalb keine Gedanken machen. Ich gebe dir jetzt eine Antwort und ein Bier aus, wenn du versprichst, uns dann in Ruhe zu lassen. Okay?" Der Typ nickt. „Ich würde die Frau, wenn ich du wär, natürlich von hinten nehmen. So und nun trink dein Bier und geh." Der Typ wendet sich ab. Er bemerkt, wie der Kerl sich erneut anschleicht.

Er dreht sich um und sagt: „Ich weiß genau, was du willst. Trink lieber das Bier und gieß es mir nicht über den Kopf." „Woher weißt du, was ich vorhatte?" „Du hast Minderwertigkeitskomplexe und eine schräge Fantasie, ich kenne diese Typen. Ich bin ein Feindbild für dich, sitze hier mit einem schönen Mädchen und du bist „andersrum" und denkst keiner will mit mir. Dabei laufen doch genug Typen rum. Aber die wollen nichts von dir, nicht weil du schwul bist, sondern weil du ein Scheißtyp bist. Vielleicht bist du aber auch gar kein Scheißtyp, sondern willst nur deine Komplexe vertuschen. Auf so was stehen die Leute nicht. Also benimm dich, dann wird das vielleicht noch was mit dir. Ihr habt hier in Berlin einen schwulen

Bürgermeister, der in Hamburg ist auch schwul, wir haben jetzt sogar einen schwulen Außenminister und Vizekanzler. Hör mal, ist doch heute alles kein Problem mehr. Sind doch anerkannte Leute. Aber die haben an sich gearbeitet und gekämpft. Also lass die dummen Sprüche."
Sie setzen sich in eine andere Ecke, trinken aus Frust zu dem Bier einen weiteren Jägermeister. Sie versuchen ihre unterbrochene Unterhaltung fortzusetzen. Doch sein Herz ist in Unruhe.

Der Typ nähert sich erneut. „Ja, in Berlin schwul zu sein ist ja auch nicht schwer, aber ich komme vom Land, da wird man diskriminiert." „Erstens bist du hier in Berlin, zweitens komme ich auch vom Land, auf dem Land werden viele Leute diskriminiert, ich wurde wegen meiner politischen Einstellung diskriminiert, Ausländer wurden diskriminiert, auch Schwule, aber dagegen kann man etwas tun, und drittens gibt dir das schlechte Beispiel anderer Menschen nicht das Recht dich ebenfalls nach ihrem Vorbild dumm zu verhalten und uns die Ohren mit Dünnschiss vollzulabern. Du nimmst dir Rechte heraus, die du dir als Nichtschwuler nicht herausnehmen würdest. Aber du hast keine Sonderrechte. Du solltest dich schämen. Also verpiss dich."

Die gute Stimmung ist zerstört. Er fühlt sich schlecht, er kann nicht mehr. Er verabschiedet sich von Marie.

Er fällt betrunken in sein Bett. Er kommt am nächsten Tag total fertig in die Kommissionssitzung, lässt sich aber nichts anmerken. Er fällt nicht auf, weil der Sitzungsverlauf und die Diskussionsbeiträge auf alle ermüdend und einschläfernd wirken. Er trinkt ein wenig Kaffee und ärgert sich über den Verlauf des Abends und über seinen übermäßigen Alkoholkonsum. Auf dem Weg zum Ostbahnhof bemerkt er seine Kurzatmigkeit, und als er seinen Puls fühlt, stellte er fest: er ist aus dem Rhythmus. Sein Herz ist aus dem Takt. Er gerät in Panik. Nicht schon wieder. Er hat einen Fehler gemacht. Er hat sich von diesem Typ aus dem Takt bringen lassen. Er hat sich aufgeregt und zu viel getrunken. Sein Herz schlägt unregelmäßig unregelmäßig, zu schnell. Was tun? Wieder ruhig werden! Wasser trinken. Im Zug relaxen. Die Herzrhythmus verlangsamenden Tabletten nehmen. Nur vorübergehend. Früh ins Bett. Einen Betablocker nehmen. Morgen früh zum Arzt gehen.

Der Arzt macht ein EKG. Ja! Er hat wieder diese Herzrhythmusstörungen. Unregelmäßig unregelmäßig zu schnell. Der Arzt schreibt ihm eine Überweisung. Er soll sofort ins Krankenhaus. Erneut Schocktherapie. Er wehrt sich. Bittet um einen Tag Aufschub, 24 Stunden. Der Arzt macht einen Termin für den nächsten Tag. Noch 24 Stunden. In 24 Stunden will er seinen Fehler wieder gut machen. Er war doch bereits fast wieder gesund. Er kann es schaffen, die Sache in den Griff kriegen. Er beginnt seine 24-Stunden-Therapie.

Er fährt zu seinem Arbeitsplatz. Er fährt mit dem Bus. Er fährt die letzte Zeit häufig Bus. Entspannen, lesen, schlafen, plaudern. Entschleunigung. Er delegiert seine Arbeit, bespricht Aufgaben mit seinem lateinamerikanischen Studententrio: Anya mit brasilianischen Wurzeln, Laura aus Bolivien und Mary, deren Eltern aus Chile und Spanien stammen. Er trifft Katja. Sein Herz schlägt noch unregelmäßig, aber bereits viel ruhiger. Er fährt nach Hause zu seiner Frau. Sein Puls beruhigt sich. Er nimmt seine Tabletten und geht früh schlafen.

Am Morgen fühlt er sich besser. Sein Puls schlägt fast regelmäßig. Sein Krankenhaustermin ist um 8 Uhr. Um 8 Uhr hat er auch seinen Termin beim Zahnarzt. Zahnsäuberung durch die beruhigende Arztassistentin.

Er will diesen Reinigungsakt. Die Assistentin beugt sich über ihn. Sie reinigt sanft und fachgerecht. Sein Herz macht bum, bum. Er ist gesund.

Um 9 Uhr erreicht er das Krankenhaus. Die Ärztin ist empört. Seit einer Stunde wartet sie auf ihn. Ob er denn glaube, sie hätte keine anderen Patienten, fragt sie ihn schroff. „Die Zeit holen sie schnell wieder auf", erwidert er, „Machen sie ein EKG, mein Herz schlägt normal. Ich bin gesund."

Sie ist überrascht, will es kaum glauben. Alles in Ordnung. Sein Herz schlägt ruhig und gelassen. Die Oberärztin schickt ihn zum Chefarzt. „Wie haben Sie das gemacht", fragt er. Er schweigt. Das ist sein Geheimnis. Es wird ein Langzeit-EKG verordnet. Alles okay. Am 6. November unterzieht er sich einem Belastungs-EKG. Der Chefarzt holt ihn in sein Zimmer.

„Ihr Herz ist kerngesund, wenn Sie sich vernünftig verhalten, brauchen Sie die nächsten zehn Jahre nicht wiederzukommen." „Aber ich war Schuld...", will er ansetzen und dem Arzt erklären, was er falsch gemacht hat. Der fällt ihm ins Wort: „Schuld, Schuld, sind sie katholisch? Immer diese Katholiken mit ihrem Schuldbewusstsein. Wahrscheinlich sind Ihnen Ihre Schuldkomplexe in Ihrer Kindheit eingepflanzt worden. Sie sind nicht schuld. Lassen Sie sich von der Kirche nichts einreden und reden Sie sich nichts ein. Aber das darf ich hier gar nicht laut sagen! Wir sind ja hier in einem katholischen Krankenhaus. Bejahen Sie Ihr Leben, aber achten Sie auf

Ihren Rhythmus und was Ihnen gut tut. Nehmen Sie nur noch eine Herzrhythmus verlangsamende Tablette am Morgen und am Abend. Von den Betablockern nehmen Sie nur noch eine Halbe am Morgen und am Abend. Die sind gar nicht so entscheidend."

Einige Wochen später setzt er die Betablocker ab. Nur noch die Herzrhythmus verlangsamende Tablette nimmt er zweimal am Tag.

Sie ist sein Kompromiss und die Entschleunigung. So wird er sein Leben leben. So wird es im Takt bleiben.

Das alte Schlachtross

Schlachtrösser, auch Streit- oder Kampfrösser, wurden in früheren Zeiten Pferde genannt, die im Kampf geritten wurden. Diese Pferde stammten aus edelsten Zuchten. Sie mussten schweres Gewicht tragen und gleichzeitig in der Lage sein, in der Angriffsformation die notwendige Geschwindigkeit zu erreichen, um die Gegner niederzureiten. Die Erfolgreichsten wurden glorifiziert und in Liedern besungen. Als der Zeitpunkt gekommen war, wurde das Schlachtross verdrängt, da es ihm nicht mehr gelang die verschanzten und andersartig bewaffneten und taktierenden Gegner niederzureiten. Das Schlachtross verlor danach zunehmend an Bedeutung.

Ein altes Schlachtross in der sozialdemokratischen Partei Deutschlands war Franz Müntefering. Ein altes Schlachtross in der SPD war auch Hermann Heinemann, dem Franz Müntefering 1992 als SPD-Vorsitzender des Bezirks Westliches Westfalen nachfolgte. Hermann Heinemann absolvierte nach dem Krieg eine Banklehre und engagierte sich in der Gewerkschaft. Er trat 1951 der SPD bei, wurde Stadtverbandsvorsitzender der Partei in Dortmund und leitete ab 1975 den bundespolitisch bedeutenden und mächtigen Bezirk Westliches Westfalen.

Während dieser Zeit war er Mentor von Franz Müntefering, der ihm als Bezirksvorsitzender nachfolgte.

Er lernte Franz und Hermann früh kennen. Sein Ortsverein an der niederländischen Grenze gehörte zu dem Bezirk

Westliches Westfalen. Als Mitglied des Unterbezirksvorstandes, Agrarexperte und Landtagskandidat kam er in Kontakt mit den beiden Parteifunktionären. Hermann Heinemann war als Bezirksvorsitzender Mitglied des Bundesvorstandes der SPD und von 1971 bis 1985 auch Geschäftsführer der Westfalenhalle in Dortmund. Für die Genossen aus dem ländlichen Raum stellte Hermann gern Räumlichkeiten für Expertentagungen und Kommissionssitzungen zur Verfügung. Er fuhr des Öfteren zu diesen Sitzungen und Tagungen nach Dortmund in die Westfalenhalle. Einmal sprach er, als Ortsvereinsvorsitzender und Mitglied des Unterbezirksvorstandes, Hermann Heinemann an und fragte ihn, ob er nicht seinen Ortsverein besuchen könne, der in der Diaspora ein schwieriges Dasein fristete. Bei dieser Visite möge er doch einem Mitglied seines Ortsvereins, einem alten SPD-Veteranen, dem 90-jährigen pensionierten Seebären August Corinth, eine Ehrennadel verleihen für seine langjährige Mitgliedschaft in der Arbeiterpartei. Damals war die SPD noch eine Arbeiterpartei und die Funktionsträger „Parteisoldaten", die die Belange der kleinen Leute und ihre Lebensbedingungen ernst nahmen. Es gab kein oben und unten in der Partei. Hermann Heinemann sagte zu, mit seiner Anwesenheit und einer Auszeichnung August Corinth zu erfreuen.

Die Ehrung fand im kleinen Saal des Jugendheimes statt. Nach der Veranstaltung stand er urinierend am Pissoir der Jugendheimtoilette neben Hermann Heinemann. Sie unterhielten sich. Es war ein Gespräch unter Gleichen. Das war der Grund seiner Mitgliedschaft in der Partei: Solidarität, Freiheit, Brüderlichkeit. Die Begriffe waren noch keine Floskeln. Dafür kämpften sie.

Auch Hermanns Schützling, Franz Müntefering, kämpfte als treuer Parteisoldat.

Franz Müntefering ist seit 1966 Mitglied der SPD und gehört dem Bundesvorstand seit 1991 an. Als Vorsitzender des Bezirks Westliches Westfalen besuchte Franz 1994 sein Dorf. Der SPD-Ortsverein feierte sein 25-jähriges Jubiläum. Er hatte Franz zum Jubiläumsfest eingeladen. Er organisiert mit seinen Genossen für ihn einen parteiübergreifenden Empfang im Rathaus. Höhepunkt der Veranstaltung war ein Fußballspiel der SPD-Fraktion mit der UWG-Fraktion gegen das CDU-Lager.

Schiedsrichter war Müntefering. Er zeigte sich volksnah und pfiff gerecht.

1995 übernahm Franz die Aufgaben des Geschäftsführers der Bundespartei. Eine steile Karriere für einen einfachen Industriekaufmann. Stets war Franz loyal und pflichtbewusst. Von 1998 bis 2001 hatte er das Amt des NRW-Landesvorsitzenden inne, bevor er Bundesminister wurde und ab 2002 bis 2005 die SPD-Bundestagsfraktion führte. 2004 wählten die Genossen Franz zum Bundesvorsitzenden der SPD. Er wurde Nachfolger von Gerhard Schröder. Im Kabinett von Angela Merkel war Müntefering Vizekanzler der Republik. Franz Müntefering wollte als Bundesvorsitzender der SPD einen Vertrauten an seiner Seite haben. Im Oktober 2005 schlug er daher seiner Partei den SPD-Bundesgeschäftsführer, Kajo Wasserhövel, für den Generalsekretärposten der Bundespartei vor. Wasserhövel war ihm durch seine Mitgliedschaft im Unterbezirksvorstand bekannt. Franz Müntefering wurde auf Wasserhövel im Bezirk schnell aufmerksam. Kajo arbeitete ihm jahrelang zu. Franz liebte seine Loyalität und förderte ihn. Müntefering wollte trotz Widerständen in der Partei seinen treuen Kampfgefährten in das wichtige Amt des Generalsekretärs hieven. Er schätzte die Stimmung in der Partei falsch ein. In einer Kampfabstimmung setzte sich die zum linken Flügel zählende Andrea Nahles durch und verhinderte die Wahl Wasserhövels. Das alte Schlachtross Müntefering hatte eine entscheidende Schlacht verloren. Franz kündigte an, nicht mehr für den Parteivorstand zu kandidieren.

Am 13. November 2007 erklärte er seinen Rücktritt. Aus familiären Gründen legte er alle Partei- und Regierungsämter nieder. Er wolle seine krebskranke Frau pflegen. Das brachte ihm Respekt ein, obgleich alle wussten, dass nicht nur die Krankheit an Münteferings Nerven nagte, sondern auch die Kontroversen in seiner Partei und in der Öffentlichkeit über die umstrittene Politik der großen Koalition und seine verlorene Schlacht. Sein Abgang ehrte ihn. Nun hätte das alte Schlachtross ruhen sollen, sich seiner Verdienste erfreuen, denn die Zeiten änderten sich. Zukünftige Schlachten waren anders zu führen, man brauchte ihn als Schlachtross nicht mehr. Franz kehrte jedoch im September 2008 nach dem Tode seiner Frau in die Politik zurück. Er ließ sich als Nachfolger von Kurt Beck im Oktober erneut zum SPD-Chef wählen und zog mit Steinmeier in den Bundestagswahlkampf.

Er ist mit Katja, seiner belarussischen Freundin, die in der Westfalenmetropole Politik studiert, am Tag vor der Wahl auf der letzten Kundgebung in Berlin am Brandenburger Tor. Er sieht die Niederlage kommen.

Es ist der 26. September 2009. Müntefering, Wowereit, der regierende Bürgermeister von Berlin, und Kanzlerkandidat Steinmeier sprechen zum Volk. Es ist mäßig erschienen und nicht zu begeistern. Die Schlacht ist verloren. Franz steht auf verlorenem Posten. Das Schlachtross hat die Zeichen der Zeit nicht erkannt.

Wieder ist er mit Katja in Berlin.

Am 17. September 2010 nimmt er mit ihr an der Auftaktveranstaltung der Woche des bürgerschaftlichen Engagements teil. Das Grußwort spricht die schwangere Familienministerin Kristina Schröder.

Viele Ehrengäste sind geladen. Auch Franz Müntefering ist da. Alle kommen zu Wort bei der Gala-Vorstellung. Cherno Jobatey moderiert die Veranstaltung.

Franz Müntefering kommt nicht zu Wort. Er wird übersehen. Er sitzt verloren herum und folgt angespannt dem Geschehen. Cherno interviewt die Botschafter des ehrenamtlichen Engagements, Ulrike Volkerts, die Tatortkommissarin und Peter Maffay, den Edelsoftrocker der Nation.

Kabarettisten und Ehrenamtliche kommen zu Wort, nur Franz Müntefering nicht. Jobatey moderiert die Veranstaltung ab, die letzten Klänge der Band schweben durch den Raum. Die Gäste drängen schon zum Buffet, da greift Jobatey noch einmal zum Mikrofon und sagt: „Da sitzt ja das alte Schlachtross der SPD, den hätte ich ja fast übersehen. Ich grüße Sie herzlich, Franz Müntefering." Keiner nimmt davon Notiz. Die Veranstaltung ist zu Ende. Franz Müntefering sitzt still und allein da. Er geht mit Katja an ihm vorbei.

Da kommt ihm eine Idee. Er zückt seine Kamera und fotografiert Franz Müntefering und winkt ihm zu. Franz

Müntefering lacht. Er weiß nicht, ob das alte Schlachtross ihn erkannt hat oder einfach nur glücklich ist, dass jemand ihn zur Kenntnis nimmt.

Das kampferfahrene, verdiente Schlachtross, einst in Liedern besungen, hat seine Bedeutung verloren.

Die Zecke

Die Zecke ist ein blutsaugender Parasit, der sich vom Blut seiner Wirte ernährt.

Sie hat zweifelhafte Berühmtheit erlangt, da selbst ein harmloser Stich der Zecke zur Gefahr für den Blutwirt werden kann, da Krankheitserreger in den Körper gelangen können. Die Zecke ist ein hoch spezialisiertes Tier, das sich durch Körperbau und Charakter hervorragend an die Umwelt anpasst. Die Zecke ist ein Spinnentier.

Es gibt Politiker, Bänker, Bosse, Beamte und andere Zeitgenossen, die als Zecken bezeichnet werden können.

Alle diese Lebewesen sind Parasiten und haben gemein, dass sie sich von anderen Lebewesen ernähren. Sie brauchen viel Blut und hängen sehr lange an ihrem Wirt. Sie suchen sich geeignete Stellen am Körper ihrer Opfer um festen Halt zu haben und können Kratzen und Scheuern unbeschadet überstehen. Durch das Blutsaugen steigt das Eigengewicht dieser Artgenossen. Mit der Blutzufuhr richten sich diese Lebewesen so ein, dass sie unter Umständen lange überleben.

Ein solches Lebewesen war Walter Tüssen. Walter war kein stattlicher Mann. Er war klein, schmal und gedrungen, hatte aber einen aufrechten Gang. Trotz seines zotteligen Aussehens – er hatte zerzauste graue Haare und einen vollen, langen, weißen Bart – war er kein Gnom. Seine goldumrandete Brille gab ihm den Anschein eines intellektuellen Mannes mit Hintergrund und Erfahrung. Er war flink und behände, umtriebig und ständig glühte ein Zigarrenstumpen in seinem Mund. Mit diesem Mann sollte er zusammenarbeiten, im städtischen Jugendhaus, in der Westfalenmetropole.

Walter Tüssen war jahrelang als städtischer Jugendpfleger tätig gewesen. Er kannte die Szene, hatte Kontakte zu Gruppen, Vereinen und Verbänden. Nun war er Rentner, wollte aber noch keinen Abschied nehmen, war immer noch rüstig.

Ob durch seine Verdienste und Erfahrungen oder durch seine Verbindungen, das war nicht offensichtlich, wurde ihm durch Vorgesetzte das Privileg eingeräumt, weiter im Jugendhaus zu wirken. Das Jugendhaus war Tüssens Basis gewesen. Von dort hatte er die Jugendarbeit nach dem Krieg wieder aufgebaut, an alte Traditionen angeknüpft, Pfadfinderarbeit, handwerklich-kreatives Tun, katholisch geprägte Aktivitäten, die in der Nazizeit eingestellt wurden oder eingebunden waren in bündisches Tun.

Dann änderten sich die Zeiten. Die offene Jugendarbeit prägten nun die Formen der Jugendpflege und Fürsorge. Jugendzentren entstanden, Häuser der halb offenen und offenen Tür, doch das städtische Jugendhaus blieb, was es war. Dort hatte sich Tüssen eingenistet und förderte weiter handwerklich-kreatives Tun, ehrenamtlich, wie er betonte.

Tüssen sollte ihn, der 1978 als hauptamtliche Kraft eingestellt worden war und für neue Impulse sorgen sollte, fürsorglich unterstützen und väterlich beraten.

Wenn Tüssen nicht im Jugendhaus weilte, widmete er sich seinem eigenen Jugendhof, den er in vorausgegangenen Jahren vor den Toren der Westfalenstadt in ländlicher Idylle aufgebaut hatte und nun emsig bewirtschaftete.

Die Stadt suchte 1978 einen Handwerker mit pädagogischen Fähigkeiten oder als Äquivalent einen Pädagogen mit handwerklichen Fähigkeiten. So war die Stelle ausgeschrieben und er dachte sich, er hatte gerade sein Studium beendet und war seit ein paar Monaten arbeitssuchend, dass er als Designer die geeignete Person für diesen Job wäre. Er besaß pädagogische Fähigkeiten. Zwar brachte er keine großen handwerklichen Kenntnisse mit sich und war diesbezüglich auch nicht talentiert, aber diese Tatsache musste er beim Einstellungsgespräch ja nicht erwähnen. Sein Diplom als Industrial Designer erweckte beim zukünftigen Arbeitgeber positive Erwartungen und bestimmte Assoziationen. Er brauchte des Weiteren nur sein ehrenamtliches Engagement der vergangenen Jahre in Vereinen und Verbänden seines Dorfes zu schildern, so würde er schon eingestellt werden und so war es auch.

Walter Tüssen zeigte und erklärte ihm die bisherigen Aktivitäten im Haus.

Es fanden hauptsächlich musisch-kulturelle und kreative Angebote in Form von Kursen und offenen Angeboten statt. Was ihn erstaunte, war die Tatsache, dass die Angebote nur in der Zeit von Oktober bis März offeriert wurden, was Tüssen damit begründete, dass in der Sommerzeit die Leute wenig Bedürfnis zu musisch-kulturellem Tun verspürten. Sie widmeten sich im Sommer anderen Aktivitäten, führen in Urlaub oder ließen sich vom Hafer stechen, sodass es sich daher nicht lohne, diesbezüglich Angebote zu unterbreiten. Von Oktober bis März fanden Töpferkurse, Porzellanmalerei, Kupferarbeiten, Holzarbeiten und Weben statt. Daneben nutzten verschiedene Sing- und Spielkreise, ein Chor und Menschen einer Vertriebenengruppe das Haus, die sich wöchentlich in der „schlesischen Spinnstube" vergnügten und das Brauchtum pflegten.

Die Kursteilnehmer waren meist gut situierte Leute und dem gehobenen Bürgertum zuzurechnen. Die Kursleiter, zu denen Tüssen selbst gehörte wie auch seine Frau, waren gebildete, handwerklich geschulte Leute, die ihre Kenntnisse gegen ein Entgelt vermittelten, das vertraglich durch eine Honorarvereinbarung geregelt war. Viele Kursleiter und auch manche Teilnehmer stammten aus dem näheren Bekanntenkreis von Tüssen.

Das alte, verschachtelte Haus verfügte über fünf unterschiedliche Etagen, in denen sich die Räumlichkeiten verteilten. Die Bausubstanz war alt und renovierungsbedürftig. Von einigen Wänden bröckelte der Putz und der Dachboden durfte aus Sicherheitsgründen nicht betreten werden. Die meisten Aktivitäten wurden in den Kellerräumen angeboten. In der ersten Etage befand sich die Hausmeisterwohnung. Sie wurde bewohnt von einer Hausmeisterin und ihrem bereits Rente beziehenden tüdeligen Ehemann, der von seinem Weib arg bevormundet wurde. In der zweiten Etage befand sich das Prunkstück des Hauses, ein holzvertäfelter Saal, in dem ein gut erhaltener und kostbarer Flügel platziert war. Der Saal diente größeren Veranstaltungen, Gruppenabenden, der Flügel musischer Erquickung. Die zum Zeitpunkt seiner Einstellung nicht genutzten Gruppenräume in der dritten Etage hatten wohl in früherer Zeit den Pfadfindern und katholischen Verbänden zu Gruppenstunden gedient. Das Mobiliar war verbraucht und die Küchengeräte funktionierten nur noch teilweise.

Wo war er hier hingeraten? Was sollte er tun?

Es konnte doch nicht sein, dass ein ganzes Haus allein dafür unterhalten wurde, um in einigen Räumen halbjährliche Aktivitäten und Angebote vorzuweisen. Er konnte nicht begreifen, dass dieses Haus eine Hausmeisterin beschäftigte, deren Tätigkeit darin bestand, allmorgendlich, jeden Tag, das ganze Jahr über, Räumlichkeiten zu putzen, die nur teilweise oder gar nicht genutzt wurden. Die Hausmeisterin kam ihm vor wie eine Spinne, die versteckt lebt und sich nur manchmal zeigt, um von Zeit zu Zeit ihr Netz zu pflegen, in dem sich nur selten Beute verfängt.

Tüssens Angebote fanden abends statt und ihm wurde bedeutet in der freien, nachmittäglichen Zeit musisch-kulturelle und kreative Tätigkeiten zu entwickeln, um Kinder und Jugendliche ins Haus zu locken, die in den letzten Jahren das Haus nicht mehr frequentierten.

Er ging seine Arbeit mit Eifer und Engagement an. Er dehnte die Öffnungszeiten für die Heranwachsenden auf das ganze Jahr aus, was auf anfänglichen Widerstand von Tüssen und der Hausmeisterin stieß. Sie bedeuteten ihm die Aussichtslosigkeit seines Unterfangens, mögliche Nutzer würden das Angebot nicht annehmen. In Wahrheit jedoch fürchteten die Beiden größeren Arbeitsaufwand. Nach einem Jahr hatten sich seine Kurse und offenen Angebote etabliert und er veranstaltete trotz der Bedenken seiner Widersacher sein erstes Sommerferienprogramm für Kinder.

Neben den eigenen Aktivitäten, die er mit ehrenamtlichen Helfern, Studenten und Honorarkräften entfaltete, war er Tüssen dienlich. Hauptsächlich hatte er die Liste der Teilnehmer von Tüssens Kursen zu führen und nach dem Rechten zu sehen, wenn der Rentner nicht zugegen war und ihn andere Geschäfte drängten.

Das Haus hatte einen bescheidenen Etat für Beschaffungen, Reparaturen, Materialkosten und Honorarkräfte, den Tüssen verwaltete und von dem ein großer Teil für Tüssens Kursangebote verbraucht wurde. Obwohl er als Leiter des Hauses eingestellt worden war und daher den Etat formal gegenüber dem Jugendamt zu verantworten hatte, überließen die Verantwortlichen im Jugendamt dem alten Tüssen die Verfügungsgewalt über das Budget, die dieser weidlich zu nutzen wusste.

Es fiel ihm schwer, Teile des Budgets von Tüssen für seine Arbeit einzufordern und er hatte ihm ständig Rechenschaft abzulegen, obwohl es eigentlich umgekehrt hätte sein müssen. Tüssen war sich der Rückendeckung des Jugendamtes sicher.

Er geriet in Streit mit Tüssen, Tüssen ermahnte ihn, seine Geduld nicht übermäßig zu strapazieren, da er über gute Kontakte verfüge, nicht nur im Amt und zu Behörden, sondern auch zu einflussreichen politischen Kräften, denn er sei Mitglied der FDP.

Er fand diese Mahnung befremdlich. Sie erreichte bei ihm das Gegenteil von dem, was sie bezwecken sollte. Er sollte sich unterordnen und Tüssen folgen. Aber er fügte sich nicht, sondern trachtete, nun erst Recht, die Aktivitäten im Haus zu erweitern, Tüssen in die Schranken zu verweisen und die Etathoheit beim Jugendamt einzufordern.

Die erweiterten Programmaktivitäten erweckten den Unmut der Hausmeisterin und steigerten sich zur Wut. Sie fürchtete eine Schädigung der mit Bohnerwachs polierten Böden. Sie scheute die Mehrarbeit und den Schmutz der Straßenschuhe, den die Kinder und Jugendlichen mit sich brachten. Auch erregten sie die große Unruhe und der

Lärm, den die Kinder und Jugendlichen verursachten, und sah die Instandhaltung des Hauses in Gefahr, wenn wieder mal ein alter Holzstuhl zerbrach oder sich ein Kratzer auf den Tischen zeigte.

Eines Tages wusste sie Tüssen zu berichten, dass Jugendliche eine Steckdose zerstört hatten. Sie hätten diese mutwillig aus der Wand gerissen. Offensichtlich war, dass die Dose sich ohne große Kraftanstrengung beim Herausziehen des Steckers aus der porösen Wand und dem bröckelnden Putz gelöst hatte.

Tüssen stellte ihn zur Rede und forderte ihn auf, die Jugendlichen zu ermitteln, die für den Schaden zu haften hätten. Er argumentierte dagegen und verwies auf den desaströsen Zustand der Wand. Sie gerieten in einen Disput, an dessen Ende ihm bedeutet wurde, dass es ihm als Industriedesigner wohl an pädagogischem Verständnis und der nötigen Methodik zur ordnungsgemäßen Arbeit mit Heranwachsenden fehle. Er sei nicht fähig, Untaten zu erkennen und die Schuldigen zu ahnden.

Er fühlte sich in seiner Ehre gekränkt. Nicht weil er den Worten von Walter Tüssen Bedeutung beimaß, Tüssen war ungerecht, sondern weil Tüssen ihn an einem wunden Punkt getroffen hatte. Er war kein ausgebildeter Pädagoge. Auch bei den wöchentlichen Mitarbeiterbesprechungen im Jugendamt ließen einige Leiter anderer Jugendeinrichtungen und die für die offene Jugendarbeit zuständige Jugendpflegerin ihn diesen Mangel unbewusst oder bewusst spüren. An den Fachdiskussionen beteiligte er sich zwar rege und auch nicht ungeschickt, hatte manch gute Anregung, doch spürte er deutlich die Distanz der Kollegen, die diese ihm gegenüber aufbauten, weil er ein Fremdkörper war und sich nicht theoriekundig einbringen konnte. Es war die Zeit der antiautoritären Erziehung und die Diskussion über die richtige Methode der Erziehung wurde in einem Soziologendeutsch geführt, dessen Sprache er nicht mächtig war. Er fühlte sich nicht eingebunden und als Außenseiter. Er wollte dazulernen, nicht nur praktisch, sondern auch theoretisch. Nach fast zwei Jahren praktischer Lehrzeit in seinem Aufgabenfeld strebte er zur weiteren Qualifikation ein nebenberufliches Studium an. Die Genehmigung dazu beantragte er bei der zuständigen vorgesetzten Dienststelle, der Jugendamtsleitung. Die Genehmigung wurde abgelehnt, weil die Jugendpflegerin in ihrer Stellungnahme, die sie abzugeben hatte, zeitlich eine Nichtvereinbarkeit von Studium und hauptamtlicher Tätigkeit konstatierte.

Wie sollte es weitergehen? Die Situation sollte sich bald ändern.

Er stürzte sich in seine Arbeit und versuchte, Jugendliche in die Arbeit des Hauses einzubinden. Die Heranwachsenden sollten in Planungen einbezogen werden, eigenverantwortlich handeln. Dazu mussten sie ganzheitliches Denken erlernen.

Für wen, mit wem und was soll geplant und getan werden? Welche Ziele sollen erreicht werden, welche Mittel stehen zur Verfügung, wie erreicht man neue Zielgruppen? Dürfen Kurse und Angebote Geld kosten und wie viel? Erreicht man mit einer Kostenbeteiligung die Kinder und Jugendlichen, die man erreichen will, oder stößt man sie ab? Muss es zugangsoffene und kostenlose Angebote im Stadtteil geben, damit auch bildungsferne Klienten an den Angeboten des Hauses partizipieren? Er wollte einen offenen Jugendtreff, Kochkurse, Mofakurse, Schulaufgabenhilfe für deutsche und ausländische Kinder, Schachangebote, Blockflötenkurse anbieten. Er hatte viele Pläne, dafür brauchte er mehr Geld und Zugriff auf den Etat.

Konnte es richtig sein, dass die gut betuchten Teilnehmer von Tüssens Kursangeboten keine Materialkosten für Ton, Holz oder Kupfer bezahlten, während ihm die nötigen Mittel für einen offenen Jugendtreff fehlten?

Tüssens Meinung zu diesem Thema war: Der Aufwand und die Bürokratie seien viel zu hoch um einen Obolus für Material zu erheben, vielmehr sollten die Teilnehmer nach Beendigung jeder Kursstunde ein wenig Geld auf freiwilliger Basis spenden. Zu diesem Zweck hatte Tüssen grüne Spardosen aufgestellt.

Konnte es sein, dass die Kursleiter von Tüssen für Kurse mit Bildungsbürgern drei Mal so viel Geld als Honorar erzielten als seine Honorarkräfte, die mit Kindern und Jugendlichen arbeiteten, die teilweise aus schwierigen Lebensverhältnissen stammten? Tüssens Meinung war: Das seien hoch qualifizierte Leute, die, wenn sie nicht ein entsprechendes Einkommen erzielten, abwanderten und ihre Fähigkeiten anderen Häusern anböten. Das war auch die Begründung dafür, dass Tüssens Kursleiter auch die Zeiten honoriert bekamen, in denen sie krank waren oder in denen keine Kurse stattfanden, nämlich an Feiertagen und in Ferienzeiten. Die Kursleiter seiner Kinder- und Jugendangebote bekamen nur ihre Anwesenheit bezahlt.

Tüssen tätigte enorme Ausgaben für Material und Beschaffungen. Ihm dagegen fehlte das Geld an allen Ecken und Enden. „Qualifizierte Angebote benötigen entsprechende Investitionen", so Tüssen. Im Übrigen profitierten auch seine Klienten von seinen Anschaffungen, zum Beispiel durch den neuen Brennofen, denn auch die

Sachen der Kinder würden in ihm gebrannt, obwohl sie minderer Qualität seien.

Was sollte er machen? Es musste etwas geschehen. Es musste sich etwas ändern. Er benötigte erweiterte Kompetenzen und die Etathoheit, wollte er die untragbaren Zustände ändern. Doch bislang hatte sein Gespräch mit der Jugendpflegerin nichts bewirkt. Zu groß war ihr Respekt vor dem alten, pensionierten Jugendpfleger Tüssen, der einst ihr Vorgesetzter und für den sie immer noch sein „kleines Mädchen" war.

Tüssen führte sich selbstherrlich auf und beherrschte das Haus. Er bestimmte die Finanzen und Einnahmen sowie die Ausgaben für Personal und Material. Ihm selbst oblag lediglich die Kinder- und Jugendarbeit ohne die entsprechende Etathoheit.

Auch die Hausmeisterin wurde von Tüssen dominiert und musste ihm zu Diensten sein. Zeitlich war ihr das unbestritten möglich, denn sie verausgabte sich nicht bei ihrer täglichen Routine, doch es störte sie der Ton, den Tüssen ihr gegenüber anschlug, denn der Ton macht ja bekanntlich die Musik.

Für die Extraanforderungen, die sie zu erfüllen hatte, hätte Tüssen schon die richtige Melodie singen müssen. Die Hausmeisterin beschwerte sich bei der Jugendpflegerin über Tüssen. Sein „Mädchen" blieb untätig gegenüber ihrem einstigen Förderer.

Die Hausmeisterin suchte nach einer Gelegenheit Tüssen zu schaden. Sie beobachtete das Geschehen aus ihrem Spinnennest genau und erweiterte heimlich ihr Netz durch zusätzliche Spinnenfäden, in denen Walter Tüssen sich verfangen sollte.

Ob ihm denn nicht auffalle, eröffnete sie ihm eines guten Tages nach seinem Urlaub, was der alte Jugendpfleger Tüssen so alles in seiner Abwesenheit treibe. Sie und ihn ließ er die ganze Drecksarbeit machen und er mache sich einen schönen Tag. Er verdiene sich, obwohl er pensioniert sei, nebenher mit seinen Kursen Geld, bediene und beglücke mit seinem Tun Freunde und Bekannte und die halbe Verwandtschaft, das beste Beispiel sei seine Frau, die ebenfalls Kurse hier im Hause gebe, wie er wohl wisse und die restliche Zeit widme er sich dem Aufbau seines Jugendhofes, an dem er durch öffentliche Zuwendung ebenfalls kräftig verdiene.

Klar wusste er, was Tüssen im Hause so trieb, mit Vielem war er nicht einverstanden, fand es ungerecht und es entsprach nicht seinem Dienstverständnis. Gleichwohl hatte er sein Tun bisher nicht kriminell gefunden, sodass er hätte dagegen einschreiten können.

Ob er denn schon mal Tüssens Jugendhof besucht und sich dort umgeschaut habe, was der alte Junge dort mit dem Geld und den Dingen des Jugendhauses so alles treibe. Sie wollte ja nichts gesagt haben, es ginge sie ja auch nichts an, aber sonderbar sei es schon, dass vor einigen Tagen ein neuer Kühlschrank für das Jugendhaus angeliefert, aber kurz darauf durch einen alten, gebrauchten Kühlschrank von Tüssen ersetzt worden sei. Der neue Kühlschrank sei von Tüssen zum Jugendhof abtransportiert worden. Nein, das habe er nicht beobachtet, er werde das sofort kontrollieren. Er konnte sich das nicht vorstellen, so dreist konnte Tüssen nicht sein. Der alte kaputte Kühlschrank war gegen einen anderen alten, funktionierenden Kühlschrank ausgetauscht worden. Von einem neuen Kühlschrank wusste er nichts.

Bei nächster Gelegenheit im Jugendamt verlangte er von der Verwaltungsangestellten die Buchungslisten mit den entsprechenden Rechnungsbelegen. Tatsächlich, die angegebene Summe in der Buchungsliste entsprach in ihrer Höhe der Neubeschaffung eines Kühlschrankes. Eine aktuelle Rechnung über einen neuen Kühlschrank fand sich auch. Er war in dem Glauben gewesen, der alte Kühlschrank sei eine Ersatzbeschaffung gewesen. Er blätterte weiter. Was war das? Ihm fiel eine hohe Summe einer Rechnung über die Anschaffung von Eichenstammholz auf. In der Holzwerkstatt gab es kein Eichenstammholz. Es wurde nur Kiefern- und Fichtenholz verarbeitet. Auch ein neuer Brennofen für die Kupfer- und Emaillearbeiten war nicht angeschafft worden. Tüssen hatte kürzlich einen gebrauchten Ofen installiert. Hier war aber die Anschaffung eines neuen Ofens registriert. Wie hatte er nur so blauäugig sein können? Die Hausmeisterin hatte recht. Er hatte ihr unterstellt und angenommen, sie wolle Tüssen bei ihm anschwärzen, weil er sie rumkommandierte. Er hatte sich nicht vorstellen können, dass Menschen ihr Amt so missbrauchen. Tüssen hatte doch so viele Vorteile. Wieso genügten ihm die nicht? Warum musste er weiteres Blut saugen?

Er musste doch schon satt sein. Er hatte Blut gerochen und wollte mehr, immer mehr. Er war in einem Rausch. Doch das Maß war voll. Er ärgerte sich über seine Dummheit, seine Gutmütigkeit, seine Achtung vor dem Alter und Verdiensten Tüssens, die Tüssen glauben ließen, er stehe über Recht und Ordnung und sein Jugendhaus sei ein Selbstbedienungsladen. Tüssen war eine Gefahr, krank vor Gier. Wenn er jetzt nicht handelte, konnte diese Zecke ihn infizieren. Wo waren eigentlich die Spendengelder geblieben, die Tüssen für die Materialkosten kassierte? Sie waren nirgendwo aufgezeichnet. Womöglich hatte er diese Gelder gleichfalls einkassiert. Zumindest fehlte jegliche Kontrolle. Er musste sofort intervenieren. Er musste diese Vorgänge der Jugendpflegerin melden. Sie musste aktiv werden.

Er berichtete der Jugendpflegerin seine Beobachtungen. Es geschah nichts. Trotz der eindeutigen Fakten blieb sie untätig. Das war für ihn unbegreiflich. Sie beschwichtigte, sie wolle Tüssen zur Rede stellen, ihn ermahnen, ihn zur Besserung anhalten. Die Dinge seien sicher nicht korrekt verlaufen, man solle aber die Kirche im Dorf lassen, Tüssen habe sicherlich nur das Beste gewollt, auch der Jugendhof sei schließlich eine öffentliche Einrichtung. Wenn Materialien und Gegenstände falsch zugeordnet worden seien, so sei das bedauerlich, dennoch nicht tragisch, da Tüssen sich ja nicht persönlich bereichert habe. Die Worte entsetzten ihn. Sein Vertrauen zur Jugendpflegerin war zutiefst erschüttert. Die Handlungsweise Tüssens war für ihn verwerflich und gemeinschädlich. Es bedurfte keiner Abmahnung, sondern Ahndung, ja Bestrafung.

Jemandem, der Jugendliche für eine aus der Wand gerissene Steckdose bestrafen wollte, durften diese Machenschaften nicht verziehen werden. Er musste zur Rechenschaft gezogen werden. Was konnte er tun? Wollte die Jugendpflegerin, die Tüssen verbunden war, die alle Verwendungsnachweise abgezeichnet hatte und damit in das Geschehen involviert war, nicht handeln, musste er sich an ihre Vorgesetzten wenden. Was, wenn diese auch abblockten? Sollte er dann die Presse informieren? Einen Skandal erzeugen? Dienstinternes nach außen tragen? Nestbeschmutzer liebte man nicht! Es würde Schmutz und Staub aufgewirbelt, Unruhe erzeugt, Sturm, in dessen Sog er hineingezogen werden konnte. Es musste etwas geschehen. Aber was?

Er hatte einen Plan!

Er würde eine interne Untersuchung veranlassen, sich nicht an die Öffentlichkeit wenden, aber auch nicht tatenlos zusehen. Aber diese Taktik hatte einen Preis!

Er wandte sich an den Amtsleiter und unterrichtete ihn über das schamlose Treiben Walter Tüssens und die Untätigkeit der Jugendpflegerin. Er forderte ihn auf, dienstrechtlich tätig zu werden. Des Weiteren äußerte er gegenüber dem Amtsleiter den Wunsch studieren zu wollen. Er benötige von ihm eine schriftliche Bestätigung, dass seine Arbeit und sein Studium miteinander vereinbar seien. Der freundliche, dickliche und behäbige Amtsleiter nahm seinen Vortrag ohne Emotionen ruhig zur Kenntnis und stellte ihm die gewünschte Bescheinigung aus. Mit dieser Erlaubnis ging er zur Jugendpflegerin, die ihm das Studium verweigert hatte, und hielt ihr das Schriftstück triumphierend unter die Nase.

In den nächsten Tagen wartete er gespannt auf die weiteren Ereignisse. Nichts geschah. Der Amtsleiter blieb untätig. Es war unbegreiflich. Das konnte nicht sein. So leicht kamen ihm Amtsleiter, Jugendpflegerin und Tüssen nicht davon. Er wollte nicht durch sein Schweigen und die Bescheinigung zur Erlaubnis zum Studium persönlich profitieren um den Preis, dass die Machenschaften der „Zecke" nicht aufgedeckt wurden.

Er listete alle seine Feststellungen über die Fehlhandlungen Tüssens förmlich und beweiskräftig auf und wandte sich zwecks Klärung schriftlich an das Rechnungsprüfungsamt der Stadt. Gleichzeitig verschaffte er sich einen Termin beim Verwaltungsleiter des Jugendamtes und informierte ihn über den Tatbestand und sein Schreiben an das Rechnungsprüfungsamt. Als treuer Staatsbürger und Stadtangestellter sei es seine Pflicht gewesen, das Rechnungsprüfungsamt zu informieren. Er hoffe nicht nur auf Verständnis für seine Stellungnahme an die Behörde, sondern auf Unterstützung des Verwaltungsleiters. Dem Schmarotzertum im Jugendhaus und im Verantwortungsbereich des Jugendamtes müsse ein für alle Mal der Nährboden entzogen werden. Er könne Kindern und Jugendlichen keine Tugenden vermitteln, wenn diese im städtischen Jugendhaus nicht vorgelebt würden.

Der Verwaltungsleiter nahm die Angelegenheit zur Kenntnis und verabschiedete ihn, ohne sich zu äußern.

Wenige Wochen später wurde Tüssen in den endgültigen Ruhestand geschickt. Er wurde entlassen, ohne große Abschiedsfeierlichkeiten. Er wurde nicht bestraft oder strafrechtlich verfolgt, wie er es verdient hätte und wie es notwendig und rechtlich geboten gewesen wäre. Aber er musste das Jugendhaus verlassen. Die letzten Wochen vor seinem Abgang war Tüssen im Jugendhaus nicht mehr zu sehen.

Doch an seinem letzten Arbeitstag vernahm er im Kellergewölbe merkwürdige Geräusche, und als er nachschaute, woher sie kamen und was der Krach zu bedeuten habe, stieß er auf Tüssen.

Der alte Tüssen zerstörte voller Wut alle kostbaren Wertgegenstände aus Ton und Porzellan, die sich über die Jahre in Regalen und Vitrinen angesammelt hatten, indem er sie zu Boden warf, dass sie in Stücke zersprangen. Er trampelte wie Rumpelstilzchen zornrot und vor Wut bebend darauf herum. Er funkelte mit den Augen und schrie, er wisse wohl, wem er seinen Abgang zu verdanken habe und spuckte ihm seinen brennenden Zigarrenstumpen vor die Füße. Alles Wertvolle wolle er zerstören. Nichts solle verschont bleiben und an ihn, Tüssen, erinnern.

Er war sehr damit einverstanden, obwohl es ihm um die Kunstgegenstände leid tat.

Eine Liebeserklärung

2010 war er in Usbekistan. Auf einer Reise von Taschkent nach Samarkand traf er ein junges Mädchen. Sie diente ihm als Dolmetscherin und zeigte ihm viel. Sie war 18 Jahre, eine junge Usbekin vom Lande, so schön wie Milch und Blut, die Zöpfe schwarz geflochten.

Obwohl sie Studentin war in Taschkent, kannte sie das ländliche Leben der Bauern und Nomaden, die in Jurten lebten. Der Vater ist Hakim in einem Dorf. Auf der Fahrt nach Samarkand erzählte sie ihm eine Geschichte. Er begriff zuerst nicht, was das für eine Geschichte war und was sie ihm mit dieser Geschichte sagen wollte. Es war die Liebeserklärung einer Tochter an ihre Mutter.

Sie erzählte so: „Weißt du, was eine Frau ist? Was stellst du dir unter einer Frau vor? Schweig! Ich werde dir meine Frage beantworten: oh Frau! Wenn wir diesen Begriff hören, stellen wir uns eine Wolke vor, eine einzigartige Wolke, ein mit nichts zu vergleichendes Naturphänomen. Alle, die sie umgeben, zieht sie an, mit ihrer Weisheit und ihrer Möglichkeit der Weitsicht, die Dinge vorher zu bestimmen, sei es in der Familie, in ihrer Arbeit, Freizeit oder im sozialen Tun. In allen Dingen bleibt sie gelassen, bezaubernd, liebevoll, schön, weise, sanft, behutsam. Sie ist eine geliebte Person, eine Lady. Ich bin nicht besorgt dieses Wort zu benutzen, denn sie schwebt nicht im Himmel, sondern auf Erden und alle um sie herum benötigen sie. Ein usbekisches Sprichwort sagt: Das Paradies liegt zu Füßen der Frau. Alles, was lebt und wächst, liegt ihr zu Füßen: Männer, Kinder, Tiere,

Pflanzen knien nieder und verherrlichen sie. Gedichte werden geschrieben, Bücher gedruckt, Filme gedreht über die Frau. Eine Gesellschaft ohne Frau, ihre Leistungen und Handlungen ist nicht vorstellbar.

Sind ihre Darbietungen und allumfassende Freude in unserer Vorstellung erst einmal eingepflanzt und geboren, werden sie uns nie verlassen und begleiten uns unser ganzes Leben. Gleich wie viele Wörter über Frauen gesprochen wurden, es gibt keine Wörter, die sie umfassend beschreiben oder loben können, denn eine Frau ist ein Lebewesen, welches wir niemals zu Ende ergründen können. Was wird sie als Nächstes tun oder denken? Frauen sind unsere Oberhäupter, Erfinder und Heiler. Sie sind unsere Arbeiter, Geschäftemacher, Technologen, Gestalter, Unterstützer und sie sind unsere besten Freunde. Kurz gesagt, sie sind die Gärtner unseres Wachstums.

Ich möchte dir die Geschichte einer Frau erzählen, einer ungewöhnlichen Frau, die in meinem Dorf lebt und arbeitet. Stell dir ein kleines Dorf, weit abgelegen von einer großen Stadt vor und eine einfache Frau, die russisch lehrt an einer kleinen Schule. Ihre Stunden sind so interessant, dass jeder von ihrer ungewöhnlichen Begabung begeistert ist. In ihrer Kindheit wurde sie von einer russischen Lehrerin inspiriert, sodass sie den Wunsch verspürte, so sein zu wollen wie sie. In der damaligen Zeit war es schwer für eine usbekische Frau in ihrem eigenen Land eine Ausbildung zu bekommen. Aber sie war willensstark und sie erreichte es, dass sie in Russland studieren konnte. Es war sehr ungewöhnlich zu jener Zeit und kaum vorstellbar für ein einfaches Dorfmädchen im Ausland zu studieren. Viele Dorfmädchen neideten ihr Ansinnen und billigten ihr Tun nicht, weil sie sich über alte Gewohnheiten und Standards hinwegsetzte. Aber sie setzte sich durch und verließ ihre vertraute Umwelt, um in Moskau zu studieren. Nach ihrem Abschluss kehrte sie zurück und startete eine Karriere als Lehrerin an ihrer Dorfschule.

Sie war so schön und ihre Stunden waren von Beginn an so interessant, dass sie die Herzen ihrer Schüler im Sturm eroberte. Sie organisierte Kulturabende, auf die sich Kinder und Schüler mit Spielen und Aufführungen vorbereiteten und Lieder und Tänze lernten.

Mit einem Wort, sie vermittelte ihren Schützlingen die Schönheit der russischen und usbekischen Sprach- und Ausdrucksweise. Viele ihrer Schüler arbeiten heute nicht nur als Lehrer, sondern ebenso als Ökonomen, Ingenieure, Büroleiter, Doktoren oder einfach auf einer Farm in ihrem Dorf und sprechen sehr gut Russisch.

Ihre früheren Schüler besuchen sie oft, laden sie zu ihren Partys und Hochzeiten ein und beglückwünschen sie, wenn sie Ferien hat. Nicht nur ihre Schüler kommen, um ihre Hilfe zu erbitten, auch Erwachsene, die Probleme mit der Erziehung ihrer Kinder oder im Familienleben haben, erfragen ihren Rat. Sie hat immer Zeit. Sie lehrt in der Schule, in verschiedenen Kulturclubs, bei unterschiedlichsten Ereignissen, in den Ferien und vergisst nicht ihre eigenen Kinder aufzuziehen und sie mit Liebe zu beschenken, eine gute Frau zu sein und Mutter, ebenso wie sie ein weiser Berater der im Dorf lebenden Menschen ist.

Jedermann liebt sie und betrachtet sie als gebildete, sanftmütige und freundliche Frau ihrer Gemeinschaft. Sie ist keine ehrgeizige Frau, die nach Karriere trachtet, sie arbeitet einfach nur und erfüllt ihre umfassenden Pflichten und tut ihr Bestes, nützlich für jedermann, generell für alle Menschen da zu sein. Sie freut sich, von ihren Kindern, Ehemann und Verwandten geliebt und von allen Leuten respektiert zu werden.

Ich liebe und bewundere diese Frau, weil ich nicht nur ihre Tochter, sondern auch ihre Schülerin bin. Zuerst erweckte sie in mir meine Liebe zur usbekischen Sprache. Ich fing an meine Worte in Gedanken zu kleiden und schreibe Gedichte und Essays, die es mir erlauben an vielen Vorhaben teilzunehmen. Wie meine Mutter bin ich an Sprachen interessiert, aber im Gegensatz zu meiner Mutter wählte ich die englische Sprache. So nehme ich an unterschiedlichen, mit der Sprache verbundenen Projekten teil und meine Mutter ist meine große Unterstützerin. Dank meiner Mutter liebe ich alle Sprachen und die Literatur. Ich werde mein Ziel erreichen. Meine Mutter ist eine Frau, die erfolgreich einen Beitrag zum Aufbau ihrer Nation leistet und zu Entwicklungen und Fortschritt der ganzen usbekischen Gesellschaft. Sie ist es wahrhaft würdig „Frau" genannt zu werden. Ich bin stolz ihre Tochter zu sein."

Der Sandmann ist da

Damals, als es noch kein Fernsehen gab und er noch nicht in die Schule ging und auch den Kindergarten nicht besuchte und er noch klein war und früh ins Bett musste, weil der Vater müde nach Hause kam von der Arbeit auf dem Bau und nicht gestört werden wollte von seinen Kindern, erlaubte die Mutter ihm vor dem Schlafengehen das Sandmännchen im Radio zu hören.

Den ganzen Tag fieberte er auf diese Sendung hin, auf dieses fünfminütige Hörspiel: „Der Sandmann ist da". Die Inhalte dieser Sendung regten seine Fantasie an, verbanden ihn mit einer Märchenwelt, die für ihn real war, wie auch der Nikolaus, das Christkind und der Osterhase keine Fantasiegebilde waren, sondern Wesen, die sein Leben bereicherten und erträglicher machten in schwierigen Zeiten. Der Sandmann war sein Freund. Nach der Sendung wurde er von der Mutter ins Bett geschickt und er befolgte ihre Anweisung prompt, denn sie wies ihn darauf hin, dass der Sandmann kommen wolle mit seinem Säckchen voll Sand, man dürfe den kleinen Mann nicht warten lassen, denn er müsse vielen Kindern zu Diensten sein, ihnen Sand in die Augen streuen, damit sie schliefen und träumten.

Manchmal hatte er, wenn er erwachte, tatsächlich Sand in den Augen, kleine Körnchen, die er sich herausputzte. Aber manchmal hatte er keinen Sand in den Augen und er zweifelte, ob der Sandmann da gewesen war. Natürlich sei der Sandmann da gewesen, versicherte die Mutter, sonst wäre er nicht eingeschlafen. Das sei der Beweis. Der

Sand sei nicht immer nachweisbar. Nicht immer habe der Sandmann genug Sand, er müsse alle Kinder versorgen, und wenn er zu wenig Sand in die Augen streue, weil er haushalten müsse, dann spüre er den Sand nicht, den er morgens aus den Augen zu reiben trachte.

Aber wieso gab es den Sandmann, warum musste er seinen Dienst tun, warum schliefen die Kinder nicht, wenn er nicht kam, was war der Sandmann für ein Mann, was war seine Profession, so oft er die Fragen auch der Mutter stellte, sie wusste sie ihm nicht zu beantworten.

Nikolaus oder Sankt Martin waren gute, heilige Männer gewesen, die den Kindern, die brav waren, gute Gaben brachten. Das Christkind, Gottes Sohn, brachte Geschenke um Weihnachtsfreude zu vermitteln und der Osterhase war ein nützliches Tier, er ließ die Kinder Eier und Süßigkeiten suchen, um das Fest der Auferstehung zu bereichern.

Aber wer war der Sandmann? Die Mutter konnte ihm die Frage nicht beantworten. Und warum streute er den Kindern Sand in die Augen? Sand hatte doch keinen Wert, außer dass er, der Mutters Aussage zur Folge, den Schlaf brachte. Wusste sie so wenig über den Sandmann, weil dieser keine so vornehme und wichtige Funktion hatte wie die anderen Wesen? Der Sandmann brachte keine Süßigkeiten und Geschenke, nur den Schlaf, obwohl die Kinder oft noch gar nicht schlafen wollten, mittels einfacher Sandkörnchen, die millionenfach zu finden waren. Sandkörner hatten keinen Wert, die gab es wie Sand am Meer.

Erst neulich kam ihm eine Ahnung, was die Profession des Sandmannes ist und seine aktuelle Existenz begründet.

Es gab in früheren Zeiten Berufe, die waren so arg schlimm mit niederem Status, dass selbst die, die sie ausübten, kaum darüber sprachen, geschweige denn in der Lage waren, etwas darüber aufzuschreiben. Zu diesen Berufen gehörte der Sandmann, dessen Funktion in Vergessenheit geriet, weil man darüber nicht sprach und darüber nichts lesen konnte. Sandmänner waren Tagelöhner, auch Frauen und Kinder, die Sand gruben, fein mahlten und ihn als Scheuersand verkauften. Das ist viele, viele Jahre her. Man wischte samstags mit den Sand Stuben und Dielen, lief darauf herum um ihn am Abend mitsamt dem Dreck auszukehren. Auch für andere Dinge wie das Reinigen von Gefäßen benutze man den Scheuersand. Ein angenehmer Beruf war der Beruf des Sandmannes nicht, er wurde nur von den Ärmsten der Armen ausgeübt. So wie der Sand den Boden scheuerte, so rieb er auch die Haut der Tagelöhner wund und er rieselte in ihre Augen, die rot anliefen und sich entzündeten. Die Sandmänner zogen los, um ihren Sand zu verkaufen. Man hörte sie vor hundert Jahren noch auf den Straßen rufen: „Der Sandmann ist da! Er hat so schönen weißen Sand, ist allen Kindern wohlbekannt."

Mit dem Aufkommen anderer Putzmittel verschwand allmählich der Beruf des Sandmannes.

Aus dem bösen Sandmann, der die Kinder bestrafte, die nicht schlafen wollten und sich die Augen rot rieben, wurde durch den Volksmärchenautor Christian Andersen der gute Sandmann, der den Kindern abends süße Milch anbot, um die Augen zu benetzen.

Daraus wurde der gute Sandmann, der guten Traumsand streute, wie die Mutter einst kundtat und dem er im Westradio mit Begeisterung lauschte.

Im östlichen Teil Deutschlands verfolgten die Kinder auch gebannt den Sandmann. Er war Kultfigur im DDR-Fernsehen. Das ist verständlich, denn er war ja ein Proletarier.

Mitten in Europa

Sein erstes Zusammentreffen mit Katja aus Brest war im August 2007. Sie war Mitglied einer belarussischen Jugendgruppe, die mit weiteren Jugendgruppen aus anderen Ländern an einem Mediencamp in Deutschland teilnahm, das durch seine Einrichtung in der Westfalenstadt organisiert wurde. Sie war Aktivistin einer belarussischen Oppositionsgruppe, aber das wusste er damals noch nicht.

Es soll hier nicht die Geschichte seines Zusammentreffens mit Katja erzählt werden, nicht die Geschichte ihres gemeinsamen Kennenlernens, ihres gemeinsamen Weges in den folgenden Jahren. Diese Erzählung ist noch nicht zu Ende und vielleicht wird daraus ein Roman.

Aber bestimmte Ereignisse machen es erforderlich mit einem Kapitel vorzugreifen. Ereignisse, die sich mitten in Europa, in Belarus, abspielen. Ereignisse, die uns nicht oder wenig berühren, weil wir uns nicht betroffen oder angesprochen fühlen. Wir wissen nichts oder wollen nichts über diese Ereignisse wissen, weil wenig darüber berichtet wird. Was wir nicht wissen, darüber brauchen wir nicht nachzudenken, das entzieht sich unserer Kenntnis, unserem Alltag, das berührt uns nicht, denn wir haben unsere eigenen und andere Sorgen.

Aber diese Ereignisse finden in Europa, in unserer Nachbarschaft, statt. Wenn man die Menschen fragt, was sie über diese Ereignisse wissen, dann sagen sie, wir wissen nichts über diese Ereignisse. Und wenn sie doch etwas gehört oder gelesen haben, dann wissen sie das Geschehen nicht einzuordnen.

Diese hier geschriebene Geschichte greift einer möglichen größeren Geschichte vor.

Es ist eine kleine Geschichte über eine junge Frau, die sich im Oktober 2007 auf eine europäische Friedensdemonstration freute und vorbereitete und stattdessen im Gefängnis landete.

Anfang 2008 kam Katja nach Deutschland. Er hatte sie eingeladen, sie absolvierte ein freiwilliges europäisches Jahr in seiner Einrichtung. Trotz der Sprachschwierigkeiten, sie sprach weder Deutsch noch Englisch, verstanden sie sich gut. Sie lernte schnell. Schon bald war sie der deutschen Sprache mächtig. Nach dem freiwilligen Jahr arbeitete sie als Au-pair und besuchte freiwillig ein Abendgymnasium, um ihre allgemeinen Kenntnisse zu erweitern. Den Sprachkursus, den sie zur Ermöglichung eines Studiums an der Universität besuchte, bestand sie mit Auszeichnung. Die Abschlussprüfung des Lehrgangs, Anfang 2009, beinhaltete ein Referat, welches sie vor ihren Mitschülern in deutscher Sprache vorzutragen hatte. Sie referierte über das politische Geschehen in Belarus und dessen Präsidenten Lukaschenko. Vieler ihrer Mitschüler hörten zum ersten Mal davon:

„Der Präsident von Belarus ist Alexander Lukaschenko, wie Sie vermutlich aus den Medien schon alle wissen. Er wird als letzter Diktator Europas bezeichnet, weil seine Regierung undemokratisch ist. Aber warum? Wie ist der Diktator an die Macht gekommen? Wurde er nach demokratischen Prinzipien gewählt oder war das ein Putsch?

Der Zusammenbruch des Sowjetimperiums 1991 traf die belarussische Sowjetrepublik unvorbereitet. Innersowjetische Wirtschaftsbeziehungen wurden plötzlich zu Export- und Importbeziehungen. Es gab eine große Krise. Die Industrieproduktion schrumpfte um die Hälfte. Eine Hyperinflation von 2000 Prozent traf das Land. Das Einkommen der Bevölkerung sank um 40 Prozent. Belarus war und blieb abhängig von Rohstoff- und Energielieferungen aus Russland. Viele Staatsbetriebe wurden geschlossen.

Die Menschen verloren ihre Arbeit. Die Bevölkerung fühlte sich im Stich gelassen. Die neue politische Elite operierte vor der Präsidentschaftswahl vor der Bevölkerung mit Begriffen wie Freiheit und Demokratie und versprach eine neue Identität durch die Wiederentdeckung und Förderung der belarussischen Sprachkultur. Welche Bedeutung hatten diese Begriffe für das Volk, das nicht genug Geld hatte für Brot? Was hieß Demokratie für sie? Wussten sie überhaupt, was das ist? Natürlich nicht. Die Bevölkerung war enttäuscht von den Umwälzungen und wollte eine „starke Hand". In dieser Lage tauchte Lukaschenko auf. Er war überall im Land, er sprach mit den Leuten in „ihrer Sprache". Er versprach ihnen Ordnung, Arbeit und Kampf gegen Korruption. Menschliche Aspekte und Nähe spielten eine nicht unwichtige Rolle. Lukaschenko gehörte nicht zur ehemaligen Elite, sondern er kam aus einer kleinen Stadt, wo er als Leiter einer staatlichen Kolchose beschäftigt gewesen war. Die Menschen dachten: „Das ist doch einer von uns! Wir wählen einen von unseren Leuten!" Und so gewann er die Wahl mit 80% der Stimmen. Offiziell ist Belarus eine Präsidialrepublik. Lukaschenko verbesserte das

Lebensniveau in den folgenden Jahren seiner Amtszeit deutlich. Aber wie? War das ein „Wirtschaftswunder", wie er behauptet? Nein. Er organisierte ein Programm der wirtschaftlichen Integration mit dem Nachbarn Russland. Der Preisnachlass und die Lieferung von billigem Öl und Gas erhöhten das Lebensniveau der Belarussen. Der Regierungsstil Lukaschenkos war von Anfang an autoritär. Schon nach zwei Jahren seiner Präsidentschaft weitete er mit einem Verfassungsreferendum seine Kompetenzen aus. Die Ergebnisse des Referendums waren gefälscht und wurden international nicht anerkannt. Dann löste Lukaschenko das Parlament sowie das Verfassungsgericht auf. Er verlieh sich das Recht, Verordnungen mit Gesetzeskraft zu erlassen. Als nächster Schritt wurde Russisch neben Belarussisch als zweite Amtssprache wieder eingeführt. Die belarussische, weiß-rot-weiße Flagge ersetzte er durch das alte Symbol der Sowjetherrschaft.

Die Menschen, die mit seiner Regierung nicht einverstanden waren, protestierten. Im Jahr 1996 gingen in Minsk 100.000 Menschen auf die Straße. Im Vergleich dazu im Jahr 2006 nur 40.000 Menschen. Warum kämpfen immer weniger Menschen für ihre Rechte, für Freiheit? Vielleicht sind doch alle zufrieden? Nein. Zufrieden sind nur die Rentner, die ihre geringe Rente rechtzeitig bekommen, auch wenn es nur 100 € sind. Auch die Staatspolizei ist zufrieden. Diese Menschen haben meist ein geringes Bildungsniveau: Sie hatten keine Möglichkeit, Karriere zu machen. Lukaschenko gab ihnen Arbeit und Brot. Auch die Besserverdiener sind zufrieden. Sie stehen dem Regime nahe. Sie sind damit zwar am wenigsten frei, aber sie verdienen am System. Man kann sagen: „Wer den Wohlstand liebt, muss auch Lukaschenko lieben."

Große Teile der Bevölkerung, die in den letzten Jahren jeden Tag ärmer wurden und ihren bescheidenen Lebensstil nicht mehr halten können, sind unzufrieden. Aber die Menschen haben Angst und erlauben sich nur unter vorgehaltener Hand Kritik zu üben. Viele sind auch an einen autoritären Führungsstil gewöhnt, der Präsident ist ein Monarch, dem sie gehorchen müssen. Aber nicht alle Bürger sind so. Diejenigen, die Kritik gegen den Diktator üben, werden jedoch grausam bestraft. Sie verlieren ihre Arbeitsplätze, dürfen nicht mehr studieren, werden gefangen genommen oder verschwinden sogar und werden vermisst, wie viele oppositionelle Personen im Laufe der 1999er und 2000er Jahre. Bis jetzt sind diese Fälle nicht angemessen untersucht und aufgeklärt worden. Spuren in einem Untersuchungsbericht des Europarates führen direkt in die Präsidialadministration.

Die Medien sind staatlich. Unabhängige Journalisten werden immer wieder erpresst und bestraft, ihre Laptops werden ihnen weggenommen und die Wohnungen und Büros durchsucht. Bei Demonstrationen werden sie oft wie ihre Mitstreiter gefangen genommen und geschlagen. Es besteht nur außerparlamentarisch eine Opposition, weil die oppositionellen Parteien keinen Zugang zum Parlament haben. Die Wahlen werden manipuliert. Nach der Parlamentswahl 2008 bekam die Opposition keinen einzigen Sitz im Parlament. Und die Ergebnisse der Kommunalwahl, jetzt im Jahr 2010, sprechen für sich: von 21.000 gewählten lokalen Abgeordneten sind nur neun Personen Vertreter demokratischer Parteien.

Es herrschen immer noch KGB-ähnliche Strukturen im Land. Der Geheimdienst verfolgt und unterdrückt die Kritiker. Die Haftbedingungen kann man als Folter bezeichnen. Jeder Widerstand wird bestraft. Jeder! Und deswegen wagen es immer weniger Menschen für die Freiheit zu kämpfen.

Da alle Medien staatlich sind, wird in den Nachrichten über ein „belarussisches Paradies" berichtet, das uns unser Präsident geschaffen hat. Auch auf den Straßen sieht man immer wieder Plakate mit freundlichen und glücklichen Gesichtern unter dem Motto „für Belarus", „für ein unabhängiges Belarus".

Belarus ist immer noch der einzige Staat in Europa, der die Todesstrafe praktiziert. Die Personen werden heimlich hingerichtet, was internationale Verpflichtungen verletzt, die Belarus unterschrieben hat. Auch die Verwandten der Verurteilten dürfen nicht informiert werden, wo und wann diese Personen erschossen und begraben wurden. Die Todesstrafe erfolgt oft auf der Grundlage unklarer und ungerechter Gerichtsverhandlungen und Urteile. Im November 2009 wurden zwei belarussische Bürger zum Tode verurteilt, obwohl das UNO-Menschenrechtskomitee verlangte, diese Urteile nicht zu vollziehen. Bis ein Komitee die Fälle untersuchte, waren die beiden Männer bereits tot.

Lukaschenkos zentralistische, undemokratische Politik führt zu einer Isolation des Landes. Freie Marktwirtschaft und Eigeninitiative der belarussischen Bürger gibt es weder in der belarussischen Landwirtschaft, noch in der Industrie. Grund und Boden gehören dem Staat. Freundschaftliche, internationale Beziehungen werden lediglich zum Iran, zu Nordkorea, Venezuela, China und Kuba unterhalten.

Seit 2008 spricht man in der EU über eine demokratische Wende in Belarus. Aber welche Wende? Da

Alexander Lukaschenko keine verbilligten Öl- und Gasbelieferungen von Russland mehr bekommt, versucht er neue Mittel für Investitionen zur Modernisierung der belarussischen Staatswirtschaft durch die EU-Staaten zu bekommen. Aber es gibt ein Problem: die zwölf Forderungen der EU, u.a. freie Wahlen und die Entlassung aller politischen Gefangenen. Infolge dessen entließ Lukaschenko viele politische Gefangene und erfüllte damit eine von zwölf Forderungen der EU. Es wurden sogar zwei oppositionellen Zeitungen und die Bewegung „Für Freiheit" eines Führers der Opposition, Alexander Milinkjewitsch, erlaubt. Die EU ließ sich täuschen und sah eine demokratische Wende und lud Belarus zu einer östlichen Partnerschaft ein. Die EU wollte mit dem Diktator in einen Dialog treten und so Veränderungen bewirken. Aber es kann keinen Dialog geben, weil der Diktator nur an der Macht bleiben will. Er trägt die Verantwortung für die Leiden der Menschen, deren Rechte seit 1994 verletzt werden.

Ja, er hat politische Gefangene entlassen, aber es gibt neue Gefangene. Aktuell wurden vier politische Aktivisten verhaftet und bis zu fünf Jahren Haft verurteilt. Eine junge Frau wurde wegen staatsfeindlicher Aktivitäten von der Universität exmatrikuliert. Sergey Kowalenka, der eine traditionell belarussische Flagge an seinem Weihnachtsbaum angebracht hatte, wurde zu zwei Monaten Haft verurteilt. Das ist die „Demokratisierung" Lukaschenkos. Und die letzte „demokratische" Wende vom letzten Diktator Europas ist der Beschluss eines Präsidentenerlasses zur Ausweitung der Internetzensur vom 1. Februar 2009. Schon bald, entweder Ende des Jahres 2010 oder Anfang 2011, finden Präsidentschaftswahlen in Belarus statt. Die Ergebnisse werden vom Regime wieder gefälscht."

Am 6. September 2010 las er eine Notiz in den Westfälischen Nachrichten:

„Weißrussischer Kritiker tot gefunden
Minsk. Der mysteriöse Tod eines oppositionellen Publizisten sorgt im autoritär regierten Weißrussland für Aufregung. Regierungsgegner widersprachen der Version der Staatsanwaltschaft, der Betreiber der wichtigen oppositionellen Internetseite charter97.org habe Selbstmord begangen. Der 36-jährige Oleg Bebenin war in seinem Wochenendhaus bei Minsk erhängt gefunden worden. In Weißrussland sollen im kommenden Monat Präsidentenwahlen abgehalten werden. Bebenin habe für ein demokratisches Weißrussland gearbeitet, sagte der Präsident des Europäischen Parlaments, Jerzy Buzek. Er forderte die Behörden auf, das „Ereignis" aufzuklären. In der Vergangenheit hatte es in der von Präsident Alexander Lukaschenko mit harter Hand regierten Ex-Sowjetrepublik immer wieder rätselhafte Todesfälle von Bürgerrechtlern gegeben. „Ich glaube nicht an Suizid", sagte der oppositionelle Präsidentschaftskandidat Sannikow."

Er erinnert sich an Katjas Notizen, die sie nach ihrer Rückkehr vom Mediencamp nach Belarus im Oktober 2007 im Gefängnis niederschrieb und ihm nach ihrer Entlassung in russischer Sprache zuschickte. Freunde übersetzten den Text für ihn. Sie war am 10.10.2007 auf offener Straße verhaftet worden. Seine 20-jährige Bekannte Katja, seine Freundin Katja, war verhaftet worden. Sie hatte begonnen Deutsch zu lernen und wollte auf seine Einladung hin nach Deutschland kommen. Sie hatte ihm imponiert durch ihre Intelligenz, ihr kluges Wesen, ihre schöne Gestalt, ihr Lachen, ihre lebendigen Augen. Er hatte sie eingeladen ein europäisches Freiwilligenjahr zu absolvieren, dem System den Rücken zu kehren. Jetzt war sie verhaftet worden. Was war geschehen?

Er hatte große Angst, als er ihre SMS erhielt, am 10.10.2007, auf dem Rückweg mit Freunden von einem Schachkampf. „Ich bin verhaftet worden...", eine Nachricht, die dann abbrach, ihn maßlos entsetzte und in Tränen ausbrechen ließ. Er versuchte vergeblich Informationen zu erlangen, bis Freunde aus Polen in Erfahrung brachten, was passiert war und ihm berichteten, was Katja ihm später als Erlebnisbericht schrieb:

„Erfahrungen eines Mädchens, die sich auf eine europäische Demonstration, aber nicht auf ihre Verhaftung vorbereitet hatte:

Katja Melnik und Jurik Bakur wurden am 10.10.2007 um 19:50 Uhr auf dem Mascherava Platz verhaftet. Sie verbrachten die Nacht in der Isolationszelle. Die Gerichtsverhandlung leitete Richter Berazjuka.

Aus der Aussage von Jurij:

‚Wir gingen spazieren. Dann kam ein in Zivil gekleideter Mann und sagte, er sei ein Polizeibeamter. Wir haben sofort die Mutter und die Schwester von Katja angerufen. Sie waren nicht weit von uns einkaufen. Sie und weitere Polizisten kamen. Wir wurden anschließend zu einer Polizeiwache gefahren, dort wurden die Protokolle verfasst. Ich verlangte einen Rechtsanwalt. Mit dem Inhalt des Protokolls und dem Grund meiner Verhaftung wurde ich nicht richtig vertraut gemacht. Mit wurde nur gesagt, dass ich als Hooligan festgenommen wurde'.

Aus der Aussage der Mutter von Katja:

‚Katja hat mich angerufen und gesagt, dass sie auf der Straße von einem Unbekannten festgehalten werden. Ich ging sofort dahin. Da kamen schon ein Polizeiauto und weitere Polizeibeamte. Sie nahmen Katja und Jurij mit. Katja und Jurij schimpften nicht und stritten nichts ab. Ich fuhr hinterher. Vor Ort wurde mir gesagt, dass die Verhaftung eine prophylaktische Maßnahme sei und mit den beiden nur gesprochen werde, trotzdem wurden sie nicht freigelassen und blieben in Haft bis zur Gerichtsverhandlung. Vorwurf: grober Unfug'.

Aus der Aussage des Polizisten Pischkin:

‚Als wir die beiden auf der Straße angesprochen haben und versuchten sie festzuhalten, schrien die Verdächtigen: „Wir haben nicht das Jahr 1937. Das ist politische Verfolgung", und sie beschimpften uns. Für dieses Verhalten verurteilte das Gericht Katja zu fünf Tagen Haft. Jurij bekam zehn Tage. Grund: Widerstand gegen die Staatsgewalt in Zusammenhang mit einem „Europäischen Demonstrations-Marsch'.

‚Halt! Mit dem Gesicht zur Wand!', brüllte ein Unbekannter in Zivil, während er Jurij und mir näher kam. ‚Wer ist das? Was soll das?', fragte ich mich verwundert. Wir baten den Mann sich vorzustellen. ‚Ich bin Polizist!', antwortete der Mann. Ausweisen, das er ein Polizist ist, wollte er sich nicht. Aus diesem Grund wollten wir gehen, aber daraufhin versperrte uns der angebliche Polizist immer wieder den Weg und nahm meinen Begleiter Jurij in die Zange. Wir wollten den Grund unserer Festnahme wissen.

‚Ihr habt blaue Bändchen und Aufkleber an Fallrohre geklebt. Ich habe euch dabei beobachtet. Ihr seid deshalb verhaftet.' Wir hatten wirklich blaue Bändchen aufgehängt. Blaue Bändchen sind für uns ein Zeichen für die Wertschätzung der europäischen Werte. Ist das etwa ein Verbrechen? Ich rief meine Mutter an, Jurij seinen Anwalt. Der Mann in Zivil rief die Polizei an. Als erstes traf Jurijs Anwalt ein. Mit dem Erscheinen meiner Mutter und Schwester brausten gleichzeitig zwei Polizeiautos voller Polizisten an.

Damit begann das Theater der Verhaftung zweier gefährlicher Verbrecher, die ein blaues Bändchen an Fallrohre gehängt hatten. Das flatternde Bändchen wurde von der Einsatztruppe, die aus sechs Beamten bestand, untersucht. Anschließend wurde am Tatort alles akribisch fotografiert. Später gesellten sich zwei weitere Polizisten hinzu, die an der Verhaftung teilnehmen wollten. Meine Mutter versuchte die Namen der Beamten herauszubekommen, aber vergeblich. Meiner Mutter wurde empfohlen nach Hause schlafen zu gehen und sich auszuruhen. Was für eine „nette" und „fürsorgliche" Polizei wir doch haben.

Sie schleppten Jurij und mich zu ihrem Auto und fuhren mit uns zum Polizeipräsidium. Ich hatte keine Angst, sondern war erstaunt und fragte mich: wozu das Ganze?

Auf der Polizeiwache wurden Jurij und ich in verschiedene Räume gesperrt. Als ich von einem Beamten verhört wurde, führte niemand Protokoll. Als der Beamte herausging, kam ein gut gelaunter Zivilist herein. ‚Ich habe mit dem Polizeiapparat hier nichts zu tun', lächelte er loyal. ‚Ich bin hier vorbeigekommen, um den Vorgang schriftlich zu fixieren. Was war los? Habt ihr Aufkleber geklebt? Du kannst es ruhig zugeben. Keiner wird etwas erfahren. Ich bin nicht gegen euch!'

‚Wir haben nichts geklebt!', antwortete ich. Als der Beamte zurückkam, sagte er zu dem Zivilisten: ‚Lass es, sie hat schon verstanden'.

Der Mann in Zivil bezeichnete unsere Handlungen als Blödsinn und ging weg. Der Polizist und ich schwiegen uns lange Zeit an. Da ich nicht vorhatte, mit diesem Bediensteten des Systems den Rest meines Lebens zu verbringen, forderte ich einem Anwalt. Mir wurde vorgeschlagen, ohne Anwalt und Protokoll zu reden. Ich bestand auf einen Anwalt und die Klärung meiner Rechte.

Der Beamte sagte nur: ‚Du hast zu viele amerikanische Krimis gesehen. Bei uns ist noch alles wie früher.' Ich weigerte mich irgendwelche Aussagen ohne Protokoll zu machen. Eine Stunde später – vielleicht auch länger – überreichte man mir ein Papier, auf dem meine Rechte geschrieben waren. Dann fing eine Belehrung an, dass das Ganze hier kein Spaß wäre, dass ich selbst an meinem Schicksal Schuld trage, dass ich das gleiche Schicksal erleiden würde wie ein Freund von mir, der vor 15 Tagen verhaftet wurde und niemals eine Ausbildung machen könne, falls ich mich nicht einsichtig zeige. Ich sei eine Idiotin, die ihr Leben selbst kaputt mache, meinte der Beamte. Es gäbe aber noch eine Chance: ich solle mir alles noch mal überlegen und ehrlich sagen, dass ich meine schlimmen Taten bereue und versuchen werde, alles rückgängig zu machen. Ich sollte in Zukunft freiwillig für die Polizei arbeiten und ihr Informationen liefern.

,Ich sehe keinen Sinn, dieses Gespräch weiter zu führen', unterbrach ich den Polizisten. Komischerweise beeindruckte mich der Polizeibeamte nicht, ich hatte keine Angstgefühle, ganz im Gegenteil, mir kam alles lustig vor.

Nachdem der Beamte verstanden hatte, dass eine weitere Unterhaltung keinen Sinn ergab, verließ er das Zimmer. Jurij und ich blieben drei weitere Stunden auf der Wache. Dann erfolgte eine Leibesvisitation. Es wurden Fingerabdrücke von mir genommen und Videoaufnahmen gemacht. Das alles kam mir immer noch lustig und komisch vor. Ich forderte, mich mit dem Protokoll bekannt zu machen, falls ein Protokoll existierte. Die Antwort lautete, dass die Kenntnisnahme des Protokolls unnötig sei und meine Unterschrift unter dem Protokoll bedeutet nichts. Ich konnte nicht glauben, dass das, was sich hier abspielte, kein Film war, sondern bittere Realität. Aber ich war Sieger in diesem Kampf. Danach wurde mir eine Zelle im Keller als Zimmer angeboten mit einer mehrstöckigen Holzpritsche, auf der ich schlafen sollte. Bettwäsche gab es nicht. Es gab eine klebrige Matratze, eine dreckige Decke und einen verschmutzten Klumpen als Kissen. Das Licht in der Zelle war schwach. In der Mitte stand ein Tisch. Die Toilette befand sich an der Tür, ein ganz kleines Fenster darüber. Man konnte merken, dass die Zelle nie gelüftet wurde. Es war unmöglich zu atmen, der Gestank war bestialisch. Auf dem Tisch lag eine Schachtel Zigaretten Fort. Auf den Betten schliefen noch drei Frauen. Eine von ihnen stand auf, nahm eine Zigarette und rauchte sie im Halbschlaf.

Ich bin auf das oberste Bett geklettert. In der Zelle war es feucht, schmutzig und kalt. Ich war sehr durchgefroren, mir klapperten die Zähne, mein Körper tat weh, weil das Bett sehr unbequem war, ich konnte mich kaum bewegen. Ich konnte nicht schlafen. Ich dachte, die Nacht geht nie zu Ende. Um sechs Uhr morgens stand ich auf und wartete auf die Gerichtsverhandlung. Ich hoffte, mich dort ein wenig aufwärmen zu können. Mir war immer noch sehr kalt. In den letzten Stunden war mir erst richtig bewusst geworden, wo ich hier hineingeraten war. Ich weinte bitterlich. Es war klar, dass ich an diesem Tag nicht mehr nach Hause kommen würde. Dennoch hatte ich tief in meinem Herzen noch einen Funken Hoffnung, dass ich doch freigelassen würde, aber die Hoffnung war sehr schwach. Der Gedanke, dass ich in diesen Horror nach der Gerichtsverhandlung zurückkehren sollte, stimmte mich unendlich traurig.

Ich dachte: Ich will hier nicht zurück! Ich kann es nicht! Die Zeit verging sehr langsam.

Was mache ich hier? Warum tun sie mir das an? Warum?

Ich konnte keine Antwort finden und wollte weinen, aber ich wollte nicht zeigen, dass es mir schlecht ging. Ich entschloss durchzuhalten und schaffte es. Als die Polizisten mich abholten, lächelte ich. Der Polizist starrte mich erstaunt an und fragte: ‚Warum lächelst du? Du solltest doch weinen, wie alle anderen!' Ich antwortete stolz: ‚Warum soll ich denn weinen? Ich bin keine Verbrecherin. Ich habe meine Rechte und Anstand. Ich werde das Urteil mit Ehre und Würde ertragen! Diktatur ist Diktatur!'

‚Schön', antwortete er erstaunt.

Ich stand weiter unter psychischem Druck. In dem Auto für Strafgefangene wurde ich in einen kleinen Käfig gesteckt. Er war dunkel. Kein Licht drang durch die stabilen Wände. Die eiserne Tür hinter mir fiel zu und es wurde ein Riegel vorgeschoben. Dunkelheit. Ich versuchte meine Hand zu erkennen, aber es ging nicht. Ich wurde wie ein gefährlicher Verbrecher behandelt. Als wir im Gerichtsgebäude ankamen, wurde ich wieder in eine kleine Zelle gesperrt, die etwa einen Quadratmeter groß war. Im Unterschied zur Zelle im Auto gab es hier ein bisschen Licht. Nachdem die Tür hinter mir zufiel, setzte ich mich auf den Fußboden und versuchte, die Beine auszustrecken. Das war nicht möglich. Ich drehte mich nach links und rechts, doch das war sehr unbequem. In der Tür gab es einen Spion, durch den mich in regelmäßigen Abständen ein aufmerksames Auge beobachtete. Ich saß etwa vier Stunden in dem geschlossenen kleinen Raum. Das beeinträchtigte meinen psychischen Zustand enorm und ließ mich zittern. Meine Nerven versagten. Ich hatte gestern um zwölf Uhr zuletzt Nahrung zu mir genommen. Seitdem gab es keine Gelegenheit zu essen. Es interessierte niemanden.

Ein Handy hatte ich bei mir versteckt. Meine Freunde und Verwandten riefen mich an. Sie unterstützten mich sehr und versuchten mich zu trösten. Sie sagten, dass ich bestimmt freigelassen würde und dass das Gericht eine gerechte Entscheidung treffen würde. Möglicherweise würde ich eine Geldbuße bekommen. Ich wollte auch so denken, aber tief im Herzen spürte ich, dass es nicht so sein würde.

Als ich mir vorstellte, dass ich in die Hölle dieses Gefängnisses zurückkehren müsse, brannte mein Herz. Ich weiß nicht, wie man das auf Deutsch sagt, auf Russisch bedeutet es, dass mir ganz schlecht war. Ich war traurig und verzweifelt.

Ich wollte unbedingt tapfer bleiben und keine Schwäche zeigen. Also habe ich aus der Tasche etwas Schminke und ein blaues Bändchen geholt. Ich legte so gut es ging mein Make-up auf und in die Haare habe ich mein blaues Bändchen eingebunden. Ich wollte gut und sorglos aussehen, damit keiner meinen schlechten geistigen Zustand erkannte. Ich hatte eine Nagelfeile, und wenn ich das Schluchzen nicht zurückhalten konnte, bearbeitete ich meine Fingernägel, um mich abzulenken. Ich wusste immer noch nicht, was mir zur Last gelegt wurde. Sollte der Grund das Aufhängen eines blauen Bändchens sein? Es gibt kein Gesetz, was das Aufhängen eines blauen Bändchens verbietet. Natürlich konnte das Bändchen kein Grund zur Verurteilung sein. Sie klagten uns an, Jurij und ich sollen die Beamten übel beschimpft haben. Dieser Grund wurde schon oft gegen andere Freunde und Verhaftete benutzt. Das erfuhr ich von meiner Mutter. Wegen eines Bändchens kann man in unserem demokratischen Land nicht in den Knast kommen, aber wegen gesetzeswidrigem Geschimpfe wohl, das erlauben die Zensurgesetze. Ein passender Paragraf dafür scheint nicht schwer zu finden zu sein.

Zunächst wurde Jurij zur Verhandlung abgeholt. Nach einer Stunde kamen sie, um mich abzuholen. Vor dem Gerichtssaal saßen meine Mama, meine Freunde, meine Schwester, einige Menschen kannte ich nicht. Sie waren da, um mich zu unterstützen, ich war sehr dankbar. Ich lächelte und erweckte den Anschein, als sei alles in Ordnung mit mir. Die Unterstützung der Freunde berührte mein Herz sehr. In der Nähe standen die Polizisten, die ich von gestern kannte. Sie mussten gegen mich aussagen. Zuerst richteten sie Jurij, danach mich. Drei Milizen traten als Nebenkläger auf. Ich war Zeugin bei Jurij. Meine Mutter und Schwester waren meine Zeugen. Die Polizisten hatten sich nicht gut vorbereitet. Ihre Aussagen stimmten nicht überein. Es schien so, als hätte einer von ihnen ein schlechtes Gewissen. Er sprach undeutlich. Aber ein strenger Blick des Richters genügte das Subjekt des Systems zu überzeugen alles zu sagen, was es sollte und musste. Das System funktionierte. Wir wandten uns an die Polizisten und forderten sie auf, sie sollten nicht gehorchen, sie sollten die Wahrheit sagen. Aber Befehl war für sie Befehl!

Befehle werden befolgt in diesem Staat, nicht angefochten. Der Richter schien es eilig zu haben. Bürgerrechtler werden nicht angehört. Unserem Anwalt wurde nicht die Möglichkeit gegeben, ein abschließendes Plädoyer zu halten.

Jurij bekam zehn Tage.

Ich konnte mich nicht mehr zurückhalten. Die Tränen flossen viel und schnell, sodass ich es nicht schaffen konnte, sie alle abzuwischen. Ich versuchte, mich zu beruhigen. Nebenan saß meine Mama, sie nahm meine Hand und hielt sie. Es war unmöglich, die Tränen zu stoppen. Albtraum.

Die Gerichtsverhandlung gegen mich begann. Der Richter beeilte sich, er schien gleichgültig, alles ging doppelt so schnell wie bei Jurij.

Schuldig. Fünf Tage Haft. Mir war schwindelig, ich versuchte mich aufrecht zu halten. Ich hörte Schreie aus dem Saal: ‚Schande!' Meine Mama schrie ebenso. Diese

Worte der Unterstützung berührten mein Herz. Ich hörte: ‚Katja halte durch! Katja, du bist stark!‘

Ja ich bin stark, dachte ich, aus irgendeinem Grund fühlte ich aber keine Kraft. Mir ging die ganze Zeit nur durch den Kopf: Ich will nicht mehr dorthin, dort ist es kalt, schmutzig und abartig. Ich hörte wieder einen Schrei. Ein Mann schrie: ‚Schande!‘ Danach habe ich ein bisschen Kraft empfunden und schrie: ‚Es lebe Belarus!‘ Als Antwort hörte ich: ‚Es lebe! Es lebe!‘

Nach der Gerichtsverhandlung ging es wieder ins Auto für Strafgefangene, sie fuhren mich zum Gefängnis. Auf dem Weg telefonierte ich mit meiner Mama und Freunden. Ich hatte schreckliche Kopfschmerzen, ich zitterte, ich versuchte mich nicht zu beruhigen, ich ließ meinen Tränen ihren Lauf. Mir ging es nicht nur geistig schlecht, sondern auch körperlich. Alles tat mir weh, ich hatte Unterleibs- und Bauchschmerzen. Das waren die Folgen der Nacht im eiskalten Keller, meine kranken Nieren erinnerten sich an das ganze Geschehen. Wir erreichten das Gefängnis, ich bat um einen Arzt, ich zitterte, ich fühlte, dass ich Fieber hatte.

Die erste Hilfe kam, ich hatte hohes Fieber und Schmerzen. Die Ärztin wollte mich in ein Krankenhaus überweisen, aber der Beamte sagte, ich sei gesund. Sie war einverstanden, schwieg. Angst, Angst vor der Macht, vor der Gewalt, die überall herrscht. Angst überall: im Gerichtswesen, im Gesundheitswesen. ‚Nimm mal eine Schlaftablette und schlaf ein‘, sagte die Ärztin.

Dieses Mal wurde ich in eine andere Zelle gesperrt. Als die Tür geöffnet wurde, hatte ich dasselbe Bild vor Augen: den schrecklichen Geruch, den Rauch. Am Tisch saß eine Frau mit kurzen Haaren und las eine Zeitung.

Ich war zunächst erschrocken, aber der Polizist sagte der Frau, dass ich ein normales Mädchen sei und dass sie mich nicht kränken dürfe, ich beruhigte mich ein bisschen. Danach wurden noch zwei Frauen aus meinem gestrigen Zimmer hereingebracht. Sie fingen an, über sich und ihr Leben zu erzählen. Zunächst hörte ich ihnen zu, danach bin ich durch ihre monotonen Stimmen eingeschlafen. Zum Glück hatte ich von meinen Verwandten einen sauberen Schlafsack bekommen – der war ganz warm und kuschelig. Um sechs Uhr morgens mussten wir aufstehen. Der Tag verging irgendwie. Ich saß herum und mir war sogar so warm, dass ich die Socken auszog. Die Schmerzen waren nicht mehr so stark, sondern stumpf, ziehend, ich konnte sie ertragen.

Abendessen. Ich aß nichts. Der zweite Tag. Es blieben noch drei. Nach dem Abendessen wurde eine Frau abgeholt, sie fuhren sie in ein anderes Gefängnis, wo man länger bleibt. Noch eine schreckliche Einrichtung. Spät am Abend wurde eine andere Frau gebracht. Alles lief wie ein Mechanismus. Diese Frau war bekannt. Alle Polizisten kannten sie. Sie erreichte schnell, dass die Aufseher ihr kochendes Wasser und Tee brachten. Sie brühte sich einen starken Tee.

Am nächsten Tag bekam ich ein Paket von Verwandten. Das war schön! Ich kann meinen Zustand nicht beschreiben. Ich war absolut glücklich. Als ob sich zwischen mir und meinen Verwandten ein feiner Kontaktfaden geknüpft hatte. In dem Paket gab es viele Süßigkeiten: Waffeln, Schokolade und Lutscher. Es war schön, dass sie mich liebten und sich erinnerten, dass ich so gerne Süßigkeiten aß. Das Leben ging weiter, sogar unter solchen Bedingungen. Ich hatte den Schlafsack, das Paket mit

Süßigkeiten von lieben Menschen und ich war wieder fast glücklich.

Das Fluchen. Ich war gezwungen, die ganze Zeit das Fluchen zu hören. Die Frauen fluchten ohne Unterlass. Zunächst nervte es, verwirrte mich, später gewöhnte ich mich daran. Dann ärgerte es mich wieder. Ich habe den starken Tee, den die Frauen kochten, probiert. Ich fand ihn nicht so lecker.

In der Nacht konnte ich wieder nicht einschlafen. Noch drei Tage musste ich bleiben. Samstag. Es war der dritte Tag. Wie üblich standen wir um sechs Uhr auf. An dem Tag hatten Polizisten Schicht, die sich mir gegenüber besser verhielten. Das war sehr ungewöhnlich. Sie gaben mir eine Tablette, die ihnen von meinen Verwandten am Vortag übergeben worden war. Außerdem erlaubten sie mir liegen zu bleiben. Ich schlief bis acht Uhr. Um acht Uhr kam eine neue Schicht und ich musste aufstehen. Ich kämmte mir die Haare und wusch mein Gesicht. Ich hatte ein komisches Gefühl, mir war sehr langweilig. Ich hatte nichts zu tun und wollte auch nichts tun. Ich legte mich wieder hin. Zum Glück hatte ich nicht mehr diese schrecklichen Schmerzen im Körper. Der Schlafsack und die Tabletten hatten geholfen. Alles nervte mich, die Gespräche meine Mitbewohnerinnen waren für mich unverständlich und uninteressant. Ich war völlig deprimiert. Ich versuchte zu lesen, konnte mich aber nicht konzentrieren.

Plötzlich gab es Abwechslung und das Zimmer belebte sich. Wir wurden beobachtet, jemand beobachtete uns durch das kleine Guckloch in der Tür, durch das man das Essen bekam. Das waren Kinder. Schüler starrten uns an. Sie hatten eine Exkursion ins Gefängnis. Das war eine

Neuerung unserer Schulen. Statt die Kinder in Museen zu führen und die Liebe zur Kunst zu fördern, mussten sie so eine Einrichtung kennenlernen. Es war schwer zu verstehen. Warum machte man so etwas? Welche Ziele standen dahinter? Wollten sie die Kinder einschüchtern oder das Gegenteil bezwecken? Welche Zukunft wollten sie den Kindern zeigen?

Ich schlief etwa eine Stunde und wurde durch lautes Schreien der Frauen aufgeweckt. Sie waren alle auf ihre Betten geklettert und baten einen Polizisten eine tote Ratte wegzuräumen. Ein Polizist hatte die Ratte aus Spaß in die Zelle geworfen. Er schien mit sich sehr zufrieden zu sein. Er lachte laut. Den Sinn dieser Handlung habe ich nicht erfasst. Er führte ein anderes Leben. Er hatte einen anderen Humor. Er lebte in einem anderen Belarus. Als er genug gelacht hatte, befahl er einer Frau, das tote Tier zu entfernen, was sie gehorsam erfüllte.

18:40 Uhr. Zwei Frauen wurden freigelassen. Es wurde leiser und ruhiger, aber immer noch wurde geraucht. Ich hoffte auf eine Reduzierung des Rauches, da die Anzahl der Raucher gesunken war. Ich wollte Tee, es gab aber keinen, es gab kein Kochwasser. Ich dachte ich werde verrückt, weil ich die ganze Zeit untätig war und nur herumsaß. Ich versuchte etwas zu lesen, aber ich konnte mich nicht konzentrieren, ich dachte hin und her, zählte die Stunden, Minuten. Es blieben noch zwei Tage und eine Stunde. Bald sollte ich zu Hause sein. Unbändig wollte ich nach Hause. Ich erinnerte mich an die Sommertage, als ich in Deutschland war. Ich war glücklich und sorglos. Die Sonne schien, es war sehr warm, die Menschen waren nett und freundlich. Ich fuhr mit dem Fahrrad und lag an der Wiese am Kanal. Es war nicht verboten. Man durfte liegen und sitzen, wo man wollte. Die Menschen waren aufmerksam und höflich. Ich versuchte mich zu erinnern, was ich damals spürte. Es waren nur positive Gefühle: Ich war glücklich, sorglos und frei gewesen. Im Vergleich zu meiner Lage im Knast war für mich damals Deutschland ein Paradies.

Ich schaute um mich und erfasste, dass ich dagegen jetzt in der Hölle war. Es war eine Hölle, die hergestellt wird für die Bürger unseres Landes! Wozu? Wenn ein Mensch schuldig ist, bestraft wird, verliert er seine Freiheit. Wo steht aber, dass er dadurch bestraft werden muss, dass er das Recht auf Essen, Wärme, saubere Bettwäsche und frische Luft verliert? Wer braucht diese Quälerei und Herabsetzung? Darüber wurden viele Bücher geschrieben, z.B. von Solschenizyn. Wenn man es selbst erlebt durch seinen Körper, durch seinen Geist, ist man empört ohne Grenzen. Es ist das Jahr 2007. Belarus liegt in Europa, aber das System ist nicht europäisch. Warum kann man kein System in diesem Land schaffen, in dem alle Institutionen unabhängig sind? In dem Richter, Ärzte, Lehrer unabhängig sind? Die Machthaber müssen eine Ordnung schaffen zum Gemeinwohl der Bürger. Die Beamten, die Macht haben, sollten ihrem Gewissen folgen. Sie sind keine Götter und dürfen nicht Menschen in die Hölle werfen.

Spät am Abend kam eine neue Mitbewohnerin. Sie war jung, angenehm und sehr hübsch. Wie ist sie hier hineingeraten, dachte ich. Sie war sehr traurig und sie tat mir sehr leid. Ich schlief ein. Der dritte Tag war vorüber. Früh morgens weckten mich die Aufseher, sie wollten, dass ich den Boden in dem Raum putze. Die anderen Frauen putzten bereits den Flur. Ich fühlte mich schlecht und verlangte eine Tablette. Ich stand nicht auf. Ich schlief noch ein bisschen. Eine neue Schicht kam. Ich hatte schlechte Laune. Fühlte mich abartig. Mir war zum Kotzen, ich wollte weinen. Erstmals wollten die Polizisten, dass ich etwas esse. Ich verzichtete. Das, was sie anboten, sollte der, der mich verurteilt hatte, essen. Sie brachten mir einen Tee, aber mit Zucker. Ich trinke keinen Tee mit Zucker. Sie nahmen ihn weg und brachten einen anderen. Sie behaupteten, er sei ohne Zucker. Sie logen, sie verdünnten ihn lediglich mit Wasser. Ich bedankte mich für ihre Fürsorge und verzichtete auf den Tee.

Es war schwer zu atmen, zu viel Rauch. Sogar die Raucherinnen konnten ihn nicht mehr ertragen. Sie baten um einen Spaziergang. Was passiert mit meiner Lunge? Wie viel Nikotin atme ich ein? dachte ich. Ich wollte aber keinen Spaziergang. Ich wollte es nicht aus dem Grund, weil ich wusste, wenn ich raus gehe, werde ich weinen. Man wollte aber die Zelle durchlüften und wir wurden in einen Hof geführt. Eigentlich war es kein Hof, sondern ein Brunnen aus Beton, der etwa zehn Meter hoch war. Ich schaute in den Himmel und sah Gitter. Ich erinnerte mich an die Phrase aus einem Buch: „Ich werde für dich einen karierten Himmel ausrichten". Sie haben ihn ausgerichtet. Ich brach in Tränen aus, dann beruhigte ich mich wieder. Traurig. An dem Tag fand der Europäische Marsch statt. Schade, dass ich nicht daran teilnehmen konnte. Ich wollte wissen, wie es dort vor sich geht, aber ich war total isoliert. Ich wusste nie genau, wie spät es war, es war verboten es zu erfahren. Warum eigentlich? So viele Fragen gingen durch meinen Kopf. So wie ich rechnete, blieben mir ungefähr 32 Stunden.

Noch ein wenig musste ich mich gedulden. Circa 20 Uhr. Ich orientierte mich zeitlich, wenn die Schichtdienste wechselten. Ich hatte jetzt gute Laune und spielte mit meiner Mitbewohnerin Karten, die sie aus einer Streichholzschachtel selbst gemacht hatte. In der Nacht konnte ich lange nicht einschlafen.

Um sechs Uhr wachte ich auf, die letzte Nacht hier war vorbei. Toll! Noch vierzehn Stunden. Ich war jetzt gut drauf. Am Mittag kam der Aufseher und brachte mich zu meinem Rechtsanwalt. Ich war froh, mit einem freien Menschen kommunizieren zu dürfen. Augenblicklich fühlte ich mich so, als wäre ich schon frei. Aber nur für einen Augenblick. Denn der Chef vom Gefängnis kam und zerstörte meine gute Stimmung. Wieder Beleidigungen und Schimpfen. Der Rechtsanwalt versuchte mich zu verteidigen, aber in unserem Rechtsstaat sind Rechtsanwälte rechtlos. Man könnte sie eigentlich abschaffen. Sie schreiben Beschwerden, verlangen die Rechtsmäßigkeit zu beachten. Aber sie werden nicht gehört. Wer braucht sie? Sie stören nur die Mächtigen. Es ging mir geistig wieder schlecht.

Das Erlebte kränkte mich und tat weh. Komischerweise fürchtete ich, dass sich alles wiederholen würde. Es passierte nicht selten, dass jemand nach der Freilassung wieder verhaftet wird. Vielleicht würden sie behaupten, ich hätte wieder die Ordnung gefährdet. Noch fünf Stunden...

Diese letzten Sätze schreibe ich zuhause. Ich erinnere mich an die letzten zwei Stunden meiner Haft. Sie waren unerträglich lang. Danach öffnete sich die Tür und ich hörte das lang ersehnte ‚zum Ausgang!' Ich bekam meine

Sachen zurück, ging die Treppe hoch aus dem Keller. Ich ging in die Freiheit zu den Menschen, zum Leben. Ich öffnete die Tür und sah meine Mama, beide Schwestern, Freunde. Alles verschwamm mir vor den Augen. Ich war wieder glücklich. Alles war schwer durchzuhalten gewesen, aber ich hatte es geschafft und ich bin sogar stärker geworden. Man muss kämpfen, man muss standhalten, man muss zusammenhalten und dann wird man siegen."

Katja hat ihre Aufnahmeprüfung an der Uni bestanden. Sie studiert jetzt Politik und Recht. Sie wird das System bekämpfen, das sich nicht geändert hat und mit dem unsere westlichen Demokratien paktieren. Sie begann ihr Studium im Oktober 2010.

Das Ergebnis der weißrussischen Präsidentschaftswahlen wurde am 20. Dezember von der Vorsitzenden der zentralen Wahlkommission Lidija Jarmoschyna während einer Pressekonferenz kundgetan.

Alexander Lukaschenko erhielt 5.122.866 Stimmen, das sind 79,67 %.

Eine Befragung eines in Wilna registrierten unabhängigen Institutes ergab eine Unterstützung für Lukaschenko von 51,1 %.

Zuvor, im Sommer 2010, war es zu einer rapiden Verschlechterung zwischen Russland und Weißrussland gekommen. In dem vom Kreml kontrollierten Fernsehsender NTW wurde eine Dokumentarserie über Lukaschenko ausgestrahlt, in der ihm unter anderem Amtsmissbrauch und das Verschwinden politischer Gefangener vorgeworfen wurde. Mehrere tausend Menschen versammelten sich am 19. Dezember im Zentrum von Minsk, um gegen die Wahlfälschungen zu demonstrieren.

Die Demonstranten wurden brutal niedergeschlagen, wie man im Fernsehen verfolgen konnte. 600 Personen wurden festgenommen. 45 Personen, denen das Anzetteln von Massenunruhen vorgeworfen wird, drohen Haftstrafen von bis zu 15 Jahren. Von diesen befinden sich 31 Personen in Haft, darunter die Präsidentschaftskandidaten Wladimir Nekljajew und Andrei Sannikow. Sie waren auf der Kundgebung von Ordnungskräften schwer verletzt worden. Die meisten der übrigen 600 Inhaftierten wurden zu Haftstrafen von fünf, zehn oder zwanzig Tagen verurteilt. Die individuelle Schuld der Demonstranten wurde nach Aussagen von Menschenrechtlern durch das Gericht nicht überprüft, zudem sei es während der Haftzeit zu zahlreichen Verstößen gegen die Menschenwürde der Gefangenen gekommen. Er wäre über diese Meldungen hinweggegangen, würde er die Geschichte von Katja nicht kennen. Fast alle Menschen gehen täglich über Ereignisse und Geschichten hinweg, auch wenn sie in Europa, in unmittelbarer Nähe stattfinden. Deshalb schreibt er die kleine Geschichte über Katja. Er kann nicht warten, bis sein Roman fertig ist.

Die Wahlkommission der OSZE stellt am 20.12.2010 fest, dass die Wahlen demokratischen Kriterien nicht entsprechen. Unter anderen weist der Bericht darauf hin, dass es in einem Großteil der Wahllokale den Wahlbeobachtern verboten wurde, die Stimmzählung zu beobachten.

Nach der Kritik des OSZE am Verlauf der Wahl kündigt Anfang 2011 die weißrussische Führung die Schließung der OSZE-Mission in Minsk an.

Der Geheimdienst führt Razzien bei mehreren nichtstaatlichen Medien und Menschenrechtsorganisationen durch. Polen schafft als „Zeichen der Solidarität" die Visagebühren für weißrussische Staatsbürger ab und verhängt ein Einreiseverbot gegen hohe weißrussische Beamte.

Der Deutsche Bundestag befürwortet am 20. Januar 2011 die sofortige Freilassung aller politischen Gefangenen. Gleichzeitig kündigen die Parlamentarier an, sich für Visa-Erleichterungen für weißrussische Bürger und mehr Stipendienprogramme für Studenten einzusetzen. Die EU entscheidet sich für Sanktionen gegen die Minsker Führung.

Schaumschlägerei! Vor vier Jahren war es ähnlich gewesen, doch Lukaschenko regiert weiter mit Billigung und Unterstützung der EU und Deutschlands.

So war es auch vor den Revolten in Tunesien und so war es auch vor den Revolten in Ägypten und so wird es immer sein. Die EU hatte damals die Finanzierung eines europäischen Freiwilligenjahres für Katja aus finanziellen Gründen abgelehnt. Er hat mit Geldern seiner Einrichtung das freiwillige Jahr unterstützt. Katja hat sich eine Au-pair-Familie gesucht, sonst hätte sie zurück gemusst in Lukaschenkos Reich. Ihre Zukunft wäre verbaut gewesen. Katjas ausländischer Studienabschluss wurde erst nach langem persönlichen Kampf und zusätzlicher Qualifikation an der Uni der Westfalenmetropole anerkannt.

Die Ankündigungen der Parlamentarier empfindet er als Hohn. Ihnen werden keine Taten folgen.

27. August 2012
Bild:

„Deutschland rüstet weißrussische Polizei aus.

Berlin (dpa)-Deutschland hat nach einem Zeitungsbericht der Polizei im autoritär regierten Weißrussland nicht nur bei der Ausbildung geholfen, sondern diese auch ausgerüstet. Das Bundesinnenministerium habe bestätigt, das allein zwischen 2009 und 2010 rund 41.200 Euro für Computer und Videotechnik an Weißrussland geflossen sein."

Nach Informationen der Zeitung soll das Bundesinnenministerium zudem zwischen 2008 und 2011 mindestens eine Hundertschaft der weißrussischen Polizei mit kompletter Körperschutzausstattung ausgerüstet haben. Es habe sich um Helme, Schilder, Schlagstöcke und Körperprotektoren gehandelt.

Ich koch mir ne Kartoffelsuppe

Peter Alexander ist tot. Das Idol seiner Eltern ist gestorben. Er hat als Kind und Heranwachsender mit Freude Filme, Gesang und Klamauk des Entertainers verfolgt. Alexander war ein Künstler. Er sah gut aus. Er war ein Charmeur. Eine Tante sagte: „Dein Vater sah aus wie Peter Alexander." Das war ein Kompliment. Und so hat Peter Alexander in seinem Gedächtnis positiv überdauert. Wohl auch, weil Peter Alexander sich irgendwann zurückgezogen hat, als es notwendig wurde.

Thomas Gottschalk, das letzte „Fossil" einer abendlichen TV-Familienunterhaltung, erklärt seinen Rücktritt. Er wird „Wetten dass" nicht mehr moderieren. Ein tragischer Unfall eines Wettkandidaten in seiner Show veranlasste ihn zu diesem Schritt. So bekommt Gottschalk einen Abgesang, den andere erst nach ihrem Tod erhalten.

Karl Dall feierte vor einigen Wochen seinen 70. Geburtstag. Auch er war Entertainer, wenn auch nicht vom gleichen Kaliber wie die zuvor Genannten.

Dall rettete sich herüber aus den 70er Jahren ins neue Jahrtausend, weil er neues Publikum ansprach ohne nostalgisch veranlagte Gemüter zu vergessen. Karl Dall ist sich treu geblieben, obwohl er sich häutete, den neuen Zeiten gemäß. Ihm gelang die Mutation vom Klassenclown über den humoristisch-anarchistischen Blödelbarden zum Kalauerkönig.

Dagegen entpuppte sich der Spaß-Kommunarde Rainer Langhans kürzlich im RTL-Dschungelcamp als das, was er immer war. Aus ihm wurde kein später Schmetterling, er blieb eine fade Made, die vom faulen Blattgrün der Gesellschaft frisst.

Karl Dall, der Blödelbarde mit dem hängenden Augenlid, ist auch ohne eigene Fernsehshow immer noch ein bekanntes TV-Gesicht in Deutschland. 1967 traf Dall auf den Liedermacher Ingo Insterburg, es schlug die Geburtsstunde für die humoristisch-anarchistische Gruppe Insterburg und Co., die er als Heranwachsender so geliebt hat. Karl Dall, Ingo Insterburg, Peter Ehlebracht und Jürgen Barz teilten aus und steckten ein. Karl war gnadenlos, Ingo gemein, Peter kauzig und Jürgen war ein Frauenschwarm. Ihre Lieder, die oft von Ingo Insterburg auf selbst gebauten Instrumenten begleitet wurden, die aus umfunktionierten Küchen-, Garten- und sonstigen Alltagsgeräten bestanden, waren nicht revolutionär, aber sie wirkten befreiend. Am meisten gefiel ihm Ingos Lied „Ich liebte ein Mädchen", von dem er einzelne Strophen mit Begeisterung in Freundeskreisen so manches Mal zum Besten gab, weil sie wenig mit ihm und doch so viel mit ihm zu tun hatten: „Ich liebte ein Mädchen in Wedding, die wollte immer nur Petting", „ich liebte ein Mädchen in Mainz, die war gar keins" und „ich liebte ein Mädchen auf dem Mars, ja das war's".

Das Hamburger Lästermaul Karl Dall fühlt sich heute immer noch fit, obwohl er im Leben viel schlucken musste. Mit Ingo Insterburg schluckte er so einiges.

Sie schluckten Bier und Schnaps, freiwillig und nicht zu knapp, und noch andere Sachen, was Karls Gesundheit und einem wachen Verstand nicht abträglich war. Ingo hat die Exzesse nicht heil überstanden.

„Auge zu und durch" nennt Karl seine Autobiografie und provozierte mit seinen

TV-Sendungen wie „Dall-As" oder „Jux und Dallerei" das Publikum, während Ingo durch die Lande tingelte und der Nostalgie anheimfiel.

1990, zur Wende, traten beide noch einmal zusammen im Fernsehen auf.

Es wurde ein Flop. Obwohl sie sich wochenlang auf ihren Auftritt vorbereitet hatten, trafen sie mit ihrer Ironie nicht den Ton der Zeit, nicht die gesamtdeutsche Gemengenlage. Ihr Humor wirkte aufgesetzt, ihre Texte altbacken und hölzern.

Karl entwickelte sich weiter, Ingo blieb stehen. Sein körperlicher Zustand entsprach seiner Gefühlslage. Es war an der Zeit für Ingo sich zurückziehen, doch er konnte es nicht.

Er engagierte Ingo Insterburg – er weiß den genauen Zeitpunkt nicht mehr genau, es muss um die Jahrtausendwende gewesen sein – für einen Auftritt im Rahmen seines umfangreichen Kabarettprogramms, das er in seinem Haus ab 1993 erfolgreich etabliert hatte. Die Verpflichtung Ingos war der Freude geschuldet, die ihm die Gruppe Insterburg und Co. in seiner Jugend bereitet hatte, nicht wissend, dass Ingo Insterburg sein Publikum nicht mehr erreichte und körperlich sehr angeschlagen war.

Er hätte es ahnen können, denn die geringe Gage, die Insterburg verlangte, sprach Bände. Sein Agent hatte diese Gage günstig ausgehandelt, Ingo ließ sich auf sie ein mit der Begründung, den Auftritt in seinem Haus mit weiteren Verpflichtungen in der Umgebung verbinden zu wollen.

Er hoffte mit dem Auftritt Insterburgs nicht nur ein in Erinnerung schwelgendes Publikum, sondern auch jüngere

Zuhörer zu erfreuen, doch sah er sich bitter enttäuscht. Der jüngste Zuhörer war sein vierzigjähriger Bruder. Er war aus seinem Heimatdorf angereist, und wollte später mit einem Freund eine Kneipentour durch die Westfalenstadt unternehmen. Sein sieben Jahre jüngerer Bruder war ein guter, aber schwieriger Mensch. Er stand sich meistens selbst im Wege.

Er war ein intelligenter Mann. Er erkannte die Schwächen der Gesellschaft und übte heftige Kritik an ihr. Er liebte daher Künstler wie Udo Lindenberg und Insterburg, die gesellschaftskritisch und nicht konform waren. Er liebte ihre Kunst, aber wagte nicht es ihnen gleich zu tun. Seine Gesellschaftskritik mündete nicht in politischem Handeln, künstlerischem Tun oder politischer Agitation, dazu hatte er nicht den Mut, dazu war er zu ängstlich. Kritik äußerte er nur in den eigenen vier Wänden oder Freunden gegenüber. Ansonsten lebte er angepasst und isoliert im Dorf. Er sprach gutem Essen, Nikotin und Alkohol zu, und wenn er besoffen war, versank er in Nostalgie und Alltagsschmerz, beklagte die sozialen Missstände und gedachte der Zeiten, in denen er als Jugendlicher mit seinen Freunden im Gemeinwesen Streiche aushackte, ohne jedoch in größere Konflikte zu geraten. Sein Gesellschaftsprotest war die Billigung und Bewunderung politischer und künstlerischer Rebellen, eigene Anstrengungen unternahm er nicht. Er fühlte sich durch Erziehung und Schule wenig gefördert und gestützt. Die Fesseln, die ihm angelegt wurden oder die er sich selbst anlegte, konnte er nicht lösen. Er gedachte der guten, alten Zeit, in der er durch seine Streiche aufbegehrte und Menschen wie Ingo, die Sinnbild seiner Träume waren, die sich nicht erfüllten.

Mit Ingos Gesundheit stand es nicht zum Besten. Er trank jetzt Tee. Als er Ingo begrüßte, fiel ihm sofort seine Hinfälligkeit auf, er war fahrig und musste seine Worte mit Bedacht wählen. Ihm fehlten die Schnelligkeit und der Wortwitz der vergangenen Jahre. Zu Ingos Auftritt waren nur wenige Zuhörer gekommen. Er trug seine alten Lieder vor, spielte auf seiner Geige und auf selbst gebastelten Instrumenten. Ein Instrument bediente er mit seinem Fuß. Manchmal regte sich mäßiger Applaus, wie bei dem „Mädchenlied". Sein Bruder hatte Freude. Er bestellt sich ein Bier nach dem anderen, und als Ingo Insterburg den Reim vortrug, den auch er damals so wahnsinnig fand und oft zitierte: „Ich koch mir ne Kartoffelsuppe und schlafe dann mit meiner Puppe, denn ich bin ein Deutscher", da applaudierte sein Bruder johlend, doch einsam, denn im Saal regte sich kein weiterer Beifall. Zum Schluss seiner Vorstellung sang Ingo das Lied von der „Kleinen Eisenbahn".

Er kannte dieses Lied auswendig.

„Es war eine kleine Eisenbahn, die blies stets weißen Rauch, und weil sie gerne Kohle aß, war schwarz und rund ihr Bauch. Es fuhr die kleine Eisenbahn um die weite Welt
und kam sie auf dem Bahnhof an,
hat's Glöcklein laut geschellt.

Ich sparte mir zwei Taler und fuhr mit ihr hinaus,
es blühte der Holunderstrauch am Schrankenwärterhaus.
Heut fährt die kleine Eisenbahn leider gar nicht mehr,
doch gern denk ich an sie zurück, es ist schon lange her."

Das Lied klang wie ein Abgesang auf Ingo selbst und auf seinen Bruder. Folgendes Bild schwebte ihm vor Augen: Er fährt mit Ingo Insterburg in der imaginären kleinen Eisenbahn. Sein Bruder sitzt mit ihnen im Abteil. Sie fahren mit ihr weit hinaus. Irgendwann kommt die Bahn zum Stillstand und er steigt aus. Doch Ingo und der Bruder fahren weiter, immer weiter, bemerken nicht, dass die Eisenbahn längst still steht und schon lange nicht mehr fährt.

Nach der Vorstellung prostete der Bruder Ingo zu. Er war bereits stark angetrunken: „Na, altes Haus, trinke mal einen mit, auf alte Zeiten!"

Ingo lehnte den Alkohol ab. Er trank keinen Alkohol mehr. Seine Gesundheit war bereits ruiniert, das stand seinem Bruder noch bevor. Er müsse heute noch nach Berlin zurück, sagte Ingo.

Stimmt also gar nicht, mit den weiteren Auftritten dachte er, sagte es aber nicht.

„Stell dich nicht so an, einer wird doch wohl nicht schaden oder kannst du nicht mehr?" Ingo konnte nicht mehr. Ingo tat ihm leid und er war böse auf seinen Bruder.

Eigentlich war sein Bruder sensibel und sozial, aber sein Geist war benebelt durch den Alkohol. Er schwelgte in alten Zeiten, zu denen Insterburg gehörte. Er saß in Gedanken mit Ingo in der kleinen Eisenbahn. Sie fuhren und fuhren. Ingo fuhr nach der Vorstellung nach Berlin. Seine Wohnung in Berlin war leer und er träumte von seinem Mädchen aus „Charlottenburg", das ihn einst liebte nach durchzechter Nacht, und war sehr einsam. Sein Bruder fuhr einen Tag später zurück in sein Dorf, nach durchgezechter Nacht, schlief seinen Rausch aus, schlief mit seiner Puppe und war sehr einsam.

Andere Zeiten, andere Sitten

Er pinkelt.

Der Mensch isst und trinkt, verdaut, verwertet, scheidet aus. Er wächst und gedeiht.

Die Ausscheidungen zerfallen, verdunsten, zersetzen sich, werden Bestandteile eines immerwährenden Kreislaufes.

Nichts vergeht, alles besteht. In diesem immerwährenden Kreislauf gibt es kein gut, kein schlecht, kein hui, kein pfui.

Menschliche Kategorien zählen hier nicht. Diese Kategorien bilden sich durch aggregate Wesen, die sich binden an Zeit, Raum, Wesen und Gemeinschaft.

Menschen leben in unterschiedlichen Zeiten, Räumen und Gesellschaften und Wesenseinheiten.

Zeiten ändern sich, Räume ändern sich, Gesellschaften ändern sich, Gewohnheiten und Bräuche und Gegebenheiten ändern sich. Wahrnehmungen ändern sich und das wird dem denkenden und einfühlsamen Menschen erst bewusst, wenn er in andere Zeiten, Räume, Gemeinschaften eintaucht, auf andere Wesen trifft, mit anderen Lebensgegebenheiten und Umständen und in der Lage ist, diese Wirklichkeit zu antizipieren und zu empfinden.

Menschen sind Wesenseinheiten. Er war immer er, sein Ich ist unveränderbar und wird es immer sein und doch passt er sich neuen Gegebenheiten, Sitten und Gebräuchen an, die sich geändert haben im Laufe der Zeit, alte Gewohnheiten geraten in den Orkus des Vergessens. Gegen das Vergessen hilft die Erinnerung oder ein Raum- und Zeitenwechsel.

Es ändern sich Wahrnehmung und Verhalten.

Kann man gleichzeitig in verschiedenen Welten, Zeiträumen leben?

Ist es möglich, unterschiedlich wahrzunehmen und sich zu verhalten? Gibt es mehrere Wahrheiten?

Kann es sein, dass er mit seinem Ich in unterschiedlichen Zeiträumen lebt, sich nicht dem Hier und Jetzt entsprechend verhält? Er weiß es nicht, er will auch nicht weiter darüber philosophieren. Er erinnert sich und gräbt in seinem Gedächtnis und versucht sich auch in das Kollektivgedächtnis vergangener Gesellschaften, die sich in Biomasse auflösten, hineinzudenken und Kategorien zu bilden.

Er pinkelt.

Was ist Reinlichkeit, wo ist sie geboten, wo wird sie zur Phobie? Welche Handlungen finden wie und wo privat oder öffentlich statt, was gebietet der Anstand, was schickt sich und was ist Prüderie? Was tut gut und ist gesund, was macht krank und sollte vermieden werden, denkt er beim Pinkeln, weil er es im Stehen ausführt, wo er sich doch setzen sollte. Früher pinkelte er immer im Stehen, alle haben das gemacht, den Deckel haben sie hochgeklappt und dann gepinkelt, das Becken war groß genug. Dann änderten sich die Zeiten, der Emanzipation der Frauen geschuldet, die im Sitzen pinkeln und nicht länger den Dreck der Männer entfernen wollen, auch wenn die Männer ihren eigenen Dreck entfernen, weil sie nun auch putzen müssen. Er putzt nicht, ist anderweitig behilflich, säubert den Rand des Beckens oder den Boden, falls er nicht richtig trifft, denn nichts ist ihm unangenehmer als Männerpisse, die er nicht sehen und auf die er sich nicht setzen möchte.

Als Kinder haben sie in die Windeln gemacht, die großen und die kleinen Dinge, die Kacke wärmte so schön, aber wenn sie kalt wurde und der Urin an den Schenkeln zu brennen anfing, waren sie doch froh, wenn die Mutter die Windeln wechselte, die sie wusch, damit sie wiederverwendet werden konnten.

Irgendwann wurden sie den Windeln entwöhnt, aufs Töpfchen gesetzt und später auf die Schüssel. Er weiß nicht, wann er braune Haufen und sein Pipi nicht mehr schön fand und unnatürlich. Die Erziehung und die Lehre der katholischen Kirche erzwang Reinheit, nicht nur die Reinheit des Geistes, der Gedanken, auch die Reinheit des Tuns, rein sollte das Kind sein, der junge Mensch und keusch sein Tun. Die Geschlechtsteile fasste man nicht an, man spielte nicht mit ihnen, nicht mit den Exkrementen, sauber musste alles sein, zur Reinigung durfte man das Glied anfassen, aber nur mit keuschen Gedanken. Das Prinzip im Stehen zu pinkeln blieb den jungen Menschen, Pissoirs gab es in allem Kneipen, das Recht ließ man den Jungen, denn sie waren Männer mit Hosenschlitz, keine „Breetmieger", die durch die Scheide strullten, keinen Schlitz hatten, aus dem sie ihr Ding hervorziehen konnten, um ihr „kleines Geschäft" zu erledigen. Sie mussten ihr Höschen herunterziehen und den Rock noch lüften, also mussten sie sich setzen.

Und so sollen es auch die Männer tun in heutiger Zeit, obwohl auch die Frauen es früher nicht taten, ganz früher, als sie keine Unterhosen trugen und bei der Landarbeit in die Hocke gingen, um ihr Geschäft unter dem schützenden Rock zu erledigen.

Früher war das Pinkeln im Freien erlaubt. Sie pinkelten um die Wette und später, als er mit seinen Kameraden dem Alkohol zusprach und der Weg zur Toilette zu weit und nicht bequem war oder Warteschlangen schreckten, pinkelten sie an Gartenzäune, Hecken, Sträucher und keiner fand etwas dabei und niemand fürchtete als Exhibitionist angesehen zu werden, der Kinder oder Jungfrauen schreckt.

Heute erledigt man sein Geschäft und insbesondere das große Geschäft im stillen Örtchen, wäscht sich die Hände und achtet auch sonst auf Reinlichkeit, meidet Worte, die mit der Notdurft in Verbindung gebracht werden könnten, und benimmt sich wie ein zivilisierter Mensch, der von der Natürlichkeit seines früheren Tuns Abstand genommen hat.

Im 17. Jahrhundert pflegte man die Umgangssprache und einen Umgang mit dem Körper und seinen Exkrementen ohne Scham, und wie wir selbst von Goethe und Schiller wissen, durfte man damals furzen, rülpsen und scheißen.

In der besseren Gesellschaft saß man auf verzierten Nachtstühlen, die die Dienerschaft zeitweilig leerte, führte sogar Audienzen durch, bei denen man sich nach Lust und Laune dem verbalen oder analen Geschäft hingab und bei den einfachen Leuten, die sich nicht im Freien entleerten, gab es den Nachttopf, der unter dem Bett stand, wie er ihn bei der Tante sah, oben im Haus, wo es noch keine Toilette gab.

Natürlich ist Reinlichkeit nützlich, um Krankheiten zu vermeiden, Hygiene notwendig, den Körper zu pflegen, denn der Zustand einer Gesellschaft zeigt sich in der Achtung des Menschen vor dem Leben. Wo es gefährdet ist durch Seuchen und ansteckender Bakterien, Viren und Ungetier, tut Abhilfe not.

Er hat in Afrika 2009 gesehen wie Menschen in Unrat und Müll leben und von verschmutztem und mit Fäkalien verunreinigtem Wasser tranken. Das war schrecklich und gesundheitsgefährdend. Und doch soll der Mensch nicht gänzlich meiden, was ihm schaden kann, denn was ihn nicht tötet, härtet ihn ab.

Der Mensch muss Abwehrkräfte bilden. Er wuchs mit seinen Kameraden nicht immer reinlich auf, spiele oft im Dreck. Seine Frau und seine Kinder, die auf dem Bauernhof aufwuchsen, kamen mit allerlei Schmutz in Berührung, der sie gesund und widerstandsfähig aufwachsen ließ. Heute sind viele Menschen krank, haben Allergien von Chemikalien und Giften, die doch der Reinlichkeit und der Hygiene ihrer Häuser dienen sollten.

Irgendwann in dem letzten Jahrzehnt des vorigen Jahrhunderts nahmen die Menschen Abstand von ihren natürlichen Körpersäften. Er erinnert sich an den Ekel, mit dem die Menschen reagierten auf Carmen Thomas Ü-Wagen-Radio-Report über die Nutzung des Eigenurins für heilende Zwecke, obwohl doch in vielen Medikamenten Urinsubstanzen vorhanden sind. Nur wenige trinken ihren Urin, auch er bringt es nicht fertig. Nur wenige nutzen ihren Urin um wunde Stellen, Flecken, Warzen oder Allergien zu bekämpfen.

Er nutzte seinen Urin für diese Zwecke und weiß nur Positives zu berichten, wie die Soldaten, die in ihre Stiefel pissten, wenn sie sich die Füße wund gelaufen hatten in kriegerischen Tagen.

Nur den Sonnenbrand empfiehlt er nicht mit Urin zu behandeln. Hier sagt er dem Wodka heilende Kraft nach. Es muss aber ein guter, reiner Wodka sein, über 50 Prozent, mit dem er 2007 in Berdyansk, in der Ukraine, am Asowschen Meer seinen Körper einrieb und erfolgreich behandelte.

Schon in alten Tagen wurde der Urin mit seinem inhaltsreichen Ammoniak zum Reinigen römischer Togen verwendet. Urinwäschereien sammelten ihn an wichtigen Verkehrsknotenpunkten aus römischen Vasen, in denen die Römer pinkelten. Zu diesem Zweck schlugen sie den Vasen die Hälse ab, damit die Erledigung der Notdurft treffsicher gelang.

Auch die alten Ägypter wussten von der reinigenden Wirkung des menschlichen Wassers, das sie als Grundstoff zur Bearbeitung von Wollstoffen verwendeten.

Geld stinkt nicht, sagte einst der römische Kaiser Vespasian zu seinem Sohn Titus, der ihn rügte, weil der Kaiser eine Steuer für Urin erhob.

Auch in Österreich-Schlesien war die Wollbehandlung mit Urin bis zu Beginn des Zwanzigsten Jahrhunderts gebräuchlich. Man sammelte den Urin in Tonnen vor Gasthäusern.

In Kuba weichte man Tabakblätter in Frauenurin, um ihn schmackhafter zu machen.

In Indien wurde der Urin von Mango fressenden Kühen verwendet, um das herrliche Indigogelb zu erzeugen und in Deutschland verwendete man den Urin vom Früh- bis zum Spätmittelalter zur Erzeugung und Färbung des allgegenwärtigen Waidblaus.

Oft waren die Arbeiter angehalten an Wochenenden viel Bier zu trinken, um am Montag genügend Harn abliefern zu können, der Ausdruck „blau machen", rührt daher, dass dieser Dienst manchmal mit einem freien

Tag belohnt wurde und nicht, wie vielleicht vermutet, von dem Zustand des Trinkers, der sich „blau" soff oder aus Unfähigkeit montags „blau" nicht zur Arbeit erschien, wie er es in seiner Jugendzeit regelmäßig bei einem Bauarbeiter erlebte, als er sich als Student im Baugewerbe verdingte, um ein Zubrot zu verdienen.

Urin wirkt also desinfizierend und reinigend. Heute spielt dieser Umstand in den Köpfen der Menschen keine Rolle mehr. Sie kaufen sich Waschmittel und Pflege-, Schmink- und Reinigungsmittel und welche Wirkungsmittel darin stecken, wollen sie gar nicht so genau wissen.

So pinkelt er weiter im Stehen und manchmal auch in Gärten und Ecken und nutzt den Saft für heilende Zwecke.

Nur manchmal ist er peinlich berührt. Er entschuldigte sich, als er einst in seiner Not in ein Kellerloch urinierte, bevor er beim Gastgeber klingelte, um eine Party zu besuchen. Er wusste nicht, dass diese Party im Keller stattfand und sich alle wunderten, welch seltsame Feuchtigkeit dort durch das Kellerloch drang.

Er entschuldigt sich auch bei dem Typen, mit dem er gemeinsam dessen Haustür in Berlin anpinkelte, da dieser den Hausschlüssel nicht fand. Er wird solch schändliches Tun in Zukunft vermeiden.

Er maßregelte einen Freund, der eine Kirchentür anpinkelte, ihn erregte die Schändung der Tür, denn man entweiht nicht Orte, die anderen Menschen heilig sind. Das nimmt kein gutes Ende. Er schämte sich für seinen Freund.

Aber er schämte sich nicht vor Kegelbrüdern, Kegelschwestern und ihren Kindern, mit denen er in einer Jugendherberge nächtigte. Seine Familie bezog ein Zimmer ohne Toilette. Das Zimmer hatte nur ein Waschbecken.

Um ihre Notdurft zu verrichten, mussten sie durch ein Nebenzimmer. Nachts wollte er die schlafenden Nachbarn mit ihren Kindern im Nebenzimmer nicht wecken und urinierte mit Rücksicht auf die Ruhenden ins Waschbecken. Doch die Nachbarn hatten sein verräterisches Geräusch vernommen. Sie hielten ihm beim gemeinsamen Frühstück am Morgen eine Moralpredigt. Die er schonen wollte, schalten ihn und alle Kegelfreunde stimmten in die Unmutsäußerungen ein. Er solle sich schämen ob seines verderblichen Tuns. Er hatte kein schlechtes Gewissen. Sein Herz und das Waschbecken waren rein und auch dem Abfluss hatte sein Wirken nicht geschadet.

Sein Gewissen plagte ihn auch nicht in Berdyansk, auf der Landzunge, am Strand des Asowschen Meeres. Tausende sonnenhungrige Menschen, Muskelmänner und ukrainische Schönheiten lagen dort mit üppigen Körpern und blankem Popo. Kinder spielten im Wasser. Er trank Bier mit Olga und Lech zum Trockenfisch. Bier und Fisch drückten Magen und Gedärme, die zur Entleerung drängten. Er sucht eine Toilette, eine Möglichkeit sich zu erleichtern. Er fand sie nicht. Urinieren wollte er wohl im Freien, aber einen Haufen in den Sand setzen wollte er nicht und er sah auch niemanden, der diesbezügliches tat. Wie war das möglich? Wo erledigen die Menschen ihr Geschäft? Er fragte die freizügige Olga und ihren schwulen Freund.

Sie verwiesen ihn aufs Meer. Ihm dämmerte es: die Menschen schwammen hinaus ins Meer, um ihre Bedürfnisse zu befriedigen. So schwamm er weit hinaus, zog seine Badehose bis zu den Knien und drehte den Hintern so, dass seine „Goldfische" sich mit der Strömung in die richtige Richtung entfernten.

Der kann sich nicht benehmen!

Er befand sich auf einer Geburtstagsfeier seines Freundes, dem Lektor. Eine muntere Runde hatte sich im Kreis versammelt. Als Geschenk überreichte er ihm ein Buch und eine CD mit Aufnahmen seiner Lesung, bei der der Freund moderiert hatte. Die CD war offensichtlich so sorgfältig und kunstfertig umhüllt, dass der Freund fragte: „Die hast du doch nicht selber verpackt?" Er erwiderte: „Nein, das haben meine Schnecken getan." Er meinte damit seine beiden blonden Vorzimmermädchen. Die Kollegin der Frau seines Freundes, eine Lehrerin, schaute ihn konsterniert an.

Er erfragte ihren Namen. Sie antwortete: „Birgit". Er sagte: „Das einzig Gute an deinem Namen ist die Vorsilbe ‚Bier'." Die Frau seines Freundes erklärte der geschockten Kollegin: „Den darfst du nicht ernst nehmen, der kann sich nicht benehmen."

War dem so? Hatte sie recht? Konnte er sich nicht benehmen? War es inkorrekt in dieser Form zu scherzen und junge Frauen „Schnecken" zu nennen? War es der Frau seines Freundes erlaubt, ihn öffentlich zu rügen? Zeigte sie nicht ihrerseits schlechtes Benehmen?

Vor Jahren fuhr er mit zwei Freunden, dem Banker und dem Schreiner, in den Urlaub. Ihr Startpunkt war sein Bürgerhaus. Vor der Abreise hatte er noch eine Entscheidung zu treffen. Welche der Kandidatinnen, die sich für ein soziales kulturelles Jahr beworben hatten und in die engere Auswahl gelangt waren, sollte er nehmen?

Ein Vergleich nach bestimmten Kriterien erbrachte kein eindeutiges Ergebnis. Er entschied sich für die Aufgeweckteste. Er wies sein Vorzimmer an, die Kandidatin zu informieren: „Diese Schnecke will ich haben." Die Freunde waren amüsiert. Zeigte seine Wortwahl schlechtes Benehmen? Was ist eigentlich schlechtes Benehmen? Wer bestimmt die Normen? Wer setzt die Maßstäbe?

Sicherlich ist es schlechtes Benehmen, obwohl es im Mittelalter erlaubt war, wenn man laut und vernehmbar, wie es ein Bekannter zu tun pflegt, in der Öffentlichkeit furzt. Obwohl dieses Tun ja eigentlich nur ein Entlassen von überschüssigen Darmwinden ist, wird es doch oft mit unangenehmen Begleiterscheinungen verbunden, die der Zusammensetzung recht unterschiedlicher Konsistenzen des Verdauungstraktes der uns umgebenen Zeitgenossen geschuldet sind. Wir empfinden den lauten Furz in der Öffentlichkeit als unangenehm und der Person, dem er entfährt, attestieren wir ein schlechtes Benehmen, obwohl wir still und heimlich auch furzen, um uns zu erleichtern. Nur die Angst entdeckt und identifiziert zu werden hält uns vom öffentlichen Windablassen zurück.

Ist es schlechtes Benehmen, wenn es ein Lehrer mit seiner Freundin auf der Toilette oder ein Bauer mit seiner Frau auf der Schweinebunge treibt? Oder handelt es sich um ein gesundes Ausleben des Sexualtriebes? Die Menschen treiben es wie und wo sie es wollen, zum Ärgernis wird ihr Benehmen, wie in diesen Fällen, wenn ihr Treiben entdeckt wird. Wann wird abweichendes Verhalten zu schlechtem Benehmen?

Er schmeißt die Kugel in einem gemischten Kegelclub. Einmal im Monat treffen sie sich, Männer und Frauen, dem kindlichen Spiel ergeben, sich freuend, wenn viele Kegel fallen. Einmal im Jahr fahren sie gemeinsam auf Kegeltour.

Ein Jugendhaus an der Nordsee war vor geraumer Zeit ihr Ziel. Nach drei Tagen, am Abschlussabend, gingen die Alkoholvorräte zur Neige. Alle hatten reichlich getrunken, die letzten Flaschen waren geleert, das letzte Eierlikörchen ausgeleckt, nur eine Flasche Wein war noch im Depot. Die Gruppe entschied sich, die verbliebene Flasche redlich zu teilen. Man schenkte den Inhalt gerecht und gleichmäßig in die Gläser der noch durstigen Trinker. Man wollte sie nach dem Tanze leeren. Indes, nach dem Tanz waren die Gläser bereits leer. Er hatte sie zwischenzeitlich alle ausgetrunken. Er hatte sich einen Spaß gemacht und nebenher sein Bedürfnis befriedigt. Doch die Gruppe verstand keinen Spaß. Sie schallt ihn, selbst seine Frau empörte sich. Ein Sturm der Entrüstung brach auf ihn ein.

Wann wird aus schlechtem Benehmen ein Skandal?

Als Kind hasste er es, wenn seine Mutter ihm befahl Onkel oder Tanten, Menschen, die er nicht mochte, die Hand zu geben. Kinder haben gute Gründe, wenn sie Erwachsenen nicht „Guten Tag" sagen wollen. Als seine ältere Tochter vier Jahre alt war, nahm er sie eines Tages mit zur Arbeit, weil die Betreuung der Tochter an diesem Tag nicht gewährleistet war. Er stellte sie seinen Kollegen vor und ging mit ihr durch die Räumlichkeiten des Jugendamtes. Artig sagte sie allen Anwesenden „Guten Tag" und gab jedem die Hand. Nur bei einem Kollegen stellte sie sich stur. Er bat sie und drängte sie, diesem Menschen doch auch ihre Ehrerbietung zu erweisen. Sie reagierte mit Trotz. Er war ungehalten. Sie weinte. Er war genervt und versetzte ihr einen Klaps. Hatte seine Tochter sich ungezogen benommen oder hatte er sich falsch verhalten?

Wer kann sich nicht benehmen? Der, dem schlechtes Benehmen unterstellt wird oder der, der schlechtes Benehmen beklagt oder ahndet?

Unsere Eltern haben uns erzogen, nicht mit den Fingern zu essen. Wer mit den Fingern isst, der benimmt sich schlecht und wird ermahnt. Und so quälen wir uns alle mit Messer und Gabel, versuchen nicht zu schmatzen und zu schlürfen und legen Wert auf allerlei Etikette. Wir benehmen uns gut.

Einst, in Afrika, aß er, wie die Nigerianer und Ghanaer, mit den Fingern.

Auch als er aufgefordert wurde, mit ihnen aus einer gemeinsamen Schüssel zu essen, verweigerte er sich nicht.

Hatte er sich gut benommen?

Seine Kollegen aus Polen und Deutschland verlangten Messer und Gabel. Sie konnten sich nicht überwinden aus der Schüssel zu essen.

Hatten sie sich schlecht benommen?

Vor Jahren besuchte eine chinesische Delegation seine Einrichtung. Die Gäste schmatzten und schlürften die Suppe. Seine Schwiegermutter nagt und saugt bei Tisch an Knochen. Benehmen ist keine Glückssache. Man benimmt sich gemäß seiner Kultur und seinem gesellschaftlichen Hintergrund.

Als die Nigerianer und Ghanaer zu einem Gegenbesuch in Deutschland weilten, ereignete sich folgende Begebenheit: Die Bürgermeisterin der Stadt hatte die Gruppe in den Friedenssaal geladen, um sie würdig zu begrüßen. Ein schwarzes Gruppenmitglied fehlte. Man wartete. Es kam nicht. Die Bürgermeisterin war sehr verärgert, da sie durch diese Verzögerung wichtige Termine versäumte. Was war passiert?

Der Nigerianer, außerhalb von Münster in einer Gastfamilie untergebracht, war pünktlich in den Bus gestiegen, um in die Innenstadt zu fahren. Er hatte keine Fahrkarte gelöst, denn in seiner Heimatregion war es üblich, während der Fahrt mit dem Busfahrer, je nach Länge der Strecke und nach Lage der Einkommensverhältnisse, den Preis auszuhandeln. Der Nigerianer war noch nie im Ausland gewesen und kannte die deutschen Verhältnisse nicht. Als er vom Fahrkartenkontrolleur aufgefordert wurde sein Ticket vorzuzeigen, fing er an zu palavern und wollte verhandeln. Der Kontrolleur ließ sich auf keine Diskussion ein und verlangte vom Fahrgast eine Fahrkarte zu lösen und die entsprechende Summe zu zahlen. Das jeweilige Verhalten erschien dem gegenseitigen Kontrahenten unverschämt, weil sie sich weder sprachlich noch kulturell verständigen konnten. Erst eine herbeigeholte Polizeistreife und die telefonische Benachrichtigung des Gruppenleiters, der zum Tatort eilte, lösten den Konflikt.

Wer hatte sich schlecht benommen?

Die meisten Mitfahrenden fanden das Verhalten des Nigerianers skandalös. Er hatte jedoch keine Chance sich anders zu verhalten.

Wann muss man lernen sich anders zu verhalten, um nicht auffällig zu werden?

Wann soll man auffällig bleiben oder werden, um nicht charakterlos zu sein?

Wann soll man bleiben, wie man ist, damit man sein „Ich" nicht verliert?

Wann sind Anpassung und Benehmen notwendig, um anständig zu sein? Wann sind Benehmen und Anpassung unanständig?

1999 bewarb er sich um das Amt des Bürgermeisters. Er befand sich im Wahlkampf. Aber er hatte keine Chance. Bei seiner Landtagskandidatur 1990 hatte er 27% der Stimmen geholt, mehr hatte die SPD in seiner Heimatgemeinde noch nie erzielt. Seine Koalitionspartner von der Unabhängigen Wählergemeinschaft hatten einen eigenen Kandidaten aufgestellt. Die gemeinsame Politik der letzten fünf Jahre war nicht überzeugend gewesen. Die SPD auf Bundes- und Landesebene befand sich im Abwind. Mit seiner Kandidatur wollte er der Partei nach 20 Jahren politisch aufreibender Arbeit einen letzten Dienst erweisen und sich nach der zu erwartenden Niederlage aus der Politik zurückziehen.

Zur Zeit des Wahlkampfes war eine russische Deutschlehrerin, Larissa, aus Nishnij Nowgorod zu Gast in seinem Haus. Sie war jung und attraktiv. Sie war noch nie in Deutschland gewesen und interessierte sich für die deutschen Sitten und Gebräuche.

Da traf es sich gut, dass in seiner Gemeinde, in dem an der niederländischen Grenze liegenden Ortsteil, Schützenfest und Kirmes war. Larissa wollte diesen Ereignissen beiwohnen. Seine Frau fühlte sich nicht gut und schlug vor, er möge doch allein mit Larissa zur Kirmes und zur Schützenfestparade gehen.

Sie schlenderten über die Kirmes. Sie wünschte sich ein Lebkuchenherz. Er hängte es ihr um. Gut gelaunt spazierten sie zur Hauptstraße, um dort die Parade abzunehmen. Larissa war glücklich. Sie hakte sich bei ihm unter und lachte. Sie winkte den marschierenden Schützen mit ihren bunten Schärpen zu und zeigte sich belustigt über die mit Federbüschen behelmten Offiziere. Musikkapelle und Spielmannszug beeindruckten Larissa sehr. Sie ließ ihrer Freude vollen Lauf und klatschte begeistert.

Später erzählte seine Mutter ihm, die Leute im Dorf tratschten über ihn. Viele Dorfbewohner fragten sich, in welchem Verhältnis er zu der Frau stünde, mit der er sich öffentlich gezeigt hatte. Auch sein Freund wusste davon zu berichten.

Sollten sie labern und rätseln! Diese Menschen würden ihn sowieso nicht wählen. Er hatte nichts Unrechtes getan. Vielmehr hatte er einem lieben Menschen eine Freude beschert.

Aber dann kam ihm zu Ohren, dass einige Genossen sein Verhalten als nicht wahlkampfförderliches Verhalten und parteischädigend bezeichnet hatten. Man fürchtete, sein Benehmen könne den Stimmenanteil der SPD schmälern. Er war bestürzt. Hätte er seinem Gast die Freundlichkeit nicht zukommen lassen dürfen?

Waren politische Zielsetzungen und der Stimmenanteil einer Partei höher zu bewerten als das Gebot der Gastfreundschaft? Er hatte sich für die Gastfreundschaft entschieden.

Wann sollen wir uns biegen und formen lassen? Wann sollten wir die Norm verletzen, um nicht in einem Käfig zu leben?

Es kommt auf den Standpunkt an und auf die Perspektive, aus der man etwas betrachtet.

Neben dem genetisch vererbten Verhalten gibt es das sozial vermittelte Benehmen.

Wir müssen uns nicht normal verhalten.

Aber was ist eigentlich normal?

Jasminrevolution
Monastir

Er schaut nach draußen.

Es liegt Schnee. Es ist der 29. März 2011. Er ist mit seiner Gruppe in einem Gasthaus nahe der Stadt Helsinki untergebracht.

Das Gästehaus liegt am Meer. Er wird später einen Spaziergang am Wasser entlang unternehmen und frieren.

Doch vorher, nach der offiziellen Eröffnung des Jugendseminars, wird er der Gastorganisation einen Besuch abstatten.

Es sind Jugendliche aus sechs unterschiedlichen Ländern Europas nach Finnland gereist. Es sind Youth-Worker und Multiplikatoren, die den Umgang mit den neuen Medien erlernen wollen. Sein europäischer Netzwerkverein hat Qualifizierungsmodule entwickelt, die in einem achttägigen Seminar am Finnischen Meerbusen zur Anwendung kommen sollen.

Die Partnerorganisation, die dieses Treffen organisiert hat, ist Mitglied in einem von ihm im Jahr 2005 gegründeten internationalen Netzwerk von 40 Organisationen aus 26 europäischen und nichteuropäischen Ländern. Als Vorsitzender des Netzwerkes „European Youth4Media Network e.V." will er den Geschäftsführer der finnischen Organisation zur Mitarbeit in seinem Vorstand gewinnen.

Draußen ist es minus sechs Grad. Ihn fröstelt es bei dem Gedanken, obwohl es in seinem Zimmer angenehm warm ist. Er hat seinen Mantel gestern im Zug auf der Fahrt zum Flughafen hängen lassen, den Mantel, den er vor Jahren trug, als er zum ersten Mal in Helsinki war, um die neue Organisation kennenzulernen. Seine Frau wird sich um die Angelegenheit kümmern.

Er ist ohne Laptop. Er hat ihn bei der Sicherheitskontrolle im Flughafen aus der Reisetasche nehmen müssen und ihn dann vergessen. Er hat ihn einfach liegen lassen. Im Flugzeug hatte er das Fehlen bemerkt. Er war ganz ruhig geblieben, zum Erstaunen der jugendlichen Mitreisenden, die ihn und seine nervösen Ausraster in solchen Fällen kennen.

Er wird die Woche in Finnland nutzen, um an seinem zweiten Buch zu schreiben, während seine Gruppe arbeitet. Er ist fast fertig. Es fehlen nur noch die Geschichten über seine Erlebnisse in Tunesien, die im Jahre 2004 begannen.

Eigentlich sind es keine besonderen Geschichten, doch die Aktualität der Ereignisse drängte ihn zum Schreiben. Er wird seine Geschichte in althergebrachter Weise schreiben, mit Tinte auf Papier, wie er es bisher getan hat und sie dann abtippen lassen.

Er wird den Laptop wiederbekommen. Die Sicherheitsleute werden ihn bei der Fundstelle des Flughafens abgegeben haben. Warum sollte ihn der Verlust eines Laptops aufregen in diesen Tagen?

Das Leben ist kurz und vergänglich. Materielle Güter sind nicht wichtig.

Er hat ja noch sein Handy mit Internetanschluss. Damit kann er seine E-Mails abrufen und die neusten Entwicklungen weltweit verfolgen.

Was ist das Verschwinden eines Mantels und das Vergessen eines Laptops im Vergleich zu den Sorgen der Menschen, die ihr Hab und Gut verloren, bei dem großen Erdbeben und dem verheerenden Tsunami in Japan. Japan versinkt im Elend und Chaos.

Als wenn das Elend nicht groß genug wäre, welches die Natur den Menschen zuzufügen in der Lage ist, vergrößert der Mensch seine Ungemach und seine Leiden durch seinen Glauben Naturgewalten trotzen zu können. Die atomare Verseuchung Japans ist nicht naturgegeben, sie ist von Menschen gemacht. Sie bauten die Atomkraftwerke. Jetzt klagen viele Menschen Gott an, wie er diese Katastrophe geschehen lassen konnte.

Der Mensch glaubt Kräfte zu bändigen, für die er sie zu zähmen nicht geschaffen ist. Das atomare Höllenfeuer, wie es in der Sonnenglut zu finden ist, ist von Menschen nicht beherrschbar. Manche sterben jetzt schnell, viele später eines langsamen Todes.

Seit 40 Jahren kämpfte er gegen den Wahnsinn der Atompolitik, den Deutschland in den 1980er Jahren ergriff. Mit 16 Jahren erwacht sein politisches Bewusstsein. Jahre später klebte er die ersten Plakate und einen großformatigen Atomkraft-Nein-Danke-Button an seinen blauen Käfer.

40 Jahre musste es dauern bis die Bundesregierung, bis Merkel und Westerwelle die von ihnen erzwungene und durchgesetzte Laufzeitverlängerung der Atomkraftwerke in Deutschland durch ein Moratorium außer Kraft setzten und damit die Wende in der Atompolitik in Deutschland einläuteten. Sie taten es nicht aus Überzeugung. Sie schuldeten ihre Wendepolitik den Ereignissen in Japan und den bevorstehenden Landtagswahlen in Hessen und Rheinland-Pfalz.

Aber die Wahlen gingen verloren. In Rheinland-Pfalz kann Kurt Beck mit den Grünen weiterregieren. Erstmals in der Geschichte Deutschlands stellt eine grüne Partei in Baden-Württemberg den Ministerpräsidenten in einem

Bundesland, das bisher stets von der christlich-demokratischen Union dominiert worden war. Die Regierung wurde abgewählt und mit ihr Ministerpräsident Mappus, dem die Wähler seine von Merkel aufoktroyierte Kehrtwendung in der Atompolitik nicht abnahmen.

Durch die Ereignisse in Japan und die bundesrepublikanischen Geschehnisse hatten andere Politikfelder für die deutsche Bevölkerung nur eine untergeordnete Bedeutung.

Dabei ist die Welt im Umbruch.

Der Umbruch in der arabischen Welt kam überraschend, nur wenige haben ihn geahnt. Am wenigsten die öffentliche Meinung, die Journalisten, die angeblichen Experten und noch weniger die Wissenschaftler und die Politiker.

Die gleichen Journalisten und Politiker, die die demokratischen Aufbruchsbewegungen in der arabischen Welt bejubeln, erklärten uns vor Wochen, die arabische Welt sei nicht demokratiefähig und der Islam mit den Freiheits- und Menschenrechten, der abendländischen christlichen Kultur nicht vereinbar.

Die gleichen Politiker, die Ben Ali, Mubarak und Ghaddafi umarmten und die Hand drückten, stoßen sie jetzt von sich, um nicht infiziert zu werden. Die gleichen Regierungen, die die Diktatur, das saudische System, Katar und die Vereinigten Emirate stützen, fordern Freiheit in Tunesien und Ägypten und bombardieren Libyen.

Sie unterstützen die Rebellen in Libyen, ehemalige Anhänger von Ghaddafi, die an die Futtertröge der Macht drängen, ohne Rücksicht auf die Zivilisten, wie es Ghaddafi ihnen vorpraktizierte.

Der Westen stützt Saudi-Arabien und die Vereinigten Emirate, die Truppen nach Bahrain schicken, um das korrupte Herrscherhaus zu stützen, das sich durch die mehrheitlich schiitische Bevölkerung bedroht fühlt, die mehr Einfluss fordert. Es lässt auf Demonstranten schießen, die Mitsprache einfordern.

Der amerikanische Außenminister Gates fürchtet, dass der 32 Jahre diktatorisch regierende jemenitische Regierungschef stürzt, weil die Furcht der Amerikaner vor Al Qaida groß ist. Die Hoffnung auf Freiheit unterdrückter und geknechteter Menschen spielt dabei keine Rolle.

Gleichzeitig versichert die amerikanische Regierung Syrien, bei etwaigen Aufständen nicht militärisch einzugreifen, während in Libyen die NATO über die Überwachung der Flugverbotszonen hinausgeht und Ghaddafis Truppen bombardieren lässt. Regierung und Geheimdienste der USA arbeiten in Ägypten an einer neuen Verfassung, wer will schon unkontrollierbare Verhältnisse. Sie wird ein wenig mehr Freiheit bringen, aber nicht das Recht, das die Menschen sich ersehnen.

Die westliche Welt begreift nicht wirklich die arabische Welt, begreift nicht, dass ihre Politik versagt hat, und versteht nicht das gegenwärtige Geschehen.

Ebenso wie es falsch ist, die westliche Politik auf die Unterstützung von Diktaturen zu gründen, die die Freiheit des Westens und dessen Konsum stützen ist es falsch, die Hoffnung auf angebliche Demokratie zu setzen, damit Wohlstand und Konsum der westlichen Welt gesichert bleiben. Demokratische Spielregeln gestalten sich in der muslimischen Welt nach anderen Denkkategorien. Sie passen sich den Strukturen und der Philosophie der arabischen Identität und ihres gewachsenen Daseins an.

Die neuen Medien haben nicht den Einfluss, den die öffentliche Meinung ihnen zubilligt. Natürlich spielen sie eine große Rolle, sie ermöglichen einen größeren und schnelleren Informationsfluss, aber sie überwinden nicht die kulturellen Barrieren und tragen nur peripher zum besseren Verständnis der Vorgänge bei. Sie informieren uns schnell darüber, was an der Oberfläche vorgeht, aber bieten kein tieferes Verständnis. Dazu müssen wir uns selbst anstrengen. Wir müssen erkennen, dass die sozialistischen Einheitssysteme in der arabischen Welt die Bildung der Jugend förderten und die neuen Medien Information und Austausch bewirkten. Wir müssen erkennen, dass die Menschen nach Freiheit streben, die universell ist, aber nicht mit der Freiheit zu verwechseln ist, die wir als individuelle, egoistische Selbstverwirklichung teilweise praktizieren.

Die Menschen streben nach Würde. Sie wollen in Würde leben. Und wenn sie schon nicht die westliche Freiheit genießen, die uns schon wieder unfrei macht, wenn sie schon keine Arbeit haben, die uns zum Teil nicht befriedigt, sondern gesundheitsschädlich drückt, so wollen sie doch als Menschen anerkannt sein, die ihr Auskommen fristen, ein Haus über dem Kopf haben, sich kleiden und ernähren können. Wir müssen erkennen, dass wir diesen Menschen mit unserem Hunger nach mehr Konsum, den wir Freiheit nennen, ihre Lebensgrundlage nahmen und nehmen.

Wir zerstören mit unserer industriellen Landwirtschaft ihre Agrarstrukturen, sorgen mit unserem Energiehunger, der nachwachsende Rohstoffe, Mais und Getreide verschlingt und zu Treibstoff verarbeitet, dafür, dass seine Ausdünstungen das Klima anheizen, das die

Erde verbrennt. Wir bereiten den Menschen mit unserer Gefräßigkeit Hunger, den sie nicht stillen können, weil die Vorräte der Erde zur Neige gehen und die Getreide- und Lebensmittelpreise in der arabischen Welt steigen.

Und wer Augen hat zum Sehen und zum Lesen und einen Kopf zum Denken, der sah und sieht, dass dieser Ausbruch der Menschen eine Revolution der Armut und des Hungers war und ist, ein Aufschrei und ein Verlangen nach Nahrung, der immer dem Bedürfnis nach geistiger Freiheit vorausgeht. Es gibt diejenigen, denen nach Freiheit dürstet und die sich wünschen, ihr Land möge ihnen zu trinken geben und nicht nur tröpfchenweise und es gibt diejenigen, denen ist diese Freiheit nicht genug, sie streben nach Wohlstand. Bieten ihre Kulturen ihnen Freiheit, aber keine Perspektive oder scheint ihnen den Weg, den sie gehen müssen, zu mühsam, so verlassen sie ihren ihnen angestammten Raum in der Hoffnung auf ein besseres Leben.

Oft übersehen sie, dass ihr Weg in die Freiheit beschwerlich ist und in Knechtschaft endet, der sie zu entrinnen gedachten. Und wir, die die Menschen zu Freiheit und zu Aufstand ermunterten und sie anfeuern in ihrem Tun, empören uns und schließen die Grenzen, wenn die Menschen ihre neue Freiheit nutzen, dem Elend zu entfliehen. So bitte war das nicht gemeint. Die Freiheit des anderen gefällt uns nur, wenn unsere Freiheit nicht eingegrenzt wird. Sie wird aber beschränkt und gefährdet durch die Ansprüche derer, deren Freiheit und Wohlstand wir seit der Kolonialzeit begrenzen, unsere Freiheit und unser Wohlstand gründet sich auf der Unterdrückung der Freiheit und des Wohlstandes der Anderen.

Unsere wohlgenährten Wohlstandsbäuche demonstrieren wohl gegen die Atomkraft, weil sie gefährlich ist und uns bedroht, aber auf unseren Porsche und auf den billigen Flug in den Urlaub wollen wir nicht verzichten. Bewusster leben ja, Yoga und Urschreitherapie, aber bewusst anders leben nein, denn das bedeutet auf Wachstum zu verzichten, sich zu begnügen. Wir fliegen nach Tunesien, das haben wir uns verdient. Wir lassen uns bedienen, denn daran verdienen doch die anderen, die sonst keinen Verdienst haben. Wir tun damit doch ein gutes Werk. Was schert uns dort Ben Ali und seine Clique, die sein Volk unterdrückt und es nicht teilhaben lässt an dem wenigen Reichtum, den das Leid generiert.

Wir helfen den Menschen nicht, wenn wir nicht dorthin fliegen, aber wir würden ihnen helfen, wenn unsere Politik eine andere wäre und der Reichtum der Welt sich anders verteilen würde. Aber die Politik ist, wie sie ist, weil wir in Wohlstand leben wollen und nicht hören wollen von Politikern, rechts, links oder grün, dass sich unser Wohlstand auf die Armut anderer Menschen gründet. Und so fliegen wir weiter nach Tunesien und möglichst soll alles so bleiben, wie es ist.

Ja, die Leute wünschen sich mehr Freiheit, wir wollen ihnen behilflich sein, dass sie diesen Anspruch in Freiheit artikulieren können. Aber die Menschen sollen doch bitte dort bleiben, wo sie sind, nicht hierher kommen und nicht auf unsere Kosten leben. Wir können doch rüber fliegen und ihnen unser Geld bringen, wenn sie uns dafür bedienen.

Wir sagen ihnen auch, wie Freiheit geht, sie müssen nur auf uns hören. Dazu braucht man unterschiedliche Parteien, eine Wahl, ein Parlament, eine Regierung und eine Justiz, alles möglichst unabhängig und demokratische Bürger braucht man natürlich auch. Wir zeigen ihnen das. Wir haben das ja auch gelernt. Wir benötigen dafür zwei Weltkriege, wir haben dafür die Welt in Schutt und Asche gelegt und die Welt dann uns, aber dann haben wir das gelernt, in den letzten 60 Jahren.

Wir zeigen euch jetzt, wie das geht. Wenn ihr euch beraten lasst, dann schafft ihr das schon. Dafür braucht man nicht ein Zerschlagen eurer Strukturen und keinen Marshallplan. Ihr schafft das aus euch selbst heraus, hört auf unseren Rat, treibt Handel mit uns, kauft uns unsere Waren ab, damit wir euch unsere Berater schicken. Und falls ihr keine Kaufkraft habt, so habt ihr doch ein schönes Land, dann bedient uns weiter als Touristen, aber bitte in Frieden, in Ruhe und in Ordnung, denn das lieben die Touristen, bitte keine parlamentarische Unordnung oder Demonstrationen, eure Freiheit soll sich zeigen in einem freiwilligen, dienenden Lächeln, das ihr aufsetzt, wenn ihr uns einen Cocktail zum Pool bringt und im türkischen Bad unseren Rücken knetet und den einsamen, liebesdurstigen, verlangenden Karrierefrauen die Brüste.

2004 hatte er den Wunsch Monastir kennenzulernen. Er hatte schon Anknüpfungen zu anderen Partnerstädten seiner Stadt, in die er wirkte, aber zu Tunesien hatte er bisher keine Verbindungen.

Die Stadt unterhielt zwar spärliche offizielle Kontakte zu der Verwaltung Monastirs, die aber kaum zu Berührungspunkten zwischen Nichtregierungsorganisationen, Vereinen oder Bürgeraustauschen geführt hatten.

Die Behörden Monastirs ließen nur kontrollierte Beziehungen zwischen Menschen und Organisationen beider Städte zu und so musste er sich der offiziellen Kanäle beider Stadtverwaltungen bedienen, um Kontakte zu Monastir herzustellen.

Seinen Ansprechpartnern in Monastir erläuterte er die Ziele seiner Reise so schmackhaft, dass diese Interesse fanden. Er beabsichtigte mit einem Filmteam Medienworkshops für tunesische Jugendliche durchzuführen. Gleichzeitig wollte er mit seinem Team Filmbeiträge über die Stadt Monastir produzieren. Sehenswertes über die Stadt und ihre Gesellschaft sollte dokumentarisch festgehalten und interessierten, deutschen Zuschauern der Bürgermedien gezeigt werden. Er verschwieg den tunesischen Verantwortlichen, dass sein Team nur aus Freiwilligen bestand. Ihnen war nicht klar, dass seine Gruppe weder professionelle Werbeprodukte erstellen konnte noch wollte. Vielmehr beabsichtigte sein Team das alltägliche Leben einzufangen und Kontakte zur zivilen Bürgergesellschaft herzustellen.

Die Stadt Monastir erwartete eine hochrangige Delegation. Das war jedoch nicht der Fall. Seine Möglichkeiten waren begrenzt. Er hatte sein Team nach ihm vorgegebenen Bedingungen und Zweckmäßigkeiten zusammengestellt.

Seine Gruppe bestand aus drei jungen Frauen und ihm. Adrienne, eine Französin, sprachlich gewandt, sollte journalistisch tätig sein und als Dolmetscherin dienen. Paula, eine Polin, beherrschte die Kamera leidlich und war für die Filmaufnahmen vorgesehen. Beide waren zudem verantwortlich für die Durchführung der Workshops mit den Jugendlichen. Das produzierte Material sollte später in seiner Einrichtung möglichst professionell geschnitten und bearbeitet werden. Die dritte Frau, Sevilay, seine Auszubildende, war vorgesehen ihm zu assistieren. Ihre tunesische Ausstrahlung und arabischen Gesichtszüge, obwohl sie ihrer Herkunft nach eine anatolische Türkin war, konnten ihm nützlich sein. Sevilay hatte eine gute Figur und war hübsch. Mit ihren schwarzen, mittellangen, gelockten Haaren und dunklen Augen würde sie die Blicke der tunesischen Männer auf sich ziehen. Als Muslimin verstand sie die Kultur der Araber und wusste, dass ihr Chef bei den arabischen Partnern großes Ansehen genießen würde. Sein Team bestand aus drei jungen Frauen, alle zwischen 22 und 26 Jahren alt. Diese Tatsache unterstrich die Bedeutung seiner Persönlichkeit. Auch wenn Adrienne und Paula europäisch und hausbacken wirkten. Sevilay entsprach den kulturell geprägten Erwartungen der tunesischen Gastgeber in hohem Maße.

Da der Abflug vom Regionalflughafen sehr früh am Morgen geplant war, übernachtete er am Abend zuvor aus Gründen der Sparsamkeit und Logistik bei Sevilay und ihrer Schwester. Die Schwester befand sich wie Sevilay in der Ausbildung. Sie lebten zusammen in einer Zweizimmerwohnung und unterstützten sich gegenseitig. Er kannte Sevilay schon lange. Sie war ein gutes Mädchen. Deshalb hatte er ihr eine Ausbildungsstelle in der Verwaltung seines Hauses ermöglicht. Aus Dankbarkeit bot sie ihm ihr Sofa an. Sie waren Freunde.

Am Morgen fuhr er mit Sevilay zum Bahnhof, wo sich die Reisenden trafen, von dort ging es mit dem Bus zum

Flughafen. Da die Reise nur geringfügig subventioniert war und der Rest eigenfinanziert werden musste, hatten sie einen Billigflug und preiswerte Touristenunterkünfte gebucht. Das Flugzeug startete und setzte pünktlich zur Landung an.

Nach dem Stillstand des Flugzeuges ertönte eine Lautsprecherstimme. Seine Delegation wurde in französischer, englischer und deutscher Sprache ins Cockpit gebeten. Die Rolltreppe wurde herangefahren. Privilegiert stiegen sie die Stufen hinab. Er hatte ein mulmiges Gefühl. Was geschah da mit ihnen?

Sie wurden mit ihrem Handgepäck, den Kameras und Stativen zu zwei wartenden Jeeps geführt. Die Tunesier behandelten sie als „very important people".

Am Flughafengebäude sah er ein Banner angebracht, auf dem geschrieben stand, dass es der Stadt Monastir eine Ehre sei, ihre Gäste aus der Partnerstadt begrüßen zu dürfen. Er fühlte sich geehrt. Andererseits war ihm die bevorzugte Behandlung peinlich, da die übrigen Fluggäste warten mussten. Dennoch genoss er die Aufmerksamkeit, die man der Gruppe widmete. Seine Begleiterinnen kamen aus dem Staunen nicht heraus.

Sie wurden von einer offiziellen Abordnung empfangen. Unter ihnen ein Dolmetscher, der zu ihrem ständigen Betreuer wurde und von dem er nicht wusste, aber ahnte, dass er nicht nur zu ihrer Sicherheit, sondern auch zu ihrer Beobachtung abgeordnet war. Zwei weitere Personen, wohl in der Funktion eines Kulturamtleiters und eines Chauffeurs, wurden ihre weiteren ständigen Begleiter.

Kameras und technische Geräte wurden durch den Zoll sorgsam kontrolliert und die Gerätenummern notierte man in ihren Reisepässen, die sie bei der Ausreise wieder vorzuzeigen hatten.

Nachdem die Formalitäten erledigt waren, bedeuteten ihnen ihre Begleiter, in die bereitgestellten Fahrzeuge zu steigen. Sie gelangten vom internationalen Flughafen Habib Bourguiba nach zehn Autominuten zu einer Küstenstraße, an der sich dem Meer entlang prachtvolle Hotelpaläste und Anlagen reihten.

Der Kulturverantwortliche bedeutete ihm, dass die Stadt Monastir sich erlaubt habe, den besonderen Gästen angemessene Zimmer in bevorzugter Lage zu besorgen. Die von ihnen über ein Reisebüro gebuchten Zimmer seien storniert worden.

Sie waren Gäste des Palace International. Der Président-Directeur Général, Mohamed Aïssa Lanouar, empfing sie.

Die drei Mädchen bekamen eine geräumige zweigeteilte Suite zugewiesen. Ihm wurde ehrenhalber die Suite „Bourguiba" zur Verfügung gestellt. Sie bestand aus vier Zimmern, von denen drei Räume einen exquisiten Meerblick erlaubten. Das vierte Zimmer war ein Wohnkomplex, in dem Gäste empfangen werden konnten. Dieses Zimmer war mit kostbaren Wandteppichen, Vorhängen und einer entsprechend großzügigen Bar ausgestattet.

Er genoss den Meerblick. Auf einem der zwei Balkone deponierte er sein Schachspiel, welches er in Mußestunden zu nutzen gedachte. Der Mangel an Zeit würde ihm jedoch nicht erlauben seiner Leidenschaft zu frönen. Auf dem anderen Balkon kostete er vom herrlichen Obst. Variationsreich und in enormen Mengen auf einer riesigen Schale, vom Personal täglich gekühlt und frisch aufgefüllt, stand es im Gästezimmer zu seiner ständigen Verfügung.

Weitläufige Fensterfronten würden es erlauben, bereits am frühen Morgen von seinem riesigen Bett den Sonnenaufgang am Horizont des Meeres zu bewundern.

Man ließ den Gästen Zeit, sich ein wenig zu erfrischen, bevor das offizielle Programm begann. Sein Blick glitt über das Meer, dann über die weitläufige Parkanlage des Hotelkomplexes. Er gewahrte einen großen und einen kleineren Swimmingpool, eine Cafébar, ein Gartenrestaurant und Einkaufsläden, die geschickt und unaufdringlich in den Anbauten des Hotelkomplexes untergebracht waren. Dort konnte man sich mit allerlei und belanglosen Touristen- und Sonnenartikeln versorgen. In einem der Anbauten verbarg sich ein Wohlfühlkomplex mit Massage- und Schönheitssalons und einem türkischen Bad.

Er schloss die Augen. Träumte er? Er öffnete sie wieder. Nein! Die Sonne schien warm und er sah das blaue Meer. Er rekelte sich behaglich auf seiner Balkonliege und blätterte in den Broschüren, die ihm die Hotelverwaltung zur Lektüre empfohlen hatte:

„Nur zwei Schritte von Europa entfernt gibt es eine Gegend", so las er, „wo die Luft so angenehm mild, der Himmel und das Meer strahlend blau und die Menschen von einer so spontanen Freundlichkeit sind, dass man nie mehr von hier weg möchte. Monastir, schon der Name animiert zu einem Besuch und lädt dazu ein, diese Stadt und ihre Umgebung zu entdecken. Im äußersten Süden des Golfs von Hammamet ist die Gegend von Monastir traumhaft, eine wahre Meeroase mit weißen Sandstränden, wo das Wasser türkis schimmert und der Himmel azurblau ist. Heute kann man an diesem freundlichen Ort unvergessliche Ferien genießen, in diesem wahren, wie durch ein Wunder erhaltenen Garten Eden.

In Monastir fehlt es nicht an Anziehungspunkten: weiter, goldfarbener Strand, atemberaubende Landschaftsbilder, ein faszinierend schönes Hinterland mit tausend Kontrasten, ergiebigen Böden und eine wirklich herzliche Bevölkerung.

Die zahlreichen, oft luxuriösen Hotels befinden sich in bevorzugter Lage und sind gut ausgestattet. Man wird besonders schnell braun und trotz der Besucherstrände hat man nie den Eindruck, dass die Gegend überfüllt ist, wie das anderswo der Fall ist."

Wahrlich, das Meer und der Himmel waren strahlend blau, die Gegend war traumhaft, das Wasser türkis, die Landschaftsbilder zeigten wunderbare Kontraste und die Hotels befanden sich in bevorzugter Lage und waren gut ausgestattet. Aber wie war das wirkliche Leben der Menschen? Was steckte hinter dieser wunderschönen Fassade? Wie waren die tatsächlichen Verhältnisse? Wie lebten die Menschen? Wie waren die gesellschaftlichen und sozio-kulturellen Gegebenheiten? Waren sie glücklich?

Er las weiter: „Heute wird Monastir von friedlichen Touristen erobert, die auf der Suche nach Abwechslung, Erholung und ein bisschen Abenteuer sind, um einen zauberhaften Aufenthalt zu genießen auf einem Fleckchen Erde, das eigens für unvergessliche Ferien geschaffen worden zu sein scheint. Monastir, das bedeutet vor allem Badeaufenthalt entlang der wunderbaren Küste, wo man schwimmen, faulenzen und sich praktisch das ganze Jahr über bräunen lassen kann. Die Stadt befindet sich inmitten wunderschöner Landschaften, wo es Natur in Hülle und Fülle gibt, verschiedene Grünfärbungen aus Tamarisken, Aloen, Oliven- und Feigenbäumen, die goldbraunen Farbreflexe der Bougainvilleas, purpurner

Hibiskus, das Dunkelblau der Geranien, weiße Jasminblüten, das leuchtende Weiß der getünchten Wände, das Ocker der alten Stadtmauern der Medina. Eine faszinierende Farbpalette."

Tatsächlich. Er sollte es in den Folgetagen erleben. Bei seinen Spaziergängen umgab ihn ein Farbenmeer, die Natur zeigte sich in Hülle und Fülle und er sah das Ocker der alten Stadtmauer. Aber was bargen diese Mauern? Ihre Schönheit war real, sie täuschte nicht. Aber die Menschen, die hinter den Mauern lebten, sahen sie die Schönheit? Oder waren ihre Augen trübe ob der Mühsamkeit des Alltags, den sie durchlebten?

Er klappte die Broschüre zu. Er musste sich sputen. Zeit zum Schwimmen blieb ihm nicht. Ohnehin war das Meer noch zu kalt. Er würde später den Swimmingpool nutzen. Er begab sich durch die riesige, kühle Empfangshalle des Hotels nach draußen, wo die Mädchen ihn bereits erwarteten. In ermüdender Wärme döste der Chauffeur in seinem Gefährt. Ein zweiter Wagen mit dem Kulturbeauftragten und dem Dolmetscher bog um die Ecke.

Gemeinsam fuhren sie die Küstenstraße entlang in die Stadt. Ein Empfang beim Bürgermeister und ein verspätetes Mittagessen erwartete sie. Der Bürgermeister begrüßte sie herzlich. Seinem Aussehen nach schien er französischer Abstammung zu sein. Sein Schnäuzer wirkte nicht aufdringlich, sondern sympathisch, wie auch sein Lächeln, das nicht aufgesetzt war.

Der Kulturdezernent oder Touristendezernent, er wusste es nicht zu deuten, war kahlköpfig, rundlich und trug eine dicke Hornbrille. Auch er war nicht unsympathisch, schaute aber ein wenig distanziert.

Der Bürgermeister informierte sie über die Stadt und über die islamische Festung Ribat, an der sie auf dem Hinweg vorbeigefahren waren. Monastir gehörte neben Kairouan und Sousse zu den ersten in Ifriquia gegründeten arabischen Siedlungen und wurde auf den Ruinen der alten phönizisch-römischen Stadt Ruspina erbaut.

Die Festung Monastir war auf Befehl des Abbasiden-Kalifen Harun al Raschid im Jahre 796 als Schutz gegen Angriffe der byzantinischen Flotten am Mittelmeer errichtet worden und galt mit der Ribat von Sousse als die bedeutendste Festung entlang der tunesischen Küste.

Das antike Ruspina, einst Stützpunkt des Afrika-Feldzugs von Julius Caesar, wurde durch drei Festungen verteidigt, von denen noch heute Spuren zu erkennen sind.

Nach dem Niedergang der Hauptstadt Kairouan unter der Herrschaft der Fatimiden zugunsten des nahegelegenen Mahdia im 11. Jahrhundert erlebte Monastir sein goldenes Zeitalter und galt von da an als Heiligtum, zu dem Tausende von Pilgern strömten.

„Im Ribat von Monastir wurden 1978 bis 1979 große Teile des Films ‚Das Leben des Brian' gedreht", erklärte der Bürgermeister. Er war stolz auf Monastir.

Seit dem Tag der Unabhängigkeit Tunesiens wurde nichts unversucht gelassen, um aus Monastir einen bekannten Sommerbadeort zu machen.

Das alte Stadtviertel ist vollständig restauriert und neue Straßen, Cafés und Restaurants wurden erbaut.

Nach dem Vortrag des Bürgermeisters kosteten sie gemeinsam die tunesische Küche und genossen den Pfefferminztee.

Während des Essens erzählte der Bürgermeister weiter, lobte die Luxushotels entlang der Küste in Dkhila, in

Skanes und in der Stadt. Sie sollten einige Prachtbauten kennenlernen. Er würdigte den internationalen Flughafen vor der Stadt, auf dem sie gelandet waren, mit vier Millionen Passagieren der größte Flughafen Tunesiens, pries das Kongresszentrum für internationale Tagungen, das günstige Straßennetz und die S-Bahn, die Monastir mit Sousse verbindet und bald auch mit Mahdia und er vergaß auch nicht das Universitätszentrum zu erwähnen, welches der Stadt eine besondere Bedeutung verleihe.

Tunesien

Besonders stellte der Bürgermeister die Tatsache heraus, dass Monastir die Geburtsstadt des ehemaligen Präsidenten Habib Bourguiba sei, zu dessen Ehren in der Stadt eine Moschee und ein Mausoleum errichtet wurden. Diese Gebäude gelte es unbedingt zu besichtigen.

Jetzt war es an der Zeit die Dinge zu erörtern, die bei der Vorbereitung der Reise bereits angesprochen worden waren und die es nunmehr zu konkretisieren galt.

Offensichtlich wollten die Gastgeber Werbefilme über die geschichtsträchtige Kultur- und Touristenstadt Monastir, das vorbildliche Gesundheitswesen und die gelungene Emanzipation der Frauen in der tunesischen Gesellschaft. Deshalb wurden sie so formidabel empfangen, bewirtet, behütet, umsorgt und versorgt. Er versprach entsprechende Filme zu fertigen, wenn er die Chance bekäme, mit Vertretern der zivilen Bürgergesellschaft in Kontakt zu treten. Er klärte den Bürgermeister auf, dass es sich bei seinem Team um ein semiprofessionelles, laienhaftes Team handele. Professionelle Qualität könne er nicht versprechen, wolle aber sein Bestes tun.

Ihm war unwohl. Ihm war die Diskrepanz zwischen den Wünschen seiner Gastgeber und dem Vermögen seiner Mädchen, diese zu erfüllen, bewusst. Nach ihrer Rückkehr würde er fachliche Hilfe für die Mädchen beim Schneiden und Fertigstellen der Produkte organisieren müssen. Voraussetzungen waren aber eine gute Ton- und Bildqualität. Sollte die nicht gewährleistet sein, würde es unweigerlich zu Enttäuschungen kommen.

Er unterstrich seinen Anspruch auf freie Hand und Gestaltungsfreiheit bei der Gestaltung der Filme. Das gelte insbesondere für das Thema des zweiten Films über den positiven Fortschritt der tunesischen Gesellschaft am Beispiel des Gesundheitswesens und der Gleichberechtigung der Frauen. Das Thema der Frauenrechte war für die Gastgeber sehr wichtig. Deren Verwirklichung in Tunesien erfüllte sie mit Stolz.

Sodann klärte er mit den tunesischen Verantwortlichen die Bedingungen und Notwendigkeiten für die Workshops und Filmaufnahmen. Für die Workshops sollten kostenfreie, internetgestützte Schnittprogramme zum Einsatz kommen, denn teure „Premiere"- oder „Avid"-Programme, die in seiner Einrichtung üblich waren, standen den tunesischen Jugendlichen nicht zur Verfügung.

Eine schwierige Aufgabe bestand darin, für die Filmproduktionen interessante Drehorte zu finden und über das Gesundheitswesen, die Frauenrechte und über das Kultur- und Touristikangebot der Stadt entsprechende Bilder zu generieren. In kürzester Zeit waren kulturgeschichtliche und politische Informationen zu erlangen und zu erfassen, denn es standen ihnen nur drei Drehtage zur Verfügung.

Das Problem bestand darin, den für Westeuropäer fremden Kulturkreis richtig zu antizipieren, damit fremdländische Betrachter die Inhalte der Filme in angemessener Weise begreifen konnten.

Alles was sie nun taten, das gesamte Besuchsprogramm, musste dem Zweck dienen, permanent Informationen und Bilder zu sammeln und zu filmen.

Essen und Gespräche zogen sich hin. Sie speisten einfach, aber reichlich, gut und landestypisch. Die tunesische

Küche ist bekannt für ihre pikant gewürzten Gerichte. Ihm waren sie jedoch nicht scharf genug, deshalb fügte er Harissa hinzu, einen Brei aus Chillipfefferschoten mit Knoblauch und Olivenöl. Sie aßen Salat, Schorba, eine kräftige Suppe und Brik, eine im heißen Fett gesottene Teigtasche, Couscous, dazu einen ihm unbekannten Fisch, leicht von den Gräten zu lösen und Tintenfische. Sehr bekömmlich erwies sich ein Salat aus gebratenen Tomaten und Paprika, mit klein gehackten Eiern, die die Einheimischen Mechouia nennen. Herzhaft schmeckten ihm die kleinen, scharfen Würstchen aus Hammelfleisch.

Dazu trank er Mineralwasser. Den Wein, obwohl er ihm als vollmundig und bekömmlich angepriesen wurde, lehnte er ab. Alkohol trank er erst des Abends. Zur Zeit des Geschehens war er noch Raucher und Alkohol in Verbindung mit Nikotin ermüdete ihn, wenn damit nicht ausgelassene Fröhlichkeit verbunden war. Auch beabsichtigte er in einem muslimischen Land dem Alkohol nur spärlich zuzusprechen, da er den Gastgebern zu erkennen geben wollte, ihre Gebräuche und Sitten zu beachten. Die Gastgeber zeigten allerdings an, dass sie gegen Alkoholkonsum nichts einzuwenden hatten.

Am späten Nachmittag kehrten sie zum Hotel zurück. Er gab Paula und Adrienne die Anweisung, an der Konzeption des Films zu arbeiten. Sie sollten sich aber nicht zu sehr festlegen, denn das schien ihm sinnlos, da sie im Detail nicht wussten, was sie erwartete. Wenn sie sich jedoch einige Gedanken machten, konnte das nicht schaden.

Paula und Adrienne waren also beschäftigt und er spazierte mit der hübschen Sevilay den Strand entlang, bevor sie sich in die Liegestühle an den Pool legten, um die letzten Sonnenstrahlen zu genießen.

Er nahm ein Bad im Pool, Sevilay war das Wasser zu kalt. Gemeinsam nutzten sie die Zeit ein wenig über Tunesien zu recherchieren und zu Papier zu bringen, über den Aufbau der Filme nachzudenken, um ihre Gedanken in die Konzeptionen von Adrienne und Paula einfließen zu lassen.

Tunesien ist das nördlichste Land Afrikas und nur 140 Kilometer von Sizilien entfernt.

Die größte Nord-Süd-Ausdehnung beträgt 780 Kilometer, die größte Ost-West-Entfernung zwischen der Insel Djerba und Nefta beträgt etwa 380 Kilometer. Die Mittelmeerküste hat ungefähr eine Länge von 1.300 Kilometern. Der Nordwesten von Tunesien wird vom Tellatlas bestimmt. Benachbarte Länder sind Algerien und Libyen. Entlang des Mittelmeeres, um den Golf von Gabès liegt die Litoralzone, die durch sandige Flachküsten, Lagunen und vorgelagerte Inseln wie Djerba gekennzeichnet ist. Die Gewässer befinden sich fast alle im Norden des Landes. Die Landesmitte und der Süden Tunesiens sind von großer Trockenheit geprägt. Allerdings gibt es dort große Grundwasservorkommen, was die Flächen der Oasen in den letzten dreißig Jahren zu vergrößern erlaubt hat.

Nach der Unabhängigkeit wurden die Staudammprojekte, die bereits in der Kolonialzeit begonnen worden waren, weitergeführt, um den stark steigenden städtischen Wasserbedarf zu befriedigen. Das Klima ist durchwachsen. Die Niederschläge nehmen von Nord nach Süd ab und von Ost nach West leicht zu. Der winterfeuchte, sommertrockene Norden unterscheidet sich erheblich von den zentraltunesischen Steppenregionen. Südlich des Atlas herrscht ganztägiges, trockenheißes Wüstenklima. Die extremsten Temperaturen werden in der Sahara mit 50 Grad Celsius und Bodenfrösten erreicht. Fast die gesamte Bevölkerung spricht tunesisch-arabisch. Während der Zeit des französischen Protektorates wurde die französische Sprache eingeführt.

Nach der Unabhängigkeit ist die arabische Sprache wieder im Vormarsch, obwohl die Institutionen in Verwaltung, Justiz und im Bildungswesen noch zweisprachig sind.

Der Islam ist in Tunesien Staatsreligion.

Die Wirtschaft wuchs in den letzten 20 Jahren stetig. Dies war aufgrund der politischen Stabilität und Kontinuität im Land möglich. Tunesien wurde deshalb von der OECD als Schwellenland und wettbewerbsfähigstes Land Afrikas eingestuft. Die Problemfelder sind die steigenden Nahrungsmittelpreise, die zu Instabilität führen können, die anhaltende Arbeitslosigkeit und die Belastung des Staatshaushaltes durch Subventionen.

Das Land ist stark abhängig von Europa, was den Außenhandel und insbesondere die Tourismusbranche betrifft. Die Außenhandelsbilanz Tunesiens ist negativ. Tunesien ist abhängig von Tourismus und den Zahlungen der Auslandtunesier, obwohl Tunesien über Bodenschätze verfügt und landwirtschaftliche Produktionen, die jedoch nicht ausreichend sind. Tunesien strebt größere Autarkie an.

Wie wenig er doch über Tunesien wusste! Das angelesene Wissen reichte ihm nicht aus, er war begierig mehr zu erfahren.

Das Abendessen nahm die Gruppe gemeinsam im Hotel ein. Spät abends wurde ihnen ein Bauchtanzprogramm geboten. Paula und Adrienne zogen sich schnell zurück.

Sie hatten anstrengende Tage vor sich. Er stattete mit Sevilay der hauseigenen Diskothek noch einen Besuch ab. Nur wenige Gäste verbargen sich in versteckten Nischen. Keiner tanzte. Er schlürfte ein absinthartiges Getränk und rauchte. Er rauchte zu viel. Der Absinth zeigte seine Wirkung. Sevilay tanzte allein auf der Tanzfläche, im türkisch-arabischen Rhythmus bewegte sie ihre Hüften und ließ ihr Becken kreisen.

Irgendwann fasste er Mut und tanzte mit ihr. Er fand sich linkisch. Die Diskothek füllte sich. Die Tanzfläche wurde voller. Scheinbar hatte sie anderen Besuchern Mut gemacht. Es wurde ein feucht-fröhlicher Abend. Erschöpft sank er ins Bett.

Er stand früh auf und genoss den Blick aufs Meer. Er begab sich auf den Balkon, wo ihn die Morgensonne kitzelte. Nach ausgiebigem Frühstück spazierte er durch die Parkanlagen, die den Straßen zugewandt lagen. Er verfolgte mit seinen Blicken das über dem Meer auftauchende Flugzeug, das den nahegelegenen Airport anvisierte. Der Duft der Flora betäubte ihn. Die Mädchen erschienen. Gemeinsam warteten sie auf ihren Begleiter, Dolmetscher und Chauffeur.

Sie fuhren zu einem Golfplatz außerhalb Monastirs, der in ihrem Touristenwerbefilm angepriesen werden sollte. Die Freunde des Golfs kommen in Tunesien voll auf ihre Kosten. Fast jedes Jahr wird eine neue Anlage eingeweiht. Der Flamingo-Golfparcour ist schon 15 Jahre alt. Er wurde von Ronald Fream, einem kalifornischen Architekten, entworfen. Der Golfclub liegt an der tunesischen Küste zwischen Sousse und Monastir. Der Achtzehnlochplatz bietet verschiedene Trainingsmöglichkeiten. Er befindet sich auf einer hügeligen Klifflandschaft, von der man einen herrlichen Blick auf die Salzseen „Sebkha" rund um Monastir hat.

Der hügelige Platz ist rund um die „Greens" und die „Tourways" mit über 2.000 Olivenbäumen übersät.

Er hatte noch nie Golf gespielt. Seine Sozialisation hatte ihm diesen Sport nicht nahe gebracht, trotz steigendem Interesse gewisser Bevölkerungskreise. Sie fuhren mit selbstlenkenden, elektrogesteuerten Buggys die Parkanlage ab um sich einen Überblick zu verschaffen.

Die Begleiter animierten ihre Gäste zu spielen. Man musste die richtige Technik entwickeln, den Golfschläger entsprechend halten, um den Schlag gezielt ausführen zu können. Golf war nicht zu vergleichen mit Minigolf, das er mit seinen Kindern oft gespielt hatte.

Seine Schläge gelangen ihm nicht. Frustriert gab er auf. Er fand Golf langweilig. Adrienne und Paula hatten keine Schwierigkeiten mit den Schlägen.

Er wanderte mit Sevilay zu dem unter Palmen gelegenen Café. Sie tranken einen Mocca und warteten auf die restliche Crew, die mit Spielen und Filmaufnahmen beschäftigt war.

Auf dem Rückweg nach Monastir stoppten sie unterwegs des Öfteren, um historische Zeugnisse der großartigen Kultur des Landes zu filmen. Sie kamen an Ruinen und alten Steinwällen vorbei und besichtigten einen altertümlichen Brunnen, aus dem die Römer einst mithilfe eines riesigen Höhengerüsts Wasser mit großen Seilwinden geschöpft hatten. Das Holz zeigte sich wegen des trockenen Klimas gut erhalten. Ihr Kulturverantwortlicher erzählte ihnen viel über die tunesische Geschichte.

Er notierte sich viele Dinge und die Mädchen machten fleißig ihre Aufnahmen.

Die große Mehrheit der Tunesier identifiziert sich kulturell mit den Arabern, wenngleich Studien belegen, dass sie aus ethnischer Sicht den Berbern und auch den Iberiern näher stehen.

Unter den Zivilisationen, die das Gebiet des heutigen Tunesien besiedelt haben und die aus jeweils unterschiedlichen Gründen assimiliert wurden, sind die Phönizier, die Römer, die aus Germanien kommenden Vandalen, die Ottomanen und zuletzt die Franzosen zu finden. Dazu kamen aus dem 15. Jahrhundert zahlreiche Mauren und Juden aus Andalusien.

Tunesien erlebte zu Beginn der geschichtlichen Aufzeichnungen die Gründung von Handelsniederlassungen durch phönizische Siedler aus dem östlichen Mittelmeer.

Diese besiedelten gegen Ende der Jungsteinzeit das heutige Tunesien und gründeten das Karthagische Reich. Karthago entwickelte sich zur größten Macht des westlichen Mittelmeeres und erweckte das Interesse des jungen, erstarkenden römischen Reichs. Es kam zu Konfrontationen, die in den drei Römischen Kriegen gipfelten. Karthago konnte mit seinen unter anderem von Hannibal geführten Truppen während des zweiten Punischen Krieges (210 bis 201 vor Christi) das Reich mehrmals an den Rand einer Niederlage bringen.

Am Ende des dritten Römischen Krieges (199 bis 146 vor Christi) wurde die Stadt Karthago drei Jahre lang belagert und dann zerstört. Das Gebiet des heutigen Tunesiens wurde Teil der römischen Provinz Afrika. 44 vor Christi beschloss Caesar diese neue Kolonie zu gründen. Unter Augustus wurde Karthago die Hauptstadt von Afrika. Es entstand ein dichtes Netz römischer Siedlungen, deren Ruinen bis heute zu sehen sind.

Das Christentum breitete sich schnell aus. Die Bevölkerung widersetzte sich zunächst dem neuen Kult, später wurde die Christianisierung mit Gewalt durchgesetzt.

439 eroberten die Vandalen und Alanen Karthago und errichteten ein Königreich, das ein Jahrhundert dauerte. Es wurde von den Byzantinern zerstört.

Die ersten arabischen Vorstöße auf Tunesien begannen Mitte bis Ende des 7. Jahrhunderts. 695 nahm der Ghassanide General Hassan Ibn Numan Karthago ein. Byzantiner bedrängten 696 Karthago und 697 konnten die Berber die Araber in einer Schlacht besiegen, aber 698 eroberten die Araber Karthago erneut und besiegten den Führer der Berber al-Kahina. Die Berber konvertierten zum Islam unterschiedlichster Glaubensrichtungen.

Verschiedene Dynastien mit unterschiedlichsten Religionsausrichtungen beherrschten das Land. Im ersten Drittel des zwölften Jahrhunderts war Tunesien häufig den Angriffen von Normannen aus Sizilien und Süditalien ausgesetzt.

Die Pest von 1384 traf Ifriquia mit voller Wucht und führte zu Bevölkerungsschwund. Danach begannen Mauren und Juden aus Andalusien einzuwandern, die von den Spaniern unter Ferdinand dem II. und Isabella bedrängt wurden.

Die Osmanen unterstützten die bedrängten Araber und verwickelten sich in Kämpfe mit Karl den V. 1574 wurde Tunesien Provinz des Osmanischen Reiches, deren Machthaber und Sultane sich durch örtliche Beys und Paschas in der Provinz vertreten ließen. Wirtschaftliche Schwierigkeiten, hervorgerufen durch eine ruinöse Politik der Beys, hohe Steuern und ausländische Einflussnahmen zwangen die Regierung 1869 den Staatsbankrott zu erklären. Aufgrund der strategischen Lage wurde Tunesien schnell Ziel französischer und italienischer Interessen.

1881 drangen französische Truppen in Tunesien ein, darauf vertrauend, dass England nicht eingriff, welches sein Einflussgebiet eher am Suez-Kanal sah und sich darauf verließ, dass Bismarck sich mit der Elsass-Lothringer Frage ablenken ließ.

Tunesien wurde Protektorat Frankreichs. Am Anfang des 20. Jahrhunderts begann der Widerstand der Tunesier gegen die französische Besatzung.

Trotz des Ersten Weltkrieges und eines bis 1921 herrschenden Ausnahmezustandes bekam die nationale Bewegung immer mehr Zulauf. Der Zweite Weltkrieg führte zu weiteren Verwicklungen. Die nationale Bewegung setzte Frankreich immer mehr unter Druck. Am 20. März 1956 musste Frankreich die Unabhängigkeit Tunesiens anerkennen.

Sie fuhren Richtung Monastir zurück. Sie besuchten das Kommissariat regional und sprachen über die Fremdenverkehrspolitik Monastirs. Neben den reichen Deutschen und Amerikanern, die den Golfplatz und den Jachthafen der Stadt nutzen, sind die Hauptbesucher Monastirs deutsche Touristen aus gut bürgerlichen Verhältnissen und Pauschalreisende aus Arbeiter-, Beamten- und Angestelltenverhältnissen, die sich gern Tunesien als Urlaubsziel auswählen, weil die Preise niedrig, die Menschen freundlich sind und das Wetter angenehm ist.

Oft nutzen sie die klimatischen Verhältnisse für einen kurzen Zweiturlaub im Winter.

Immer mehr Personen deutscher und anderer Nationen wählen Tunesien als Zweitdomizil, weil sie hier kostengünstig und klimatisch verwöhnt leben können. Viele kommen für ein halbes Jahr. Manche bleiben ganz. Im Laufe seines Aufenthaltes nahm er Notiz von den vielen Wohnblöcken und Anlagen, deren Ausstattung und Preisangebote es vielen Rentnern mit adäquater Rente erlauben, in Tunesien ihr Lebensende zu verbringen.

Eine reiche Informationsquelle für die Reisegruppe war der anschließende Besuch des Office nationale de la Famille et de la Population à Monastir. Es wurde von mehreren Frauen geleitet, deren Funktionen er im Einzelnen nicht auseinanderhalten konnte. Es empfingen sie Verwaltungsbeamtinnen, Politikerinnen aus Monastir und sogar eine Parlamentsabgeordnete aus Tunis, die sie mit vielen Informationen über die Rolle der Frauen in der tunesischen Gesellschaft versorgten und mit Wissenswertem fütterten.

Das Gesetz über den Status der Frau aus dem Jahre 1956 gilt auch heute noch als das progressivste in ganz Nordafrika. Die Erweiterung des Gesetzes von 1993, in dem unter anderem die Scheidung Minderjähriger, Rückgabe von Verlobungsgeschenken, Nachtarbeit und die Vormundschaft für Kinder bei Scheidung geregelt sind, gibt den tunesischen Frauen eine Stellung, die jener in unserer Gesellschaft durchaus gleichkommt.

In der Wirtschaft spielen die Frauen eine beachtliche Rolle. Die nationale Kammer der Unternehmerinnen mit dreihundert Mitgliedern vertritt fünfzehntausend weibliche Angestellte. Wie diese Reformen ins Bewusstsein der Bevölkerung gedrungen sind, konnte er nicht beurteilen, aber seine Gesprächspartnerinnen betonten immer wieder ihre Bemühungen um Gleichberechtigung. So seien dreißig Prozent der Abgeordneten im tunesischen Parlament weiblichen Geschlechts.

Das Thema „Frau in der modernen Gesellschaft" spiele eine herausragende Rolle in den tunesischen Filmproduktionen. Das Thema werde nicht nur komödiantisch als Familie-Tochter-Problematik, sondern auch unter sozial-kritischen Gesichtspunkten behandelt, wie überhaupt Kritik an bestimmten gesellschaftlichen Zuständen eine wesentliche Rolle im tunesischen Film spiele. Es gäbe eine progressive Filmkultur.

Im arabischen Raum nehme der tunesische Film eine herausragende Stellung ein. Da es keine Studios gäbe, würde meist vor Ort gedreht, so wie es hier jetzt seine Gruppe praktiziere.

Die Meinungs- und Pressefreiheit sei von der Verfassung garantiert. Allerdings gab man zu, dass in der Praxis die Medien die Regierungslinie verträten, die über die staatliche Nachrichtenagentur TAP verbreitet würde. Die Medien berichteten kritiklos über die Arbeit des Staatspräsidenten, der Regierung und der regierenden Partei RCD. In Tunesien herrsche Zensur und auch die Vergabe von Fördergeldern beeinflusse die Berichterstattung der Medien.

Das hindere jedoch engagierte Menschen und Politiker nicht daran die Gesellschaft fortschrittlich weiterzuentwickeln. Als Beispiel wurde das Gesundheitswesen genannt, für welches fast zwei Prozent des Bruttoinlandsproduktes und acht Prozent der öffentlichen Ausgaben aufgewandt werde. Es sei relativ gut ausgebaut mit 1.000 Menschen pro Arzt. Fast die gesamte Bevölkerung sei sozialversichert, die Lebenserwartung sei hoch und läge bei über 70 Jahren.

Dank mehrerer Familienplanungsprogramme der Regierung liege das Bevölkerungswachstum bei nur einem Prozent. Die Kindersterblichkeit hätte man auf achtzehn Kinder pro eintausend Lebendgeburten reduziert. HIV-Kranke gäbe es nur wenige, nur 0,10% der Bevölkerung sei mit dem Humane Immundefizienz-Virus infiziert.

Die Gruppe führte und filmte mehrere substanzielle Interviews. Sie unterhielten sich offen über alle wichtigen Fragen, die bereitwillig und ohne Scheu beantwortet wurden. Kritisch hinterfragte er die Rolle des Islams in der Gesellschaft.

Ihm wurde bedeutet, dass sich die sozialistisch und sozialreformerisch entwickelte Politik in Tunesien durchaus mit dem Islam vertrage. Es herrsche eine laizistische Verfassung, eine strenge Trennung von Religion und Staat und auch die Verhütungsprogramme der Regierung würden von den offiziellen Vertretern der islamischen Religionen unterstützt, weil sie die Verhütung als geeignetes Mittel der Geburtenkontrolle in einem armen, wenngleich prosperierenden Schwellenland akzeptierten.

Trotzdem käme es immer wieder zu ungewollten Schwangerschaften, da in konservativen Familien immer noch ein Vorbehalt gegen Kondome herrsche und viele verheiratete Männer in der Ehe sich dieser Verhütungsmethode verweigerten.

Die staatliche Abtreibungspolitik wurde als vorbildlich dargestellt.

Junge, ungewollt schwangere Frauen oder Frauen aus ärmlichen Familienverhältnissen als auch Mütter mit mehreren Kindern, die ein weiteres Kind aus sozialen oder wirtschaftlichen Gründen ablehnten, könnten kostenlos und jederzeit in staatlichen Krankenhäusern abtreiben lassen. Dazu gäbe es eigene Aufklärungsprogramme und erfahrenes Personal in der Verwaltung, die die Durchführung dieses legalen Prozesses der Geburtenkontrolle begleiteten, die ausdrücklich nicht von den religiösen Autoritäten kritisiert würden, wenngleich diese Abtreibung nicht offen propagierten. Sie hatten die Gelegenheit eine solche Klinik zu filmen, ja sie wurden sogar dazu gedrängt, eine Abtreibung zu dokumentieren, was er jedoch verweigerte, da er die Intimsphäre der Frauen nicht zu verletzen beabsichtigte und er die Filmaufnahmen für die Beschreibung des Gesundheitssystems und der sozialen Lage der Frauen in Tunesien als nicht notwendig erachtete. Er hatte schon Bedenken, die Frauen als abtreibungswillige Kandidaten ohne Einwilligung zu filmen, einer Abtreibung wollte er nicht beiwohnen. Er war nicht generell gegen Abtreibung, doch fand er, dass die Abtreibungspraxis in Tunesien zu exzessiv praktiziert wurde, konnte sich aber letztendlich kein abschließendes Urteil erlauben, weil ihm die sozialen Lebensverhältnisse zu wenig bekannt waren.

Er sprach die seiner Meinung nach problematische Abtreibungspraxis an und fragte, warum die religiösen Vertreter eine solche Praxis zuließen. Ihm wurde bedeutet, dass in der islamischen, meist konservativen Gesellschaft eine ungewollt schwangere, unverheiratete Frau ihre Ehre, die Ehre der Familie und des Stammes verletze und daher von der Sippe und der Gesellschaft verstoßen werden müsse.

Um diesem Konflikt zu entgehen, erlaube und setze man auf eine offene Abtreibungspraxis. Auch erlaube es die wirtschaftliche Lage vielen einfachen Familien nicht, eine größere Anzahl von Kindern zu ernähren. Die Armut und Arbeitslosigkeit sei trotz aller Erfolge in Tunesien weit verbreitet und so greife man zu diesen staatlichen Mitteln und sie würden dankbar angenommen.

Er fragte, ob es denn nicht im Sinne einer wahren Gleichberechtigung der Frauen besser sei, das Selbstbestimmungsrecht der Frauen in den Familien zu stärken, sprich vorehelichen Geschlechtsverkehr zu erlauben, denn die religiös und kulturell beschränkten Verbote förderten heimliches Tun mit oft unerwünschten Folgen und ob es nicht besser sei, das Ansehen derjenigen unverheirateten Frauen in der Gesellschaft zu stärken, die nicht abtrieben und ihr Kind austrügen, statt es zuzulassen, dass sie aus der Gesellschaft verstoßen würden.

Klar sei das besser und auch anzustreben, war die Antwort, dafür kämpfe man seit Jahren. Aber in der Realität sähe es so aus, dass die Frauen keine Chance hätten. Sie würden von der Familie verstoßen, sie bekämen keine Arbeit, sie würden isoliert. Das Umfeld meide den Kontakt zu diesen Frauen und viele Frauen besäßen nicht die Kraft und den Mut, diese Isolation zu ertragen.

Zwar gäbe es staatliche Programme, auch hier in Monastir gäbe es einen Fond und kommunale Mittel solche Personen zu stützen, aber die Inanspruchnahme sei gering.

So habe es aktuell eine junge, unverheiratete Frau gewagt ihr Kind auszutragen. Jede Frau habe das Recht, nach eingehender Beratung ihr Kind auszutragen, auch wenn man ihr staatlicherseits dazu abrate, wegen der beschriebenen Schwierigkeiten. Diese Frau werde mit

Geld, Betreuung und durch zur Verfügungstellung von Wohnraum unterstützt, aber diese Frau werde isoliert, lebe nun unter schwierigsten Bedingungen und von der Gesellschaft gemieden, man zeige mit dem Finger auf sie. Man müsse schon sehr stark sein, um diesem Druck standzuhalten. Die meisten Frauen, die in einer solchen Situation ihr Kind austrügen, seien nicht so stark, sie gäben ihr Kind zur Adoption frei, um der Schande ihrer Befleckung und Unreinheit zu entkommen.

Die Gespräche waren sehr ergiebig und er stellte fest, dass er durch die westliche und christliche Kultur gedanklich geprägt und womöglich beengt war. Dennoch war er der Überzeugung, dass Menschenrechte trotz aller Unterschiedlichkeiten der Kulturen als universell anzusehen waren. Eine Frau, die ein Kind gebar und deshalb verstoßen wurde, hatte ihre Gleichberechtigung noch nicht erlangt.

Aber brauchte diese Gleichberechtigung nicht ihre Zeit? Wie schwierig Veränderungen in einer konservativ geprägten Gesellschaft herbeizuführen waren, hatte er in seiner Kindheit in seinem Dorf erlebt. Noch in den 1970er Jahren wurden Frauen mit unehelichen Kindern im katholischen Münsterland wie Aussätzige behandelt.

Eine Gesellschaft wie die tunesische, deren Mitglieder in ländlichen Regionen weiterhin an den ‚bösen Blick' glauben, der einen traf, wenn man sich der Gesellschaft nicht anpasste, war nicht wirklich aufgeklärt.

Aber hatte er nicht in jungen Jahren auch in seinem Dorf Reste von Aberglauben erlebt und glaubten nicht Teile christlicher Religionsgemeinschaften weiterhin an Satan und seine Teufelsaustreiber?

Die islamische und semitische Glaubenslehre verbietet Aberglauben, aber heidnische Überbleibsel des

Glaubens an den ‚bösen Blick' haben sich bis heute in der tunesischen Bevölkerung gehalten.

Das ganze Land ist von Qubbas übersät. Diese kleinen, meist weißen Kuppelbauten sind Pilgerorte, häufig Grabstätten islamischer Heiliger, Marabouts, von denen geglaubt wird, dass sie Botschafter zwischen Menschen und Gott sind.

Im Volksglauben werden Marabouts um Hilfe gebeten, auch wenn dies vom offiziellen Sunnitentum als Abgötterei, Schirk, bezeichnet wird.

Für ihn bestand kein Grund verächtlich auf den Aberglauben der Tunesier zu schauen. Fungieren nicht auch in christlichen Religionen Heilige als Mittler? Werden ihre Reliquien nicht verehrt und angebetet? Und die, die nicht glauben, verehren und huldigen sie nicht andere Götzen?

Nach arbeits- und inhaltsreichen Stunden luden die Verantwortlichen zu einem umfangreichen Dinner in das Restaurant „Tour de Falaise".

Seine ständigen Begleiter, weitere Kommunalvertreter sowie Abgeordnete der Touristenverwaltung und Direktoren der ortsansässigen Hotels waren vertreten.

Sie alle gehörten zur Führungselite der Stadt und waren der sozialistischen Partei oder dem System verbunden. Sie alle profitierten und dienten dem System in irgendeiner Weise. Es waren freundliche und aufgeschlossene Menschen. Trotz ihrer Systemkonformität vernahm er nachdenkliche und kritische Stimmen, die innerhalb der gegebenen Strukturen Veränderung, Reformen und Fortschritt anstrebten. Es waren sympathische Menschen, die ihn hofierten, gastfreundschaftlich behandelten und versorgten wie einen hohen Gast und Freund. Er ließ es sich gern gefallen.

Habib Bourguiba

Alle waren freundlich bemüht, offen, man spürte, dass die Gastgeber ihre Stadt, ihr Land und auch die Menschen liebten, sie liebten die Menschen wie ihre Kinder, sie wollten sie erziehen, sie eines Besseren belehren, ihren Lebensweg gestalten. Aber sie wollten sie nicht selbstständig werden lassen. Sie sollten nicht erwachsen werden, ihren eigenen Lebensweg gehen. Sie sollten weiter abhängig bleiben, ihren Ernährern dienen und sie respektieren, dankbar sein für das, was sie empfingen, für die Fürsorge, das Gesundheitswesen, die Bildung. Und sie durften nicht zu sehr profitieren von dem Zuwachs ihrer Hände Arbeit, um das Einkommen und den Zuwachs ihrer Förderer nicht zu schmälern.

Die Untertanen sollen keine eigene Meinung äußern, wie ihr Leben und die Gesellschaft zu organisieren ist. Sie sollen nicht Mitsprache einfordern und sich nicht erheben gegen ein System der Unterdrückung, welches ihre Freiheit einschränkt, aber der Herrschaft Freiräume gewährt.

Er fragte sich, wie lange die Leute wohl noch stillhielten, ohne sich zu erheben, wie lange sie noch akzeptierten, dass hier eine Schicht von Leuten, geprägt vom französischen, kulturellen Erbe und der Revolution, das Land regierte und profitierte. Die Profiteure hatten zwar die Unabhängigkeit des Landes gefördert und die Gesellschaft positiv entwickelt, aber nicht allen Landeskindern gleichermaßen Freiheiten gewährt. Als er die nächsten Tage die einfachen Menschen auf der Straße betrachtete, die sich in Habitus, Kleidung und Aussehen deutlich abhoben von den Regierenden, stellte sich ihm diese Frage dringlicher.

Sie unterhielten sich angeregt beim abendlichen Mahl. Unterschiedliche Speisen wurden gereicht und ein guter tunesischer Rotwein kredenzt.

Die unterschiedlichen Gänge spiegelten den berbischen, arabischen, jüdischen, türkischen, französischen und islamischen Einfluss auf die tunesische Küche wider. Ihm mundeten sehr das Kichererbsengericht, das Lammfleisch und die Süßspeise Baklave.

Wie gut, dass die Tunesier eine traditionell liberale Einstellung zum Alkohol hatten, damit er den Feigenschnaps Boukha und den Dattellikör Laghmi ohne Missbilligung genießen konnte.

Die Themen der Gespräche waren vielfältig. Die Gastgeber lobten das handwerkliche Geschick ihrer Landsleute, welches sich besonders in der Mosaikherstellung, der Teppichknüpferei und der Herstellung traditioneller Trachten zeige. Gepriesen wurde auch die Schmuckherstellung der Berber. Ihm wurde empfohlen, auf dem Markt auf alle Fälle die von Männern aus Leder und die von Frauen aus Seide und Baumwolle und mit Gold- und Silberfäden verarbeiteten an den Füßen zu tragenden Babuschen zu erwerben, die sich sehr als Mitbringsel für zu Hause eigneten.

Er lobte die tunesische Fußballmannschaft und den afrikanischen Titelgewinn am 13. Mai und erhielt dafür viel Beifall von den Gastgebern.

Die weiblichen tunesischen Teilnehmer der festlichen Runde priesen das Handwerk als bedeutenden Wirtschaftszweig und das Geschick der Frauen in der Kunst der Stoffherstellung und des Färbens.

In der Malerei und dem Entwerfen der Kleider zeigten die Frauen viel Geschick, während die Männer ihre Meisterschaft in der Töpferei bewiesen.

Das Land besitze auch einige Bodenschätze wie Phosphat, Erdöl und Gas, ergänzten die tunesischen Männer das Gespräch, doch seien diese Rohstoffe begrenzt und dafür seien sie dankbar, sonst wären die Amerikaner längst da und ihre Unabhängigkeit sei dahin. Die Amerikaner fieberten nach Erdöl, wie andere nach Gold gierten, und um in dessen Besitz zu gelangen, gingen sie über Leichen. Die Tunesier besäßen Sonne und weiße Strände. Das sei ihr Gold und darüber seien sie froh.

Sie waren gesättigt und er war selig bedüselt. Paula und Adrienne wollten früh schlafen, doch ihm stand der Sinn nach orientalischer Discomusik. Er wollte sich ein wenig entspannen und die Informationen und die Einflüsse des Tages verarbeiten bei einem Absinth.

Sevilay begleitete ihn. Er trank den Absinth stark verdünnt und rauchte einige Zigaretten, die ihm aber nicht gut taten. Diesmal tanzten sie nur wenig. Er erregte die Aufmerksamkeit der Gäste. Er war groß und blond. Seine tunesisch anmutende Begleiterin jung und schön. Er genoss die Situation. Sie ermüdeten schnell und gingen in ihre Räume. Er saß noch eine Zeit lang auf dem Balkon, die lauwarme Nacht zu genießen, dem Rauschen des Meeres zu lauschen.

Er wollte sie umbringen, sofort und augenblicklich. Sie war einfach zu blöd. Als sie am nächsten Morgen aufbrachen, hatte er Paula gefragt, ob sie genügend Filmkassetten dabei habe. Sie erklärte, sie reichten für heute und die nächsten Tage. Sie habe genügend davon, da sie alte Kassetten überspielt habe. Welche alten Filmkassetten sie überspielt habe, fragte er. Die von seinem Sohn, mit dem Schnee.

Sie habe für einen Report Zwischenbilder mit Schneelandschaften benötigt. Sein Sohn habe ihr entsprechende Bilder auf zwei Kassetten zur Verfügung gestellt. In der Annahme, es handle sich um Kopiekassetten, die nachher nicht mehr benötigt würden, habe sie sie überspielt, um Kosten zu sparen.

Er wurde rot vor Wut. Die alte Kuh hatte Originalmaterial überspielt. Wie hatte sein Sohn diese Aufnahmen nur aus der Hand geben können? Jetzt waren einmalige Dokumente unwiederbringlich verloren.

Er war vor seiner Tunesienreise mit seinem Sohn in Belarus gewesen, zur Winterzeit, und sie hatten verschneite Landschaften gefilmt. Das Hauptinteresse der Reise waren jedoch Interviews mit Vertretern der europäischen Universität in Minsk gewesen. Die Universität stand kurz vor der Schließung durch Präsident Lukaschenko. Der Diktator sah das Wirken der Uni als Gefahr für sein Regime. Lukaschenko war bestrebt durch Manipulation, Einschränkung der Pressefreiheit, durch Unterdrückung regimekritischer Meinungen und Institutionen seine Macht zu festigen. Er beabsichtigte sie noch lange auszuüben. Damit unterscheidet er sich nicht von anderen Potentaten dieser Welt. Auch Ben Ali in Tunesien bediente sich dieser Methoden.

Sie hatten die Interviews unter größten Schwierigkeiten gefilmt. Der Geheimdienst hörte mit. Es war sehr wertvolles Material. Jetzt war es vernichtet.

Er war sehr erregt und ließ Paula seinen Missmut spüren. Das Schlimmste war, dass sie die Tragweite ihres Tuns nicht erkannte. Sein Gemüt besänftigte sich erst, als sie von ihren Begleitern erfuhren, dass ein Kamelritt geplant sei, der in ein von Berbern bewohntes Gebiet führe.

„Bei den Berbern handelt es sich um die Ureinwohner Nordafrikas", erläuterte der Dolmetscher.

Über die Herkunft der Berber ist kaum etwas bekannt. Es ist umstritten, ob sich das Wort aus dem Arabischen ableitet oder vom griechischen Wort barbados. Zeugnisse der Berber erschienen schon früh in ägyptischen, griechischen und römischen Quellen. Viele Jahrhunderte bewohnten die Berber die Küste Nordafrikas, von Ägypten bis zum Atlantischen Ozean und die vielen Eroberer und Kolonialisten prägten die Entwicklung und das Wesen der Berber. Berber sind vor allem im heutigen Marokko und Algerien anzutreffen. Die ursprüngliche Kultur und Sprache der Berber ist durch den arabischen Einfluss stark zurückgedrängt worden. Zahlreiche Berberstämme sprechen heute Arabisch.

Teile der tunesischen Bevölkerung sind berbischer Herkunft, aber nur noch ein kleiner Teil der Bevölkerung spricht die Berbersprache. Die Berber sind ein gastfreundliches Volk.

Sie erreichten schnell ihr Ziel. Ein berbischer Führer gesellte sich zu ihnen. Im Gespräch überraschte ihn der Mann mit der Feststellung, dass einige Berber sogar blond seien, denn unter den Einheimischen, die mit den Berbern siedelten – nur die Tuareg blieben Nomadenvölker – waren auch Familien germanischer Vandalen.

Als die oströmischen Streitkräfte die Restgermanen aus Nordafrika bekämpften und vernichtend schlugen, wurden nicht alle getötet und vertrieben.

Er rief sein historisches Wissen aus seinem Gedächtnis ab, dass er sich irgendwann angeeignet hatte. König Geiserich hatte die Vandalen 429 nach Nordafrika geführt, um sich der Reichtümer der Provinz Afrikas, des Herzstücks des römisch-westlichen Restreiches zu bemächtigen. Die Berberstämme schlossen sich den Vandalen an.

Die Vandalen und Alanen errichteten etwa im Gebiet des heutigen Tunesien ein Königreich, welches 442 von Valentinian III. anerkannt wurde. 455 plünderten die Vandalen und Alanen Rom. Der Begriff ‚Vandalismus', als Bezeichnung für ‚fanatisches Zerstören um seiner selbst willen' ist bis heute bekannt, auch wenn er historisch unkorrekt ist, da die Vandalen zwar nicht ohne Brutalität hausten, jedoch nicht in blinder Zerstörungswut.

Das Ende der Vandalen, die sich lange Zeit erfolgreich in Nordafrika behaupteten, nahte, als Ostrom Thronstreitigkeiten zum Anlass für Militärexpeditionen nach Afrika nahm. Die Zahl der vandalischen Krieger war zu gering, um der schweren Niederlage gegen die zahlenmäßig überlegenen Truppen unter Belisar zu entgehen. Nordafrika wurde 546 wieder in das Imperium Romanum eingegliedert.

In den Quellen erschienen von da an keine Vandalen mehr. Die Kriegsgefangenen wurden nach Ostrom deportiert und später in den Perserkriegen eingesetzt.

Die Restzivilbevölkerung mischte sich mit den Einheimischen.

Nach kurzer Fahrt erreichten sie ihren Ausflugspunkt. Die Berber kamen ihnen mit Pferden und Kamelen entgegen. Die Kamele knieten nieder und sie stiegen auf. Er war noch nie auf einem Kamel geritten. Er liebte das Reiten nicht, da er als Kind einmal von einem Pferd abgeworfen worden war, aber ein Kamelritt war etwas anderes. Man wiegt sich im Schritt des Tieres. Die Mädchen genossen den Ritt. Besonders Sevilay lächelte unentwegt und ihre dunklen Augen blitzten vor Freude. Er machte viele Fotos. Paula und Adrienne filmten vom Kamelrücken. Sie ritten auf Staubwegen und querten weitläufige Olivenhaine, in denen Schafe grasten. Die Fläche wurde sandiger. Sie erreichten eine oasenähnliche Siedlung und lagerten in der Nähe einer kleinen Schilfhütte, die unter Bäumen mit Netzen verspannt war.

Zwei Esel grasten angepflockt unter grünen Olivenbäumen. Auf einer offenen Fläche schichtete eine in traditioneller Tracht gekleidete Berberin Reisig zu einem Haufen, um ein Feuer zu entfachen. Sie nahmen in der schattigen Schilfhütte Platz und tranken Tee.

Die Kamele lagerten friedlich im Kreis. Der Tee schmeckte, trotz der nicht stilechten Plastikbecher, vorzüglich. Er fühlte sich wohl und er plauderte mit dem Kameltreiber. Sie tauschten ihre Adressen aus. Die Berberfrau nahm von dem Reisig und beförderte ihn in einen ringförmigen Lehmofen mit kraterähnlicher Öffnung und steckte ihn in Brand. Der Lehmofen nahm die Hitze auf. Die Frau backte Fladenbrot. Das frische Brot schmeckte köstlich. Er nahm nur wenig Brot angesichts der bereits verdauten und noch zu erwartenden Mahlzeiten, die ihnen ihre Gastgeber noch zu präsentieren gedachten. Eine Wasserpfeife wurde entzündet und sie zogen abwechselnd an dem Mundstück. Er inhalierte. Gern wäre er noch verblieben. Aber ihre Begleiter riefen zum Aufbruch. Ihr Ziel war Sousse. Die Kamele brachten sie zu ihrem Ausgangspunkt zurück und sie fuhren zu der am Meer gelegenen Hafenstadt.

Mit über 30.000 Betten und knapp einhundert Hotels ist Sousse die zweite Touristenhochburg des Landes. Weite

Strände, die wunderschöne Medina und die lebhafte Neustadt laden ein. Obwohl der Tourismus Haupteinnahmequelle ist, wird das Gesicht der Großstadt nicht von Touristen geprägt. Durch die günstige Lage mit dem Hafen und der Autobahn nach Tunis entwickelte sich Sousse zur drittgrößten Industriestadt Tunesiens. Die renommierte Universität zieht tausende von Studenten an. Eine kleine Bahn verbindet die Marine von Port El Kantaoui mit dem Zentrum von Sousse.

Sie schauten sich die Altstadt an. Sie geht auf das neunte Jahrhundert zurück und ist von einer langen Stadtmauer umgeben. Sie gehört seit 1988 zum Weltkulturerbe der UNESCO.

Sie durchquerten die Medina und wandten sich dem Hafen zu, der sich am Ostrand der Stadt erstreckt. Wie schon in der Antike und im Mittelalter gründet sich Sousses wirtschaftliche Bedeutung heute hauptsächlich auf seiner Rolle als Ausfuhrhafen. Sie bewunderten die zahlreichen einmastigen und zweimastigen Segelschiffe, an deren spitzen Bug archaische, romantische und abenteuerlich geschnitzte Holzfiguren zu sehen waren.

Alle Schiffe hatten auf ihrem Mast kreisförmige Ausgucke. Gern wäre er mit einem solchen Schiff auf die See hinausgefahren. Er liebt die Weite und es erfasste ihn die Sehnsucht nach der Ferne. Er roch das lebensspendende Salzwasser und den frischen Geruch des Meeres. Einige Fischer standen müßig herum. Andere flickten in Kauerstellung ihre Netze.

Auf dem Rückweg besichtigten sie die Festung von Sousse, die Hauptmoschee und die Bou-Fatata-Moschee. Diese älteste Moschee der Stadt liegt in der Nähe des Südtores, am Rande der Märkte. Die Zeit erlaubte es nicht mehr diesem Markt einen Besuch abzustatten. Sie mussten zurück. Die Jugendlichen warteten. Adrienne und Paula hatten mit ihnen in der Altstadt von Monastir ihren ersten Workshop zu absolvieren. Er kehrte mit Sevilay zur Hotelanlage zurück. Sie nahmen ein Sonnenbad am Swimmingpool, schwammen mehrere Runden, schlürften ihren Mocca und genossen die Ruhe der Anlage, die wegen der frühen Jahreszeit noch angenehm entvölkert war.

Vor dem Dinner begab er sich auf sein Zimmer, ließ sich das Obst schmecken, hielt inne und lauschte versonnen dem Klang des Meeres.

Zum Abendessen brachte sie der Chauffeur zu einem anderen Hotelkomplex. Wieder beherbergte und verköstigte sie ein anderer Hotelier. Er machte Fotos vom Geschäftsführer des Hotels und dem Chefkoch. Eine Armada von Bediensteten umschwirrte sie mit unzähligen Gängen und beeindruckenden Gerichten.

Sie wurden kulinarisch befriedigt, mehr als ihrer bedurfte. Er war beeindruckt und doch fühlte er sich ein wenig unwohl. Es gefiel ihm die Gastfreundlichkeit, aufrichtig, aber er hatte ein schlechtes Gewissen. Während er hier schlemmte, darbte eine große Bevölkerungszahl. Wie ihm der Geschäftsführer im vertraulichen Gespräch berichtete, war die Abgabenlast der Hotelbetreiber groß.

Sie zahlten viele Staatssteuern und müssten nicht nur den Begehrlichkeiten des Staatsapparates gerecht werden, sondern auch den finanziellen Anforderungen der lokalen Autoritäten und Kommunen. Genau durchschaute er das System nicht, doch konnte er erahnen, dass das Dasein und der Wohlstand der Betreiber der Hotelanlagen eng mit dem Wohl und Wehe der Partei und Personen, die die Stadt und den Staat beherrschten, zusammenhingen.

Zurück in ihrer Nachtherberge strebten Sevilay und er in die Hoteldisco. Diesmal schlossen Adrienne und Paula sich ihnen an. Eine richtige Stimmung wollte nicht aufkommen. Er mochte die geschwätzige Adrienne und die oberflächliche Paula nur mäßig. Es beruhte wohl auf Gegenseitigkeit und so waren Sevilay und er nicht traurig, als sie gingen. Es wurde noch ein schöner Abend.

Ihr Ziel am nächsten Morgen war die Moschee Bourguiba im Herzen von Monastir. Ihr Spaziergang begann beim Ribat, dessen majestätisches Bauwerk und charakteristische Silhouette mit seiner gezackten Schutzmauer und Wachturm den gesamten Kirchplatz einnimmt.

Das Museum besuchten sie nicht. Ihr Blick fiel auf einen riesigen Bau, der fast an das Ribat angebaut ist und eigentlich vom Stil her nicht dahin passt. Es waren die Filmstudios, wo die dreizehn Episoden des Films „Jesus von Nazareth" und auch andere berühmte Filme wie „Die Abenteuer der verlorenen Arche" gedreht worden waren. Er blickte in den strahlenden tunesischen Himmel, den die Schauspieler und Regisseure genossen haben mussten. Nicht weit davon erblickten sie die ‚Saida Moschee', eine Begräbnisstätte, die sich einst innerhalb eines zweiten Ribates befunden hatte, das heute nicht mehr existiert. Entlang des dritten Ribates, der ‚Zaouia Sidi Dhouib', erspähten sie die 1963 erbaute Moschee Bourguiba. Sie erreichten den Vorplatz mit säulenartigen Rundbauten, zwei Türmen und einer soliden Kuppel. Ihr Führer erklärte ihnen das Bauwerk. Es wurde im alten Stil errichtet und lässt eine feine Arbeitstechnik und bemerkenswerte

Verzierungen erkennen. Ein riesiger Gebetssaal ist in Rundbögen erbaut und steht auf sechsundachtzig rosa Marmorsäulen. Neunzehn Pforten aus verziertem Teakholz, ein Werk von Kunsthandwerkern aus Kairouan, gewähren Einlass in die Moschee.

Im Westen des Vorplatzes bewachen zwei achteckige Pavillons den Friedhofeingang, wo der Dom des Schutzpatrons der Stadt, des ‚Sidi El Mezri', steht. Die kleinen weißen Gräber ziehen sich hin bis zum Meer und geben der Totenstätte einen Charme nicht ohne Melancholie und Trauer.

Nachdem sie den Hof überquert hatten, kamen sie zu der Grabstätte der Familie Bourguiba, einem schönen viereckigen Bauwerk, über der sich eine goldene Kuppel erhebt, an deren beiden Seiten zwei gleiche Minarette gegen den Himmel streben.

Diese Bauwerke wurden zur gleichen Zeit wie die Moschee zu Ehren Habib Bourguibas errichtet. Er hatte in den vergangenen Tagen schon viel von Habib Bourguiba gehört, schließlich war auch seine Suite im Hotel nach ihm benannt.

Die politische Entwicklung Tunesiens lässt sich ohne Bourguiba nicht erklären. Er wird trotz aller Fehler, die ihm wie allen Menschen anhaften, verehrt, wie die Türken Atatürk verehren. Habib Bourguiba gründete 1934 die Neo-Destour-Partei, die für die Unabhängigkeit Tunesiens von Frankreich eintrat. Er kam mehrfach in französische Haft und bereits während seiner letzten Haftstrafe verhandelte Bourguiba inoffiziell mit der französischen Regierung über die Unabhängigkeit Tunesiens. 1955 wurde er freigelassen und verdrängte seine Rivalen aus der Parteiführung.

Am 20. Mai 1956 musste Frankreich Tunesien in die Unabhängigkeit entlassen und Bourguiba wurde, nach der von ihm herbeigeführten Abdankung des Königs, erster Staatspräsident der am 25. April 1957 ausgerufenen Republik Tunesien.

Er verfolgte einen autoritären Regierungsstil und eine westliche Politik. Er versuchte alle Lebensbereiche seiner Untertanen zu regeln und ließ sich sein Amt 1975 auf Lebenszeit bestätigen.

Vergleichbar mit Mustafa Kemal Atatürk erkannte Bourguiba Islamisten als existenzielle Bedrohung für das Wesen des Staates.

Die Förderung des Säkularismus sah er als wesentlichen Auftrag und eng verbunden mit der Natur eines funktionierenden Staatswesens. 1981 wurde die Parteiherrschaft abgeschwächt und Oppositionsparteien zugelassen. 1987 wurde Bourguiba aus Altersgründen und Senilität von Zine el-Abidine Ben Ali abgesetzt und unter Hausarrest gestellt. Bourguiba wurde jedoch vom Volk weiter verehrt. Er hat dem neuen Tunesien sein Gesicht gegeben, wie Napoleon der französischen und Mao der chinesischen Nation.

Ben Ali nahm 1987 sofort die überfällige Modernisierung des Landes in Angriff, setzte aber die Repression gegen den Fundamentalisten fort.

Das Schicksal Algeriens blieb dem Land dadurch erspart. Durch spürbare infrastrukturelle Verbesserungen und Ankurbelung einer prosperierenden Wirtschaft entzog Ben Ali religiösen Eiferern den Nährboden. Demokratie und Meinungsfreiheit wurden jedoch unterdrückt. Weder gab es ernst zu nehmende Oppositionsparteien, noch freie Medien in Tunesien.

Die Präsidentschaftswahlen am 24. November 1999 waren die ersten pluralistischen Wahlen in der Geschichte des Landes, wurden jedoch von Ben Ali mit einem ähnlichen Stimmenanteil wie in den vorausgegangenen Wahlen, nämlich neunundneunzig Prozent gewonnen. Die Verfassungsänderung 2002 steigerte noch den Machtumpfang des Präsidenten.

Der Westen hofierte Ben Ali, obwohl seine Regierung von zahlreichen Nichtregierungsorganisationen und Politikwissenschaftlern als autoritäres Regime bezeichnet und er selbst als Potentat bezichtigt wurde. Wie ihm der Dolmetscher vertraulich zuraunte, errege nicht so sehr der autoritäre Regierungsstil BenAlis die Tunesier, sondern die Kleptokratie seiner Umgebung, insbesondere die seiner Frau und seine zahlreichen Familienmitglieder, die aufgrund politischer Einflussnahme wichtige Unternehmen, große Pfründe und Gelder in Besitz genommen hatten. Das Volk fühle sich ausgenutzt und ausgebeutet. Man hoffe auf einen Abgang Ben Alis. Doch die politische Opposition in der eigenen Partei werde eingeschüchtert. Es gäbe politische Gefangene und die Justiz sei instrumentalisiert. In seinen Gesprächen mit Regierungsvertretern verwiesen diese jedoch immer wieder darauf, dass der UN-Menschenrechtsrat die Bemühungen der tunesischen Regierung auf Besserung anerkenne und ihr Fortschritte in vielen politischen Problemfeldern attestierte.

Zwei prunkvoll Uniformierte öffneten die Flügel einer goldverzierten Tür. Sie betraten das Mausoleum. Er bewunderte die herrlich grau-braunen Mosaike und den mit gelben Ornamenten verzierten weißen Marmor des Grabes von Bourguiba.

Er konnte sich einer gewissen Andacht nicht entziehen.

Sie schlenderten zurück durch die malerischen Gassen von Monastir. Er spürte die Nostalgie des alten Monastirs mit seinen zwölf Stadttoren.

Entlang der verschlungenen Straßen mit ihren niedrigen Durchgängen und kleinen Gassen voller Farben und Düften herrschte reges Treiben.

Ihr Ziel was das Haus der Jugend, wo sie die in Monastir zuständigen Vertreter der Jugendarbeit treffen wollten. Es sollten Gespräche stattfinden. Man wollte Gedanken austauschen über die unterschiedlichen Strukturen der Jugendhilfe in Deutschland und Tunesien. Es sollte eine Diskussionsrunde stattfinden und gefilmt werden und Paula und Adrienne wollten ihren Workshop mit den Jugendlichen fortsetzen.

Ihn überraschte die Kargheit der Räumlichkeiten. Ihm wurde bedeutet, dass die Jugendarbeit eng mit schulischen Angeboten verzahnt sei. Vorrangiges Ziel der Bemühungen der Verantwortlichen sei es, geeignete Angebote zu schaffen, damit die Jugendlichen ihre Freizeit sinnvoll nutzten, sich bildeten und sich zu nützlichen Gliedern der Gesellschaft entwickelten. Eine Freizeitpädagogik, wie er sie aus seinem Arbeitsgebiet kannte, gab es nicht. Es herrschte handwerkliches Tun und es stand das Erlernen technischer, biologischer, physischer und chemischer Zusammenhänge im Vordergrund.

Man zeigte ihm einen Raum, wo Jugendliche Modellflugzeuge bastelten und er sah eine Art Labor, in dem chemisch experimentiert wurde. Ein anderer Raum barg Abbildungen biologischer Prozesse und medizinischer Abhandlungen, ein weiterer Raum war mit Elektrogeräten und Stromapparaten bestückt. Ein nächstes Zimmer beherbergte Computer und alte Radiotransistoren. Es gäbe es noch Räume für Malerei und Stoffverarbeitung für die Mädchen, erläuterte man ihm, die seien jedoch ausgelagert.

Das ganze Angebot erinnerte ihn an seine alte Jugendarbeiterzeit, als in den 1990er Jahren in seinem Haus noch handwerklich-kreative Kurse angeboten wurden.

Er lobte die Arbeit, die dargestellten Objekte und die Geschicklichkeit der Jugendlichen. Er war froh, dass er mit seinen Medienworkshops den Nerv und die Bedürfnisse seiner Partner getroffen hatte, wenngleich ihr Interesse eher ein technisches war, weniger ein journalistisches.

In der späteren Diskussion stellte sich heraus, dass man an einem weiteren Jugendaustausch interessiert war, allerdings unter den Bedingungen und den Zielen, die durch die tunesische Jugendpolitik Monastirs vorgegeben waren. Man suche Partner, die ähnliche Interessen und eine adäquate Methodik und Didaktik verfolgten.

Für einen Jugendaustausch und eine Reise in die Partnerstadt müsse man die Jugendlichen sorgfältig auswählen. Sie hätten die Erwartungen der tunesischen Gesellschaft zu erfüllen und entsprechende Voraussetzungen mitzubringen.

Eine Entsendung sozialschwacher, benachteiligter Jugendlicher sei undenkbar. Jugendliche, die ins Ausland führen, müssten in der Lage sein, Tunesien, Monastir, die Gesellschaft und ihre Familie angemessen zu vertreten.

Ihm wurden einige dieser Jugendliche vorgestellt, unter ihnen Ines, die Tochter eines einflussreichen Kommunalbeamten. Ines und ihre Gruppenmitglieder erfüllten die Voraussetzungen eines zu vereinbarenden Jugendaustausches: Sie seien prädestiniert für einen Auslandsaufenthalt.

Ein Auslandsaufenthalt sei eine ehrenvolle Sache. Deshalb müssten Jugendlichen Gewähr bieten, dem Land und der Stadt keine Schande zu bereiten.

Ihm wurde dringend geraten, alle Kontakte mit Jugendlichen über die offiziellen Stellen der Kommunalbehörden laufen zu lassen.

Bei der sorgfältigen Auswahl der geeigneten Kandidaten durch die Behörde ginge es auch darum, der Republikflucht vorzubeugen, denn die Arbeitslosigkeit in Tunesien sei hoch. Darüber gäbe es Vereinbarungen und Abkommen mit der Europäischen Union.

Es könne nicht im Sinn der tunesischen Gesellschaft sein, dass die Menschen ihrem Land durch Flucht den Rücken kehrten, sie müssten bleiben und ihr Land aufbauen. Wie oft habe man erlebt, dass Jugendliche mit großen Erwartungen sich ins Ausland abgesetzt hätten und dort bitter enttäuscht worden seien. Sie seien ausgebeutet und ausgenutzt worden, den Verlockungen des Westens hilflos ausgeliefert. Gebildeten und dem Land verbundenen Jugendlichen würde ein Auslandsaufenthalt, ja sogar ein Studium im Ausland, mit späterer Arbeitserlaubnis jedoch nicht verwehrt. Im Gegenteil. Sie könnten dort Geld verdienen und dem Land hilfreich sein, indem sie ihre Familien in Tunesien materiell unterstützen. Unterprivilegierte und nicht gebildete Menschen schadeten dagegen dem Ansehen Tunesiens im Ausland und leisteten nichts für das Gastland und schon gar nicht für den Aufbau der tunesischen Gesellschaft.

Mit diesen Eindrücken versorgt übergab er der emsigen Adrienne und der bemühten Paula Anweisungen, sich der Jugendlichen dienend und lehrend anzunehmen, während er sich mit Sevilay von seinen Begleitern in die Stadt fahren ließ.

Er wollte mit Sevilay ein wenig bummeln und bei dieser Gelegenheit einige Geschenke für seine Familie kaufen.

Ihm kam zugute, dass die Verkäufer im Basar Sevilay für ein tunesisches Mädchen hielten. Die Preise für Waren waren traditionell nach unten zu handeln. Sevilay wurde wie eine Einheimische behandelt und ihr gelang es die finanziellen Vorstellungen der Händler auf ein annehmbares Niveau zu reduzieren. So ersteigerte er günstig eine wertvolle, in Ziegenleder verarbeitete Tasche für seine Frau, ein Lederkissen für seine jüngste Tochter, allerlei Krimskrams, Ketten, Perlen und Musikinstrumente für seine älteren Kinder und Freunde.

Als blonder Alemanne war er ein gern gesehener Gast des Basars. In vielen Läden und Geschäften wurde er in freundliche Gespräche verwickelt. Die Händler lobten Alemanya und wussten Positives über sein Land zu sagen. Ihre ehrliche Freude trübte sich nicht durch die Tatsache, dass er nicht überall etwas kaufte und Sevilay die Preise drückte. Viele lobten die Schönheit seiner Begleiterin und überschütteten ihn mit Komplimenten und priesen sein Glück und die Gunst mit einer solchen Frau zu lustwandeln.

Sie kamen an herrlichen Ständen mit Gewürzmischungen vorbei. Er war auf der Suche nach Chillipfeffer, denn er liebte scharfe Gewürze. Ein Händler deutete lächelnd auf seinen Chillipfeffer und pries ihn als „tunesisches Viagra" an. Er kaufte einen reichlichen Vorrat.

Erschöpft und fröhlich gestimmt ließ er sich mit Sevilay in einem Gartenlokal in die Sessel sinken. Sie tranken Tee und rauchten eine Wasserpfeife.

Am frühen Abend waren sie Gast einer tunesischen Hochzeitszeremonie. Die Braut, mit fülligem Busen, war aufreizend mit einem weißen Spitzenkleid ausstaffiert. Ihr langer, durchsichtiger Schleier wurde von einem kleinen Mädchen in rotem Kleid gehalten. Sein Begleiter erklärte alle Bewandtnisse dieser Zeremonie, er vergaß die meisten Hintergründe und Zusammenhänge und bewahrte nur die schönen Bilder im Gedächtnis, die bunten Fahnen, die geschwenkt und die kostbaren Kostüme, die getragen wurden sowie die theatralische Abfolge der Handlungen.

Den weiteren Abend verbrachten sie in der Stadt, tranken Tee, keinen Alkohol und auch den Zigarettenkonsum schränkte er ein. Er musste sich regenerieren.

Am nächsten Morgen führte sie ihr Weg nach Kairouan. Auf einer breiten Asphaltstraße fuhren sie an olivenbewachsenen Hainen mit von Berbern gehüteten Schafherden vorbei. Er wunderte sich, dass die Schafe Futter fanden, denn das gelbliche Gras war nur spärlich vorhanden und mächtige Kaktusfelder machten dem welken Gras das wenige Wasser streitig.

Kairouan ist nach Mekka, Medina und Jerusalem der viertheiligste Ort für Moslems. 671 errichtete hier der arabische Feldherr Ibn Nafi Okbar ein Feldlager und gründete damit die erste arabische Stadt auf tunesischen Boden. Der Name Kairouan leitet sich von Qairawān, ‚Lager' ab. Die Hauptmoschee wurde neben dem Lagerplatz des muslimischen Heeres gegründet. Die Moschee, ihre Mosaike und Marmorquader sind herrlich. Noch eindrucksvoller ist jedoch die Drei-Tore-Moschee, die im Jahre 866 von Mohammed Ibn Khairun errichtet wurde. Sie liegt in der Altstadt, zwischen dem Markt der Wollhändler und der südlichen Stadtmauer. Er schmunzelte über die arabischen Kinder, die vor der Moschee bereits fleißig den Erwachsenen beim Handel mit den Touristen nacheiferten, und erwarb von ihnen einige kleine Steinchen, Ketten und Holzinstrumente.

Der Markt ist nach Zünften angeordnet und besteht aus mit Lüftungsschächten überwölbten Gassen und teilweise unüberdachten Gassenzügen. Er schnupperte die farbenprächtigen Gewürzmischungen, bis ihn ein Kamel ablenkte und seine Aufmerksamkeit erregte. Das Kamel umrundete unentwegt ein kreisrundes Gebilde. Es trieb einen durch Hölzer umfassten Mühlstein an. Die Monotonität der Handlung und das unglückliche Schicksal des Kamels trübten seine Stimmung.

In einer anderen Ecke des Marktes bot ein Händler Muscheln an, von denen er einige wegen ihres prächtigen Gehäuses erwarb. Er fotografierte einen fachmännisch frisch abgetrennten Rinderkopf, der neben einer zerlegten Rinderkeule hing und zum Kauf und Verzehr durch den Schlachter angeboten wurde.

Ihre Rückfahrt führte sie über El Djem. Ein riesiges Amphitheater dominiert den ganzen Ort. Es ist nach Rom und Verona das bedeutendste seiner Art und das größte auf afrikanischem Boden. Dank der günstigen Witterung hat sich das gesamte Bauwerk gut und auch farblich in seinem Originalzustand erhalten. Erbaut Anfang des dritten Jahrhunderts unter dem in Libyen geborenen Kaiser Septimius Severus, konnte es in seinen Emporen siebenundzwanzigtausend Zuschauer aufnehmen.

Sie besichtigten die unterirdischen Räume der Gladiatoren und Tiere. Einen Teil der eingestürzten Zuschauertribüne hat man erneuert. Noch heute wird das Theater für große Spektakel wie zum Beispiel ein jährliches Jazz-Festival genutzt.

Ein bisschen Freiheit vielleicht!?

Er fotografierte das Objekt aus allen Perspektiven. Vor dem Kolosseum posierte er mit einem von Händlern angebotenen Sperber auf seinem Arm, damit Sevilay ihn fotografierte. Die Sperberjagd ist sehr beliebt in Tunesien. Dann fuhren sie zurück. Unterwegs rasteten sie in einem von Männern bevölkerten Kaffeehaus. Die Männer, die sonst unter sich waren, akzeptierten die Anwesenheit der Frauen aus Gründen der Gastfreundschaft.

Wieder in Monastir hielten Adrienne und Paula ihren Workshop. Er spazierte mit Sevilay den Strand entlang. Braune Algen säumten das Meer.

Am Abend gab die Stadtverwaltung zum Abschied einen Empfang in einer weiteren nahegelegenen Hotelanlage. Viele Hoteldirektoren, der Kulturdezernent, der Leiter für Auslandsbeziehungen, die Gesundheits- und Wohlfahrtsverantwortlichen, die Frauenvertreter, zahlreiche Politiker und andere Gäste, die er nicht zuordnen konnte, waren geladen, unter ihnen auch der Onkel von Ines. Man stellte sich zum Gruppenfoto auf. Geschenke wurden überreicht. Man prostete sich zu. Sie aßen und tranken. Der Tisch bordete über, die Weine mundeten. Das Obst, die Desserts, das Eis, alles war zu viel. Er rauchte viel. Er war sehr schläfrig und freute sich auf seine Suite Bourguiba. Aber die Gastgeber schenkten und reichten immer wieder nach und die Gastfreundschaft gebot immerwährendes Zugreifen und Zulangen, Respekt zu bezeugen und Dankbarkeit.

Der Onkel von Ines und seine Frau, die eine besondere Funktion innezuhaben schien, ließen es sich nicht nehmen, sie nach dem Abendessen in ihr Haus zu laden. Dieses Angebot konnte er nicht ablehnen, obwohl er fast vor Müdigkeit umfiel. Sie traten durch einen mit grünen Bäumen bewachsenen und durch einen Brunnen bewässerten Vorgarten ins Haus. Sie zogen die Schuhe aus. Die Gastgeber freuten sich über ihren Besuch und zeigten stolz Räumlichkeiten und Besitztümer. Sie waren politisch gebildet und historisch belesen. Sie vermittelten ihren Gästen viel über die Kultur des Landes und wussten gut Bescheid über Deutschland, Europa und die Welt. Sie würden gern mehr reisen, doch ließen ihre Verpflichtungen und strenge Vorschriften solches nicht zu. Sie ständen zwar nicht unter Kontrolle, doch unter Beobachtung, weil sie sich in der Partei kritisch zu einigen politischen Fragen geäußert hatten. Menschen wie die Hoteldirektoren, die das System stützten und ihm verbunden waren, dürften reisen. Sie seien privilegiert, wären auf jeder Messe zu finden und würden für ihr Land und ihr Geschäft werben. Das Land brauche Devisen, der Tourismus sei eine der wichtigsten Einnahmequellen.

Die Gastgeber waren nachdenkliche Persönlichkeiten. Gern hätte er länger, tiefer und ausführlicher diskutiert. Sein Englisch war jedoch beschränkt. Die anstrengenden Tage, der Wein und die Likörschnäpse zeigten Wirkung. Er konnte sich nicht mehr aufrecht halten. Er musste schlafen. Er sehnte sich in sein weiches Bett. Das Rauschen des Meeres sollte ihn in den Schlaf wiegen.

Die Gastgeber ließen sie unwillig gehen.

Am Morgen begnügte er sich mit den köstlichen, frischen Früchten aus der immer neu aufgefüllten Obstschale im Vorzimmer und verzichtete auf das Frühstück. Er war noch gesättigt vom Abend zuvor. Er schwamm eine Runde. Er hatte Gespräche zu führen mit dem Kulturbeauftragten und dem örtlichen Museumsleiter.

Erfrischt brach er auf mit seinem Tross. Sie warteten im Vorhof eines munteren, blau-weiß gestrichenen Hauses unter malerischen Himmel auf ihren Empfang. Es war üblich den Gast ein wenig warten zu lassen, das unterstrich die Bedeutung der Amtsträger. Sie warteten jedoch nicht zu lange, das hätte eine Herabsetzung der Besucher bedeutet.

Nach dem Termin waren sie zum Abschiedsbesuch beim Bürgermeister geladen.

Der Empfang beim Bürgermeister war kurz und herzlich. Es wurde gefilmt, Gastgeschenke gereicht und eine mögliche, zukünftige Zusammenarbeit besprochen. Unter dem Auge des Bildnisses eines freundlich lächelnden Bourguibas und entspannt lächelnden Gesichtern der Verantwortlichen, versicherte man sich gegenseitige Genugtuung über die gemachten Erfahrungen und das Glück sich begegnet zu sein.

Den Nachmittag hatten Sevilay und er zur freien Verfügung, während Adrienne und Paula ihren Workshop mit den Jugendlichen zu Ende bringen mussten. Er beschloss die letzten Stunden in Monastir in der Hotelanlage zu genießen. Er war noch nie in einem türkischen Bad gewesen. Er hatte sich noch nie in einem Hamam verwöhnen lassen. Als Kind und Jugendlicher war er zu prüde gewesen in die Sauna zu gehen, auch mangelte es an Geld und Gelegenheiten. Als Erwachsener hatte er die Zeit nicht gehabt und auch manche Möglichkeiten versäumt, weil es ihn nicht drängte, männliche Glieder und Bäuche zu sehen, die er wenig anziehend fand. Das Hamam mit Sevilay zu besuchen fand er erfreulich und keineswegs despektierlich. Sevilay würde sich, der Tradition verpflichtend, sittsam bedecken.

Sie nahmen zuerst ein Bad im Pool, dann gingen sie zum Eingang des Bades um ihren Eintritt zu entrichten, der verhältnismäßig war.

Das Hamam, erklärte ihm Sevilay, ist ein Dampfbad und nicht mit einer Sauna zu verwechseln. Es ginge nicht allein ums Schwitzen, vielmehr sei es Bestandteil der islamischen Bade- und Körperkultur sich verwöhnen zu lassen und soziale Kontakte zu pflegen.

Das Hamam bestand aus Marmor. Innerhalb, in der Mitte des Raumes befand sich eine kreisrunde Liegefläche. Öffentliche Hamams werden nach Geschlechtern getrennt genutzt. Es sind entweder separate Räumlichkeiten vorhanden oder die Nutzungszeit für Frauen und Männer sind verschieden. In Hotelanlagen wird das Hamam meist gemeinsam benutzt, der westlichen Kultur der Touristen geschuldet. Sie hatten mit dem Betreiber des Bades ein Peeling und eine Massage vereinbart.

Sie legten ein spezielles Handtuch als Lendenschurz an. Sevilay bedeckte ihren Busen züchtig mit einem Handtuch. An der Wand befanden sich Becken mit warmem und kaltem Wasser, mit dem ein Bademeister sie regelmäßig übergoss. Sie legten sich nebeneinander auf das zwei Fuß hohe Plateau. Männliche Masseure – weibliche Masseusen wären ihm lieber gewesen – kneteten sie. Sevilay wurde gefragt, wie sie die Massage wünsche. Sie erklärte, dass sie die traditionelle Rückenmassage bevorzuge, keine Ganzkörpermassage.

Viele westliche Frauen wünschten heutzutage eine Vollmassage, erläuterte der Masseur entschuldigend, spitzbübisch lächelnd und versicherte, er sei darin ein Spezialist.

Er glaubte ihm aufs Wort. Auf Wunsch bot er privat sicherlich noch weitere Behandlungen an. In der Hotelanlage waren die Bademeister und Masseure spezialisiert auf westliche Frauen, die sich für ein besonderes Liebesabenteuer oft und gern als Freiwild anboten. So haben beide Seiten ihr Erlebnis. Einige Frauen zehrten davon ein ganzes Jahr.

Die Masseure schritten zur Prozedur. Ihre rückenwärtigen Körper wurden gerieben und alle Muskeln gereizt und gedrückt. Sie kneteten und drückten mit den Knöcheln ihrer Finger ihre Rückgrate und brachte sie durch leichte Manipulation zum Knacken. Anschließend wurden sie mit einer schlamm- und salbenähnlichen dunklen Masse eingerieben, die, nachdem sie getrocknet war, durch Reiben mit einem Handschuh aus Wildseide und Ziegenhaar entfernt wurde. Nach der Reinigung und heftigem Schwitzen folgte eine Phase der Erholung und Entspannung in einem kühleren Raum.

Den weiteren Nachmittag verbrachten sie am Pool, tranken Mocca und Cocktails. Den Abend ließen sie in der Hoteldisco ausklingen.

An Morgen flogen sie zurück. Er hatte schöne und gute Erinnerungen.

Mohamed Bouazizi stirbt. Er hat sich vor 18 Tagen mit Benzin übergossen und angezündet.

In Sfax, Kasserine, Tozeur und Gafsa kommt es zu Unruhen.

Am 14. Januar 2011 wird auf dem Pariser Flughafen eine Lieferung mit Tränengas, Schusswesten und Schutzschildern für das Innenministerium in Tunis gestoppt.

Die tunesischen Gewerkschaften haben zum Streik aufgerufen. Zehntausende Bürger ziehen über die Avenue Bourguiba und fordern den Rücktritt des Präsidenten und der Präsidentengattin und ihres Familienclans: „Leila, gib das Geld zurück."

Ben Ali flieht. Er will nach Frankreich, zu seinem Freund Sarkozy. Doch die Maschine erhält keine Landeerlaubnis. Ben Ali landet am 15. Januar in Saudi-Arabien.

Israels stellvertretender Ministerpräsident macht sich Sorgen: „Ich fürchte, wir stehen vor einer sehr kritischen Phase in der arabischen Welt."

Die internationale Presse spricht von Aufbrüchen und Demokratiebewegungen. Bisher hatten sie sich im Einklang mit der Politik nur um die Stabilität in dieser Region gesorgt.

Gab es in den vergangenen Jahren keine Korruption, keine Menschenrechtsverletzungen, keine Diktatoren in den arabischen Staaten?

Was ist anders geworden? Warum führten Armut, Arbeitslosigkeit und Unterdrückung nicht zur Revolte? Warum jetzt?

Der Hunger nach Treibstoff und Energie, der dazu führt, dass die Menschen Flächen, die sie zum Nahrungsmittelanbau dringend benötigen, zur Erzeugung von Energie nutzen, hat die Lebensmittelpreise drastisch ansteigen lassen. Nicht Armut, Arbeitslosigkeit, Unterdrückung und Ungerechtigkeit treibt Menschen in den Widerstand. Ausweglosigkeit treibt sie zur Revolte.

Wer in den letzten zwei Jahren die Lage richtig analysierte konnte erahnen, was sich zusammenbraut.

Trotzdem wollte niemand den Arabischen Frühling voraussehen. Der muslimische Kulturkreis ist nicht demokratiefähig! Jedenfalls nicht im westlichen Sinne! Das war die Meinung der Politiker und die Ansicht der veröffentlichten Meinung. Die reichen Ölstaaten setzten ein Zeichen und stellten allen arabischen Regierungen zwei Milliarden Dollar zur Förderung von Jungunternehmern in Aussicht. Stabilität bedeutet ihnen viel, Demokratie wenig. Niemand widersprach ihnen bisher im Westen.

Einige Tage später: elftausend Häftlinge sind seit dem Sturz des tunesischen Präsidenten Zine el-Abidine Ben Ali aus den Gefängnissen entkommen, sagt der tunesische Justizminister Lashar Chebbi. Tausendfünfhundert hätten sich freiwillig zurückgemeldet. Er appelliert an die übrigen Häftlinge sich ebenfalls zu stellen. Er vermutet, dass Anhänger von Ben Ali den Auftrag bekommen hätten, Terror zu stiften und so möglicherweise die Rückkehr des gestürzten Präsidenten zu ermöglichen.

Bei mehreren Gefängnisbränden während der Unruhen seien einundsiebzig Häftlinge ums Leben gekommen. Allein in Monastir habe es beim Brand der dortigen Haftanstalt achtundvierzig Tote gegeben. Mittlerweile seien knapp siebenhundert mutmaßliche Unruhestifter festgenommen worden, die für Plünderungen und gewalttätige Übergriffe verantwortlich gemacht werden. Das Militär habe die Lage allmählich im Griff.

Der Oberbürgermeister der Westfalenmetropole, der Partnerstadt Monastirs, reagiert mit tiefer Betroffenheit. Man habe in den vergangenen Tagen versucht, die bestehenden Kontakte nach Monastir zu nutzen um Näheres über die Lage in Erfahrung zu bringen. Das sei bisher aber nicht gelungen. Man wolle einen neuen Anlauf unternehmen. Er werde nötige Maßnahmen koordinieren. So werde die Stadt Kontakt zu allen Menschen aufnehmen, die in Sachen Städtepartnerschaft aktiv sind, um eine Verbindung nach Monastir herzustellen. Die Menschen sollten erstens erfahren, wie tief betroffen der Bürgermeister ihrer Partnerstadt sei und zweitens müsse geschaut werden, wo Hilfe notwendig sei. Er denke dabei in erster Linie an den Aufbau demokratischer Strukturen in Monastir. Die Krise, so schlimm sie auch sei, biete die Möglichkeit, die Städtepartnerschaft neu zu beleben.

Er hört nichts vom Oberbürgermeister. Nach einigen Tagen ruft er im Oberbürgermeisterbüro an und fragt, ob er behilflich sein könne.

Die mit der Angelegenheit befasste Mitarbeiterin sagt ihm, dass er nicht helfen könne. Die Verwaltung in Monastir wolle keine Hilfe. Sie hätten jegliche Hilfe strikt abgelehnt. Man könne sich selber helfen. Man müsse erst einmal zur Ruhe kommen. Zudem habe man erst vor einem Jahr gewählt. Es stünden jetzt keine Wahlen an.

Er sagt, es sei klar, dass die bestehende Verwaltung und amtierende Politiker keine Umwälzungen durch Wahlen wollten. Sie wünschten, dass die Lage sich beruhige.

Er weiß, dass er den Menschen nur wenig dort helfen kann. Er will sie auch nicht belehren. Er will einfach nur Kontakt herstellen.

Auf der italienischen Insel Lampedusa drängen sich tausende Flüchtlinge aus Tunesien. Europa bekommt die unangenehmen Nebenwirkungen der Unruhen in der arabischen Welt zu spüren. Weil in Tunesien der Grenzschutz nach dem Sturz Ben Alis schlampig kontrolliert, erreichen tausende Bootsflüchtlinge die Insel südlich von Sizilien. Die italienische Regierung schreit um Hilfe. Innenminister Roberto Maroni äußert sich empört, dass die tunesische Regierung sich offenbar nicht mehr an das Abkommen zur Begrenzung von Flüchtlingen halte. Auch aus Deutschland und Frankreich sind besorgte Stimmen zu hören. Bundesinnenminister Thomas de Maizière sagt: „Tunesien befindet sich in einem ‚Übergangsprozess‘." Die Konsequenz könne nicht heißen: Flucht. „Wir wünschen uns, dass die Übergangsregierung den Menschen sagt: Wir brauchen euch." Und Frankreichs Industrieminister Éric Besson betont: „Es kann keine Toleranz für illegale Migration geben." Die Menschen sollen bleiben, wo sie sind. Die tunesischen Verantwortlichen werden dafür sorgen. Sie wollen, dass alles so bleibt, wie es ist.

Deutschland soll es recht sein.

Demokratie? Ein bisschen Freiheit vielleicht! Aber nicht auf unsere Kosten. Auf alle Fälle Ruhe. Wenn Ruhe eingekehrt ist, fahren die Menschen wieder nach Tunesien. In den Urlaub. Weil die Leute dort so freundlich und die Strände so sauber sind. Weil die Sonne dort so schön scheint und alles so billig ist. Und wenn viele Menschen nach Tunesien fahren und sich bedienen lassen, wird es dem Land und den Menschen doch dort auch wieder besser gehen. So viel muss sich nicht ändern. Die Rollen sind doch gut verteilt.

Tunis

Am 16. Mai 2012 erreicht ihn eine Einladung des „European Movement International" zum „troisième congrés du Dialogue Sud Nord méditerranée", zum dritten Süd-Nord Mittelmeerkongress, „pour une vision commune du futur", für eine gemeinsame Vision für die Zukunft, „la societé civil et les pouvoir public: quel partenariat?", zivile Bürgergesellschaft und öffentliche Macht: Welche Partnerschaft?, vom 7. bis 9. Juni in Tunis.

Die „europäische Bewegung" ist eine internationale Organisation, offen für alle politischen, ökonomischen, sozialen und kulturellen Freunde der zivilen Bürgergesellschaft. Ihre Wurzeln gehen zurück auf das Jahr 1947, zu einer Zeit, als ein vereintes Europa durch Persönlichkeiten wie Winston Churchill und Duncan Sandys ins Leben gerufen wurde, in Form einer anglo-französischen Bewegung „United European Movement" (UEM). Diese Bewegung agierte als Plattform zur Koordination von Organisationen, die sich nach dem Zweiten Weltkrieg für ein vereintes Europa einsetzten.

Im Jahre 1948 versammelten sich 800 Delegierte aus ganz Europa, sowohl Beobachter aus Kanada und den Vereinigten Staaten in Den Haag in den Niederlanden, um unter der Schirmherrschaft des Komitees der Bewegung für ein vereintes Europa über eine politische, ökonomische und monetäre Union in Europa zu diskutieren. Leiter der Delegierten waren einflussreiche Persönlichkeiten wie Konrad Adenauer, Winston Churchill, Harold Macmillan, François Mitterrand, Paul-Henri Spaak, Albert Coppé und Altiero Spinelli. Seit der Gründung der europäischen Bewegung, am 25. Oktober 1948 spielt diese Bewegung eine essenzielle Rolle beim Prozess der europäischen Integration, indem sie Einfluss ausübt auf europäische und nationale Institutionen. Sie setzte sich zum Beispiel ein für die Direktwahl des europäischen Parlaments durch alle europäischen Bürger, für die Verträge, für ein vereintes Europa und die europäische Verfassung. Ziel ist, die Beziehung der europäischen Staaten untereinander zu transformieren, zu einem demokratischen europäischen Staatenbund, einer ‚Federal European Union'.

Um dieses Ziel zu erreichen, setzt die europäische Bewegung in erster Linie auf die aktive Beteiligung der Bürger und ihrer Organisationen, sozusagen als Herzstück der Bewegung.

Die Einladung ist gerichtet an den Vorsitzenden des Vereins „European Youth4Media Network e.V.". Mittlerweile besteht dieses Netzwerk aus vierundvierzig Organisationen aus siebenundzwanzig europäischen Ländern. Es setzt sich ein für die Entwicklung der zivilen Bürgergesellschaft in Europa mittels einer aktiven Bürgermedienarbeit. Der europäische Verein nach deutschem Recht ist in Brüssel institutionell anerkannt und registriert und erhält seit 2009 eine institutionelle Förderung durch die Europäische Kommission.

Unterschrieben ist die Einladung von Jo Leinen, dem Präsidenten der ‚europäischen Bewegung', Fatima Z. Malki Bensoltane, der Präsidentin des tunesischen Komitees für den Dialog Süd-Nord Mittelmeer und Charles-Ferdinand Nothomb, dem Vizepräsidenten des Süd-Nord Dialoges.

Der Kongress ist finanziert durch diverse Organisationen und die Europäische Kommission. Die Flüge werden gesponsert durch ‚Tunis Air'. Er braucht also nur einen ermäßigten Flugpreis zu entrichten, sonst ist alles finanziert, um an diesem internationalen Kongress teilzunehmen. Ihn interessiert die Entwicklung in Tunesien, die Jasminrevolution, der Arabische Frühling. Er will die europäische Bewegung besser kennenlernen, die von Jo Leinen repräsentiert wird. Jo Leinen ist ihm aus seiner früheren politischen Tätigkeit medial bekannt und ein Begriff. Er möchte seinen Verein weiter vernetzen mit anderen Organisationen und er will sich mit seiner jüngsten Tochter treffen, die zurzeit ein Praktikum bei der Vertretung der Industrie- und Handelskammer in Tunis macht.

Am 29. Mai erhält er die Bestätigung zur Teilnahme an der zweitägigen Konferenz durch Jo Leinen, Fatima Z. Malki Bensoltane und Charles-Ferdinand Nothomb.

„Sechs Jahre nach dem Kongress von Algerien und drei Jahre nach dem Kongress von Alicante freuen wir uns, Sie zum Kongress in Tunis willkommen zu heißen."

Die Freude ist ganz seinerseits.

Er fliegt über Brüssel. Der Hinflug ist am 7. Juni. Der Rückflug ist erst am 10. Juni. Er wird Zeit haben seine Tochter zu treffen. Sie hat gerade ihre Bachelorarbeit geschrieben. Sie studierte Literatur und Kommunikation. In ihrer Praktikumszeit, von April bis Ende Juli, ist sie für die Öffentlichkeitsarbeit der Industrie- und Handelskammer in Tunis zuständig.

Wird er die Gelegenheit haben Jo Leinen zu begegnen und zu sprechen? Jo Leinen hatte ihn in seiner Jugendzeit inspiriert. Jo Leinen ist 1948 geboren, ist sechs Jahre älter als er. Leinen wurde 1980 als Wortführer der Anti-Atomkraft- und Friedensbewegungen bekannt. Leinen war auch aktiv beim Bundesverband Bürgerinitiativen Umweltschutz (BBU). Wegen seiner Teilnahme bei der Demonstration gegen das Atomkraftwerk Brokdorf, 1981 wurde er als Leiter und Führer angeklagt, aber letztendlich freigesprochen, weil das Bundesverfassungsgericht klarstellte, dass es bei solchen kollektiven Aktionen keinen dirigierenden Leiter und Führer gibt. Einer seiner Verteidiger war Gerhard Schröder.

Jo Leinen ist, wie er, Mitglied der SPD, war dort in verschiedenen Funktionen aktiv.

Von 1977–1979 war er Europa-Sekretär der SPD-Jugend, 1981–1985 Mitglied der Umweltkommission der SPD, 1985–1999 Mitglied des Landesvorstandes der Saar-SPD unter Lafontaine, von 1996 bis heute Mitglied der Europa-Kommission der SPD und 2008 bis heute Mitglied der Kommission internationaler Politik der SPD.

1985–1994 war Jo Leinen im Saarland Umweltminister im Kabinett des damaligen Ministerpräsidenten Oskar Lafontaine. Seit 1999 ist er Mitglied des europäischen Parlaments. Er bekleidet viele europäische Ämter und Positionen und ist seit 2011 Präsident der Internationalen europäischen Bewegung.

Leinen ist zeitlebens der europäischen Idee, die zivilen Bürgergesellschaft und des Schutzes der Umwelt verpflichtet. So erhielt er 1985 den Preis der Deutschen Umweltstiftung, 2010 wurde er für sein Engagement im Bereich des Klima- und Umweltschutzes mit einem Preis zum Europaabgeordneten des Jahres 2010 ausgezeichnet. 2011 wurde er in Istanbul vom Creve College für seinen Einsatz im europäischen Umweltschutz geehrt.

Obwohl ihn die Reise nach Tunis reizt, hat er ein schlechtes Gewissen. Er war in den letzten Monaten viel unterwegs gewesen, in Polen, der Türkei, Armenien und Russland. Seine Frau war oft allein, zu allem Überfluss hatte die auf dem Hof lebende siebenundachtzigjährige Schwiegermutter vor einigen Tagen einen leichten Schlaganfall erlitten. Sie ist zwar, Gott sei Dank, auf dem Weg der Besserung und wurde aus dem Krankenhaus entlassen, bedarf jedoch der Unterstützung und des töchterlichen Zuspruchs. Sein zweiter Sohn, der Landwirt, reist zur Zeit seines Aufenthaltes in Tunis, als Belohnung für seine bestandene Prüfung zum staatlich anerkannten Agrarwirt, in die USA und Kanada, sodass seine Frau mit dem Nachbarn, mit dem der Sohn die landwirtschaftliche GbR gemeinsam leitet, morgens und abends 100 Kühe zu melken hat. Aber es gibt kein Zurück. Seine Frau ist mit der Reise einverstanden.

Er hatte seiner Tochter den Besuch angekündigt. Sie will Näheres wissen und bittet ihn um einige Dinge, unter anderem soll er ihr drei Exemplare seines Erstlingswerkes, seines vor einem Jahr erschienenen Buches, mitbringen. Sie möchte sie Freunden schenken.

Montag, 04.Juni 2012

„Wie lange bleibst du denn jetzt eigentlich in Tunis? Musst du noch eine Nacht bei uns unterkommen? Du, ein Freund von mir mag ziemlich gerne Jägermeister. Und der ist sehr nett und hat schon viel für uns gemacht. Also falls du nicht nur Handgepäck hast, kannst du mir eventuell ein Fläschchen mitbringen?

Außerdem bin ich gerade umgezogen, aber die Wohnung ist noch recht kahl. Vielleicht hat Mutter eine Idee für eine

Kleinigkeit für die Wand. Das wäre dann ein Geschenk für meinen neuen Mitbewohner. Ich selbst brauche eigentlich nichts. Aber ich habe eine große Bitte: Wäre es möglich, dass du mir die 400 Euro für Juli schon jetzt überweist und ich im Juli kein Geld bekomme? Ich könnte es besser jetzt gebrauchen, da ein Couch-Surfer meine Waschmaschine geschrottet hat und ich erst mal die Kohle vorstrecken musste und ich ja eventuell nach Algerien fahre und dann Visum und so ansteht. Das wäre wirklich toll, wenn du das machen könntest, einfach vorziehen, ich will nichts zusätzlich haben. Und dann überlege ich mir, was wir Ende der Woche unternehmen. Donnerstagabend ist Happy Hour im Blanko, da musste schon mal mit. Vielleicht gehen wir freitags essen. Ich zeige dir dann Sidi Bousaid. Samstag würde ich gern auf eurem Kongress vorbeischauen."

Montag, 04. Juni 2012

„Ich komme am 7.6. nach Tunis. Das Programm hast Du ja.

Ich weiß nicht, wie das mit den Abendessen ist. Aber Du kannst ja ab 20 Uhr zum Hotel kommen.

Ich werde am 10. früh morgens abreisen. Das heißt, ich bleibe eine Nacht länger im Hotel. Jessica versucht das gerade zusätzlich zu buchen. Das ist besser und macht weniger Umstände, wenn es nicht zu teuer ist.

Ich hoffe, dass alles klappt.

Jessica hat die Flüge per Onlinebanking gezahlt. Das Geld ist aber noch nicht angekommen. Vorher werden die Flüge nicht freigegeben.

Hoffentlich geht alles gut. Die Flüge sind angeblich reserviert …

Deine Vorschläge klingen gut.

Jägermeister kann ich mitbringen. Ich werde Mom mal Deine E-Mail weiterleiten.

400 € Überweisung werde ich morgen veranlassen. Also bis bald hoffentlich."

Montag, 04. Juni 2012

„Na wenn das alles so klappt, dann ist es doch perfekt. Wenn du am 7. nach 17 Uhr ankommst, können Ramzi und ich dich vom Flughafen abholen und zum Hotel bringen. Aber Taxen sind hier auch gar nicht teuer, nur musst du aufpassen, dass die dich am Flughafen nicht abziehen. Bis 21 Uhr gilt Tagestarif, also bei der Uhr muss die Nummer 1 eingestellt sein und eine Einheit ist dann 0,400 TDN, also 20 Cent.

Sag deiner Kollegin/Praktikantin noch einmal Danke für die Kontakte in Algerien, habe schon Antwort bekommen, vielleicht schaffe ich es im Juni dorthin.

Dann halte mich auf dem Laufenden wegen allem.

Später versuche ich mal Oma anzurufen."

04. Juni 2012

„Flüge sind nun gebucht. Hotel ebenfalls. Ich komme 16:50 Uhr in Tunis am Terminal M an. Bis ich ausgecheckt habe, ist es sicherlich 17:30 Uhr.

Könnt ihr mich abholen und zum Hotel bringen? Ich gehe mal davon aus.

Das Hotel ist das Ramada Plaza, Les Côtes de Carthage Gammarth, 2070.

Flasche Jägermeister ist gekauft.

Mama sorgt für Deinen Wandschmuck. Drei Bücher bringe ich mit. Geld habe ich überwiesen, müsste morgen da sein. Denk daran, dass Samstag Deutschland spielt, wäre schön, wenn wir das Spiel schauen könnten. Mama ist ziemlich gestresst. Oma ist wieder zuhause. Florian fliegt für zehn Tage nach USA/Kanada Donnerstagmorgen und ich nach Tunis.

Sie muss melken...und auf Oma achten und ist allein, wenn etwas passiert.

Ich habe schon ein schlechtes Gewissen, kann es aber jetzt nicht mehr rückgängig machen. Schreibe ihr mal was Nettes.

Bis bald!"

Am siebten Juni bringt ihn sein Schwager früh morgens nach Duisburg. Von dort fährt er mit dem Zug nach Aachen. Die Anbindungen von seinem Dorf an den öffentlichen Nahverkehr sind katastrophal. Von Brüssel gare midi und gare nord geht es weiter zum Flughafen. Um 15:15 Uhr geht sein Flug.

Der Zug in Aachen hat Verspätung. Es ist zum Kotzen. Die Deutsche Bundesbahn gleicht mit ihrer Unpünktlichkeit dem Zustand der italienischen Eisenbahn vor 40 Jahren. Er wird nervös. Wird er den Flug erreichen?

Alles geht gut. Im Flugzeug sind weitere Konferenzteilnehmer. Sie werden am Flughafen von Organisatoren des Kongresses abgeholt und zum Hotel Ramada gebracht. Sie bieten ihm eine Mitfahrgelegenheit an.

Er verweigert höflich die Mitnahme, da er auf seine Tochter und Ramzi wartet, die sich wegen eines Staus verspäten.

Seine Jüngste hat sich kaum verändert. Wie auch, sie ist ja erst vor zwei Monaten abgereist. Ihre Haare sind etwas blonder, bleicher durch intensive Sonneneinwirkung. Sie wirkt frisch und jung, ihrem Alter gemäß. Im April ist sie 24 geworden. Ramzi, obwohl Tunesier, wirkt europäisch, jungenhaft und aufgeweckt. Scheint vielleicht ein, zwei Jahre älter zu sein als seine Tochter. Er kann es nicht einschätzen. Ramzi ist sehr offenherzig, fast überschwänglich. Die Tunesier sind ein gastfreundliches Volk, hoffentlich ist seine Herzlichkeit nicht oberflächlich. Ramzi schleppt sein Gepäck. Er lässt es sich gerne gefallen. Es ist ein Zeichen des Respekts eines Jünglings, der seine Tochter mag und daher den Vater ehren muss. Eine mehr als freundschaftliche Bindung zwischen Ramzi und seiner Tochter besteht allerdings nicht, wie er zu beobachten meint.

Ramzi lenkt einen Kastenwagen, der nur Platz für zwei Personen bietet. Seine Tochter fährt im Laderaum mit und muss sich bei jeder Straßenkreuzung bücken, um den Blicken der Polizisten zu entgehen, die überall postiert sind, um für Sicherheit zu sorgen. Das war vor der Revolution schon so und ist es heute noch. Tunesien ist ein sicherer Staat, der auf die Ordnung und Disziplin seiner Bürger achtet. Die Touristen sollen sich sicher fühlen, die Ordnung ist aber wohl auch der angespannten Situation geschuldet, denn einige gesellschaftliche Gruppen und Minderheiten, in erster Linie die Salafisten, versuchen durch gezielte Aktionen und Nadelstiche die Ordnung zu stören und Handlungen des Staates zu provozieren, die die Freiheit der Bürger einschränken sollen. Die Salafisten lehnen einen laizistischen Staat ab, selbst einen Staat, der den Islam als Staatsreligion anerkennt, ist ihnen kein lebenswerter Staat, solange die Scharia nicht als Recht eingeführt wird. Das jedoch ist in Tunesien nicht geplant, doch die Salafisten streben dieses Ziel an und stiften daher Unruhe.

Tunis zeigt sich entspannt und ruhig. Sie fahren vom Flughafen durch die wohlhabenden Vororte Quartaj Sidi (Carthago), Bou Said, La Marsa und Gammarth, die Küste entlang zu der Touristenzone, die noch einmal mehr bewacht scheint.

Tunis liegt im Norden des Landes, unweit des Mittelmeers. Zwischen der Stadt und dem Golf von Tunis erstreckt sich die See von Tunis, eine flache Lagune.

Während der Kolonialzeit bauten die Franzosen einen zehn Kilometer langen Schnellstraßen- und Stadtbahndamm quer durch die See von Tunis, der als Fortsetzung der Avenue Habib Bourguiba die Innenstadt Tunis mit der Hafenstadt „La Coulée" (Halk al-Wadi) verbindet. Sie fahren mit geöffneten Scheiben, die Temperatur beträgt circa dreißig Grad.

Es ist schwül, aber das Klima ist zu ertragen, da das nahe Mittelmeer für frischen Wind sorgt. Der Name der Stadt Tunis geht auf die Göttin Tanit zurück, die in punischer Zeit als Schutzgöttin von Karthago verehrt wurde. Tunis ist eine der ältesten Städte am Mittelmeer. Die numidische Stadt Tunis existierte schon vor dem Eintreffen der ersten phönizischen Kolonisten im neunten Jahrhundert vor Christi. Jedoch stand Tunis in der Antike immer im Schatten des mächtigen Karthagos. Erst nach der arabischen Eroberung und der Zerstörung Karthagos Ende des siebten Jahrhunderts gelangte Tunis zu überregionaler Bedeutung. 1534 kam Tunis unter türkische Herrschaft. Nur ein Jahr später wurde es von Karl dem V. im Tunisfeldzug erobert und unterstand danach spanischem Protektorat, bis Tunis 1574 endgültig in die Hand der Türken fiel.

Nachdem ihnen von Otto von Bismarck während des Berliner Kongresses 1878 die Oberhand über Tunis zugesichert worden war, machten die Franzosen nach der Annektierung des Landes 1881 die Stadt zum Sitz ihrer Protektoratsverwaltung und nahmen zahlreiche städtebauliche Veränderungen vor. Zwischen der Altstadt und dem Meer entstand eine Neustadt im europäischen Stil. Während des Zweiten Weltkrieges wurde Tunis von November 1942 bis Mai 1943 von den Achsenmächten beherrscht und war deren letzte Bastion in Afrika.

Nach der Unabhängigkeit in Tunesien 1956 wanderten die meisten Europäer, hauptsächlich Franzosen und Italiener, die zuvor ein Viertel der Einwohnerschaft ausgemacht hatten, aus. Die Landflucht der übrigen Bevölkerung führte jedoch zu einer starken Zunahme der Bevölkerung in den Städten, so auch und insbesondere in Tunis. Zwischen 1979 bis 1990 hatte die Arabische Liga ihr Hauptquartier in Tunis, ebenso die PLO von 1982 bis 1993.

1985 wurde das Hauptquartier der PLO im südlichen Strandbad Hammam Schatt durch die israelitische Luftwaffe bombardiert.

Sie erreichen das Hotel Ramada zur gleichen Zeit wie die übrigen Besucher, die vom Flughafen abgeholt worden waren. Es ist ein wunderschönes fünf-Sterne-Hotel der Art, wie er es vor Jahren in Monastir kennengelernt hatte. Mit allem Komfort, Swimmingpools und Anlagen im mediterranen Stil. Der Weg zum Strand beträgt nur wenige Meter.

Er checkt ein. Die Kosten für die Nacht, die seine Mitarbeiterin zusätzlich gebucht hatte, werden von den Veranstaltern der Konferenz übernommen. Seine Tochter und Ramzi erklären ihm den Weg zur Strandbar Blanko, wo sie sich später treffen wollen. Es findet eine Party dort statt und viele Freunde seiner Tochter wollen ihn dort begrüßen.

Sie verabschieden sich. Nachdem er seine Sachen in seinem Zimmer untergebracht hat, sucht er den Versammlungsraum auf. Die Konferenz hat bereits begonnen. Es werden Eröffnungsreden gehalten. Die Reden des belgischen Ministers und des Vizepräsidenten des Kongresses, Charles Ferdinand Nothomb, und Präsident der tunesischen Nationalversammlung Mustapha Ben Jaafar hat er verpasst. Soeben erklärt Fatima Z. Malki Bensoltane, die Vizepräsidentin des Kongresses und Präsidentin des tunesischen Komitees Dialogue Sud Nord méditerranée, die Rolle dieses Komitees.

Es sei am vierten Oktober 2011 in Brüssel gegründet worden im Geist der internationalen europäischen Bewegung. Der Dialog sei bereits 2004 in Malta initiiert und in Algier und Alicante 2009 fortgesetzt worden. Das Komitee setzte sich zusammen aus Persönlichkeiten aus Ägypten, Tunesien, Algerien, Marokko und Mauretanien. Hier und heute, 2012, sei das Komitee nun Partner des dritten Kongresses des Dialoges in Tunis mit den bekannten Themen der Tagung.

Bei dieser Tagung seien wichtige fundamentale Inhalte zu bearbeiten. Es ginge um Reformen in Politik, Erziehung, Schule, Universität und beruflicher Bildung sowie um die Bearbeitung der Felder Migration, Arbeit und Partizipation, also der Beteiligung der Gesellschaft an politischen Entscheidungsprozessen. Der Dialog solle eine Zukunftsvision entwerfen, wie sich eine zivile Bürgergesellschaft und deren Organisationen in den arabischen Staaten entwickeln und in Kommunikation mit staatlichen Institutionen treten können.

Die Hauptrede hält Professor Bichara Khader von der Stiftung Dialogue Sud Nord méditerranée, der in seinem Beitrag den Geist und die Geschichte des Dialoges herausarbeitet. Dieser Dialog sei durch die europäische internationale Bewegung und die Bibliothéque d'Alexandrie 2004 gemeinsam in Malta initiiert worden. Der Dialog diene generell dem Zweck der multilateralen Kooperation zwischen den mediterranen Staaten und deren Nachbarn. Es gehe insbesondere um die Beseitigung der Schwierigkeiten und Mängel, die durch Ignoranz, Vorurteile, gegenseitig eingeschränkte Blickwinkel und kurzsichtige Fehleinschätzungen entstünden. Das geschehe insbesondere in der Medienberichterstattung, durch öffentliche Bilder, die oft Aggressionen und Brutalität der Menschen zeigten, die der tatsächlichen Lage in der arabischen mediterranen Gesellschaft nicht entsprächen.

Ohne die staatlichen Gewalten, die Diplomatie, das Militär oder Experten ersetzen zu wollen, ginge es dem Sud-Nord Dialog darum, die Kräfte der Gesellschaft widerzuspiegeln. Beeinflusst durch die vergangenen und gegenwärtigen Ereignisse seien sich die arabischen Partner trotz ihrer unterschiedlichen politischen Entwicklung ihrer gemeinsamen Kultur bewusst und wünschten sich gegenseitig zu unterstützen und Schwierigkeiten zu überwinden, durch die solidarische und gemeinsame Reflexion der gegebenen Zustände und die Entwicklung nachhaltiger Zukunftsperspektiven, sich nicht entmutigen, sondern sich im Gegenteil beflügeln und befruchten zu lassen durch die umfangreichen Facetten ihrer gemeinsamen Geschichte und Kultur. Die zukünftige Entwicklung der nordafrikanischen Mittelmeeranrainer könne eine arabische, europäische, muslimische, christliche, orientalische, occidentale, afrikanische, atlantische Entwicklung sein, die alle positiven Effekte im Sud-Nord-Dialouge zu vereinigen trachte. Dazu bedürfe es eines ständigen Austausches der Menschen und Assoziationen, der reziproken Informationen und Einschätzungen und der Formulierung zukünftiger Ziele. Die vergangenen Kongresse und die Diskussionen dieses Dialoges in Tunis dienten diesen Zwecken. Während die versammelten Teilnehmer dem abendlichen Empfang und Dinner entgegenschmachten, erläutert Professor Khader diese Zwecke. Er ist sich nicht sicher, ob sich alle Teilnehmer des Kongresses diesen gemeinsamen Anliegen verpflichtet fühlen und in Zukunft in der Lage oder Willens sind, ihnen zu dienen.

Die Rede zieht sich hin und er simst und fragt seine Tochter, da es schon spät ist, ob er auf das Dinner verzichten solle, um nicht allzu spät im Blanko zu erscheinen. Sie simst zurück, er solle ruhig dinieren, die meisten ihrer Freunde würden erst später eintrudeln.

Professor Khader erklärt und stellt die Algerien-Deklaration für eine gemeinsame Vision der Zukunft als Grundlage des gegenwärtigen Kongresses in Tunis dar. Diese Erklärung sei gemeinsam von der internationalen europäischen Bewegung, dem mediterranen Komitee, der Bibliothéque d'Alexandrie, dem arabischen Forum, der Anna-Lindh Euro-Méditerranée Foundation sowie dem Algerien Komitee für den Dialog zwischen den Kulturen ausgearbeitet und am 26. Februar 2006 verabschiedet worden.

Die Erklärung enthalte im Wesentlichen einen Neun-Punkte-Plan, einen Forderungskatalog, der konkreten Maßnahmen impliziere.

Erstens die Forderung nach dem Austausch von Informationen auf der Basis eines ethischen Anspruchs der Führung dieses Dialoges unter der Voraussetzung der Kenntnis der unterschiedlichen Kulturen, zweitens die Forderung einer vergleichbaren interkulturellen Erziehung und Bildung, drittens die Unterstützung eines professionellen Trainings und Akademikeraustausches, viertens die Einsicht, dass die Schaffung von Arbeit als das wesentliche Ziel der Kooperation angesehen werden muss, fünftens die Forderung von Nord-Süd- und Süd-Süd-Investitionen und den Zugang zu Finanzierungsmitteln, sechstens die Lösung der Migrantenproblematik durch unterschiedliche Herangehensweisen des Ausbaues der Nord-Süd- und Süd-Süd-Beziehungen, siebtens die Förderung einer aktiven Partizipation der zivilen Bürgergesellschaft in den politischen Entwicklungsprozessen, achtens die Förderung von „Selbstbestimmung" und „Eigenverantwortung" als wesentliche Prinzipien für jedwede Kooperation und neuntens die Förderung des Dialoges in den Euro-Mediterranen Regionen zwischen Männern und Frauen als Bürger mit unterschiedlichen Werten und Kulturen.

Zu diesem Neun-Punkte-Plan seien ganz konkrete Vorschläge zur Umsetzung und Implementierung erarbeitet worden, deren Verwirklichung in wesentlichen Teilen jedoch noch ausstünde. Jüngste Ereignisse, Veränderungen und Umwälzungen erforderten nun neue Anstrengungen, damit die Kräfte der Restauration nicht zu neuer Macht gelangten.

Die Menge strebt zum Buffet, welches draußen auf der Terrassenfläche und seitlich des Swimmingpools installiert ist. Das Angebot ist überwältigend. Er isst gerade so viel, dass der zu erwartende Alkohol bei der Party ihn nicht schwächen wird, damit er die Kilos nicht wieder zulegt, die er nach monatelangem Kampf abgelegt hat. Er bevorzugt die kleinen Häppchen und arabischen Spezialitäten, die er daheim nicht zu essen bekommt, knabbert ein paar Nüsse, trinkt köstliche exotische Fruchtsäfte und macht sich aus dem Staub. Die Nacht ist bereits hereingebrochen.

Er geht die Straße links abwärts zur Hauptstraße, wendet sich rechts und wandert die Hauptstraße entlang, bevor er rechts abbiegt und dem Strand entgegen strebt. Er fragt einige Passanten, ob er richtig orientiert ist und findet nach einigem Suchen die Strandbar, da ihm lautes Rufen und Lärm jugendlicher Stimmen den Weg weisen.

Direkt am Strand sieht er ein offenes Gebäude mit Strandterrasse. Es weht ein frischer Wind. Eine Gruppe Jugendlicher, unter ihnen seine Tochter, winken ihm freundlich zu. Er wird überschwänglich begrüßt, die jungen Männer umarmen ihn. Er küsst die jungen Frauen links und rechts zur Begrüßung auf die Wange. Es ist ein großes Hallo und Herzlichkeit.

Die jungen Männer sagen, in Tunesien bezeuge man dem Vater einer Tochter Respekt. Ein Tunesier offeriert ihm ein Bier. Ein wildes, internationales Gemisch von Jugendlichen tummelt sich um ihn. Die jungen Leute haben sich spontan zu einer Couchsurferparty zusammengefunden. Auch gestern habe es hier eine solche Party gegeben, sagt seine Tochter. Reisende, Freiwillige, Praktikanten und Erasmus-Studierende mischen sich mit einheimischen Berufstätigen und Studierenden. Viele Tunesier haben Auslandserfahrung, sind weltoffen, freundlich und hilfsbereit. Ein zweiter Jugendlicher spendiert ihm ein weiteres Bier. Allmählich wird es Zeit für ihn eine Runde zu schmeißen. Er kann nicht die gesamte Gruppe freihalten. Er organisiert für die nächsten Tischnachbarn und Freunde seiner Tochter eine Flasche Wein. Eine junge Frau neben ihm weigert sich anfangs ein Gläschen Wein mitzutrinken.

Sie liebe keinen Alkohol, erklärt sie, habe zudem das Auto dabei. Ihm zuliebe, aus Gastfreundschaft erlaube sie sich jedoch einen kleinen Schluck. Sie ist eine sehr attraktive Frau, er schätzt ihr Alter auf 23 bis 27 Jahre, wie die meisten Jugendlichen, die sich um ihn herum tummeln.

Nach ihrem Aussehen zu urteilen, handelt es sich um eine Couchsurferin aus Spanien oder Frankreich. Er fragt sie nach ihrer Herkunft und ihren Namen. Sie heißt Souhir. Sie erklärt ihm, sie sei eine waschechte Tunesierin, habe nach ihrem Studium einige Zeit in den USA und Kanada verbracht und arbeite jetzt bereits seit mehreren Jahren im Ministerium für Jugend und Kultur. Wie ein solcher Werdegang möglich sei, in so jungen Jahren, will er wissen. Sie fordert ihn auf, er möge ihr Alter schätzen. Er schätzt sie auf 28 Jahre. Sie sei 38. Er kann es nicht glauben. Sie wirkt so jugendlich. Sie ähnelt mit ihren Gesichtszügen einer seiner Cousinen mütterlicherseits, die verschmitzten Grübchen, die lebendigen und zugleich träumerischen Augen.

Seine Cousine war als Teenie in der Ferienzeit oft zu Besuch auf dem Bauernhof gewesen. Sie war aufgeweckt und begierig nach Leben. Manchmal nahm er sie zu Ferienaktionen für Kinder und Jugendliche mit in die Bezirkshauptstadt.

Auf der Fahrt durch die Stadt zu seinem Haus warf seine Cousine oft selbst gefertigte Liebesbriefchen aus dem Fenster, kleine, unschuldige Briefe eines heranwachsenden Mädchens, gerichtet an mögliche unbekannte Verehrer. Daran erinnere ihn jetzt diese Frau.

Mit ihrer Ruhe und Gelassenheit, die diese Person ausstrahlt, ähnelt sie seiner Frau. Er braucht die Ruhe seiner Frau als Gegensatz zu seiner Unruhe, auch wenn er sich manchmal mehr Lebendigkeit von ihr wünscht.

Souhir ist gelassen, aufmerksam und intelligent. Ihr Vater sei Araber, erzähle sie, ihre Mutter Berberin. Der Vater, 67, sei Geschäftsmann gewesen, schon müde und alt, habe er sich zur Ruhe gesetzt, die Mutter, Lehrerin, sei noch aktiv. Ihre jüngere Schwester habe als Kind ein paar Jahre bei der Tante in Deutschland, in Bonn, gelebt, spreche also Deutsch und lebe jetzt wieder in Tunis. Ihr Bruder sei sehr geschäftig, habe sich selbstständig gemacht und bediene und versorge unermüdlich und ohne Rast mehrere Kaufläden, die er gegründet und aufgebaut habe.

Sein Rücken sei schon kaputt von dem Tragen schwerer Kisten. Er schone sich nicht, nehme sich wenig vom Leben. Es werde ihm bald leidtun. Sie sei so nicht.

Sie brauche ihre Ruhepausen, sie führe ein geordnetes Leben, doch ohne feste Regeln, ihr Beruf verlange Flexibilität. Sie organisiere für das Ministerium Programme für Jugendliche, auch internationale Projekte. Gerade jetzt, zurzeit, organisiere sie ein Projekt, finanziert durch die britische Botschaft. Ziel sei es, Community Radios in Tunis zu etablieren. Daher qualifiziere man Multiplikatoren und Jugendliche in gemeinsamen Aktionen.

Die Frau interessierte ihn. Sie tut und hat etwas, womit er sich identifizieren kann, ist gebildet und hübsch. Er findet sie sympathisch. Er kann es nicht erklären, manchmal, ganz selten, stimmt die Chemie, dann fühlt er sich hingezogen zu Menschen. Sehr schnell entdeckt er jedoch ihre Schwächen und seine positiven Empfindungen kühlen schnell ab. Manchmal reicht es für eine Freundschaft.

Er plaudert mit Souhir Thaudassi.

Er fragt sie nach ihren Erfahrungen der letzten zwei Jahre, der Revolution in Tunesien. Hat sich für sie etwas geändert? Ist ihr Job sicher? Für sie hat sich nicht viel geändert. Die Verwaltung funktioniere in ihrem Land. Es herrsche Recht und Ordnung. Ihr Arbeitsplatz sei sicher und nicht gefährdet. Die neue Regierung, die Islamisten, gefallen ihr nicht. Sie akzeptiere als Demokratin die Entscheidungen des Volkes, Bitteschön, aber die Regierung sei zu unerfahren, habe keine Kraft, bringe keine Reformen, eher Rückschritt. Die Kräfte, die sie, Souhir, repräsentiere, seien aufmerksam, sie ließen sich den Fortschritt, die Rechte der Frauen, das Recht auf Arbeit, Gesundheit und Bildung, auf Religionsfreiheit nicht nehmen. Tunesien sei ein moderner Staat, ähnlich der Türkei, die Türkei verehre Atatürk, den Gründer der modernen Türkei, die Tunesier verehrten Habib Bourguiba. Bourguiba habe 1956 das Land in die Unabhängigkeit geführt, es von Kolonialismus befreit, in 30 Jahren seiner Herrschaft ein modernes Tunesien geschaffen. Der Westen habe Bourguiba applaudiert für seine Tatkraft, den Einsatz für die Emanzipation der Frauen und für die Schaffung eines freien, für jedermann zugänglichen Bildungssystems.

Als er aufgrund seiner Alterssenilität aus dem Amt entfernt wurde, etablierte sich Präsident Zine El Abidine Ben Ali als sein Nachfolger. Er folgte der Anti-Islamistik-Linie seines Vorgängers und pochte auf die Trennung von Kirche und Staat. Jedoch nahm seine Herrschaft autokratische, diktatorische und korrupte Züge an. Die weiteren Entwicklungen seien ihm ja bekannt. Auslöser der Revolution war der Tod von Mohamed Bouazizi, der die Revolution Anfang 2011 in Gang setzte. Eine Revolution, die sich gegen Ben Ali richtete, gegen Arbeitslosigkeit, steigende Nahrungsmittelpreise, Armut und Korruption, nicht gegen das System. Sie, eine Linksaktivistin, habe doch nicht wie viele junge Menschen Ben Ali vertrieben, damit die Islamisten ihr jetzt vorschreiben, wie sie zu leben habe. Niemals würde sie sich den konservativen islamistischen Kräften beugen.

Sie sagt das mit einer solchen Kraft und Ruhe, einer solchen Überzeugung, dass er ihrem Willen unbedingt Glauben schenkt.

Viele junge Menschen dächten so wie sie, sie würden das Feld nicht räumen, die Entwicklung in ihrem Land sei nicht umkehrbar. Die nächsten Wahlen würden anders ausgehen. Die junge Regierung sei eine Übergangsregierung und schwach. Das Augenmerk richte sich jetzt darauf, dass die neue Verfassung des Landes, die zur Zeit ausgearbeitet würde, eine freiheitliche Verfassung sei, die die Rechte der Menschen schütze und nicht einschränke. Demokratie zeige sich nicht in der freien Wahl von Politikern, alle vier Jahre, sondern ob man in einem Land frei leben könne mit einer guten Verfassung. Zu den Menschenrechten gehörten die Rechte der Frauen, der Jugend, eine funktionierende Bildung und ein Sozialsystem auf der Grundlage einer freien, jedoch nicht unbändigen Wirtschaft, auf der Grundlage sozialer Gesetze und nicht der Willkür des Kapitalismus.

Souhir und die Jugendlichen, mit denen er spricht, sind aufgeklärte Menschen mit Verstand, Intelligenz und sozialer Bindung zu ihrer Kultur und Tradition. Sie wollen Zukunft für ihr Land. Sie sind die Zukunft. Souhir ist Zukunft. Wille, Kraft und Mut ist ein Privileg der Jugend. Wenn Stärke und Mut gepaart mit Wille und Erfahrung sich eint, kann sich die Gesellschaft ändern, ob man mit 18, 38 oder 58 Jahren dafür kämpft. Das ist seine Überzeugung. Das ist Souhirs Überzeugung. Sie sind im Gespräch vertieft. Die Jugendlichen tanzen. Plötzlich werden sie umringt und auf die Tanzfläche gezogen. Die jungen Leute und seine Tochter meinen, er solle mit Souhir tanzen. Er tut es. Aber er hat den Eindruck, sie tanzt mit ihm. Er öffnet den Kreis. Alle tanzen zusammen, bis er erschöpft zur Theke zurückkehrt. Sie folgt ihm. Er eröffnet ihr, dass er noch ein Bier trinkt, sich noch ein wenig mit ihr unterhalten will, dann aber aufbrechen muss, da er morgen eine anstrengende Tagung vor sich hat. Es sei schon spät. Sie sagt, auch sie müsse morgen arbeiten. Die Couchsurfing-Leute habe sie gestern eher zufällig getroffen. Sie finde die jungen Leute toll, gehöre aber nicht zu ihnen. Auch sie fahre gleich nach Hause. Sie nehme ihn mit und bringe ihn zum Hotel.

Kurze Zeit später brechen sie auf, nicht ohne sich von allen Jugendlichen herzlich zu verabschieden. Wie selbstverständlich fährt sie ihn zum Hotel. Er fühlte sich sicher und wohl. Er gibt ihr seine Visitenkarte und sie ihm einen Zettel, auf dem ihre Kontaktdaten stehen. Vielleicht wird man sich wiedersehen. Wenn er oder seine Tochter in den nächsten Tagen Hilfe bräuchten oder etwas unternehmen möchten, wolle sie gerne unterstützen und dabei sein.

Er dankt, will darüber nachdenken, sein Programm ist vollgefüllt und verplant durch den Kongress und seine

Tochter. Er gibt ihr die Kontaktdaten seiner Tochter. Sie möge seine Tochter kontaktieren und erfragen, was geplant sei, seine Tochter könne einschätzen, ob sie mitmachen oder sie unterstützen könne. Er verabschiedete sich mit zwei Küssen auf ihre Wangen und ärgert sich im Hotelzimmer sie nicht direkt und sofort eingeladen zu haben. Sie war doch so sympathisch. Aber hätte er das ohne Einverständnis seiner Tochter tun sollen? Er ist doch nur so kurze Zeit hier und will die Zeit mit seiner Tochter verbringen.

Er setzt sich auf den Balkon seines Hotelzimmers und lauscht dem fernen Rauschen des Meeres. Er trinkt in langsamen Schlücken ein Glas Wein. Souhir hat ihre Kontaktdaten unleserlich geschrieben. Er simst ihr die Daten, was er davon lesen kann, nur zur Sicherheit, sie möge sie bestätigen. Sie möge seine Tochter kontaktieren. Falls seine Tochter einverstanden sei, könnten sie gemeinsam etwas unternehmen. Er simst ihr die Kontaktdaten der Tochter. Sie bestätigt alle Kontaktdaten. Er simst seiner Tochter, sie möge mit Souhir Kontakt aufnehmen, und falls nichts dagegen spreche, könnte Souhir doch dazustoßen, wenn er sich morgen Abend mit ihr und ihren Freunden treffe.

Dann legt er sich schlafen.

Ein Jahr nach der Revolution

Vom reichlichen Angebot des Frühstücks nimmt er nur die leicht bekömmlichen Sachen. Er begibt sich zum Strand. Keine Menschenseele. Herrliches weites, blaues Meer, gelber Strand. Zurück am Swimmingpool vorbei. Nur zwei ältere Ehepaare rekeln sich an den Beckenrändern auf weißen Liegestühlen. Ohne die Kongressteilnehmer ist das Hotel fast leer. Die Tourismusbranche kämpft ums Überleben. Er strebt frühzeitig zu dem Kongressraum. Es gibt drei Workshops. Er wählt den Workshop, der sich mit der Kooperation der öffentlichen Macht mit den Kräften der zivilen Gesellschaft zur Förderung der Mobilität der Menschen, der Erziehung und der schulischen und beruflichen Bildung befasst.

Die Workshops werden jeweils von einer Person geleitet und von einem Berichterstatter für das spätere Plenum begleitet. In seinem Workshop gibt der Rektor der geisteswissenschaftlichen Fakultät der Universität Tunis, Habib Kazdaghli, einen theoretischen Input. Den zweiten Input gibt eine junge Frau, die ihm schon beim Frühstück aufgefallen ist. Die junge Türkin tritt sehr selbstbewusst auf. Ihr überzeugendes Statement stimmt überein mit ihren sehr weiblichen, für Türkinnen nicht unüblichen festen und runden Körperformen. Ihre Kleidung und ihr kurzer Rock stehen im Einklang mit ihrem sympathischen Aussehen. Trotz ihrer erst zwanzig Jahre ist sie bereits in Leitungsfunktion für Projekte der Generalversammlung des europäischen Studentenparlaments tätig. Gizem Karslis Argumente zeugen von einem wachen Verstand und einem intelligenten, aufgeweckten Wesen.

Sie beklagt, dass Politiker, Organisationen und Entscheidungsträger seit Jahren Erklärungen, Resolutionen und Dokumente ausarbeiten, die keine Auswirkungen zeigten. Junge Leute, die die Revolution in Tunesien mit herbeigeführt hätten, verlangten direkte Formen der Beteiligung. Diese müssten gemeinsam erarbeitet werden. Damit junge Menschen mitentscheiden könnten, bedürfe es der Entwicklung non-formaler Lern- und Qualifizierungsangebote, wie z.B. Öffentlichkeit hergestellt werden könne, wie Projekte entwickelt werden könnten, wie man politische Prozesse organisiere, Nichtregierungsorganisationen etabliere und so weiter. Politik und bestehende Institutionen müssten Jugendliche und ihre Interessenvertreter ernst nehmen und ihre Forderungen bei Entscheidungsprozessen nicht nur berücksichtigen, sondern sie daran beteiligen.

Die Zuhörer applaudieren zustimmend. Er meldet sich im Laufe des Workshops zu Wort und greift den Wortbeitrag von Gizem Karsli auf. Er erwähnt beispielhafte Lernangebote seiner Einrichtung und seines internationalen Netzwerkes, die eine Beteiligung von Jugendlichen beförderten und auch in Tunis Anwendung finden könnten. Er verweist auf die diffuse Rolle der etablierten öffentlichen und privaten Medien, die weder vor der Revolution die Zeichen der Zeit erkannt hätten noch jetzt nach der Revolution objektiv berichteten, da sie in normatives, vorgegebenes Denken verhaftet seien, beeinflusst durch oder unter den Fuchteln der vorgegebenen herrschenden Meinungen. Einen wesentlichen Beitrag zur Revolution hätten die neuen sozialen Medien geleistet. Sie hätten für Informationen, Kommunikation, Aufklärung und Vernetzung gesorgt. Diese Chance müsse genutzt werden. Jetzt gälte es junge Menschen und Multiplikatoren non-formal modular zu schulen, um ihnen Zugang zu öffentlichen Bürgermedien zu verschaffen. Über Aufklärung durch Qualifikation und Kommunikation erwüchsen Informationen. Aus Informationen entstünden Beiträge und Sendungen. Wer aber sende, benötige auch Verbreitungsplattformen. Dazu müssten geeignete Distributionswege und Infrastrukturen bereitgestellt werden. Tunesien und die arabische Welt benötigen freie Medien, Bürgermedien, freie Meinungsäußerung, Bildung und Qualifizierung zur Förderung von eigenverantwortlichem und selbstbestimmtem Handeln der Bürger, damit eine aktive, soziale Bürgergesellschaft entstehen könne.

Nach dem Workshop entwickelt sich ein lebhaftes Gespräch zwischen ihm und Gizem, die Gefallen an seinem Wortbeitrag bekundete. Sie leite ein Büro in Brüssel, erklärt sie, und könne sich eine Zusammenarbeit zwischen seinem Netzwerk und dem Studentenparlament im Medien-, Bildungs- und Qualifizierungsbereich sehr gut vorstellen. Sie tauschen ihre Kontaktdaten aus.

Vor dem Dinner wird er von Jo Leinen aufgehalten, der ihn auf seinen Wortbeitrag während der Konferenz anspricht. Er hatte gar nicht bemerkt, dass Jo während seines Statements den Konferenzraum betreten und seinen Beitrag aufmerksam verfolgt hatte. Er füttert Jo mit Informationen über seine Person, seine Ziele und seine Netzwerkarbeit samt Möglichkeiten der Kooperation. „Wir müssen unbedingt in Kontakt bleiben und zusammenarbeiten", äußert Jo zu seiner großen Freude. Das ist mehr als er erwartet hatte. Daran kann er anknüpfen. Dankbar überreicht er Jo Leinen ein Exemplar seines vor einem Jahr erschienenen Buches in der Hoffnung, es könne ihn interessieren.

Drei tunesische Frauen gesellen sich zu ihm und setzen sich mit ihm an den Tisch. Zwei sind sehr modern, westlich gekleidet. Die dritte Person trägt ein modisches Kopftuch. Von den drei Frauen gefällt ihm die ohne Kopftuch mit der Brille, die ihrem Aussehen etwas Strenges, Intellektuelles gibt, sehr gut. Sie heißt Ines. Sie ist 28 Jahre und hat ein Kind zu versorgen. Alleinerziehend zu sein sei in der tunesischen Gesellschaft nicht einfach, berichtet sie, aber ihre Arbeit an der Uni als Dozentin für neue Medien und Computer erlaube ihr diese Lebensweise. Ines sieht aus wie ein zwanzigjähriges Mädchen, nicht wie eine 28-jährige Frau mit Kind. Er denkt: Diese Jugendlichkeit der Frauen hier in Tunesien, ihr junges, frisches Aussehen, ihre Dynamik muss Gründe haben. Sicherlich spielen Klima, Gesundheit und Ernährung eine Rolle, aber es muss weitere Ursachen geben und er äußert sich entsprechend. „Das ist unsere Willenskraft, wir sind die Zukunft, wir wollen unsere Gesellschaft verändern. Ich kämpfe und arbeite nicht für mich, ich tue das für mein Kind, das gibt mir die Kraft. Mein Kind braucht Zukunft und ich werde alles dafür tun. Das hält mich jung." Er verabschiedet sich. Er wird sich, da er sehr müde ist, noch eine halbe Stunde hinlegen, bevor die Nachmittagsworkshops beginnen.

Die drei Nachmittagsworkshops gefallen ihm nicht. Überall, wo er hineinschnuppert hört er Blabla und abgenutzte Phrasen. Er ist sehr müde. Wie soll er den Abend überstehen? Er entschließt sich, eine Stunde zu schlafen und sich danach in den Report des council for european palestinian relations (CEPR) zu vertiefen. Der Report verschafft ihm seiner Meinung nach eine gute Einschätzung der Lage in Tunesien ein Jahr nach der Revolution.

Der CFPR ist eine in Brüssel registrierte Nichtregierungsorganisation und ein Zusammenschluss europäischer Institutionen und Persönlichkeiten. Er kämpft gegen eine restriktive Palästinapolitik und möchte den Palästinensern Anerkennung gemäß dem internationalen Recht verschaffen. Der CFPR strebt eine friedvolle Lösung des Israel-Palästina-Konflikts an. Der Zusammenschluss sieht in einer demokratischen Entwicklung in Tunesien eine Chance für die arabische Welt und bessere Konfliktlösungsmöglichkeiten in Nahost, speziell im Israel-Palästina-Konflikt. Zwischen dem 31. März und dem dritten April 2012 erarbeitete eine Delegation des CFPR diesen Bericht durch Vorort-Gespräche mit Entscheidungsträgern und Vertretern der zivilen Bürgergesellschaft, Jugendgruppen, dem Präsidenten, dem Minister für Menschenrechte, Vertretern der Regierungs- und Oppositionsparteien sowie Mitgliedern der konstituierenden Versammlung, die die neue Verfassung ausarbeiten.

Der Report deckt sich nicht ganz mit seinen Einschätzungen. Der Bericht überschätzt die positive Auswirkung der Revolution und vernachlässigt die Gefahren. Tunesien befindet sich in einem Transformationsprozess. Die neue politische Elite hat wenig Erfahrung. Das erschwert einen möglichen Prozess, ebenso wie die sozialen und ökonomischen Probleme, die die Revolution noch verschärft hat. Viele Tunesier sind dennoch optimistisch. Sie wollen eine Zukunft in Freiheit und erhoffen sich durch diese Freiheit demokratische Reformen und Wirtschaftswachstum. Sie suchen einen Weg zwischen Freiheit, Stabilität und Sicherheit, der schwierig ist, zumal die konservativen Kräfte, die bei den Wahlen mehrheitlich zur Macht gelangten durch religiös motivierte Bestrebungen Veränderungen in Tunesien anstreben, die sehr leicht restriktive Formen annehmen könnten, die insbesondere für die in der arabischen Welt beispielhaften Frauenrechte einen Rückschritt bedeuten würde.

Der tunesische Staat befindet sich in einer verzweifelten Lage. Mit einer offiziellen Arbeitslosenrate von 23%, die in Wahrheit weit höher ist, wächst die Desillusion der Bevölkerung und lässt Zweifel an positiven Veränderungen der tunesischen Gesellschaft aufkommen. Das ökonomische Klima, Auslöser der Revolution, hat sich dramatisch verschlechtert. Die Tourismusindustrie befindet sich auf dem Tiefpunkt und wird sich kaum erholen, da die europäische Finanzkrise gleichfalls Auswirkungen für den tunesischen Tourismusmarkt zeigt. Gleichwohl ist unter diesen Umständen die friedvolle Natur der Tunesier bemerkenswert und gibt Hoffnung. Die Bemühung einer Demokratisierung durch freie Wahlen, der Ausarbeitung einer neuen Verfassung, unter Aufrechthaltung des Säkularisierungsprinzips, durch Zusammenarbeit der islamischen Kräfte und der Opposition können Perspektiven geben für die ganze arabische Region. Tunesien hat zurzeit die zweite Interimsregierung nach der Jasminrevolution. Die erste Regierung bereitete die freien und fairen Wahlen vor. Die zweite Interimsregierung hat nun die Aufgabe, die neue tunesische Verfassung auszuarbeiten. Im Oktober 2011 wurden die Wahlen zur Bildung der konstituierenden Verfassungsversammlung erfolgreich abgehalten. Dabei errangen die konservativen Kräfte die Mehrheit, jedoch nicht die absolute Mehrheit. Die islamistische Ennahda Partei gewann 89 Sitze und formte eine Regierungskoalition mit der liberalen Kongresspartei mit 29 Sitzen und der Mittellinkspartei Ettakatol mit 20 Sitzen. Die Konservativen haben also eine stabile Regierungsmehrheit von 138 Sitzen, während die Opposition, bestehend aus der Volkspetitionspartei mit 26 Sitzen, der progressiven, demokratischen Partei mit 16 Sitzen und der demokratischen, modernen Bewegung mit fünf Sitzen, nur über insgesamt 47 Sitze verfügt. Die Opposition befürchtet eine zu religiöse Ausprägung der Verfassung und die Einschränkung der Frauenrechte. Jedoch verneinen der Premierminister Hamadi Jebali von der Ennahda und der Menschenrechtsaktivist Moncef Marzouki von der liberalen Kongresspartei diesbezügliche Absichten zu hegen.

Ettakatols Mustafa Ben Jaafar ist der gegenwärtige Vorsitzende der konstituierenden Versammlung. Dieser Versammlung wurde ein Jahr Zeit gegeben, die neue Verfassung auszuarbeiten, bevor erneut Wahlen abgehalten werden. Das wird wahrscheinlich im Sommer 2013 sein.

Die Verfassung will nicht auf die Einführung einer Sharia-Gesetzgebung fußen, stattdessen sollen die bestehenden Klauseln festgeschrieben werden, die den Islam als Staatsreligion festschreiben.

Der meist diskutierte Gegenstand ist die Frage, wie die Möglichkeit zu verhindern ist, dass durch zukünftige demokratische Wahlen eine einzige Partei an die Macht gelangen kann. Diese Frage ist bisher unbeantwortet, da etwaige konstitutionelle Sicherheitssysteme gegen diese Gefahr eine Verletzung des demokratischen Prinzips bedeuten könnten.

Eine weitere Frage ist heiß diskutiert. Junge Menschen spielten sowohl bei der Revolution eine große Rolle, als auch bei der Gründung von zivilgesellschaftlichen Organisationen seit der Revolution. Gleichwohl ist ihr politischer Einfluss limitiert. Die Mitglieder der konstituierenden Versammlung betonen zwar immer wieder, dass die Anliegen der jungen Menschen und Nichtregierungsorganisationen berücksichtigt und in die politischen Entscheidungen einbezogen werden sollen, jedoch erscheint das den jungen Menschen höchst zweifelhaft. Sie beobachten teils mit Enttäuschung, teils mit Hoffnung den weiteren Prozess. Das Recht auf freie Meinungsäußerung ist zwar gegeben, jedoch ohne entsprechende Artikulierungsmöglichkeiten durch Presse, Funk und Fernsehen schwer umzusetzen. Die neuen Medien spielen bei der Revolution eine große Rolle. Es ist jedoch unwahrscheinlich und die Ergebnisse der Wahlen zeigen, dass sie die Massen beeinflussen können. Bürgermedien wie freie Radios, TV-Stationen oder Web-TV können aber eine unterstützende Rolle spielen. Er will mit seinen Möglichkeiten als Vertreter dieser Medien, wenn diese Aufforderung an seine oder andere Organisationen geht, gerne behilflich sein.

Das Recht auf freie Meinungsäußerung schließt auch das freie Versammlungsrecht ein. Das wirft neue Fragen der Sicherheitspolitik auf. Islamische Proteste wurden früher unterdrückt. Wie geht man aber jetzt mit den neuen Freiheiten um, wenn antidemokratische Kräfte wie die Salafisten versuchen, dieses Recht zu nutzen? Im März 2012 demonstrierte vor dem Innenministerium, in einem durch Salafisten organisierten Protest, eine gewalttätige Menge gegen Freiheitsrechte. Die Polizei schritt nicht ein, während am siebten April 2012 eine Versammlung von Menschenrechtsaktivisten gewaltsam von Polizeikräften aufgelöst wurde. Obwohl gegenwärtig vermehrt Salafistendemonstrationen öffentlich in Erscheinung treten, handelt es sich um eine Minderheit in der tunesischen Gesellschaft. Gleichwohl trachten sie nach und erlangen Aufmerksamkeit durch Gegenreaktionen der Regierung, die statt die Salafisten zu bekämpfen durch nächtliche Ausgangssperren Bürgerfreiheiten einschränkt, angeblich um die Bürger vor der Gefahr von Salafistenunruhen, die diese schüren, zu schützen.

Tunesien war das erste arabische Mittelmeerland, welches 1995 ein Assoziierungsabkommen mit der Europäischen Union abgeschlossen hat. 2005 wurde dann ein Aktionsplan verabschiedet. Unter anderem wird darin gefordert, die Institutionen in Tunesien zu stärken, die demokratischen Rechte und Gesetze zu gewährleisten, die Unabhängigkeit und die Rechte der Justiz und die Haftbedingungen für Gefangene zu verbessern, die Menschenrechte und Freiheitsrechte gemäß internationaler Konventionen zu achten sowie die Freiheit von Organisationen, die Pressefreiheit und den Pluralismus in Medien in Übereinstimmung mit den UN-Bestimmungen und die politischen und zivilen Bürgerrechte zu gewährleisten.

Diese vorrevolutionären Pläne gilt es nach Meinung jugendlicher Aktivisten jetzt umzusetzen, statt Freiheiten einzuschränken, um vermeidliche Gefahren durch Salafisten oder andere demokratiefeindliche Kräfte vorzubeugen.

Eine weitere Frage wirft die Entwicklung in Tunesien nach der Jasminrevolution auf, nämlich die Frage des arabisch-israelitischen Konfliktes. Tunesien spielt bei dieser Fragestellung zwar keine große Rolle, weil der Blick der Menschen und Politiker aufgrund der schwachen ökonomischen und politischen Bedeutung dieses Landes eher nach innen als nach außen gerichtet ist.

Die Behauptung Israels gegenüber dem Westen, es sei das einzige Land mit einer demokratisch gewählten Regierung, ist jedoch nicht mehr aufrechtzuerhalten.

Die tunesisch-arabische Bevölkerung, die junge, gebildete Generation wird möglicherweise in Zukunft die Rechte der Palästinenser nach einem Staat und demokratischen Freiheitsrechten einfordern. Sollte der demokratische Frühling in Tunesien auch anderen arabischen Völkern den Weg weisen, obwohl in jedem arabischen Land jeweils völlig andere Grundvoraussetzungen gegeben sind, wird die Nahostfrage von Israel und der westlichen Welt in Zukunft neu und anders zu beantworten sein.

Es ist 18 Uhr. Er begibt sich nach unten, will schauen, was Sache ist. Seine Tochter und Ramzi beabsichtigen ihn abzuholen. Sie will ihm ihre vorherige und jetzige Wohnung zeigen. Danach wollen sie essen in Sidi Bou Said mit Blick auf das Meer. Er wird auf das Dinner im Hotel verzichten. Eigentlich schade, doch das Essen mit seiner Tochter ist ihm wichtig, auch wenn er dafür in die Tasche greifen muss. Hat seine Tochter Souhir eingeladen?

Er peilt die Lage.

Die Workshops sind beendet. Das Dinner ist noch nicht eröffnet. Er begibt sich nach draußen. Auf der Terrasse bei dem Pool ist eine Leinwand aufgebaut. Einige Kongressteilnehmer schauen ein Fußballspiel der Europameisterschaft. Andere stehen plaudernd herum. Plötzlich steht Souhir vor ihm. Wie selbstverständlich steht sie da. Er ist erstaunt und überrascht. Ob seine Tochter sie hierhin eingeladen habe? Nein, mit seiner Tochter habe sie nicht gesprochen. Sie habe sich überlegt, am Nachmittag am Kongress teilzunehmen. Vielleicht zeigten sich für sie und ihr Ministerium interessante Ergebnisse. Er freut sich Souhir zu sehen. Aber was nun? Will sie bleiben? Will sie mit ihm etwas unternehmen? Warum hat seine Tochter sie nicht eingeladen? Er ruft seine Tochter an. Sie habe Souhir nicht eingeladen, habe sich darüber keine Gedanken gemacht, da sie bisher nicht zu ihren Freunden zählte, habe aber nichts dagegen, wenn Souhir am Abend dabei wäre. Im Übrigen würden Ramzi und sie sich verspäten. Ramzi habe noch Verpflichtungen.

Er plaudert mit Souhir. Sie unterhalten sich über Gott und die Welt, ihre Familien, die Politik. Obwohl er nicht perfekt Englisch spricht und oft nach Wörtern suchen muss, reißt der Gesprächsfaden nicht ab. Sie verstehen sich. Er mag sie allein dafür, dass sie nicht ihre sprachliche Überlegenheit ausspielt, über seine Artikulationsschwierigkeiten hinwegsieht und sich mit ihm einfach und verständlich, langsam und ruhig unterhält. Souhir ist wie gestern schlicht gekleidet. Sie trägt eine Bluse, Jeans und offene Sandalen. Sie hat schöne, zierliche Füße, die Zehen unlackiert, jedoch fein bearbeitet. In seiner Jugend hatte er einst zu einem Mädchen keine freundschaftliche Beziehung aufbauen können, weil ihn die unproportionierten Füße davon abgehalten hatten. Deshalb ist er froh, dass Souhirs Füße ihn nicht irritieren. Souhir gefällt ihm, ist von einer einfachen, schlichten Schönheit, mit bronzener Haut und ungeschminktem Gesicht.

Er fragt sie, wie sie den Abend zu verbringen gedenke. Ob sie ihn vielleicht mit ihm, seiner Tochter und Freunden gestalten wolle. Souhir antwortete, sie wolle das gern. Das Buffet ist eröffnet. Die Mägen knurren. Seine Tochter ist noch nicht da. Sie entschließen sich zu essen, können den Köstlichkeiten nicht widerstehen. Wer weiß, wann seine Tochter kommt. Sie werden sich halt beim gemeinsamen Essen mit der Tochter zurückhalten. Dadurch wird die ganze Angelegenheit nicht teurer. Souhir versorgt ihn mit Häppchen und erklärt ihm die Konsistenz der Speisen und Beilagen. Der Saal ist groß. Sie setzen sich separat. Die Gesellschaft verteilt sich drinnen und draußen. Ramzi und seine Tochter erscheinen. Eigentlich, überlegt er mit Souhir, könnten die Beiden doch auch hier essen, es fällt doch gar nicht auf, dass sie nicht zu den Kongressteilnehmern gehören. Vorsichtshalber hängt Souhir seiner Tochter ihren Kongressausweis um den Hals. Seine Tochter ist Vegetarierin. Trotzdem ist die Auswahl der Speisen für sie groß und variationsreich. Man sieht, dass es ihr schmeckt und sie nicht jeden Tag in den Genuss solcher Vielfalt gelangt bei ihrem kargen Studenteneinkommen und Praktikumsgehalt.

Nach reichlichem Dessert und viel Obst und Eis brechen sie auf. Er fährt mit Souhir in ihrem Twingo, seine Tochter mit Ramzi im Kastenwagen. Sie fahren zur Wohnungsbesichtigung der vormaligen Behausung seiner Tochter. Es empfängt sie ein altes, ursprünglich erhaltenes, blauweiß getünchtes tunesisches Landhaus. Räumlichkeiten, Garten und Lage gefallen ihm gut. Freundinnen haben die Wohnung übernommen, da seine Tochter jetzt kostengünstiger bei einem österreichischen jungen Mann wohnt, der für drei Jahre bei der internationalen Entwicklungsbank in Tunis beschäftigt ist, die Kleinkredite an entwicklungsfähige nordafrikanische „Start up"-Unternehmungen gibt.

Die Freundinnen machen auf ihn einen kindlichen Eindruck. Etwas später gesellt sich Anna hinzu, eine Arbeitskollegin seiner Tochter. Sie wirkt etwas reifer, ist hübsch, mit natürlichem Glanz. Sie ist mehrsprachig, sie hat mit ihren Eltern, die im deutschen Entwicklungsdienst tätig sind, in vielen unterschiedlichen Ländern gelebt. Mal habe sie da, mal habe sie dort gelebt, mal zusammen mit ihren Eltern oder nur bei einem Elternteil, denn ihre Eltern hätten manchmal unterschiedliche Einsatzorte gehabt. „Dann sind sie wohl jetzt geschieden?", fragte er sie; „Eine Fernbeziehung geht meistens nicht gut." Woher er das wisse? Er wisse es.

Gemeinsam brechen sie auf. Zwei Freundinnen in dem Twingo, zwei weitere Personen im Kastenwagen versteckt.

Sie flanieren durch Sidi Bou Said. Ein wunderschöner alter Stadtteil mit altem Pflaster, hoch über dem Wasser gelegen. Sie spazieren durch romantische Gassen im dunklen Abendlicht. Er wandelt mit Souhir. Sie sprechen über das Verhältnis von Religion und Staat. Beide plädieren für eine strikte Trennung. Natürlich üben das Christentum oder der Islam Einfluss auf die Gesellschaft und damit auf die Verfasstheit eines Staates aus, doch solle der Staat jedem Bürger, gleich welcher Weltanschauung, erlauben, in ihm zu leben und nach seiner Façon glücklich zu werden, wie es Friedrich der Große einst sagte.

Souhir erläutert eines ihrer Argumente zur Bejahung der Säkularisation und Trennung von Kirche und Staat: „Vielzählig sind die, die erklären und dann übereinstimmen, dass die heutige, politische Welt ungesund ist, sie beinhaltet Lügen, Mauscheleien, Hinterhältigkeiten, Korruption und Machtmissbrauch. Es gibt wahrscheinlich kaum ein politisches Regime, welches sich dieser Regel entzieht, ob basiert auf Diktatur oder Demokratie, ob Monarchie oder Republik, alle bedienen sich unredlichen Praktiken auf niedrigem bis hohem Niveau. Der Islam, von seinen Grundwerten eine heilige Religion, basiert auf Ehrlichkeit, Integrität, Respekt, Treue, innerem Frieden, der Liebe und Hilfe für den Nächsten, Gradlinigkeit, Toleranz, Bodenständigkeit, Einfachheit, Güte, Freude, Dankbarkeit...

Diese Begriffe bilden den Kern des Islams.

Er ist eine Religion, die das Böse in all seinen Formen verbannt und demnach Lügner, Unehrliche, Korrupte und Grausame bestraft.Logischerweise bedeutet dies, dass sich der Islam und die Politik nicht miteinander vertragen, da die Politik mit den Mächten des Bösen, der Islam mit den Mächten des Guten agiert. Ist es demnach nicht ein Sakrileg, das Heilige, den Islam, mit dem Unheiligen der Politik zu besudeln? Wir leben im 21. Jahrhundert, Islam und Politik sind getrennt, das tut dem Islam gut, es sei denn, man will ins 7. Jahrhundert zurück, zu den Zeiten islamistischer Herrschaften. Es gibt jedoch keine Zeitmaschine. Die Idee der Islamisten ist eine Fiktion." Unter diesen Gesichtspunkten hatte er die Dinge bisher nicht betrachtet.

In einer herrlichen, terrassenförmig angelegten Gartenanlage eines ineinander verschachtelten Restaurantgebäudes lässt sich die Gruppe nieder.

Sie trinken erfrischende exotische Fruchtsäfte und Souhir schnorrt sich eine Zigarette von seiner Tochter. Zur Entspannung und wenn es ihr gut ginge, rauche sie manchmal. Sie genieße die herrliche Aussicht unter sternenklarem Himmel, hoch über der Küste. Er fotografiert die Gruppe. Souhir versteht sich gut mit den Mitmenschen. Er findet ihre Natürlichkeit bewundernswert. Sie führt sich nicht auf wie eine Ministerialdirigentin. Sie gibt sich nicht besser, klüger oder erfahrener als die Jugendlichen, obwohl sie doch sicher mehr Lebenshintergrund hat. Sie entspricht seinem Wesen. Es ist schon spät. Sie fahren zur jetzigen Wohnung der Tochter, zu ihrem österreichischen Freund, der sie, obwohl sie nicht liiert ist mit ihm, fast kostenlos wohnen lässt. Die Wohnung ist modern eingerichtet. Sie liegt in der zweiten Etage. Sie besitzt einen Balkon mit Blick auf eine Moschee in einem modernen Stadtteil. Es ist eine Party im Gange. Großes Helau und Hallo. Er probiert die verschiedenen Weine. Souhir trinkt nicht, sie wird ihn zum Hotel fahren. Er fragt, ob sie einverstanden sei noch ein wenig zu bleiben, obwohl es schon spät sei. Vielleicht noch auf ein Gläschen, oder zwei... Sie bejaht.

Seine Tochter stellt ihm den Österreicher vor und die anderen Gäste, die meisten kennt er schon vom Vorabend, den Österreicher auch, nur war ihm gestern nicht klar, dass seine Tochter bei ihm wohnt. Die Jugendlichen tanzen, Souhir auch. Um nicht tanzen zu müssen, macht er ein paar Fotos. Sie wiegt leicht und anmutig die Hüften.

Ein Afrikaner bietet ihm an, ein wenig von seinem Bananenschnaps zu kosten. Er schmeckt gut, hat vierzig Prozent. Er nimmt ein weiteres Gläschen. Die Stimmung steigt, er merkt die Wirkung. Er muss aufpassen, dass er am morgigen Tag noch alles geregelt bekommt. Auch darf er Souhir nicht verärgern, die doch sicherlich keinen besoffenen Mann zurück zum Hotel fahren möchte. Er zögert den Abschied von Souhir noch ein wenig heraus. Morgen hat sie keine Zeit, sie muss ihrer Tante beim Einkauf einer Küche helfen und hat in der Familie zu tun. Sonntagmorgen fliegt er schon sehr früh. Das ist sehr schade, schon ist sie ihm ans Herz gewachsen. Er wird sie vermissen. Er trinkt noch ein Gläschen Wein und einen Bananenschnaps. Jetzt wird es aber Zeit die Kurve zu kriegen. Ramzi kommt mit einem großen Becher. Darin sei ein ganz besonderer Wein. Den müsse er trinken, da würde er staunen, wie der schmecke. Er riecht den Bananenschnaps. Ramzi denkt wohl er sei besoffen und könne den Wein vom Bananenschnaps nicht mehr unterscheiden. Er will ihn also abfüllen, kein seriöser Mensch dieser Ramzi, leichtlebig, will andere verführen. Kein Wunder, dass seine Tochter kein Verhältnis mit ihm hat, sie steht auf seriöse Menschen. Sicherlich kein schlechter Kerl, ein netter Kerl, der Ramzi, hilfsbereit, gastfreundlich, aber eben nicht verlässlich. Er sollte nicht so streng mit Ramzi sein. Hatte er nicht auch schon Menschen zu verführen versucht aus Spaß an der Freude?

Er will sich nicht verführen lassen. Es wird Zeit zu gehen. Zum Schein nimmt er den Becher. Als Ramzi sich anderen Dingen zuwendet, bittet er seine Tochter einen Schluck zu nehmen, damit er am Morgen nicht leidet, den Rest reicht er anderen Partygästen.

Sie fahren. Die Stimmung ist ein wenig traurig. Der Wagen gleitet leise die Küstenstraße entlang zum Hotel. Sie sagt, sie werde ihn vermissen. Er sagt, das gleiche gelte für ihn. Zum Abschied küsst er dezent ihre Wangen und Handrücken. Schön sie getroffen zu haben. Sie wollen in Kontakt bleiben. Er steigt aus. Dreht sich noch einmal um. Sie winkt ihm zum Abschied. Gut, dass er ein wenig getrunken hat. So hat er die nötige Bettschwere, damit er schnell einschläft. Er schläft tief und fest.

Nach dem Frühstück begibt er sich in den Plenumssaal.

Um 9 Uhr gibt es eine Zusammenfassung durch die Berichterstatter der Workshops vom gestrigen Tage mit der Vorstellung der Beschlüsse und Vorschläge aus den unterschiedlichen Arbeitsgruppen. Anschließend sprechen Persönlichkeiten des öffentlichen Lebens zu dem Plenum. Er hört die Reden von Prof. Dr. Touhami Abdouli, tunesischer Staatssekretär für europäische Angelegenheiten, M. Saad-al-Katani, Präsident der Volksversammlung Ägyptens, M. El-Habib-Coubani, Minister für Angelegenheiten des Parlaments und der Zivilgesellschaft aus Marokko, M. Juan José Escobar Stemmann, spanischer Botschafter für Mittelmeerangelegenheiten, M. Keith Withmore, Präsident des Kongresses für lokale und regionale Angelegenheiten der europäischen Verwaltung, M. Raimon Obiols, Mitglied des europäischen Parlaments und M. Mohamed Kebir Addou, algerischer Gouverneur, alle wichtigen Leute, dessen Beiträge ihn jedoch weder begeistern noch erhellen.

In der darauffolgenden Pause schaut er sich die Teilnehmerliste an. Er stellt fest, dass nur wenige Nordeuropäer an dem Kongress teilnehmen und er der einzige Vertreter aus Deutschland ist. Die meisten Teilnehmer kommen aus Algerien, Ägypten, Frankreich, Spanien, Italien, Kuwait, Marokko und Mauretanien. Ein libyscher Delegierter ist angereist. Die meisten Organisationen werden von tunesischen Menschen und Personen aus Belgien, sprich Brüssel, vertreten. Er ist gespannt auf die Schlussreden des Kongresses. Jo Leinen, als Präsident der

Europäischen Internationalen Bewegung, M. Adrianus Koetsenruijter, europäischer Botschafter in Brüssel und M. Hamadi Jebali, der tunesische Ministerpräsident, werden sprechen.

Plötzlich steht Souhir vor ihm. Sie habe sich für eine Stunde losreißen können. Sie wolle wahrnehmen, welche Beschlüsse auf dem Kongress gefasst worden seien und was Leinen, Koetsenruijter und Jabali zu sagen hätten.

Er freut sich. Sie sitzen zusammen. Vielleicht liegt es an der Übersetzung. Jebali spricht arabisch, aber die Rede Jebalis enttäuscht ihn. Souhir ist entsetzt: „Siehst du, dieser Mann repräsentiert Tunesien. Er redet nur allgemein. Er kann nicht begeistern. Er steht nicht für die Zukunft. Er ist ein konservativer Langweiler, der die Menschen einschläfert, damit sie plötzlich in einer anderen Gesellschaft aufwachen."

Die Rede von Jo Leinen gefällt Souhir. Er spricht ein gutes Französisch und bildet klare Sätze, die jeder versteht. Er begeistert die Teilnehmer mit seinem tiefen Verständnis der tunesischen Gesellschaft. Er wirkt trotz seines Alters frisch und aufmunternd, wie in früheren Zeiten. Am besten gefällt ihm die Darlegung von Koetsenruijter, der die Situation in Tunesien mit der bürgerlichen Revolution 1848 in Deutschland vergleicht. Man müsse aus der Geschichte lernen. Sie dürfe sich nicht wiederholen. Nach 1848 gewannen restaurative Kräfte schnell wieder die Oberhand. Das habe zwar zur deutschen Einheit, aber auch zu zwei Weltkriegen geführt. Reformerische Kräfte in der Weimarer Republik konnten sich weder einigen noch durchsetzen gegen extreme Parteien und einen Diktator, der diese Umstände, verknüpft mit wirtschaftlicher Unbill, zur Machtergreifung nutzte.

Die Tagung ist zu Ende. Die Gastgeber verwöhnen die abreisenden Teilnehmer mit einem Abschlussbuffet. Souhir bleibt noch. Er führt ein intensives Gespräch mit einem Vertreter der Anna-Lindh-Foundation, deren Mitglied er mit seiner Organisation werden will. Sie ist europaweit und besonders im Zivilbereich in Tunesien aktiv. Während seines Gespräches organisiert Souhir Essen und reicht ihm kleine Häppchen. Seine Tochter schickt eine SMS. Sie könne ihn nicht abholen, da Ramzi gestern zu viel getrunken und total die Kontrolle verloren habe. Die Party habe bis morgens um 6 Uhr gedauert. Als Ramzi zum Schluss noch fremde Leute von der Straße in die Wohnung geholt habe, habe sie ihn rausgeschmissen. Jetzt liege er im Koma. Ob er nicht zu ihrer Wohnung kommen könne mit dem Taxi, die Adresse wisse er ja.

Souhir erklärt sich spontan bereit ihn zu seiner Tochter zu fahren. Er lehnt ab, sie sei doch in Eile und es wäre die entgegengesetzte Richtung. Sie besteht jedoch darauf. Er nimmt ihr Angebot willig an. Sie ist eine gute Frau. Auf dem Weg zu seiner Tochter, der Küste entlang, stoppen sie an einem Aussichtspunkt und lassen sich von freundlichen Tunesiern fotografieren.

Seine Tochter ist müde, jedoch handlungsfähig. Sie plaudern ein wenig, bis Souhir endlich gehen muss. Er drückt sie fest. Der Abschied schmerzt ein wenig. Sie nehmen ein Taxi, um in das Zentrum von Tunis zu gelangen. Sie wollen sich ein wenig die Altstadt anschauen und auf den Basar, möglicherweise einige Geschenke für seine Frau kaufen. Der Basar ist stark bevölkert, die engen, verwinkelten Gassen sind vollgestopft. Es ist schwül. Es macht keinen Spaß, seine Tochter ist gereizt, ob des nächtlichen Schlafmangels. Er sagt, er verzichte auf den Krimskrams, man müsse nicht immerzu Trödelsachen mit nach Hause bringen. Lediglich den scharfen roten Pfeffer, tunesisches Viagra, will er noch erwerben. Sie sagt, sie habe noch ein paar Kleinigkeiten für „Mom" zu Hause, die könne er ihr als Geschenk mitbringen. Er ist zufrieden. Außerhalb des Basars an einem schmuddeligen Stand ordern sie ein Getränk aus frisch gepressten Orangen. Ein älterer Mann verwickelt sie in ein Gespräch. Er spricht niederländisch. Sie verstehen ihn gut. Er hat am Flughafen Schiphol als Reinigungskraft gearbeitet. Er lässt es sich nicht nehmen die Getränke zu bezahlen. Sie bedanken sich, zur Freude des Budenbesitzers, mit einer Gegeneinladung. So verdient er zweimal. Um 18 Uhr sind sie mit Freunden verabredet. Sie wollen sich in einem Hotel treffen, in der Jamaica Bar, hoch über Tunis, einem schönen Aussichtspunkt.

Er genießt die Aussicht und macht Fotos.

Das Stadtbild von Tunis ist geprägt von starkem Kontrast zwischen der orientalischen Altstadt, der Medina und der europäisch anmutenden Neustadt. Die Medina von Tunis wurde im neunten Jahrhundert von den Aghlabiden angelegt und im 13. Jahrhundert von den Hafsiden umgestaltet. Sie gehört seit 1979 zum Weltkulturerbe der UNESCO.

Im Zentrum der Medina steht die Ez-Zitouna-Moschee, nach der großen Moschee von Kairouan die wichtigste Moschee Tunesiens. Rings um die Moschee erstreckt sich das Marktviertel, welches sie soeben durchstreift hatten. Traditionell ist jede der Souks, der Marktgassen, einem bestimmten Wirtschaftszweig zugeordnet, den Parfümhändlern Souk el Attarine, den Schuhhändlern Souk el Blaghija oder den Stoffhändlern Souk des Étoffes. Der zentrale Bereich ist stärker auf Touristen eingestellt, aber dort, wo sie ihr Getränk eingenommen hatten, im Randbereich der Medina, frequentieren vornehmlich Einheimische den Markt.

Der Platz des Sieges, Place da la Victoire, mit dem ehemaligen Stadttor, Bab el Bhar, unter dem er seine Tochter fotografiert hatte, liegt an der Grenze zwischen Altstadt und Neustadt. Sie befinden sich also jetzt in der Neustadt, hoch über Tunis. Prachtstück der schachbrettmusterartigen von den Franzosen angelegten Neustadt ist die Prachtstraße Avenue Habib Bourguiba, die von Geschäften, Cafés und Hotels, auch von ihrem Hotel mit der Jamaica Bar, gesäumt wird. Die Jamaica Bar ist Treffpunkt vieler ausländischer Exoten.

Sie treffen auf eine ältere Amerikanerin, die irgendwelchen unerklärlichen Tätigkeiten in Tunis nachgeht und ihnen ein Pfund Aprikosen schenkt. Zu ihnen gesellt sich Ray, ein norwegischer Korrespondent und Fotograf. Er arbeitet für unterschiedliche Zeitungen. Ray kommt viel herum in der nordafrikanischen Welt, ist kürzlich in Ägypten und Libyen gewesen. Er trinkt und raucht viel. Kürzlich habe ihn seine Frau besucht. Sie sei gerade wieder abgereist. Jetzt berichtet er über die Salafistenrandale in Tunis, über die Zerstörungen von Geschäften, die Alkohol verkaufen und ihren Angriffe auf moderne Kunstausstellungen, die ihre religiösen Gefühle verletzen, und schießt reißerische Fotos. Er ist einer derjenigen, der die westlicheuropäische Öffentlichkeit beeinflusst. Die Presseorgane sind an Schlagzeilen interessiert und an Aufmerksamkeit heischenden Begebenheiten in den arabischen Ländern. Über die tatsächlichen gesellschaftlichen Gegebenheiten und den Alltag erfahren die Leser wenig.

Ramzi und weitere Jugendliche tauchen auf. Gemeinsam beschließen sie mit Taxis zurück zur Hotelregion an die Küste zufahren. In einem der Hotels ist Public Viewing angesagt. Sie wollen das EU-Fußball-Match Deutschland gegen Portugal sehen.

Die Hotelanlage ist mächtig. Hinter den Pool, in einem Strandgebäude, sind viele Leinwände und Bildschirme aufgebaut. Fleißige Kellner huschen herum. Einheimische junge Paare, hübsch gekleidet, kräftige Burschen und gut gebaute Mädchen mit kurzen Röcken bevölkern die Szene. Alle sitzen an Tischen und speisen und trinken. Es herrscht eine gute, ausgelassene Stimmung.

Ray bestellt eine Flasche Wein, mischt sie mit Cola. Er bestellt für sich und seine Tochter ein Bier. Auf dem Tisch liegen Zettel zum Ausfüllen. Man kann Tipps abgeben. Er tippt 2:1 für Portugal, seine Tochter 2:1 für Deutschland. Er bittet seine Tochter, Souhir eine SMS zu schicken und sie zu informieren, dass sie hier Fußball gucken und ihr schöne Grüße zu bestellen. Seine Tochter simst. Souhir schickt eine Antwort. Sie kommt in zwanzig Minuten. Er kann es nicht glauben.

Sie erscheint zu Beginn der zweiten Halbzeit. Er bittet sie, neben sich Platz zu nehmen. Hier könne sie gut das Spiel verfolgen. So hat er sie bei sich und sie plaudern, obwohl er sich meistens auf das Spiel konzentriert. Es ist spannend. Er fragt Souhir, wie es sein kann, dass es den Jugendlichen möglich sei, bei so ärmlichen Verhältnissen sich so in Schale zu schmeißen, auszugehen und in einem so teuren Hotel zu verkehren.

Sie sagt, die Jugendlichen arbeiten hart und viel. Einmal die Woche wollten sie ihr Leben genießen und es auch zeigen. Das sei ihre Kultur. Im Übrigen seien es Mittelschichtjugendliche. Der Mittelschicht gehe es verhältnismäßig gut, besonders dann, wenn Anverwandte im Ausland arbeiten und die Familie mit Geld unterstützen.

Aber es gäbe sehr viele arme Menschen in Tunesien. Die sähe man hier nicht. Diesen Menschen gehe es nicht gut.

Souhir trinkt Kaffee. Er Bier. Das Spiel endet 2:1 für Deutschland. Seine Tochter wird ausgerufen. Sie hat die Wette gewonnen. Sie wird auf die Bühne am Pool geleitet. Sie gewinnt einen Fußball.

Ausgelassen spielen einige Jugendlichen Fußball mit seiner Tochter, andere verabschieden sich. Er sitzt mit Souhir allein. Sie plaudern und er ist froh über ihre Gesellschaft. Er will seiner Tochter noch etwas Geld zum Abschied schenken. Es liegt in seinem Hotel. Seine Tochter will ihm die Sachen für seine Frau mitgeben und ein Geschenk für eine Freundin daheim. Auch soll er noch drei seiner Bücher signieren für Freunde.

Ihre Wohnung liegt weit entfernt von den Hotelkomplexen. Alles scheint kompliziert, da Distanzen zu überwinden sind, erst zu seinem Hotel, dann zu seiner Tochter, dann zurück zu seinem Hotel. Der Flug morgen geht früh. Es ist schon spät. Er wird wenig Schlaf finden.

Die Fußballspieler kehren überhitzt zurück. Ramzi verabschiedet sich. Er bringt die restlichen Jugendlichen nach Hause. Er hat ein schlechtes Gewissen, weil er sich vorige Nacht so ungehörig verhalten hat. Eigentlich wollte er sich auf Wunsch seiner Tochter um ihn, den Gast, kümmern. Jetzt verzieht er sich. Seine Tochter würdigt ihn keines Blickes.

Ray verabschiedet sich ebenfalls und zischt ab mit der Arbeitskollegin seiner Tochter. Souhir bietet sich an, mit ihm und seiner Tochter zu seinem Hotel zu fahren.

Dort könne er das Geld und die Bücher holen. Danach beabsichtigte sie beide zu der Wohnung seiner Tochter zu fahren.

Dort könne sie die Geschenke packen und er die Bücher signieren. Danach bringe sie ihn zurück ins Hotel. „Nein, dieses Angebot können wir nicht annehmen", meint die Tochter. „Doch, es ist eine Ehre für mich, deinen Vater zu fahren", antwortet Souhir.

Er zahlt die Zeche. Souhir will es nicht dulden. Er besteht darauf. Ohnehin kann er die Fahrerei und ihre geduldige Liebenswürdigkeit nicht mit Geld bezahlen.

Auf dem Weg von dem Hotel zur Wohnung seiner Tochter wird die sonst so ruhige und gelassene Souhir unruhig und entschuldigt sich gleich dafür. Im Radio gibt es neue Meldungen über Salafistenaktivitäten und Gegenmaßnahmen der Regierung.

Souhir erregt sich über die Salafisten und wie die Regierung mit dem Problem umgeht. „Die Regierung ruft den Notstand aus, um uns angeblich vor den Salafisten zu schützen. Dabei schränkt sie meine Freiheit ein und das ist genau das, was die Salafisten beabsichtigen. Ich traue der Regierung nicht. Der Präsident war früher selbst ein Salafist. Jetzt erklärt er uns in seinem Regierungsprogramm was wir als gute Moslems zu tun und zu lassen haben. Ich weiß selbst, was ich zu tun und zu lassen habe. Wir haben nicht gekämpft für die Freiheit und gegen den korrupten Ben Ali um uns jetzt bevormunden zu lassen."

Nachdem die Bücher signiert sind, die Geschenke gepackt und er noch einen Schluck Wein mit dem Österreicher getrunken hat, verabschiedet er sich. Es ist spät.

Souhir fährt ihn zum Hotel. Sie spricht kaum. Der Abschied naht. Er ist müde. Souhir ist auch müde. Sie gehe nicht oft so spät aus. Vor dem Hotel küsst er ihr zum Abschied die Wangen. „Es war schön, dich kennengelernt zu haben". Sie küsst ihn auf die Wangen. Morgen fliegt er zurück.

Mittwoch, 13.06.2012, 20:07 Uhr. Seine Tochter schickt ihm eine SMS:
„Du bist übrigens genau richtig gekommen. Seit Dienstag gibt's Salafistenpanik und seit gestern haben wir Ausgangssperre."

Mittwoch, 04.07.2012, 19:58 Uhr.
„Hi ..., ich vermisse Dich und wünsche Dich bald wiederzusehen, ich bin in Kontakt mit Deiner Tochter, dem wundervollsten deutschen Mädchen. Die politische Situation ist sehr schwer in diesen Tagen, erst Recht für die Regierungstroika. Die Ennahda-Partei möchte die alleinige Macht, aber wir werden versuchen das zu verhindern und die Institutionen in meinem Land zu schützen, insbesondere unsere funktionierenden Verwaltungen. Wir wollen die Situation nicht unnötig verschärfen und Schritt für Schritt zur Demokratie gelangen.

Es gibt eine neue Partei „Nida Tunis", gegründet von Baji Kayed Sebsi. Sie strebt eine Union aller demokratischen Parteien an, um als geeinte Opposition der Ennahda-Partei eine gleichbedeutende Kraft entgegenzusetzen. Wir müssen sehr vorsichtig sein, besonders beim Formulieren unserer neuen Verfassung. Die Muslimpartei möchte die Gesetze ändern und die Frauenrechte einschränken, ebenso wie sie versucht einen muslimischen Präsidenten zu etablieren.

...

Wir brauchen Europa, das uns mit Programmen unterstützt zum Austausch von Kompetenzen und professionellen Erfahrungen in verschiedenen Sektoren. Wir brauchen eine Fortsetzung im Sinne der Vereinbarungen des Süd-Nord-Kongresses.

Ich erzählte Dir von dem Programm, welches wir mit der Britischen Botschaft verwirklichen, eine Jugendakademie zur Förderung und Entwicklung eines Bürgerradios. Ich bin damit sehr beschäftigt.
...“

Freitag, 06.07.2012, 11:37 Uhr.
„...liebe Souhir, ich danke Dir sehr für Deine E-Mail. Ich möchte so gerne mit Dir zusammenarbeiten für eine bessere und gute Entwicklung in Tunesien.

Mein Mitarbeiter hat ein Programm „Unité Euromed Jeunesse IV Tunisie" entdeckt, welches ich dieser Mail hinzufüge. Kennst Du es? Siehst Du Möglichkeiten der Zusammenarbeit? Sollten wir einen Projektantrag vorbereiten für dieses Programm? Es gibt eine zweite Möglichkeit: Das Amt für auswärtige Beziehungen in Deutschland bewirbt und unterstützt Projekte zur Entwicklung der zivilen Bürgergesellschaft in Tunesien. Ich möchte das Auswärtige Amt fragen, ein Projekt zu unterstützen, welches ich mit Dir und Deinem Ministerium verwirklichen möchte. Bist Du interessiert?
...“

Am 20. August schreibt die Autorin Souad Ben Slimane im „Spiegel" über die Ängste der Frauen in ihrer Heimat.

„Es gehört zu den Absurditäten der tunesischen Geschichte, dass wir seit dem Umsturz im Januar 2011 gewisse Befürchtungen hatten. Eine leise Ahnung, dass sich die Situation für die Frauen im Land verschlechtern würde, dass die nun einsetzenden Entwicklungen unsere Stellung in der Gesellschaft bedrohen würden. Dabei hatten wir diese Revolution herbeigesehnt, gebetet habe ich für sie.

Unter Habib Bourguiba, einem Diktator, aber einem aufgeklärten, erhielten wir Frauen 1956 erstaunlicherweise und unverhofft sehr weitgehende Rechte.
...
Nur die tunesischen Männer haben dieses Modell nie wirklich akzeptiert.
...
Zurzeit wird über Artikel 28 in unserer Verfassung diskutiert. Die Islamisten wollen ihn verändern:

Die Frau soll dem Mann nicht gleichgestellt sein, sondern ihn „ergänzen".
...
Wir sind am 13. August auf die Straße gegangen, um gegen die Änderung von Artikel 28 zu demonstrieren. Es war ein magischer Moment: Ich war gerührt, als ich all die Frauen sah, die sich Kronen aufgesetzt hatten, echte oder Papierkronen. Sie wollten damit zeigen, dass sie Königinnen sind, die über ihr Leben herrschen. Einige hatten sich in Flaggen gehüllt, die sie wie Kleider um ihren Körper trugen.

Diese Frauen waren weder traurig noch wütend, aber sehr entschieden. Es waren junge und alte Frauen dabei, im Übrigen auch viele Männer, sogar alte Männer, die einen Stuhl mit sich trugen, um sich zwischendurch hinsetzen zu können.

Hand in Hand riefen verhüllte und unverhüllte Frauen: „Wir sind weder komplementär noch Objekte. Wir sind

Frauen, Bürgerinnen, Tunesierinnen. Und wir werden nicht aufgeben!"

Souhir wird nicht aufgeben.

Er wird sie unterstützen. Am 11. Dezember 2012 sendet er ein fertig formuliertes Konzept eines Antrages an das Institut für Auslandsbeziehungen e.V. zur Unterschrift, um Mittel vom Auswärtigen Amt für sein Projekt „Stärkung der zivilen Bürgergesellschaft und Bürgermedienpartizipationen für die tunesische Jugend" zu beantragen.

Er hat gute Aussicht auf Förderung, sagt ihm das Institut. Der Planung nach beginnt es im Sommer 2013.

Tunis, 06. Februar 2013

Ein Führer der linken Opposition, Chokir Belaid, wird in Tunesien auf offener Straße ermordet.

Die kaltblütige Tötung des Juristen führt zu Massenprotesten.

Einige der Demonstranten setzen dabei die Zentrale der Ennahda-Partei in Brand. Wie Ennahda Ministerpräsident Jebali laut französischen Medien in einer Rede im tunesischen Fernsehen sagt, will er eine Regierung mit parteilosen Experten bilden, die bis zu den regulären Wahlen in diesem Sommer amtieren soll.

Priorität dieser Regierung werde es sein, eine Verfassung auf die Beine zu stellen, für die Sicherheit des Landes zu sorgen und gegen die hohen Lebenshaltungskosten vorzugehen.

Die Frau des am Vormittag erschossenen Belaid wirft der Ennahda-Partei und dessen Chef Rached Ghannouchi in mehreren Interviews vor, für die Ermordung ihres Mannes verantwortlich zu sein.

07. Februar 2013
Süddeutsche Zeitung:

„Vor dem Innenministerium in Tunis versammelten sich nach Bekanntwerden des Mordes mehrere Tausend Menschen, riefen Parolen gegen die Regierung und sangen die Nationalhymne. „Wir brauchen eine neue Revolution, die Ennahda-Regierung muss weg", lauteten einige der Sprechchöre. Als die Menge die Polizisten mit Flaschen bewarf, gingen diese mit Tränengas und Schlagstöcken vor. Gewalttätige Demonstranten stürmten zugleich das Hauptquartier von Ennahda in Tunis sowie Provinzbüros der Partei. In Sidi Bouzid, wo der Umsturz mit der Selbstverbrennung eines Arbeitslosen im Dezember 2010 begonnen hatte, wurde eine Polizeiwache gestürmt. Belaid hatte wiederholt Todesdrohungen erhalten, zuletzt am Dienstag. Am vergangenen Wochenende hatten Randalierer eine seiner Versammlungen im Norden des Landes gesprengt.

Seit geraumer Zeit beschwert sich die laizistische Opposition über Behinderungen und Übergriffe, bei denen sich eine „Liga zum Schutz der Revolution" besonders hervortut. Sie wird beschuldigt, als Schlägertruppe im Dienst der Islamisten und des Regimes zu stehen, was diese vehement dementierten. Viele der Liga-Angriffe richten sich gegen die neue Partei Nida Tunis (Ruf von Tunis), die Baid Kayed Sebsi, ein Veteran der nationalen Politik und Chef der Übergangsregierung nach dem Sturz des Diktators Zine el-Abidine Ben Ali zum Gegenpol der Islamisten aufbauen möchte. Ihm sind viele Parteigänger des alten Regimes zugelaufen, was wiederum Revolutionäre als Versuch der Restauration verurteilen."

08. Februar 2013
Westfälische Nachrichten:

„Aufruhr in Tunesien: Tödliche Schüsse auf den Oppositionspolitiker Chokri Belaid haben in Tunesien eine schwere Regierungskrise ausgelöst. Eine nach Massenprotesten geplante Kabinettsumbildung drohte gestern wegen Streits in der islamistischen Ennahda-Partei zu scheitern. In Tunis und anderen Städten versammelten sich zahlreiche Menschen zu Demonstrationen. Am Rande kam es zu Ausschreitungen. Der Erfolg der Revolution steht auf dem Spiel."

Der Autor

Als Sohn eines Maurers wächst Joachim Musholt in einem kleinen Dorf im Münsterland auf. Der politisch und sozial engagierte Diplom-Pädagoge ist Leiter einer Kultur- und Begegnungsstätte in Münster. 1995 promoviert der Vater von vier Kindern zum Dr. phil. In den Folgejahren gründet er einen internationalen Netzwerkverein zur Förderung der Medienkompetenz und widmet sich dem Ausbau der zivilen Bürgergesellschaft. 2011 veröffentlicht der Autor den Roman „An den Ufern eines Flusses" im novum pocket Verlag.

Der Verlag

„Semper Reformandum", der unaufhörliche Zwang sich zu erneuern begleitet die novum publishing gmbh seit Gründung im Jahr 1997. Der Name steht für etwas Einzigartiges, bisher noch nie da Gewesenes.
Im abwechslungsreichen Verlagsprogramm finden sich Bücher, die alle Mitarbeiter des Verlages sowie den Verleger persönlich begeistern, ein breites Spektrum der aktuellen Literaturszene abbilden und in den Ländern Deutschland, Österreich und der Schweiz publiziert werden.
Dabei konzentriert sich der mehrfach prämierte Verlag speziell auf die Gruppe der Erstautoren und gilt als Entdecker und Förderer literarischer Neulinge.

Neue Manuskripte sind jederzeit herzlich willkommen!

novum publishing gmbh
Rathausgasse 73 · A-7311 Neckenmarkt
Tel: +43 2610 431 11 · Fax: +43 2610 431 11 28
Internet: office@novumverlag.com · www.novumverlag.com

EU = Eine stille Putsch unter den Banken und Medien, nutzt die Waffe der Schulden um die Völker Europas zu Versklaven

Printed in Great Britain
by Amazon.co.uk, Ltd.,
Marston Gate.